LARA ADRIAN
100 Secrets
Vertrauen

Die Romane von Lara Adrian bei LYX:

100-Reihe:
For 100 Days – Täuschung
For 100 Nights – Obsession
For 100 Reasons – Enthüllung

100 Secrets – Vertrauen

Hunter-Legacy-Serie:
1. Hunter Legacy – Düstere Leidenschaft
2. Hunter Legacy – Erlösung der Nacht

Midnight-Breed-Serie:
1. Geliebte der Nacht
2. Gefangene des Blutes
3. Geschöpf der Finsternis
4. Gebieterin der Dunkelheit
5. Gefährtin der Schatten
6. Gesandte des Zwielichts
7. Gezeichnete des Schicksals
8. Geweihte des Todes
9. Gejagte der Dämmerung
10. Erwählte der Ewigkeit
11. Vertraute der Sehnsucht
12. Kriegerin der Schatten
13. Verstoßene des Lichts
14. Verführte der Dämmerung
15. Verbündete der Schatten
16. Erwählte der Nacht *(erscheint April 2020)*

Midnight-Breed-Novellas:
– Das Sehnen der Nacht
– Versprechen der Nacht
– Berührung der Nacht
– Verlockung der Dunkelheit
– Pakt der Dunkelheit
– Ruf der Versuchung
– Entfesselte Dunkelheit

Außerdem erschienen:
Midnight Breed – Alles über die Welt von Lara Adrians Stammesvampiren – Kompendium

Der Kelch von Anavrin:
1. Der Kelch von Anavrin – Das Herz des Jägers
2. Der Kelch von Anavrin – Das magische Siegel
3. Der Kelch von Anavrin – Geheimnisvolle Gabe

Ritter-Serie (Romantic History):
1. Die Rache des Ritters
2. Der dunkle Ritter
3. Die Ehre des Ritters
4. Das Herz des Ritters

Weitere Romane von Lara Adrian sind bei LYX in Vorbereitung.

LARA ADRIAN

100 SECRETS

Vertrauen

Roman

Ins Deutsche übertragen
von Firouzeh Akhavan-Zandjani

LYX

LYX in der Bastei Lübbe AG
Dieser Titel ist auch als E-Book und Hörbuch erschienen.

MIX
Papier aus verantwortungsvollen Quellen
FSC® C083411
FSC
www.fsc.org

Die Originalausgabe erschien 2018
unter dem Titel »Run to You«.

Textredaktion: Nicola Härms
Umschlaggestaltung: Guter Punkt, München,
unter Verwendung von Motiven von
© KireevArt/shutterstock.com; SeanPavonePhoto/Getty Images
Satz: Greiner & Reichel, Köln
Gesetzt aus der New Caledonia
Druck und Verarbeitung: CPI books GmbH, Leck – Germany
ISBN 978-3-7363-1103-9

1 3 5 7 6 4 2

Sie finden uns im Internet unter www.lyx-verlag.de
Bitte beachten Sie auch: www.luebbe.de und www.lesejury.de

1

Evelyn

Ich verspäte mich.

Verdammt, ich komme doch sonst nie zu spät. Das ist eine meiner Regeln, an die ich mich eisern halte. Sie steht ganz oben auf meiner Liste zusammen mit der anderen Regel, nie die Kontrolle über eine Situation zu verlieren ... oder man soll es mir zumindest nicht anmerken. Aber ausgerechnet heute bin ich bereits acht Minuten über die Zeit und komme kein bisschen voran.

Während ich mich durch den nachmittäglichen Verkehr von Manhattan quäle, steigt nervöse Hitze in mir auf, mein Nacken wird ganz feucht. Ich bedauere, mir das dunkle Haar zu einem Dutt hochgesteckt zu haben, statt es offen zu tragen und damit den Schweißfilm zu verbergen, der meinen Hals bedeckt. Ich stelle die Klimaanlage auf die höchste Stufe, aber auch das trägt nicht dazu bei, dass ich runterfahre und entspanne. Zuletzt habe ich so einen Ausbruch von Angstschweiß erlebt, als ich das erste Mal einen Laufsteg betrat. Das ist lange her. Unendlich lange. Trotzdem verkrampfe ich mich innerlich bei der Erinnerung daran, und ich muss mit einer aufsteigenden Woge von Übelkeit kämpfen.

Und mit jeder Sekunde verspäte ich mich mehr.

Den Termin pünktlich einzuhalten, war bereits kaum möglich gewesen, als ich meinen Laden in der Madison Avenue verließ, um vom *L'Opale* zu dieser Privatkundin am anderen Ende der Stadt zu fahren. Trotzdem war es für mich nicht infrage gekommen, den Termin zu verschieben. Zu sehr hatte ich schon seit Wochen diesem Treffen entgegengefiebert. Nein, ich hatte mir in der Tat sogar den Allerwertesten aufgerissen, als würde mein Leben von dieser einen Kundin abhängen. Vielleicht tut es das ja auch. Aber wie auch immer – ich werde mir diese Gelegenheit, einen Karrieresprung zu machen, nicht durch die Lappen gehen lassen.

Ich wechsele die Spur, um nicht hinter einem langsam fahrenden Kleinbus hängen zu bleiben, dessen Stoßstange mit Touristenaufklebern zugekleistert ist. Am Nummernschild erkenne ich, dass er aus einem anderen Bundesstaat kommt. Es sind nur noch ein paar Meilen, bis ich auf die 57. West abbiegen muss. Ich drücke aufs Gaspedal, um die nächste Ampel noch zu schaffen, muss im nächsten Moment aber voll in die Eisen gehen, während ich vor Schreck zusammenfahre, weil ich mit meinem Volvo fast das gelbe Taxi erwischt hätte, das plötzlich vor mir ausgeschert ist.

Verdammt. Jetzt sind's schon neun Minuten, die ich zu spät komme.

Ich habe immer noch Katrina, die andere Designerin von *L'Opale*, im Ohr, die mit mir schimpft, weil ich darauf bestehe, mit dem Auto zu fahren, statt die U-Bahn zu nehmen. Und ja, so sehr es mir auch missfällt, es zuzugeben … sie hatte recht. Da spielt es auch keine Rolle, dass ich in den letzten fünf Jahren nicht ein einziges Mal einen Fuß in diese unterirdischen Verkehrsmittel gesetzt habe. Um ehrlich zu sein, bin ich mir noch nicht einmal sicher, ob ich es je wieder kann. Aber dieser Termin wäre es wert gewesen, es auszuprobieren.

Wem zum Teufel will ich da eigentlich was vormachen? Dieser Termin bedeutet mir alles, und ich würde auch alles dafür tun.

Himmel, ich hoffe, Kat hat Avery Ross erreicht, um ihr zu sagen, dass ich unterwegs bin. Automatisch strecke ich die Hand aus, um das Handy aus meiner Handtasche zu nehmen, doch meine Hand geht ins Leere. Denn natürlich liegt die Designerclutch von Chanel – ein Vintagemodell und Überbleibsel aus meinem früheren Leben – nicht auf dem Beifahrersitz, weil sie mir irgendwann zwischen meiner Ankunft im *L'Opale* heute Morgen und dem Moment, als ich meine Dessous-Entwürfe für den heutigen Termin zusammenpackte, abhandengekommen ist.

Nach einer mehrere Minuten dauernden panischen, aber völlig ergebnislosen Suche hatte ich schließlich nach den Autoschlüsseln gegriffen, die auf meinem Schreibtisch lagen, und war aufgebrochen. Ich kann mich auch später, wenn ich zurück bin, darüber aufregen, dass ich meine Lieblingstasche samt Inhalt verloren habe. Im Moment kreisen meine Gedanken nur um eine Sache – ich will die Mappe mit meinen Zeichnungen meiner neuesten Kundin überreichen, die in der Vorstandsetage des Baine International auf mich wartet.

Das heißt – wenn es überhaupt zu diesem Treffen kommt. Aber schlimmer noch, als mit Pauken und Trompeten vor einer gefeierten Künstlerin unterzugehen, die zufälligerweise auch noch die Verlobte eines der mächtigsten Männer der Stadt – wenn nicht der ganzen Welt – ist, wäre es, gar nicht erst die Gelegenheit dazu zu bekommen, es zumindest versucht zu haben.

Leise Hoffnung keimt in mir auf, als ich in die 57. West abbiege, in der das hohe Gebäude mit der dunkel schimmernden Glasfassade aufragt, welches dem Milliardär Dominic Baine gehört. Es beherrscht die Skyline und nimmt bestimmt die Hälfte des Straßenzuges ein. Ich kenne das auffallende Bauwerk gut, auch wenn ich es im Laufe der letzten Jahre nur ein paarmal an der Seite von Andrew Beckham, dem Anwalt von Baine International, betreten habe. Andrew Beckham – mein stets perfekt gekleideter, ehrgeiziger, vollkommener älterer Bruder.

Andrew gehört die Boutique, die ich führe. Das ist nur eines der vielen Projekte, die er, seit wir Kinder waren, für mich angeleiert hat, um mich finanziell oder sonst wie zu unterstützen. Wir sind zwar nur Halbgeschwister mit demselben gut aussehenden Vater, von dem wir unsere hellbraune Haut und die strahlend grünen Augen haben, doch Andrew ist schon so lange ich denken kann mein Fels in der Brandung. Das gilt besonders für die letzten Jahre, als ich ihn eigentlich gar nicht verdient habe.

Da ich keine Zeit habe, um auf der Straße nach einem Parkplatz zu suchen oder in ein nahe gelegenes Parkhaus zu fahren – was ich ohne Portemonnaie sowieso nicht bezahlen könnte –, schlage ich dreist den Weg zur Tiefgarage ein, die zum Gebäude gehört. Ich gebe den Zugangscode ein, den ich Andrew habe benutzen sehen, und fahre hinein, als sich die Schranke öffnet.

Wie es das Glück will – endlich wird mir heute zumindest ein kleines Quäntchen Glück zuteil –, erspähe ich mehrere leere Parkbuchten, die allerdings alle als reserviert gekennzeichnet sind. Ich lenke meinen Wagen auf einen freien Platz, der sich ganz nah beim Fahrstuhl befindet. Nachdem ich den Motor abgestellt und den Gurt gelöst habe, greife ich nach hinten nach meiner Künstlermappe und dem Laptop.

Ich hänge immer noch halb im hinteren Bereich des Volvos, um meine Sachen zusammenzusammeln, als mich ein lautes Klopfen am Fahrerfenster zusammenzucken lässt.

»Sie können hier nicht parken«, ertönt eine tiefe, energische Männerstimme.

Ich weiß nicht, zu wem die Stimme gehört, denn als ich den Kopf drehe, kann ich durchs Fenster nur einen athletisch gebauten Oberkörper erkennen, der in ein schneeweißes Oberhemd gehüllt ist. Das schwarze Anzugjackett steht gerade so weit offen, dass ich einen Blick auf ein Schulterholster mit Pistole unter dem tadellos gebügelten Stoff erhasche.

Der Sicherheitsbeamte klopft erneut mit spitzem Knöchel gegen die Scheibe, ehe ich dazu komme zu reagieren. »Dieser Platz ist reserviert. Bitte stellen Sie Ihren Wagen sofort um.«

Der ruhige Tonfall und das eher sachliche »Bitte« sind zwar höflich, doch er klingt wie ein Mensch, der es gewöhnt ist, dass man seinen Befehlen folgt, ohne Fragen zu stellen. Der Anzug, der auch einem Bestattungsunternehmer gut zu Gesicht stehen würde, und die unangenehm aussehende Pistole, sind dabei sicherlich hilfreich. Doch es ist die selbstsichere, raue Stimme, die mich aufmerken lässt. Aber natürlich habe ich für all das jetzt keine Zeit.

»Einen Moment noch«, murmele ich, während ich weiter meine Sachen zusammensammele.

Mit den Griffen der Laptoptasche und der Künstlermappe in der einen Hand will ich die Wagentür aufstoßen, halte aber inne, weil der Mann keinen Millimeter zur Seite weicht. Ich stoße ein ungeduldiges Schnauben aus und schiele durchs Seitenfenster nach oben zu dem großen, offensichtlich sportlich gestählten Mann. Er trägt eine silberfarbene Anstecknadel mit dem Logo von Baine International am Revers.

Sein Gesicht kann ich immer noch nicht sehen, trotzdem werfe ich ihm einen finsteren Blick zu. »Dürfte ich mal?«

Er zögert, ehe er langsam einen Schritt zurücktritt, sodass der Platz gerade mal reicht, die Tür zu öffnen und die Beine herauszuschwingen. Ich stelle die Füße, die in Sandaletten mit hohen Stilettoabsätzen stecken, auf den Betonboden und stehe auf. Während ich noch mit der freien Hand die Falten aus meinem pflaumenfarbenen Etuikleid streiche, werfe ich mit der Hüfte die Tür hinter mir zu.

Langsam bewegt sich sein Kopf von unten nach oben, um mich eingehend zu mustern, ehe unsere Blicke aufeinanderprallen. Seine haselnussfarbenen Augen unter kastanienbraunen, kühn geschwungenen Brauen durchbohren mich förmlich. Ich spüre die Hitze seines Blicks wie eine Berührung, die mich in größere Unruhe versetzt, als ich zugeben möchte. Ich sehe als Erste weg und rücke die Zeichenmappe zurecht, während ich mich in Bewegung setze.

»Entschuldigung, aber ich bin verabredet und sowieso schon spät dran.«

Er rührt sich nicht von der Stelle. Mit meinen einen Meter und achtzig bin ich größer als die meisten Männer. Doch das gilt nicht für diesen hier.

Obwohl ich auf zehn Zentimeter hohen Absätzen stehe, befinden sich meine Augen etwa in Höhe seines Kinns. Es ist ein kräftiges Kinn, kantig und hart wie sein ganzer Kiefer. Sein Nasenrücken mochte einst den gleichen energischen Schwung gehabt haben, neigt sich jetzt aber leicht nach rechts, was wohl auf einen Bruch zurückzuführen ist. Und jetzt, da ich genauer hinschaue, bemerke ich auch eine seltsame Einbuchtung am Wangenknochen unter dem linken Auge. Mein Blick bleibt einen Moment lang an der Stelle, die eigentlich nicht sehr auffällig ist, hängen, und ich frage mich, was ihm wohl widerfahren sein mag und wie es dazu gekommen ist.

Er räuspert sich. »Gnädige Frau, ich sagte, Sie dürfen hier nicht parken. Sie müssen den Wagen wegfahren. Sofort.«

»Gnädige Frau … Nicht Ihr Ernst, oder?« Ich kann mir ein leichtes Schnauben nicht verkneifen. Trotz seiner strengen Gesichtszüge und des ernsten, durchdringenden Blicks, was ihn beides älter erscheinen lässt, schätze ich, dass er so wie ich um die dreißig sein muss.

»Machen Sie sich wegen meines Wagens keine Gedanken«, erkläre ich ihm. »Ich werde nur ein oder zwei Stunden bleiben, und davon abgesehen wird es meinen Bruder nicht stören, dass ich auf seinem Parkplatz stehe.« Ich deute kurz auf das Namensschild, auf dem Andrews Vor- und Nachname steht und das an der Wand angebracht ist, vor der ich mein Auto abgestellt habe.

Ein skeptischer Ausdruck liegt auf seinem Gesicht, und er lässt mich immer noch nicht an sich vorbei. »Ihr Bruder?«

»Ja.« Ich stoße einen ungeduldigen Seufzer aus. »Ich bin Evelyn Beckham.«

»Ich wusste nicht, dass Mr Beckham eine Schwester hat.«

»Tja, jetzt wissen Sie's.«

Ich starre ihn an und warte auf den Moment, da diesem schwerbewaffneten Pfadfinder sein Fehler bewusst wird und er erkennt, dass ich nicht nur in der Tat mit einer der wichtigsten Führungskräfte von Baine International verwandt bin, sondern vor acht Jahren auch eine Zeit lang – bevor ich so spektakulär abstürzte – nirgends hingehen konnte, ohne sofort als eines der meistfotografierten und höchstbezahlten Laufstegmodels auf der ganzen Welt erkannt zu werden.

Damals bin ich eine andere gewesen. Ich habe ein paar Pfund zugenommen, und es sind Jahre vergangen seit meiner Zeit auf dem Laufsteg, in der ich eigentlich ständig ums Überleben gekämpft hatte. Ständig hungrig, ständig erschöpft, war ich ein erbarmungslos ausgebeutetes, zweiundzwanzigjähriges Geschöpf, das alle nur als Eve kannten.

Doch der Mann, der mich jetzt ansieht, scheint das nicht zu wissen.

Und wenn er es doch weiß, scheint es ihn zumindest nicht zu kümmern.

Was auch die Gründe für sein Schweigen sein mögen, kann ich doch nicht verhehlen, dass es mich unendlich erleichtert. Ich habe die vergangenen fünf Jahre versucht, die harte Zeit, die ich im Rampenlicht verbracht habe, zu vergessen. Noch viel länger versuche ich mich schon vor Opportunisten und schmierigen Typen jeder Couleur zu schützen, die dazu neigen, mich nur als Objekt der Begierde zu sehen oder schlimmer noch als einen Gegenstand, den sie haben wollen, um ihre verqueren Vorstellungen von Männlichkeit oder Erfolg zu stärken.

Dass dieser Mann hier mich wie ein normales, sterbliches Wesen behandelt – wenn auch eins, das von ihm argwöhnisch beäugt wird –, hat deshalb fast etwas angenehm Erholsames für mich.

Oder das hätte es, wenn er nicht die ganze Zeit dastehen und mich daran hindern würde, endlich zu meiner Verabredung mit Avery Ross zu eilen.

»War's das jetzt? Ich glaube, Sie haben mich lange genug aufgehalten, oder?« Ich bin an Zickigkeit nicht zu überbieten, aber das scheint ihn nicht zu kümmern. Auf mich hat sein cooles Verhalten den gegenteiligen Effekt. »Falls ich es noch nicht erwähnt habe – Nick Baines Verlobte wartet drinnen auf mich.«

Ganz bewusst nenne ich den Spitznamen, der engen Freunden und zuverlässigen Mitarbeitern des Milliardärs vorbehalten ist. Aber dieser nervige Pfadfinder reagiert nur mit einem Brummen darauf. »Ich gehe davon aus, dass Sie sich ausweisen können?«

»Nicht im Ernst, oder?« Ich starre ihn mit großen Augen an und könnte schwören, einen Anflug von Erheiterung um seinen schön geschnittenen Mund zu sehen.

»Ich mache nur meinen Job, gnädige Frau.«

Schon wieder dieses »gnädige Frau«. Der Typ ist echt ein Charmeur. Ich kann dem Drang, die Augen zu verdrehen, kaum widerstehen, als ich schon meinen Ausweis zücken will. Doch da fällt mir wieder ein, dass ich meine Handtasche ja gar nicht dabeihabe. »Shit.«

»Gibt's ein Problem?«

»Ich habe meine Handtasche verloren … heute.« Ich schließe die Augen und schüttele den Kopf. »Führerschein, Portemonnaie, Handy … nichts davon habe ich dabei.«

»Sie fahren ohne Führerschein? Sie wissen aber, dass Sie sich damit strafbar machen, oder?«

Ich werfe ihm einen finsteren Blick zu. »Was wollen Sie machen, Officer, mich verhaften?«

»Ich bin kein Polizist«, brummt er. Die finster zusammengezogenen Augenbrauen lassen vermuten, dass ihn allein die Andeutung schon beleidigt. Er zieht ein Handy aus seiner Jackentasche und tippt aufs Display. Sein durchdringender Blick lässt nicht von mir ab, während er das Gerät ans Ohr hebt. »Lily? Ja, hier Gabe. Mir geht's gut, Süße. Wie läuft's bei euch oben?« Ein Lächeln huscht um seinen fein geschnittenen Mund, als die fröhliche, weibliche Stimme am anderen Ende der Leitung erklingt. »Hör mal«, sagt er, »ich müsste eigentlich längst woanders sein, aber ich habe hier jemanden in der Tiefgarage. Sie sagt, Miss Ross wäre mit ihr verabredet. Weißt du was davon?«

Seine Erwiderung ist ein leises Brummen, in dem keine große Überraschung mitschwingt. »Ach, wirklich. Andrew Beckham hat also tatsächlich eine Schwester, hm?«

Ich neige den Kopf und bedenke ihn mit einem genervten Blick, aber dieser arrogante Kerl zwinkert mir doch tatsächlich zu, während er sich bei der Frau am anderen Ende der Leitung bedankt, ehe er den Anruf beendet.

»Jetzt zufrieden?«, frage ich, während er in aller Seelenruhe das Handy in die Tasche zurückschiebt.

Er mustert mich eher amüsiert denn zerknirscht. »Miss Beckham, wir scheinen uns hier wohl auf dem falschen Fuß erwischt zu haben.«

»Das würde ich auch sagen.«

Ein verschmitztes Grinsen zuckt um seinen schön geschnittenen Mund, der mir arroganter und verführerischer erscheint, als ich wahrhaben will. Er hält mir die Hand hin, um wohl so etwas wie einen Waffenstillstand zu erwirken. »Dann sollten wir noch einmal von vorne anfangen. Ich bin Gabriel Noble, der Sicherheitsbeauftragte von Baine International. Die meisten nennen mich Gabe.«

Vor allem wohl die Frauen, die er »Süße« nennt, denke ich.

Ich starre auf die große Hand mit den starken Fingern, die er mir hinhält, und wehre mich gegen den so selbstsicher zur Schau getragenen Charme. »Es besteht keine Notwendigkeit, dass wir noch einmal von vorn beginnen. Außerdem bin ich immer noch spät dran.«

Er nickt einmal kurz und deutet dann mit der Hand auf den Fahrstuhl. »Wenn Sie mir folgen wollen, werde ich Sie persönlich nach oben in die Chefetage bringen.«

Ich rücke die Künstlermappe zurecht, die ich mir über die Schulter gehängt habe, und umfasse meinen Laptop fester. »Das ist nicht nötig. Davon abgesehen meine ich mich zu erinnern, Sie hätten gesagt, Sie müssten irgendwo hin, oder?«

»Mein Job kommt immer an erster Stelle.«

Na, das hört sich doch wie bei einem echten Pfadfinder an. Vielleicht hätte ich sogar spöttisch geschnaubt, würde er nicht so ernsthaft klingen. »Na gut, dann tun wir jetzt einfach so, als hätten Sie Ihren Job erledigt. Wenn Sie also nichts dagegen haben, würde ich jetzt gern zu meinem Termin hoch.«

»Das geht nicht.«

»Was bilden Sie sich überhaupt ein?« Ich sehe ihn ärgerlich mit neu erwachter Wut an. »Wenn Sie nicht auf der Stelle zur Seite treten und mich durchlassen ...«

Ganz bedächtig schüttelt er mit dem Kopf, dann rückt er näher – näher, als ich erwarten würde. So nah, dass mir sofort sein sauberer, würziger Duft in die Nase steigt und mich die beunruhigende Wärme seines muskulösen Körpers umfängt. »Von der Garage aus braucht man für die Benutzung des Fahrstuhls eine Zugangskarte. Und um als Besucher in die Chefetage zu gelangen, ist außerdem eine Sicherheitsfreigabe vom diensthabenden Sicherheitspersonal im Eingangsbereich oder von einem anderen Mitglied des Sicherheitsteams erforderlich.«

»Oh.«

Ich sehe in seine wachen, haselnussbraunen Augen und erkenne, dass sie eigentlich eine faszinierende Mischung aus Grau, Grün und Braun aufweisen. Und gerade jetzt blitzt eine Selbstgefälligkeit darin, die mich wütend macht, denn er hält nicht nur meinen Blick fest, sondern lässt mich auch nicht aus der engen Lücke zwischen den Autos.

»Da haben Sie wohl ein ziemliches Glück, Miss Beckham, dass wir uns über den Weg gelaufen sind. Denn ansonsten hätten Sie hier unten in der Tiefgarage festgesteckt, bis jemand aufgetaucht wäre, der Sie mit nach oben nimmt.«

Glück ist nicht unbedingt das erste Wort, das mir in meiner jetzigen Situation in den Sinn kommt. Allerdings muss ich gestehen, dass ich doch ziemlich dankbar für die Rettung bin. Doch statt ihm die Genugtuung zu geben, irgendetwas Zustimmendes zu erwidern, dränge ich mich wortlos an ihm vorbei und gehe zum Fahrstuhl.

Ich meine, bei jedem Schritt, den ich tue, das Gewicht seines Blickes im Nacken zu spüren. Als ich mich umdrehe, um zu sehen, ob ich recht habe, stelle ich fest, dass er grinst. Puh, er hat ein tolles Lächeln. Es ist ein bisschen schief und wird von zwei jungenhaften Grübchen eingerahmt. Ich kann mir gut vorstellen, dass er damit unzählige Frauen bezirzt hat.

Mich nicht, rufe ich mich zur Räson und klammere mich an meine Wut auf ihn, bis wir die Fahrstuhltür erreichen. Ich muss mich an meiner Wut festklammern, denn ansonsten müsste ich mir eingestehen, dass es vom ersten Moment an zwischen uns geknistert hat.

»Nach Ihnen, meine Dame«, sagt er und bleibt stehen, um mir die Tür aufzuhalten.

Ich bedanke mich mit leiser Stimme und trete in den Fahrstuhl. Allerdings kann ich nicht widerstehen, ihn mit einem süffisanten Blick zu bedenken, als er nach mir in die Kabine steigt. »Ach, übrigens, was den falschen Fuß betrifft, Gabe, *Süßer,* – ich möchte wetten, dass Sie nur den einen haben – den falschen.«

2

Gabriel

Der Berufsverkehr ist in vollem Gange, als ich endlich die Throgs Neck Bridge von Manhattan aus überquere und in Bayside, Queens, ankomme. Eigentlich hätte ich schon vor einer Stunde da sein müssen, aber daran kann ich jetzt sowieso nichts mehr ändern.

Ich quetsche meinen schwarzen Lexus RC 350 zwischen einen Lieferwagen und einen verrosteten Bronco auf dem Parkplatz hinter *McGilly's* am Bell Boulevard, meiner alten Gegend. Eigentlich hatte ich erst bei mir vorbeifahren und mich umziehen wollen, aber dass ich bei der Arbeit so lange aufgehalten worden bin, hat mir einen Strich durch die Rechnung gemacht.

Ich weiß, dass ich schwer was aufs Dach kriegen werde, wenn ich mit einem Anzug in die Kneipe gehe, für den die meisten Gäste hier einen ganzen Wochenlohn hinblättern müssten. Was ich mir dann noch anzuhören habe, wenn irgendeiner mitbekommt, was für einen Wagen ich neuerdings fahre, mag ich mir gar nicht vorstellen. Ich habe ihn zwar gebraucht gekauft, aber das würde keinen in der Bar interessieren. Es wäre nicht das erste Mal, dass ich es mit Fassung tragen muss, bei einem so mächtigen – und reichen – Mann wie Dominic Baine auf der Gehaltsliste zu stehen.

In den Augen mancher bin ich mir selbst untreu geworden, als ich mich entschied, im Sicherheitsteam um den berühmten

Finanzmagnaten zu arbeiten. Andere meinen, ich hätte etwas noch viel Schlimmeres getan, indem ich meinem alten Leben den Rücken gekehrt habe, um mir auf der anderen Seite der Brücke ein neues aufzubauen. Es hat lange gedauert, bis ich mir endlich sagen konnte, dass es mir völlig egal ist, was irgendjemand sagt.

Ich treffe meine eigenen Entscheidungen. Das habe ich schon immer getan.

Ich bin der Einzige, der mit den Konsequenzen leben muss.

Nachdem ich geparkt und den Motor ausgeschaltet habe, entferne ich die Anstecknadel mit dem Baine-International-Logo von meinem Revers und lasse sie in den Tassenhalter der Mittelkonsole fallen. Es geht mir nicht so sehr darum, der Verachtung zu entgehen, mit der man mir bei ihrem Anblick drinnen unter Umständen begegnen würde, sondern ich tue es aus Rücksicht auf die Privatsphäre meines Arbeitgebers und Freundes.

Selbst außerhalb der Arbeitszeit vergesse ich nie auch nur eine Minute lang, wie viel ich Nick Baine zu verdanken habe. Er hat zu mir gehalten, als kein anderer dazu bereit war, und deshalb bin ich ihm wirklich treu ergeben. Es gibt nichts, was ich nicht für ihn täte, würde er mich darum bitten. Das bedeutet, dass ich eigentlich rund um die Uhr im Dienst bin.

Bezüglich meiner Dienstwaffe mache ich mir nicht die Mühe, sie im Wagen zu verstauen, ehe ich aussteige. Von den Leuten aus dieser Gegend wird sie nicht weiter beachtet werden, deshalb bleibt sie im Holster unter meinem Jackett, als ich mich durch den Hintereingang des *McGillys's* in das laute Getümmel begebe.

Ein Klassiker von Bruce Springsteen dröhnt aus der Anlage und liegt mit dem Baseballspiel, welches auf allen vier Flachbildschirmen zu sehen ist, die hoch oben an den dunklen, holzverkleideten Wänden montiert sind, im Wettstreit um die Aufmerksamkeit der Gäste. Abgesehen von den sportbegeisterten Gästen, die blau-orangefarbene Trikots übergestreift haben, um ihre Lieblingsmannschaft zu unterstützen, tragen die anderen Besucher der Kneipe, die um die Tische des kleinen Schuppens stehen, meist Jeans und T-Shirt.

Das *McGilly's* ist wohl die bodenständigste Kneipe auf dem ganzen Bell Boulevard, und man würde nie darauf kommen, dass das ganze dreckige Loch voller Cops ist, die ihren Feierabend genießen.

Während ich weiter in den Raum hineintrete, richte ich den Blick auf den Bereich in der Mitte, wo der größte Trubel herrscht. Eine bunt gemischte Gruppe aus Männern zwischen Mitte zwanzig und siebzig stößt unter grölendem Gelächter und laut geführten Gesprächen immer wieder mit Bier an. Die Männer nehmen fast alle Tische ein, und auch der größte Teil des Raumes wird von ihnen belegt. Wirklich erstaunlich, aber sie haben es sich verdient.

Statt gleich allen die Stimmung zu verderben, suche ich mir einen Platz am Tresen und nicke dem untersetzten, dunkelhaarigen Barkeeper zu, den ich noch aus der Highschool kenne. »Hi, Tommy. Wie läuft's?«

Er sieht überrascht in meine Richtung, während er mehreren jungen Frauen, deren Augen an ihren Handys kleben, Bier serviert. »Gabe, wow. Sieh mal einer an. Das Zivilleben bekommt dir wirklich gut, wie ich sehe.« Es ist nicht wertend von ihm gemeint, und eine Antwort erwartet er auch nicht. »Was kann ich dir bringen, Mann?«

»'n dunkles Bier. Was du gerade auf Lager hast«, antworte ich gelassen.

Er schenkt ein Bier ein und bringt es mir. Als ich Geld auf den Tresen lege, schüttelt er den Kopf. »Das geht auf mich. Ich habe dich seit deinem Einsatz nicht mehr gesehen. Himmel, ey, das müsste …«

»Ist Jahre her.« Ich lasse ihn nicht nachrechnen, wie lange es her ist, obwohl ich sehr genau weiß, wann ich nach Afghanistan gegangen bin.

Das ist jetzt sieben Jahre her, und seitdem ist viel passiert. Bombensplitter haben meinen Weg übersät, zerfetztes, verkohltes Fleisch und Knochensplitter. Nicht alle gehörten mir.

»Ja«, sagt Tommy leise und mustert mich, als würde er nach sichtbaren Beweisen für die Verletzungen suchen, die nach einem Jahr bei meinem zweiten Einsatz zu meiner Entlassung aus der Armee führten. »Ach, ist ja egal. Auf jeden Fall ist es schön, dich wiederzusehen, Gabe. Willkommen zu Hause, falls ich das noch nicht gesagt haben sollte.«

Ich nicke und hebe das Glas an den Mund. »Danke für das Bier.«

Ehe er sich bemüßigt fühlt, weiter in Erinnerungen zu schwelgen, drehe ich mich auf dem Barhocker um und betrachte die Gäste. Einer der Männer, der am Tisch in der Mitte des Raumes sitzt, steht auf, spricht einen langatmigen Toast auf den frisch beförderten Polizeichef aus und gratuliert ihm am Ende seiner Rede.

Der Laden ist gerammelt voll, und trotzdem erhasche ich einen Blick auf den Mann der Stunde. Er ist groß und breitschultrig, hat ein tiefes Lachen, und sein hellrotes Haar leuchtet wie Feuer im schwachen Schein der Bar, während er wie ein König Hof hält.

Stolz erfüllt mich, ein Lächeln zuckt um meine Lippen, während ich meinen ältesten Bruder, Shane, beobachte, wie er sich in seinem hart erarbeiteten Ruhm sonnt. Eigentlich würde ich am liebsten aufstehen und gleich wieder gehen, damit er seinen Triumph voll auskosten kann. Ich gehöre bei dieser Party sowieso nicht dazu – auch wenn viele der Cops hier Verwandte von mir sind.

Fünf Generationen lang haben sich alle Männer der Familie Noble dem Polizeidienst verschrieben. Ich bin der erste, der mit dieser Tradition und Verbundenheit gebrochen hat.

Aus einer Vielzahl von Gründen habe ich die Voraussetzungen, die einen wahren Noble ausmachen, nie erfüllt.

Das erkannte ich in aller Deutlichkeit, als ich aus Afghanistan zurückkehrte und mein Leben ein Scherbenhaufen war. Ich weiß nicht, ob ich je in der Lage sein werde, alle Teile zusammenzusetzen, um wieder der zu sein, der ich mal gewesen bin. Eins ist jedoch ganz sicher: Ich gehöre nicht mehr nach Bayside. Als ob ich das je getan hätte!

Ich stoße einen unterdrückten Fluch aus und leere mein Glas in einem Zug. Gerade als ich vom Barhocker rutschen will, um die Bar wieder zu verlassen, löst sich ein Mann aus der feiernden Schar und kommt auf mich zu.

Zwei Grübchen, die genau wie meine aussehen, rahmen seinen Mund ein, als er sich mir lächelnd nähert. »Wer sagt's denn? Da hatte ich ja doch den richtigen Riecher. Armani. Das Rasierwasser kenn ich doch. Sieh mal einer an, wer hier aufgekreuzt ist.«

Von meinen drei älteren Brüdern steht Jacob mir mit seinen sechsunddreißig Jahren am nächsten, obwohl uns volle neun Jahre trennen. Wir haben fast die gleiche Größe und eine ähnliche Statur, doch er hat von unserer Mutter das fast schwarze Haar und die großen braunen Augen geerbt. In allem anderen kommt er nach Dad. Mein Bruder unterscheidet sich nur hinsichtlich der Zuneigung, die er mir immer entgegengebracht hat, von ihm.

Er stellt seinen leeren Krug auf den Tresen und boxt gegen meine Schulter, was in unserer Familie gemeinhin die Umarmung ersetzt. Sein schwarzes T-Shirt spannt über der breiten Brust und an den muskulösen Oberarmen, die voller Tattoos sind. Auch wenn sie teilweise verdeckt sind, verraten die Tätowierungen seinen rebellischen Charakter, da für einen Noble diese Form der Körperkunst fast einer Todsünde gleichkommt und somit genauso verwerflich ist, wie den fest in der Familie verankerten Vorstellungen, im Dienste von Recht und Gesetz zu stehen, zuwiderzuhandeln.

Wenn ich einen Verbündeten unter meinen Brüdern habe, dann ist es Jake.

Als er sich auf den Hocker neben meinem fallen lässt, bedenke ich ihn mit einem spöttischen Grinsen. »Armani … von wegen! Im Gegensatz zu dir, du Blödmann, habe ich noch nie in meinem ganzen Leben ein Parfüm benutzt. Man sollte meinen, dass ein Typ, der eines Tages ganz groß bei der Polizei einsteigen will, eine etwas bessere, hm, Spürnase hat.«

Er lacht leise und bedeutet Tommy, dass er uns noch zwei Bier bringen soll. »Eigentlich hatte ich gedacht, dass du schon vor einer Stunde hier sein würdest.«

»Bei der Arbeit ist was Unerwartetes dazwischengekommen.«

Was für eine Untertreibung.

Nicht zum ersten Mal, seit ich von Baine International weg bin, denke ich an *sie*.

Der Anblick der langbeinigen Schönheit mit der glatten hellbraunen Haut, den silbergrünen Augen und den verführerischen Rundungen hatte in mir den Wunsch geweckt, sie aus ihrem dunkelvioletten Kleid zu schälen und jeden Zentimeter ihrer Haut mit meinen Händen zu erforschen.

Seit ich meinen Job in Manhattan angetreten bin, habe ich viele schöne Frauen gesehen, aber Evelyn Beckham als schön zu bezeichnen, trifft es nicht ganz – eher gesagt überhaupt nicht.

Vielleicht habe ich es bei ihr zu weit getrieben, indem ich in der Tiefgarage erst den unbeugsamen Cop spielte und dann auch noch darauf bestand, mit ihr zusammen in den vierunddreißigsten Stock zu fahren. Ich hätte ihr ja auch einfach glauben können, dass sie tatsächlich die war, die sie zu sein vorgab. Schließlich war die Ähnlichkeit zwischen ihr und Andrew Beckham groß genug, um ihre Worte zu untermauern, auch wenn ich nie davon ausgegangen wäre, dass Beck eine Schwester mit dem Gesicht eines Engels haben könnte und mit einem Körper, der meine Männlichkeit in dem Moment hatte erwachen lassen, als sie aus ihrem Wagen gestiegen war.

Und ihre temperamentvolle, selbstbewusste Art hatte sie nur noch reizvoller gemacht. Wenn sie nicht aufbegehrt, sondern klein beigegeben hätte, als ich ihr so offensiv entgegengetreten bin, hätte ich mich bemüht, sie zu beruhigen. Ich bin schließlich kein kompletter Mistkerl, obwohl sie das nach unserer ersten Begegnung bestimmt nicht für möglich halten wird. Zwar hatte ich ihr erklärt, nur meinen Job zu machen, aber in Wirklichkeit hätte ich ihr mit meiner Zugangskarte den Zutritt zur Chefetage freischalten können, um sie dann allein mit dem Fahrstuhl hochzuschicken.

Aber in Wahrheit war ich froh über die kleine Unterbrechung in meiner täglichen Routine. Ich war froh, einen Vorwand zu haben, später als geplant beim Familientreffen im *McGilly's* zu erscheinen. Wenn ich meine Brüder nicht so sehr respektieren und bewundern würde, hätte ich überhaupt keine Entschuldigung gebraucht, um der Feier ganz fernzubleiben.

Unser Bier kommt, und ich nehme meins, um dann mit dem Kinn auf unseren ältesten Bruder zu deuten, als eine weitere Gruppe von Polizeikollegen sich erhebt, um auf seine Beförderung anzustoßen. »Shane hat noch nie so glücklich ausgesehen. Da hat er es doch tatsächlich geschafft, schon mit zweiundvierzig zum Commander aufzusteigen. Dad freut sich bestimmt wie ein Schneekönig darüber.«

Jake schaut in die gleiche Richtung und nickt. »Du hast ja keine Ahnung, wie sehr. Mom auch. Sie geben nächstes Wochenende bei sich zu Hause eine Grillparty für Shane, Lisa und die Kinder. Ich glaube, Mom hat fast die gesamte Nachbarschaft eingeladen.«

»Was anderes habe ich auch nicht erwartet.«

»Du wirst doch auch da sein, oder?«

Ich zucke mit den Achseln und nehme einen Schluck von meinem Bier. »Hängt wohl von der Arbeit ab. Und von anderen Sachen.«

»Arbeit und andere Sachen«, brummt Jake. »Also wirklich, Bruder, manchmal bist du so ausweichend wie dieser mysteriöse Finanzmagnat und Milliardär, der ›Schattenmogul‹, für den du arbeitest. Sieht so aus, als würdest du dich schon genauso kleiden wie er.«

Da es ein freundlicher Seitenhieb ist, der auch nicht unerwartet kommt, lasse ich ihn an mir abprallen. Und auch zu der Bemerkung über Dominic Baine und die Nennung seines Spitznamens, den ihm die Presse verpasst hat, sage ich nichts. Nicks Ruf, ein zurückgezogen lebendes Genie zu sein, das sich skrupellos Firmen einverleibt, ist nicht ganz von der Hand zu weisen, doch seitdem Avery Ross in sein Leben getreten ist, hat er sich verändert. Keiner, der ihn kennt, würde behaupten, dass er nun sanft oder gar gezähmt wäre. Und doch strahlt er eine Ruhe aus, die vor über einem Jahr, als ich ihn kennenlernte, noch nicht da gewesen war.

Der andere zwielichtige Ruf eher privater Natur, der ihm vorauseilt und über den man nur hinter vorgehaltener Hand tuschelt – in den offiziellen Nachrichten und den Geschäftsberichten wird man vergeblich danach suchen –, sollte ein Thema bleiben, das nur ihn und seine Verlobte etwas angeht.

Ich bin wirklich der Allerletzte, der sich anmaßen darf, jemand anders wegen seiner sehr speziellen Eigenschaften zu verurteilen.

»Ich kann nicht lang bleiben«, sage ich leise und sehe Jake dabei über den Rand meines Glases hinweg an. »Ich sollte mal zu Shane rübergehen und ihm gratulieren. Dann bin ich wieder weg.«

Jake stößt einen leisen Pfiff aus. »Du bist gerade mal zwei Minuten da und überlegst dir schon, wie du am besten wieder flüchten kannst. Ich glaube, das ist ein neuer Rekord, den du da aufstellst.«

Er hat recht, und ich werde den Teufel tun und ihm widersprechen. »Ich bin gekommen, weil es meine Pflicht ist. Gegenüber Shane. Gegenüber Mom. Ja, sogar gegenüber mir selbst. Ich weiß, was diese Beförderung unserem Bruder bedeutet.«

»Und Dad auch«, sagt Jake und wirft mir einen ernsten Blick zu. »Er will für alle seine Söhne das Beste. Er will, dass wir alle erfolgreich unseren Weg machen.«

»Einige aber mehr als andere«, sage ich spöttisch in mein Glas.

Ich klinge verbittert, aber dagegen kann ich nun mal nichts tun. Zwischen meinem Vater und mir ist es nie sonderlich gut gelaufen, aber im Laufe der letzten Jahre haben unsere Meinungsverschiedenheiten und die offensichtliche Abneigung für eine handfeste Entfremdung gesorgt. Ich lasse den Blick schweifen und erspähe den alten Herrn. Er sitzt neben Shane am Tisch, und seine fleischige Hand liegt immer noch um denselben Bierkrug wie bei meiner Ankunft. Er strahlt angesichts all der Lobpreisungen, mit denen sein ältester Sohn überschüttet wird, lacht über jeden Scherz und grinst ansonsten die ganze Zeit, während alles fröhlich feiert. Es wirkt so, als wäre es der größte Moment seines ganzen Lebens.

Er hat sich, seit ich ihn das letzte Mal gesehen habe, einen kleinen Bart wachsen lassen … einen grauen Bart, der nicht den kupferfarbenen Ton wie sein gelichtetes Haar aufweist. Außerdem ist der Bart nicht in der Lage zu verbergen, wie schmal sein Gesicht geworden ist und wie das Fleisch über den eingefallenen Wangen hängt.

»Er ist dünner geworden«, stelle ich fest und drehe mich dann wieder zum Tresen um.

»Meinst du?« Jake wirft Dad einen schnellen Blick zu und sieht dann mich wieder an. »Wahrscheinlich siehst nur du es so deutlich, weil du so lange nicht mehr zu Hause gewesen bist.« Er zuckt zusammen, kaum sind die Worte aus seinem Mund. »Shit. Das klingt komisch. Ich mein das nicht so, Gabe.«

Ich schüttele den Kopf und trinke mein Bier aus. »Mach dir keinen Kopf. Außerdem hast du ja recht … es ist wirklich lange her. Ich sollte mir angewöhnen, häufiger vorbeizuschauen – zumindest wegen Mom.«

»Das würde ihr gefallen. Ihm wohl auch, auch wenn er es nie sagen würde.« Jake ballt seine Hand zur Faust und knufft meinen Arm. »Egal, Ende der Diskussion über Familie und andere Dramen. Erzähl mal, wie's dir so in der Stadt ergeht. Macht es Spaß, für Baine zu arbeiten, und wie läuft's so in der Stadt? Erledigst du ab und zu mal interessante Sachen für Baine oder stehst du nur in teuren Anzügen mit Sonnenbrille herum und versuchst dabei nützlich zu wirken?«

Ich lache, denn im Großen und Ganzen hat er es auf den Punkt gebracht. Und ich kann nicht leugnen, dass ich allmählich an den Punkt gelange, dass mir das nicht mehr genügt und ich mich nach etwas sehne, das mich mehr erfüllt. »Du klingst neidisch, Brüderchen.«

Er stößt ein leises Lachen aus. »Yeah, vielleicht bin ich das tatsächlich ein bisschen. Ist dir eigentlich klar, wie viele Frauen ich bekäme, wenn ich sagen könnte, dass ich für Dominic Baine arbeite?«

»Diesen Teil des Leistungspakets habe ich bisher wohl übersehen«, gebe ich mit einem schiefen Grinsen zurück.

»Vielleicht suchst du einfach nicht intensiv genug.« Jake hat mit seiner unersättlichen Gier nach Frauen noch nie hinter dem Berg gehalten. Zwar lächelt auch er, mustert mich jedoch gleichzeitig mit durchdringendem Blick. »Du weißt selbst, dass die Trennung von Tracy mittlerweile einige Jahre her ist. Du wirst nicht jünger. Und hübscher wirst du auch nicht mehr.«

»Was versuchst du mir zu sagen?«

Er zuckt mit den Achseln und nimmt einen Schluck von seinem Bier. »Irgendwann musst du anfangen, dich mal wieder umzuschauen – sozusagen wieder in den Sattel steigen.«

»Gibst du mir etwa Dating-Ratschläge?« Ich stoße einen leisen Fluch aus. »Das ist ungefähr so hilfreich wie damals, als Dad mir Tipps geben wollte – damals, als ich dreizehn war.«

Aber Jake scheint noch nicht bereit, das Thema zu wechseln. Er hat sich jetzt ganz zu mir umgedreht und sieht mich zwar vorsichtig, aber doch fragend an. »Ich weiß, dass es für dich seit deiner Heimkehr nicht leicht gewesen ist. All die Operationen, die länger als ein Jahr dauernde Reha. Ich werde nicht so tun, als könnte ich mir vorstellen, was du durchgemacht haben musst, aber ich würde dir diese ›Tipps‹ nicht geben, wenn ich nicht das Gefühl hätte, dass du einen Tritt in den Hintern brauchst.«

Ich spüre, wie sich in mir bei der Erinnerung an meine Verletzung alles zusammenzieht. Eigentlich braucht man mich nicht daran zu erinnern. Es gibt zwar Momente, in denen ich aufwache und denke, mein Körper wäre unversehrt, aber dann sind da auch die Träume, in denen ich über die versengte, blutüberströmte Piste humpele, wo der Humvee meiner Einheit über eine Mine fuhr, und nach Muskeln und Knochenteilen suche, die früher den unteren Teil meines linken Beins bildeten.

Ich werde nie erfahren, warum ich überlebt habe und meine Kameraden nicht.

Es hat Jahre gedauert, ehe ich aufhörte, mir zu wünschen, ich wäre mit ihnen gestorben.

Jake leert sein Glas und starrt mich an, als würde er gleich ein Verhör mit mir beginnen. »Wann warst du das letzte Mal mit einer Frau zusammen?«

»Mit einer?«

An seinem herzhaften Lachen erkenne ich, dass er denkt, ich hätte einen Scherz gemacht. Nicht einmal ihm gegenüber werde ich das Missverständnis aufklären. Jeder geht mit Schmerz und sonstigen Probleme anders um. Ich gehe in der Hinsicht definitiv meinen eigenen Weg.

Jake schüttelt den Kopf. »Okay, du Klugscheißer. Wann bist du das letzte Mal mit einer Frau ausgegangen?«

Tja, das ist eine Frage, auf die ich keine Antwort habe und noch nicht einmal mit einem Scherz reagieren kann. Ich zucke mit den Achseln und stelle fest, dass das wohl ungefähr zu der Zeit gewesen sein muss, als ich mich verpflichtet hatte. Das ist sieben Jahre her. Es war der Abend, an dem ich beim Essen in einem Restaurant dem Mädchen, mit dem ich während der ganzen Highschool-Zeit zusammen gewesen war, einen unbeholfenen Heiratsantrag machte. Tracy sagte Ja, aber drei Monate später, als ich in einem Bett im Walter-Reed-Militärkrankenhaus erwachte, war sie fort.

»So lange ist es also schon her, hm?«, sagt Jake, als würde

es seine Vermutung bestätigen, weil ich nicht sofort antworte. »Gütiger Himmel, Gabe, es kann ja wohl kaum an der mangelnden Auswahl liegen. Die Stadt ist voller schöner Frauen. Hast du denn zumindest mal eine kennengelernt, mit der du gern ausgehen würdest?«

Aus einem unerfindlichen Grund habe ich sofort Evelyn Beckhams Gesicht vor Augen. Ich sehe immer noch ihre hellgrünen Augen, die vor Entrüstung unter den dichten schwarzen Wimpern blitzen. Ich habe immer noch den Vanilleduft ihrer Haut in der Nase, als ich näher an sie herangerückt bin als nötig, um noch mehr davon einzuatmen.

Ich höre immer noch ihre samtig-weiche Stimme, die vor Verärgerung ganz hell klingt, als sie mir erklärt, dass ihrer Meinung nach der einzige Fuß, den ich hätte, falsch wäre. Die Ironie der Bemerkung lässt mich innerlich lächeln.

»Ich habe kein Interesse mehr daran, mich zu verabreden«, sage ich zu meinem Bruder. »Ich bin für Beziehungen nicht geschaffen. Bin es eigentlich nie gewesen.«

Und was Evelyn Beckham angeht – die ist sogar dann tabu, wäre sie nicht die Schwester von Nick Baines gutem Freund und persönlichem Anwalt. Ich betrachte Andrew Beckham zwar auch als Freund, aber trotzdem würde er mich sofort an die frische Luft setzen lassen, sollte ich seiner Schwester das Leben schwer machen.

Zum Teufel noch mal … so wie ich sie verärgert habe, würde es mich nicht überraschen, wenn sie von ihrem Bruder und Nick verlangen würde, mich auf der Stelle zu entlassen, wo sie schon mal vor Ort ist.

Und falls sie es tut, kann ich ihr das wahrscheinlich noch nicht einmal vorwerfen.

Wenn ich nicht das Gefühl hätte, ihr erneut zu nahe zu treten, würde ich eine Möglichkeit finden, sie aufzusuchen und mich bei ihr zu entschuldigen. Das täte ich nicht aus Sorge um meinen Job, sondern weil ich sie verärgert habe und der Meinung bin, mich wie ein tumber, arroganter Mistkerl verhalten zu haben.

»Wirst du sie anrufen?«

»Wen?«

Jake grinst. »Wer auch immer sie ist, die dich dazu bringt, ein finsteres Gesicht zu machen und dein Bierglas so fest zu umklammern, dass du es noch zerdrücken wirst.«

Ich lasse das Glas los und schüttele den Kopf. Die Worte, alles zu leugnen, liegen mir schon auf der Zunge. Aber ehe ich etwas sagen kann, sehe ich, dass mein Vater auf uns zukommt.

Auch mit seinen gut sechzig Jahren besitzt er noch eine starke Ausstrahlung, die selbst durch den leicht ungleichmäßigen Schritt und den längst nicht mehr kräftigen Körperbau nicht geschmälert wird. Sein Blick richtet sich mit der Kraft eines Laserstrahls auf mich. Sowohl die blauen Augen als auch der verkniffene Zug um den Mund, den ein grauer Bart umrahmt, zeugen von seiner Missbilligung.

Ich stöhne und stoße einen unterdrückten Fluch aus. »Mist.« Ich merke erst, dass ich das Wort laut ausgesprochen habe, als Jake sich umdreht, um zu sehen, was meine Reaktion ausgelöst hat.

Er steht auf, als er sieht, dass der alte Mann sich uns nähert. Man hat fast das Gefühl, dass die militärisch strenge Haltung, die er eingenommen hat, für ihn die natürlichste Sache der Welt ist. Ich bleibe sitzen, denn ich will meinem Vater nicht die Genugtuung verschaffen, zu beobachten, wie ich mit meiner Prothese versuche, das Gleichgewicht zu halten.

Jake beendet das unangenehme Schweigen auf der Stelle. »Hi, Dad. Tolle Party, nicht wahr? So viele Leute.«

Dad sieht mich weiter mit finsterem Blick an und brummt

etwas Nichtssagendes. Als er spricht, blickt er meinen Bruder an, als wäre ich überhaupt nicht da. »Ich muss nach Hause, Sohn. Den Wagen habe ich die Straße etwas weiter unten abgestellt. Holst du ihn mir wohl?«

Himmel, er hört sich schlimmer als nur müde an. Er klingt erschöpft. Ausgebrannt.

»Na klar, kein Problem«, sagt Jake und nimmt Dad den Autoschlüssel ab. »Lass mich nur eben die Rechnung begleichen, dann hole ich den Wagen.«

»Die Getränke gehen auf mich«, brumme ich leise und greife auch schon ins Jackett, um meine Brieftasche herauszuholen. Ich spüre den Blick meines Vaters, als ich den Wagenschlüssel des Lexus auf den Tresen lege und dann ein paar Zwanziger aus meiner Brieftasche ziehe.

Jake klopft mir auf die Schulter. »Danke, Gabe. Bin gleich wieder da, Dad.«

Er geht und lässt mich mit dem Mann allein, zu dem ich als Kind mehr als zu jedem anderen aufgeschaut habe. Dem Mann, der mich wahrscheinlich nie geliebt hat und jetzt keinen Hehl daraus macht, dass er mich verachtet.

Mir fällt absolut nichts ein, was ich zu ihm sagen könnte.

Ihm geht es wahrscheinlich ähnlich. Schweigend schlurft er an mir vorbei und verlässt die Bar durch die Hintertür, um draußen auf seinen Sohn zu warten.

Ich bleibe einen Moment lang sitzen und koche innerlich vor überflüssiger Wut. Tommy kommt, um das Geld zu nehmen, das ich auf den Tresen gelegt habe.

»Noch ein Bier, Gabe?«

»Nein, danke. Ich geh gleich.« Er nickt und will schon mein Wechselgeld holen, als ich ihn noch einmal zurückrufe. »Ich hab's mir anders überlegt, Tommy. Ich nehme noch einen Whiskey. Einen doppelten.«

3

Evelyn

»Die Entwürfe sind fantastisch.« Avery Ross schaut von den Skizzen und Mustern aus Seide und Spitze auf, die vor uns auf dem Couchtisch liegen. »Evelyn, ich weiß nicht, wie ich mich bei der Auswahl auf nur ein paar Entwürfe beschränken soll.«

»Ich freue mich so sehr, dass dir die Entwürfe gefallen.«

Wir sitzen alleine in Dominic Baines Büro auf einem hellgrauen Chesterfield-Sofa aus Leder. An der hinter uns aufragenden Wand aus poliertem silberfarbenen Granit hängt ein Jackson-Pollock-Original – willkürliche schwarze Linien und Kleckse auf einer cremefarbenen Leinwand. Es fasziniert mich, dass die teure Büroetage, von der aus man einen hervorragenden Blick auf den besten Teil von Manhattan genießt, leicht dunkel und einschüchternd wirkt – ganz wie der Milliardär selbst, dem sie gehört –, seine Räumlichkeiten aber weit davon entfernt sind, einem das Gefühl zu geben, kalt und streng zu sein.

Da wirkt Avery, seine wunderschöne Verlobte, wie ein funkelnder Sonnenstrahl inmitten von so viel Grau. Ihr herzliches Lächeln erhellt den Raum, als sie bewundernd den Kopf hebt und mich anschaut, wobei das lange blonde Haar ihre Schultern umspielt.

»Da wundert's nicht, dass das *L'Opale* immer mehr zu den besten und angesagtesten Dessousläden aufschließt. Alles, was du mir heute gezeigt hast, ist wunderschön.«

Ich kann nicht verhehlen, dass bei ihren Worten Stolz in mir aufsteigt. Die Boutique in der Madison Avenue ist zwar klein, aber in den fünf Jahren seit der Eröffnung hat sich die Kundschaft, die am Anfang aus ein paar Angehörigen der Schickeria und Prominenten von der Ostküste bestand, zu einer exklusiven Gefolgschaft aus der ganzen Welt entwickelt. Meine Mitarbeiter und ich haben hart daran gearbeitet, uns den Ruf, nur beste Qualität zu führen, zu erwerben, und ich habe es mir zur Aufgabe gemacht, bei dem, was wir unserer Kundschaft anbieten, höchstpersönlich für eine Originalität zu sorgen, die auch modische Trends nicht außer Acht lässt.

Ein Teil unseres Bestandes ist limitiert – das heißt, es werden nur geringe Stückzahlen nach Schnitten produziert, die Katrina und ich gemeinsam entworfen haben. Doch unser Hauptgeschäft sind die Kundinnen, welche uns mit Maßanfertigungen oder der Herstellung individueller Ensembles beauftragen, wie die, welche ich Avery heute vorstelle.

Eigentlich hätte Kat bei einer so renommierten Kundin wie Avery Ross die Präsentation übernehmen sollen, denn sie hat mehr Erfahrung als ich. Sie kam kurz nach der Eröffnung des *L'Opale* zu uns, nachdem sie wohl nicht ganz zufällig eine Woche nach ihrem vierzigsten Geburtstag von einem anderen Luxus-Dessousladen mit angeschlossenem Atelier entlassen worden war.

Aber in dem einen Jahr, seit Avery Kundin des *L'Opale* ist, habe ich eine Beziehung zu ihr aufgebaut. Sie hat ausdrücklich mich für dieses Projekt angefordert, und ich bin so euphorisch – und fest entschlossen –, etwas ganz Spektakuläres für sie und ihren zukünftigen Ehemann zu entwerfen, das die beiden wirklich erfreuen wird.

Sie greift nach dem Entwurf eines leicht gepolsterten, mit Perlen bestickten Halb-BHs mit Höschen. »Das Set ist ganz besonders schön.« Ein leichtes, verträumtes Lächeln spielt um ihre Lippen, während sie die Zeichnung betrachtet. »Und Nick liebt es, wenn ich Perlen trage.«

»Die Teile werden toll an dir aussehen«, sage ich und freue mich, dass sie offensichtlich so begeistert von den Entwürfen ist, die ich ihr zeige. »Aber ehrlich gesagt, glaube ich, dass du auch mit einem Baumwollhöschen und Sport-BH herumlaufen könntest und Nick wäre genauso geblendet, wie wenn er dich in diesen exquisiten Teilen sehen würde. Der Mann betet dich an. Ich hoffe, es macht dir nichts aus, wenn ich das sage.«

»Warum sollte es mir etwas ausmachen? Machst du Witze?« Sie sieht mich mit schüchternem Blick an, und es ist das erste Mal, dass ich bei ihr Unsicherheit erkenne. Sie dreht den riesigen Diamant-Verlobungsring am Finger. »Danke, dass du es sagst. Die letzten drei Monate waren ein einziges Tohuwabohu, seit Nick mir einen Antrag gemacht hat. Und neben der Ausstellung, die ich vorbereite und die nächste Woche eröffnet werden soll, renovieren wir auch noch die Penthousewohnung im Park Place und planen unsere Verlobungsfeier. Manchmal müssen so viele Entscheidungen gefällt werden, dass ich mir gar nicht mehr sicher bin, ob ich alles richtig mache.«

Ich nicke, denn ich weiß, was es bedeutet, unter Druck zu stehen, und wie schwer der auf einem lasten kann. Ich weiß, welche selbstzerstörerische Wirkung damit einhergeht. »Nun, dann möchte ich dir als Außenstehende eine Sache sagen: Es gibt etwas, woran du nie zu zweifeln brauchst, und zwar, dass dein Mann dich über alles liebt.«

Ich kann nichts dagegen tun, dass ich ein wenig wehmütig klinge. Zwischen Avery Ross und Dominic Baine besteht die Art unendlicher Liebe, von der ich lange Zeit meinte, dass es sie im wirklichen Leben nicht geben könnte. Ich selbst habe so eine Bindung ganz gewiss noch nie erlebt. Nach meinen häufig katastrophalen – und gelegentlich sogar gefährlichen – Entscheidungen in Bezug auf Männer habe ich nicht die Absicht, mein Herz je wieder aufs Spiel zu setzen.

Um den Moment zu überspielen, in dem Erinnerungen hochgekommen sind, die ich lieber vergessen würde, greife ich nach einem weiteren Entwurf, der Avery besonders gefallen hat. »Dieses Set aus Seide kann auch mit Perlen verziert werden. Ich kann den Entwurf gern überarbeiten und ihn dir dann noch einmal zeigen.«

»Nein, der Entwurf ist perfekt so wie er ist, Evelyn. Ich bin ganz begeistert davon.« Sie deutet auf die Skizzen, die auf dem Tisch liegen, ohne auf eine bestimmte zu zeigen. »Ich nehme sie.«

»Dies und das mit Perlen bestickte Halbschalen-BH-Set?«

»Nein, alle«, sagt Avery. »Ich kann mich nicht entscheiden, deshalb möchte ich alle kaufen.«

Ich muss mich sehr zusammenreißen, um sie nicht völlig entgeistert anzuschauen. Mehr als ein Dutzend Skizzen habe ich mitgebracht, von denen jede einzelne Kreation einen Preis hat, der weit über tausend Dollar liegt. Ich hatte gedacht, dass sie sich für ein oder zwei Sets entscheiden würde, und gleichzeitig, wenn ich optimistisch sein wollte, gehofft, dass sie vielleicht drei oder sogar vier auswählen würde. Aber gleich alle? Es ist die größte Bestellung seit der Eröffnung des Ladens.

»Äh … danke.« Ich muss schlucken, um den Freudenschrei zu unterdrücken, der in mir hochkommen will. »Avery, also wirklich. Ich kann dir gar nicht genug dafür danken, dass du mir die Gelegenheit gibst, für dich zu entwerfen. Ich verspreche, dich nicht zu enttäuschen.«

»Ich weiß, dass du das nicht tun wirst.« Kurz legt sie ihre

Hand auf meine. »Vom ersten Tag an, als wir uns in der Boutique kennengelernt haben, warst du freundlich zu mir, und das habe ich nie vergessen, Evelyn. Außerdem hast du zufälligerweise ein untrügliches Gespür für verführerische, außergewöhnliche Kreationen.«

»Es gibt nichts, womit ich mich lieber beschäftige«, gestehe ich. »Das Entwerfen ist wie eine Flucht für mich, und ich vergesse dann alles um mich herum. Es hat mir das Leben gerettet, wenn du die Wahrheit wissen willst.«

Sie nickt, obwohl ich mir sicher bin, dass sie gar nicht wissen kann, wie zutreffend die Bemerkung im wahrsten Sinne des Wortes ist. Obwohl wir freundschaftlich verbunden sind und Avery weiß, dass ich früher Model gewesen bin, haben wir doch nie über die demütigenden Details meines Scheiterns in diesem Beruf gesprochen – oder darüber, wie lange es gedauert hat, aus diesem tiefen Loch wieder herauszukommen.

Trotzdem bemerke ich einen Anflug von Verständnis in ihrem sanften Blick. »Für mich hat es nie etwas anderes als Malen gegeben. Es hat Zeiten gegeben, da war es das Einzige, was zwischen mir und all dem Schrecklichen stand, was mein Leben ausmachte. Ich klammerte mich an meine Träume, weil sie das Einzige waren, was ich noch hatte. Und ich habe nicht aufgegeben – weder bin ich von dem glücklichen Leben, das ich führen wollte, abgerückt noch von meiner Kunst. Und das solltest du auch nicht tun.«

»Danke.« Ihre berührenden Worte bewegen mich so sehr, dass es mir die Kehle zuschnürt. Ich habe meine Gefühle nie sonderlich gut unter Kontrolle gehabt, und besonders in Gegenwart von anderen fällt mir das schwer. Außerdem bin ich viel zu aufgeregt, um auch nur kurz in Selbstmitleid zu versinken. Ich reiße mich also zusammen und schenke meiner neuesten Kundin ein professionelles Lächeln, während ich die Hand ausstrecke. »Ich freue mich sehr, mit dir zusammenzuarbeiten, Avery. Ich werde jetzt mit allen Entwürfen in die Boutique zurückfahren und sofort mit der Arbeit beginnen. Da alle Näharbeiten im eigenen Haus erfolgen, sollten wir es schaffen, eine erste Anprobe einiger Sets in ein paar Wochen vornehmen zu können.«

»Ich kann es gar nicht erwarten«, erwidert sie und schüttelt mir die Hand. »Danke, dass du so spontan darauf eingegangen bist, dass wir uns hier treffen. Nicks Büro ist einfach praktischer, da unsere Wohnung im Moment eine einzige Baustelle ist.«

»Kein Problem«, sage ich, während ich die Skizzen einsammele und in die Mappe zurückschiebe. »Tut mir leid, dass ich dich habe warten lassen.«

Sie winkt ab. »Das war überhaupt nicht schlimm. Katrina hatte mich doch angerufen und gesagt, dass du unterwegs bist, und davon abgesehen steckte ich noch mitten in der Beantwortung von Telefonanrufen und E-Mails, als Nicks Assistentin, Lily, reinkam und mir Bescheid gab, dass du unten bist.«

»Ach.« Lily – die ›Süße‹ mit der liebreizenden Stimme –, mit der Gabriel Noble so charmant-lässig gesprochen hatte, nachdem ich von ihm wie ein Hochsicherheitsrisiko behandelt worden war. Aus Gründen, die ich lieber nicht näher in Augenschein nehme, hatte ich gehofft, auf der Vorstandsetage auf ein graues Mäuschen zu treffen. Stattdessen war ich von einer atemberaubenden jungen Frau mit vollem tiefschwarzen Haar und einem strahlenden Lächeln begrüßt worden, als ich genervt und empört nach meiner ärgerlichen Begegnung in der Tiefgarage aus dem Fahrstuhl trat.

Trotzdem muss ich Gabe wohl eins zugutehalten – statt zum Treffen mit Avery mit einem vor Nervosität revoltierenden

Magen und Angst wegen der Verspätung zu erscheinen, war ich durch meine Wut auf ihn energiegeladen ins Büro marschiert. Dass er mir also einen Gefallen getan hat, werde ich ihm aber natürlich niemals erzählen.

Nicht dass ich ihn jemals wiedersehen werde – sollte ich so viel Glück haben.

»Nun, ich sollte dich jetzt wohl wieder deinen Verpflichtungen überlassen.« Ich hänge mir die Henkel der Künstlermappe über die Schulter, während Avery und ich uns beide vom Sofa erheben. »Wie gesagt – ich freue mich schon, mit der Arbeit an den Entwürfen zu beginnen. Sobald ich wieder in der Boutique bin, werde ich dir per E-Mail Scans von den Skizzen schicken, sodass du dich jederzeit bei mir melden kannst, wenn du Fragen oder Anregungen hast.«

»Das hört sich toll an.«

Gemeinsam gehen wir zur Tür, und als wir das Büro verlassen, sehen wir meinen Bruder und Dominic Baine, die gerade aus dem Fahrstuhl steigen. In ihren dunklen Anzügen mit den schneeweißen Hemden sind die beiden großen, gut gebauten und attraktiven Männer ein beeindruckender Anblick, wie man ihn in Vorstandsetagen bestimmt noch nie gesehen hat. Jetzt, am Ende eines langen Tages, ist Andrews schmale, kastanienbraune Krawatte immer noch makellos um seinen hellbraunen Hals gebunden, während Nicks Schlips aus dunkelgrauer Seide aufgeknotet zu beiden Seiten des geöffneten Kragens herunterhängt.

Ich höre, wie Avery neben mir leise tief Luft holt, als ihr Verlobter mit langen Schritten auf uns zukommt. Seine strahlend blauen Augen sehen sie mit unverhohlenem Verlangen an.

Alles klar, Mädchen. Obwohl ich ihn durch meinen Bruder schon seit Jahren kenne, muss ich mich manchmal ermahnen weiterzuatmen, wenn ich Dominic Baine sehe. Der Mann ist ein wandelnder Brocken vibrierender Energie, und es fällt schwer, sich dem mächtigen Sog zu entziehen, der den gut aussehenden Milliardär zu umgeben scheint.

Auch Andrew muss sich nicht verstecken, wenn es um gutes Aussehen geht. Mit seinen hohen Wangenknochen und den hellgrünen Augen hat er schon immer dafür gesorgt, dass Frauen sich nach ihm umdrehen, doch der schmale Bart am Kinn verleiht seinem Aussehen eine leicht finstere, faszinierende Note, was ihn für weibliche Augen bestimmt noch attraktiver macht.

»Jemand hat sein Auto auf meinem Platz geparkt«, sagt er und grinst, als er zu mir tritt und mir einen Kuss auf die Wange haucht.

Auch Nick küsst Avery zur Begrüßung auf die Wange, doch er verschlingt sie förmlich mit seinem Lächeln, und sein sinnlicher Mund verweilt etwas länger neben ihrem Ohr. Was immer er ihr auch zugeraunt haben mag, lässt heiße Röte in ihre Wangen steigen.

Besitzergreifend, aber trotzdem zart legt er einen muskulösen Arm um Avery, ehe er mich anschaut. »Hallo, Evelyn, was für eine nette Überraschung, dich hier zu sehen.«

»Hallo Nick.«

Avery legt eine Hand auf seine Brust. »Ich dachte, es wäre besser, wenn wir uns hier treffen, da ich ja wusste, dass du und Beck zu Vertragsverhandlungen am anderen Ende der Stadt sein würdet.«

»Natürlich. Kein Problem. Ist die Präsentation gut gelaufen?«, fragt er mich.

Ich nicke. »Ich glaube schon.«

»Evelyn untertreibt. Sie hat mich mit ihren Entwürfen völlig überwältigt.«

Nick reagiert mit einem verruchten Lächeln. »Na, da freue ich mich schon jetzt, wenn ich die Ergebnisse zu sehen bekomme.«

Ich sehe meinen Bruder an, als das glückliche Paar sich kurz, aber leidenschaftlich küsst. »Tut mir leid, dass ich dir deinen Parkplatz weggenommen habe. Ich war spät dran und erinnerte mich, dass du gesagt hattest, du würdest heute fast den ganzen Tag unterwegs sein.«

»Alles gut«, erwidert er und zieht dabei eine Augenbraue hoch. »Du warst spät dran? Ich bin schockiert.«

»Äh, ja … ich wurde in der Boutique aufgehalten, was sich nicht ändern ließ.« Ich habe Avery nichts von der Handtasche erzählt, und meinem überfürsorglichen Bruder werde ich es ganz gewiss nicht auf die Nase binden, dass ich sie vielleicht verloren habe. Er macht sich meinetwegen sowieso schon viel zu viel Gedanken, und auf wohlmeinende Vorträge über meine Sicherheit und mein Wohlergehen würde ich lieber verzichten.

Andrew mustert mich einen Augenblick lang. »Ich bin froh zu hören, dass alles geklappt hat. Ich weiß, wie sehr du dich darauf gefreut hattest, Avery deine Arbeit vorzustellen.«

Ich nicke. »Beinahe wäre mir ein Strich durch die Rechnung gemacht worden. Ich hatte das Gefühl, der Mann vom Sicherheitsdienst würde kurz davorstehen, mich wegen Falschparkens festzunehmen.«

Nick zieht die Augenbrauen hoch, als er mich ansieht. »Von wem redest du? Meinst du Luis, der heute Nachmittag unten am Empfang sitzt?«

»Nein. Gabriel Noble.« Es ist nicht das erste Mal, dass ich seit meiner Ankunft in der Vorstandsetage an ihn denke, doch als ich seinen Namen laut ausspreche, wird mir unangenehm bewusst, wie präsent er immer noch für mich ist. Ich bin immer noch ärgerlich, aber mein Zorn hat sich abgeschwächt – von der anfänglichen Wut ist nur noch Empörung geblieben. Das hat jedoch keinerlei Auswirkung darauf, dass ich mich ärgerlicherweise immer noch zu ihm hingezogen fühle, wenn ich an sein gut aussehendes, wenn auch arrogantes Gesicht denke.

Andrew lacht leise. »Gabe ist ein strenger Verfechter von Vorgaben und geregelten Abläufen. Das war unter anderem der Grund, weshalb er eingestellt worden ist.«

»Dass er es mit Charme geschafft haben sollte, könnte ich mir auch nicht vorstellen«, brumme ich. »Behandelt er jeden wie einen Verbrecher oder war heute einfach nur mein Glückstag?«

»Was?«, meldet Avery sich zu Wort. »Das hört sich gar nicht nach Gabe an.«

Nick stimmt ihr zu. »Nein, kein bisschen. Er ist ein absoluter Profi – der beste Sicherheitsmann, den ich je hatte. Aber es stimmt schon, dass Gabe immer alles fest im Griff haben will.«

»Das hängt wahrscheinlich mit seiner Zeit bei der Armee zusammen«, meint mein Bruder, ehe er sich mir zuwendet und erklärt: »Bevor er anfing für uns zu arbeiten, hat er in Afghanistan gedient.«

»Er ist also ein ehemaliger Soldat? Ich kann nicht behaupten, dass mich das überrascht«, erwidere ich. »Er war wahrscheinlich ein hervorragender Ausbilder – einer von der ganz üblen Sorte.«

Andrew wirft mir einen amüsierten Blick zu. »Und das von einem Mädchen, das ihre Barbiepuppen jeden Morgen vor der Schule antreten ließ, um deren Kleidung zu inspizieren? Du warst der geborene Boss, seit du angefangen hattest du reden, Evie.«

Ich muss gestehen, dass er recht hat. Bis auf eine kurze Zeit, in der ich mir selbst untreu wurde, wie wir beide sehr genau wissen, habe ich es immer vorgezogen, die Kontrolle zu übernehmen. Das tue ich immer noch.

»Gabes Dienstakte ist herausragend«, wirft Nick ein. »Mit zwanzig trat er in die Armee ein und wurde sofort in ein Kampfgebiet versetzt. Von dort stieg er in Rekordzeit zum Oberfeldwebel auf, der eine Infanterieeinheit mitten im Kampfgebiet anführte. Ihm wurde ein ganzer Haufen Orden verliehen; unter anderem für besondere Tapferkeit vor dem Feind, und das Purple Heart, weil er im Kampf verwundet worden war.«

»Und das sind nur zwei, die ihm verliehen worden sind«, ergänzt Andrew, in dessen Stimme sich ein ernster Ton geschlichen hat.

Ich rede mir ein, dass Gabriel Nobles offensichtliche Tapferkeit in der Armee mich nicht beeindruckt, obwohl es das doch tut. Außerdem ist meine Neugier geweckt. Das entschuldigt jedoch nicht die Tatsache, dass er es zu genießen schien, den Stress, den ich sowieso schon hatte, noch zu erhöhen.

»Vielleicht sollte man ihm einen Fortbildungskurs in Öffentlichkeitsarbeit gönnen«, schlage ich vor und bedenke meinen Bruder mit einem ausdruckslosen Blick.

Nick grinst. Andrew setzt dazu an, etwas zur Verteidigung des Mannes zu sagen, wird aber unterbrochen, als Lily zu uns tritt und sich leise räuspert.

»Verzeihung«, sagt sie, sieht dabei aber weder Nick noch Andrew an, sondern mich. »Miss Beckham, ein Anruf vom *L'Opale* auf meinem Apparat.«

Mein Bruder sieht mich an, und ich spüre seinen durchdringenden Blick. »Warum ruft man hier im Büro an und nicht auf deinem Handy?«

Obwohl ich natürlich genau weiß, warum, zucke ich nur mit den Achseln und folge Lily zu ihrem Arbeitsplatz, wo sie mir den Telefonhörer reicht. »Hallo?«

»Hi, Evelyn. Ich bin's. Megan. Ich bin so froh, dass ich dich erwische.«

Die kecke Studentin ist eine von mehreren Aushilfskräften, die in der Boutique arbeiten. »Hi, Meg. Was gibt's?« Ich gehe mit dem schnurlosen Hörer Richtung Fahrstuhl, um ungestörter zu sein. »Ist was passiert im Laden?«

»Nein. Nein, alles in Ordnung. Äh, ich wollte Sie nur wissen lassen, dass ich Ihre Handtasche gefunden habe.«

Gott sei Dank. Ich atme auf, und Erleichterung durchströmt mich. »Wo war sie denn?«

»In einer der Schubladen der Kommode direkt neben den Umkleideräumen.«

»Was? Das ist unmöglich.« Ich bin verwirrt. Mehr noch … ich bin völlig fassungslos. »Wie um Himmels willen ist sie denn da hingekommen?«, frage ich und halte die Stimme gesenkt. »Jemand muss sie aus meinem Büro genommen haben. Fand das etwa irgendwer witzig?«

»Tut mir leid, Evelyn, mehr weiß ich nicht. Ich kann Ihnen nur sagen, dass ich dabei war, die BHs der Standardkollektion aufzuräumen, weil wir bald schließen wollen, als ich eine der Schubladen aufzog und sie sah.«

Ich schüttele den Kopf und versuche zu begreifen, was ich da höre. Ich will nicht glauben, dass eine meiner Mitarbeiterinnen dafür verantwortlich sein könnte – oder eine unserer Kundinnen, die heute im Laden waren –, aber mir ist natürlich völlig klar, dass die Handtasche nur so aus meinem Büro verschwunden sein kann.

»Was ist mit meinem Portemonnaie? Ist es noch da? Sieht es so aus, als würde irgendetwas fehlen?«, frage ich Megan. Meine

Gedanken rasen so schnell, wie die Worte aus meinem Mund sprudeln. »Was ist mit meinem Handy?«

»Ich kann nachsehen, wenn Sie möchten«, bietet sie an. »Eine Sekunde.«

Ich warte und werfe dabei einen Blick über die Schulter. Andrew beobachtet mich, während er sich mit Avery und Nick unterhält. Einen Moment später ist Megan wieder dran.

»Brieftasche und Handy sind beide da. Ich kann es natürlich nicht mit Sicherheit sagen, aber mir scheint nichts zu fehlen.«

»In Ordnung. Ich bleibe nur noch ein paar Minuten, dann fahre ich los. Tun Sie mir einen Gefallen und behalten Sie die Handtasche bei sich, bis ich wieder da bin?«

»Ja, natürlich.«

»Danke, Meg.«

Mein Bruder kommt auf mich zu, als ich Lily den Hörer zurückgebe und mich dafür bedanke, dass sie den Anruf weitergeleitet hat. »Alles in Ordnung?«

Ich nicke. »Ja, alles klar.« Ich trete von Lilys Schreibtisch zurück und schaue auf meine Uhr, um seinem forschenden Blick auszuweichen. »Hör mal, ich muss los. Meg ist allein im Laden, und ich habe ihr gesagt, dass ich noch mal reinschaue, ehe wir schließen.«

»Ach, das ist aber schade. Wir drei haben gerade darüber gesprochen, gemeinsam noch einen Happen essen zu gehen. Wir hatten gehofft, dass du dich uns anschließen würdest.«

Ich beiße mir auf die Unterlippe, um nicht zu stöhnen, denn ich täte nichts lieber, als das erfolgreiche Treffen mit Avery fortzusetzen. »Es tut mir leid, aber heute Abend kann ich nicht. Ich muss wirklich in die Boutique zurück.«

»In letzter Zeit arbeitest du sehr viel.«

»Ich weiß. Aber ehrlich gesagt stört mich das kein bisschen, weil ich meine Arbeit liebe. Ich bin noch nie glücklicher gewesen.«

»Der Laden wächst schnell, Evie. Ich will nur vermeiden, dass du dir zu viel aufbürdest.«

»Das tue ich nicht.« Meine Antwort klingt abwehrender als beabsichtigt.

»Bist du dir da ganz sicher?« Er sieht mich besorgt an, und seine tiefe Stimme bekommt diesen Großer-Bruder-Tonfall, was meist dazu führt, dass wir uns am Ende in die Wolle bekommen. »Was ist mit deinem Handy passiert?«

»Nichts Schlimmes«, erwidere ich und zucke abweisend mit den Schultern. »Ich hab's im *L'Opale* liegen gelassen.«

»Du gehst nie irgendwo ohne dein Handy hin. Du hast mir sogar versprochen, das nie zu tun.«

»Alles ist gut, Andrew. Mir geht es gut.« Die anderen sind zu weit weg, um hören zu können, was wir reden, und obwohl ich weiß, dass mein Bruder es gut meint – obwohl ich weiß, dass ich ihm in der Vergangenheit viel Grund gegeben habe, sich Sorgen um mich zu machen –, ärgert es mich, dass er sich hier, vor einer neuen Kundin, so überfürsorglich gebärdet. »Bitte hör auf, mich so zu behandeln, als wäre ich aus Porzellan. Mir geht's gut. Du brauchst dir um mich keine Sorgen mehr zu machen. Das verspreche ich dir.«

Er schweigt mit finsterer Miene, aber ich sehe die Anspannung in seinem skeptischen Blick. Ich sehe die nackte Angst, die erst seit ein paar Jahren da ist, seit ich ihm Grund dafür gab.

»Ich muss los«, sage ich leise.

Ich wende mich von ihm ab und verabschiede mich von Avery und Nick. Dann gehe ich zum Fahrstuhl und trete allein in die Kabine.

Andrews ernster Blick ruht auf mir, bis sich die Türen aus poliertem Stahl zwischen uns schließen.

4

Gabriel

Es ist noch vor sechs Uhr, als ich am nächsten Tag beim Baine Building ankomme. Eigentlich beginnt mein Arbeitstag erst in über einer Stunde, aber ich weiß, dass Andrew Beckham immer sehr früh anfängt. Normalerweise beginnt er den Tag mit einem Workout im Fitnessraum der Firma, ehe er duscht und dann nach unten in sein Büro geht, welches dem von Dominic Baine gegenüberliegt.

Bei solch hochpreisigen Immobilien bieten nur wenige Unternehmen ihren Mitarbeitern intern die kostenlose Benutzung eines Fitnesscenters an. Noch weniger reservieren das vollverglaste oberste Stockwerk des Firmensitzes für Hanteltraining, verschiedene Laufbänder, Ellipsentrainer, Standräder und eine Indoor-Laufbahn – und das alles mit einem unvergleichlichen Rundumblick auf die Stadt.

Beck wird mittlerweile sein morgendliches Training beendet haben, doch es ist früh genug, um ihn zu erwischen, ehe das Verwaltungspersonal und andere Büroangestellte eintrudeln. Seine Tür steht offen, aber ich klopfe trotzdem an.

»Hi, Gabe.« Er schaut von seinem Schreibtisch auf, auf dem sich Listen, Pläne und Verträge stapeln. »Hab dich schon eine ganze Weile nicht mehr so früh gesehen.«

Ich nicke, bleibe aber immer noch draußen stehen. »Hast du ’ne Minute?«

»Klar. Komm rein.

Als ich in das große Büro trete, stelle ich fest, dass wir nicht allein sind. Auf der anderen Seite des Raumes, zu meiner Linken, sitzt Dominic Baine in einem Clubsessel. Auch er arbeitet an einem Stapel mit Papieren und Plänen, schaut aber auf und nickt mir zu. »Morgen, Gabe. Was gibt's?«

Verdammt. So viel also zu meiner Hoffnung, meinen Fehler von gestern, als ich mit Evelyn Beckham aneinandergeraten bin, nicht an die große Glocke zu hängen. Andererseits bin ich noch nie vor meiner Verantwortung davongelaufen und werde auch jetzt nicht damit anfangen.

»Ich möchte etwas mitteilen, das gestern vorgefallen ist«, erkläre ich den beiden, wobei ich aber eher Beck anspreche. »Ich war in der Tiefgarage und wollte gerade los, als ich bemerkte, dass jemand seinen Wagen auf deinem Parkplatz abgestellt hatte. Ich ging hin und informierte die Frau darüber, dass es ein reservierter Parkplatz sei, und forderte sie auf, ihr Fahrzeug umzustellen, doch sie zeigte sich nicht ... kooperativ. Man könnte auch sagen, dass wir ein bisschen aneinandergeraten sind. Ich habe wohl keinen sonderlich guten Eindruck bei ihr hinterlassen.«

Er gibt einen zustimmenden Laut von sich und lehnt sich zurück. »Das habe ich gehört.«

Oh, verdammt. Natürlich weiß er das schon alles. Ich atme tief durch und nicke kurz. »Es tut mir leid, Beck. Ich wusste nicht, dass du eine Schwester hast. Du hast dir bestimmt ganz schön was anhören müssen, wie ich mit ihr umgegangen bin.«

Ein leichtes Zucken spielt um Becks Mundwinkel. »Sie meint, du müsstest an deiner sozialen Kompetenz arbeiten.«

»Das sagt man mir nicht zum ersten Mal«, brumme ich. »Und es wird bestimmt auch nicht das letzte Mal sein. Na, auf jeden Fall entschuldige ich mich. Mir war nicht klar, dass Evelyn deine Schwester ist, bis ich mit ihr aneinandergeraten bin und sie gebeten habe, sich auszuweisen, dann aber nichts bekam.«

»Was meinst du damit, du bekamst nichts?« Mit gerunzelter Stirn richtet er sich auf und stützt sich mit den Ellbogen auf dem Schreibtisch ab. »Willst du damit sagen, dass sie sich auf die Hinterbeine gestellt und geweigert hat, sich auszuweisen?«

Aus irgendeinem Grund fühlt es sich wie Verrat an, jetzt weiterzureden, doch Beck ist mein Freund. Beide, sowohl er als auch Nick, sichern meinen Lebensunterhalt, haben aber gleichzeitig, indem sie mich vor einem Jahr einstellten, auch dafür gesorgt, dass ich nicht verrückt geworden bin. Himmel! Wahrscheinlich haben sie mir dadurch sogar das Leben gerettet. Beiden kann ich keine Informationen vorenthalten, vor allem nicht, wenn man mich so direkt fragt.

»Evelyn hatte ihre Handtasche nicht dabei. Sie sagte, sie hätte sie gestern verloren.«

»Verloren?« Beck wirkt verwirrt, ja fast schon besorgt. Er und Nick wechseln einen Blick, ehe er einmal tief durchatmet und dann den Kopf schüttelt. »Ach, egal, darüber werde ich mich zu einem späteren Zeitpunkt mit ihr unterhalten.« Ich nicke, habe aber das Gefühl, dass mir etwas entgangen ist. »Auf jeden Fall hätte ich die Sache besser regeln können. Ihr wolltet einen Profi haben, und der bin ich auch. Aber gestern habe ich meine Kompetenzen überschritten, und ihr sollt wissen, dass das nicht wieder passieren wird.«

»Entspann dich«, sagt Beck mit einem schiefen Lächeln. »Wahrscheinlich hat es meiner kleinen Schwester ganz gutgetan, mal mit einem Mann zu tun zu haben, der sich nicht überschlägt, um sie zu beeindrucken.«

»Gabe ist wahrscheinlich der Erste, bei dem sie etwas Derartiges erlebt hat.« Nick gesellt sich mit amüsiertem Gesicht zu uns. »Becks Schwester würde sogar dann Aufmerksamkeit erregen, wenn sie nicht früher mal die Königin der Laufstege von New York bis Paris gewesen wäre.«

»Die Königin der was?«

Ich sehe Beck mit fragendem Blick an. »Ihre Karriere war kurz, ging aber ab wie eine Rakete. Es ist jetzt fünf Jahre her, dass sie das Modeln aufgegeben hat, aber Evie kann immer noch nirgends hingehen, ohne erkannt zu werden.«

»Evie.« Und dann ist meine Verwirrung auf einmal wie weggeblasen und wird von dem Gefühl ersetzt, ein riesiger Dummkopf gewesen zu sein. »Gütiger Himmel! Das ist deine Schwester? Dieses heiße, neue Supermodel, über das vor ein paar Jahren alle sprachen … Eve.«

»Genau die«, bestätigt Nick.

»Sprachen«, unterstreicht Beck. »Mit Betonung auf Vergangenheit. Gott sei Dank.«

Ich stoße wieder einen unterdrückten Fluch aus. »Himmel, ich bin wirklich ein Idiot. Das habe ich nicht gewusst«, brumme ich.

Mehr noch … von allein wäre ich nie darauf gekommen. Nicht weil Evelyn Beckham nicht immer noch der Hammer ist und bestimmt die schönste Frau, die ich je gesehen habe. Aber ich habe solchen Dingen einfach nie viel Aufmerksamkeit geschenkt, als ich in Übersee war. Trotzdem hätte man schon hinterm Mond leben müssen, um den Namen Eve nicht zumindest einmal gehört zu haben.

Ungeachtet meiner Verwirrung merke ich, wie Andrew Beckham wieder ernst wird, als es um seine Schwester geht. Er macht sich Sorgen um sie. Ich merke, dass ich ganz gern wissen würde, warum.

Aber es steht mir nicht zu, mir über Evelyn Gedanken zu machen.

Ich bin hochgekommen, um mich zu entschuldigen und vielleicht sogar zu Kreuze zu kriechen, um meinen Job zu behalten. Glücklicherweise scheint Letzteres nicht notwendig zu sein, was eine Riesenerleichterung ist, da ich noch nie gut darin gewesen bin, um Verzeihung zu bitten. Der Himmel weiß, dass mein Vater dies bezeugen kann – und meine Ex-Verlobte auch.

Ich räuspere mich. »Aber egal. Evelyn erwähnte, dass sie hier wäre, um sich mit Avery zu treffen. Ich hoffe, es ist gut für sie gelaufen, obwohl ich sie in der Tiefgarage aufgehalten habe.«

»Das ist es, würde ich sagen«, brummt Nick. »Gestern Abend habe ich die Rechnung für die Anzahlung mehrerer Teile gesehen, die Avery in Auftrag gegeben hat. Wenn die Anzahlung mir schon den Atem verschlägt, kann ich es gar nicht erwarten, die fertigen Dessous zu sehen.«

»Evelyns Boutique, *L'Opale*, befindet sich in einer von Nicks Immobilien in der Madison«, erklärt Beck mir.

Ich nehme die Information mit einem Nicken zur Kenntnis, doch meine Gedanken kreisen plötzlich ohne mein bewusstes Zutun um Evelyn, die umgeben ist von Korsagen, String-Tangas und anderer Unterwäsche aus Spitze. Hat sie gestern so etwas unter ihrem eng anliegenden Kleid getragen? Ich beiße die Zähne zusammen und versuche, meine Neugier zu verdrängen – und die heiße Lust, die plötzlich durch meinen Körper schießt.

Als ich kurz die Augen schließe und dann Becks Blick begegne, scheint er förmlich zu spüren, in welch unangemessene Richtung meine Gedanken gegangen sind. Ich kann nicht so tun, als hätte er es nicht gemerkt. Und die Warnung, die in seinen Augen aufblitzt, kann ich auch nicht ignorieren.

Sie ist unerreichbar für dich.

Er braucht es nicht auszusprechen. Die Worte dröhnen durch meinen Kopf, liegen mir auf der Zunge.

Selbst wenn sie mich nicht hassen würde, käme ich noch nicht einmal auf die Idee, Evelyn Beckham anzufassen.

Ich hege keinerlei Zweifel daran, dass ihr Bruder mich hassen würde, wenn ich es täte. Und er hätte allen Grund dazu.

Andrew Beckham und ich liefen uns vor anderthalb Jahren zufällig in einem Privatclub, der einem Künstler namens Jared Rush gehört, über den Weg. Rushs Zusammenkünfte richten sich an ein exklusives, handverlesenes Publikum – Männer und Frauen, die Lust außerhalb des Konventionellen suchen oder vorziehen. BDSM, Voyeurismus, Rollenspiele, Gruppensex und alles andere dazwischen. Es gab Gerüchte, dass ein gewisser Milliardär früher ein häufig gesehener Gast in Rushs Club gewesen wäre, und obwohl ich das nicht für unwahrscheinlich halte, interessiert es mich eigentlich nicht, ob es nun stimmt oder nicht.

Ich vertraue jedoch darauf, dass Beck, der mich jetzt durchdringend ansieht, weiß, dass ich mich für die Entscheidungen, die ich in meinem Leben getroffen habe, nicht entschuldigen werde, aber gleichzeitig die nötige Disziplin besitze, nicht vom Weg abzukommen, wenn es um seine Schwester geht.

Ich weiche dem durchdringenden Blick meines Freundes nicht aus. »Wie gesagt … ich weiß, was von mir erwartet wird, und ich verspreche euch, dass ich das sehr ernst nehme.«

»Daran sind bisher noch nie Zweifel aufgekommen«, sagt Nick. »Tatsächlich wollte ich sogar etwas mit dir besprechen, Gabe.«

»Ja?«

»Baine International ist im vergangenen Jahr stark gewachsen. Angesichts der jüngsten Immobilienkäufe ist es an der Zeit, dass wir das Thema Sicherheit auf breiter Ebene angehen und optimieren. Wir werden jemanden intern brauchen, der das Sicherheitspersonal anweist, der die Einführung der neuen Software und den Einbau technischer Neuerungen überwacht. Idealerweise sollte das jemand sein, der unsere Mitarbeiter und Abläufe bereits kennt.«

»Es bedeutet längere Arbeitszeiten«, wirft Beck ein. »Auch im Außerdienst. Du wirst dich in regelmäßigen Abständen vor Ort über Sicherheitsfragen informieren und Probleme vorab lösen, ehe sie zu Problemen werden.«

Ich schaue zwischen den beiden hin und her. »Bietet ihr mir einen neuen Job an?«

»Wir wissen, dass du über Führungsqualitäten verfügst«, bestätigt Nick. »Im Laufe des vergangenen Jahres hast du außerdem viel Ausdauer an den Tag gelegt und bewiesen, dass man sich auf deine Erfahrung verlassen kann. Alles andere wirst du dir, wenn du dabei bist, aneignen. Es wird aber kein einfacher Job sein. Du wirst der erste Ansprechpartner bei allen Sicherheitsbelangen sein und mich regelmäßig unterrichten. Natürlich wird die Bezahlung in einem angemessenen Verhältnis zu deinen neuen Aufgaben und der Verantwortung, die damit einhergeht, stehen.«

Er nimmt einen Stift und schreibt etwas auf einen Zettel, den er von Becks Schreibtisch nimmt. Er reicht mir den Zettel, und ich starre auf die hohe sechsstellige Summe.

»Das ist erst der Anfang«, fügt Nick hinzu. »Es wird zusätzlich vierteljährliche Boni geben, die sich nach der Gesamtleistung des Teams richten. Ich schätze mal, dadurch könnte sich die Summe bald verdoppeln.«

Ich kann den Blick nicht von der Zahl abwenden, die er auf den Zettel geschrieben hat. Ich bin fast schon geschockt und sprachlos vor Dankbarkeit.

»Wenn sich das akzeptabel für dich anhört, könnte Beck

alle notwendigen Papiere fertig machen, sodass sie dir bis zum Abend zukommen.«

»Ja«, nicke ich, »das klingt akzeptabel für mich. Verdammt noch mal ja!«

Nick lacht leise. »Glaub ja nicht, dass du dir nicht jeden einzelnen Penny schwer verdienen musst.«

»Nein, bestimmt nicht«, erwidere ich automatisch. »Ach, ich meine natürlich ja, Allmächtiger. Ich weiß nicht, was ich sagen soll.«

Und das meine ich auch so. Für Baine International zu arbeiten, hat mir im letzten Jahr das Leben gerettet. Was man mir jetzt anbietet, wird mein Leben in einer Weise verändern, die ich mir nie hätte träumen lassen – vor allem nicht, nachdem ich die Armee verlassen hatte.

Beck kommt um seinen Schreibtisch herum und schüttelt mir die Hand. »Herzlichen Glückwunsch. Das hast du dir verdient.«

»Danke. Euch beiden.« Ich räuspere mich und tue mein Bestes, zumindest ein Minimum an Gelassenheit zu zeigen. »Wie schnell soll ich anfangen?«

Nick klopft mir auf die Schulter. »Das hast du schon. Hol dir einen Kaffee und dann komm wieder her. Wir weisen dich in die Sicherheitssysteme ein, die zurzeit in unseren jeweiligen Gebäuden in der Stadt installiert sind, und du sagst uns dann, wo du unmittelbare Schwachstellen siehst. Dann unterhalten wir uns darüber, wer dich auf deinem alten Posten ersetzen könnte.«

»Ja. Sehr gern.«

5

Evelyn

Ich habe den ganzen Tag in meinem Büro im *L'Opale* gesessen und mich mit Stoffen und Maßangaben beschäftigt. Ich kann mich nicht daran erinnern, je glücklicher gewesen zu sein. Dass jemand in der Tür steht, merke ich erst, als Megan sich leise räuspert … so vertieft bin ich in meine Arbeit.

»Ich störe dich nur sehr ungern«, sagt sie und verzieht das sommersprossige Gesicht entschuldigend. »Katrina und ich gehen jetzt.«

»Okay, danke, Meg.« Widerwillig reiße ich mich von meiner Arbeit los und spüre, wie die verspannten Muskeln am Rücken und im Nacken zwicken, als ich aufstehe. »Dann mal los. Ich schließe hinter euch ab.«

»Bleibst du wieder lange?«, fragt Katrina, als ich in den Verkaufsraum des Ladens trete. Der gerade, platinblonde Bob betont ihre schmalen Wangen und den klugen Blick, der immer etwas kalt wirkt, ein bisschen zynisch und misstrauisch. Aber Teil der gnadenlosen Modeindustrie zu sein, kann das schon bewirken … unter anderem.

»Arbeite nicht zu lange, sonst wird deine Kreativität darunter leiden«, sagt sie, und ein Anflug von Kritik schwingt in ihrer Stimme mit. »Du willst doch unsere neueste Kundin bestimmt nicht enttäuschen.«

Ich habe eine ganze Weile gebraucht, um mit Kat warm zu werden, obwohl sie von Anfang an mit bei *L'Opale* war. Sie ist launisch und völlig undurchschaubar – ein sehr verschlossener Mensch. Ich habe in den ganzen fünf Jahren, die wir zusammenarbeiten, nie gehört, dass sie mal ihre Familie erwähnte oder eine andere für sie wichtige Person – ja, noch nicht einmal einen Freund oder eine Freundin.

Aber obwohl ich uns nicht für Busenfreundinnen halte, bilden wir ein hervorragendes Designerteam, und ich kenne sie gut genug, um jetzt über ihren etwas zickigen Tonfall hinwegzusehen. »Ich müsste eigentlich bis morgen ein paar Entwürfe so weit fertighaben, dass Jane mit dem Nähen anfangen kann. Avery ist so begeistert von allen Teilen, dass ich es gar nicht erwarten kann, ihr etwas zum Anprobieren zur Verfügung stellen zu können.«

Megan lässt sich von meinem Enthusiasmus anstecken. »Ich liebe die schlichte Korsage mit den winzigen Organzablüten. Ach! Und dann der Halbschalen-BH mit den einzelnen Perlen.«

»Danke. Das sind auch meine Lieblingsteile.«

Katrina nickt. »Du hast wirklich gute Arbeit geleistet. Herzlichen Glückwunsch.«

»Danke, Kat. Es bedeutet mir viel, dass gerade du das sagst.« Ich sehe an ihr vorbei zum Tresen mit der Kasse, wo ein kleiner eingetopfter Rosenstrauch steht. »Von wem ist denn die Blume?«

Megan schlägt sich mit der flachen Hand an die Stirn. »Oh Gott, das hätte ich beinahe vergessen. Mr Hennings hat sie heute Vormittag vorbeigebracht. Er hat sie selbst gezüchtet.«

Ich lächle, als ich den Namen des reichen Herrn höre, der etwa Mitte sechzig ist und zu den exzentrischeren, aber charmanten Kunden gehört. »Was für eine nette Geste von ihm. So schöne Blumen.«

»Er ist ein Romantiker, das steht mal fest«, sagt Meg. »Ich hoffe, dass ich, wenn ich mal alt und grau bin, einen Mann gefunden habe, der sich um seine Rosen kümmert und seine Liebste immer noch mit hübscher, maßgeschneiderter Unterwäsche umwirbt.«

»Walter Hennings kauft doch keine maßgeschneiderte Unterwäsche für eine alte Dame, Meg«, schnaubt Kat. »Er kauft die Sachen für eine Frau aus Lettland, die fast jung genug ist, seine Enkeltochter zu sein.«

Ich seufze und schüttele den Kopf, obwohl sie natürlich recht hat. Nicht dass eine von uns die Freundin des verwitweten, ehemaligen Managers kennengelernt hätte. Bekümmert hatte er uns erzählt, dass sie erst bereit wäre, in die Staaten überzusiedeln, wenn sie ihre Mutter mitbringen könnte. Während Mr Hennings sich mit den Formalitäten herumschlägt, um diesen Wunsch seiner Geliebten zu erfüllen, schickt er Dutzende maßgeschneiderter Dessous ins Ausland, die ich nach seinen genauen Angaben entworfen habe. Dabei habe ich mich häufig genug für die Anproben zur Verfügung gestellt, weil Ilona und ich etwa die gleiche Figur haben.

»Ich finde das Ganze erbärmlich, wenn du mich fragst«, brummt Kat. »Es würde mich kein bisschen überraschen zu erfahren, dass sie ihn nur wegen seines Geldes will, um dadurch mehr Macht zu haben.«

Megan runzelt die Stirn. »Nun, ich finde es süß von ihm – und offensichtlich ist er noch nicht bereit, seine Aktivitäten im Schlafzimmer einzustellen«, ergänzt sie kichernd.

Kat verdreht die Augen. »Das ruft Bilder im Kopf hervor, die keiner von uns braucht. Also, ich sehe das so – seit sechs Monaten kommt er jetzt zu uns und hat diese geheimnisvolle Frau noch kein einziges Mal mitgebracht. Es könnte durchaus sein, dass er die ganzen Dessous selbst anzieht.«

Ich pruste los. »Wo wir gerade von Bildern sprachen, die keiner braucht … du bist schrecklich, Kat. Außerdem würde er mit seinem stämmigen Körper ums Verrecken nicht in die Sachen reinkommen, die er bei uns gekauft hat. Mr Hennings mag vielleicht ein bisschen seltsam sein, aber er ist ein freundlicher Mann, mit dem die Zusammenarbeit sehr angenehm ist. Davon abgesehen ist er in kürzester Zeit einer unserer besten Kunden geworden.«

»Einer *deiner* besten Kunden, willst du sagen. Der alte Herr hat mich gestern, als er hier war, so was von komplett links liegen gelassen. Für mich ist das aber kein Problem, möchte ich betonen.« Sie legt sich ihre Jacke über den Arm, als wolle sie gehen, zögert dann aber und sieht mich fragend an. »Warum schaust du mich so komisch an?«

Ich beiße mir auf die Unterlippe. »Weil ich eigentlich gehofft hatte, ich könnte dich überreden, ihn zu übernehmen, weil ich mich doch die nächsten Wochen ganz und gar dem Avery-Ross-Auftrag widmen will.«

Kat stöhnt und legt den Kopf kurz in den Nacken, ehe sie mich mit ausdruckslosem Blick anschaut. »Na los, streu noch mehr Salz in meine Wunden. Erst geht mir die berühmte Künstlerin, die noch dazu die Verlobte eines Milliardärs ist, durch die Lappen, und dann schiebst du auch noch einen lüsternen Sugar-Daddy auf mich ab. Ich glaube, ich fange an, dich zu hassen.«

Ich ziehe die Augenbrauen hoch. »Ist das jetzt ein Ja?«

Sie seufzt. »Habe ich eine Wahl? Du bist der Boss.«

»Danke, Kat. Du hast was bei mir gut.«

»Ich weiß.« Ruckartig hebt sie die Hand und verabschiedet sich. »So, für heute hatte ich genug Spaß. Ich bin jetzt weg. Euch beiden noch einen schönen Abend.«

»Ich muss auch los, damit ich meinen Zug erwische«, sagt Megan zu mir. »Brauchst du noch irgendetwas, ehe ich gehe?«

»Nein. Alles gut. Mach dich auf den Weg. Ich werd auch nicht mehr lange bleiben.«

Ich begleite sie zur Ladentür und winke ihr hinterher, als sie sich in der Dunkelheit entfernt. Es ist bereits nach sieben Uhr abends, aber auf der Madison Avenue ist immer noch viel los. Fußgänger eilen über den Bürgersteig, und auf der Straße strömt der Feierabendverkehr vorbei. Ich drehe das Schild, welches an einer Kupferkette hängt, auf GESCHLOSSEN und begebe mich dann wieder in mein Büro, um meine Arbeit fortzusetzen.

Ich weiß nicht, wie viele Stunden vergangen sind, als mein Magen rebelliert, weil ich seit dem Mittagessen nichts mehr zu mir genommen habe. Ganz allein und hochkonzentriert mit leiser Musik im Hintergrund könnte ich die ganze Nacht durcharbeiten.

Aber Kat hat nicht unrecht. Mich völlig zu verausgaben, weil ich gerade einen kreativen Schub habe, wird mir auf lange Sicht nicht guttun … und dem Auftrag auch nicht.

Und außerdem werde ich vielleicht ohnmächtig, wenn ich keine Pause mache und etwas zu mir nehme.

Ich stehe auf und gehe in den kleinen Aufenthaltsraum, um mir etwas aus dem Kühlschrank zu holen. Er ist fast vollständig mit Getränken gefüllt, die wir für unsere Kundschaft bereithalten. Während ich mich durch Flaschen mit Mineralwasser und Champagner für hundert Dollar die Flasche wühle, um an meinen letzten Joghurt ranzukommen, der ganz hinten steht, höre ich etwas, das mich erstarren lässt. Es ist nur ein ganz leises Geräusch, das von irgendwo hinten im Laden kommt.

Dann höre ich es wieder – ein leises, metallisches Schaben, bei dem ich mich voller Unbehagen aufrichte.

Ich beende meine Suche nach etwas Essbarem und gehe an meinem und Katrinas Büro vorbei Richtung Vorratsraum und

Hintertür, durch die man auf einen kleinen Parkplatz und eine schmale Gasse gelangt, welche zwischen unserem Gebäude und dem dahinter verläuft. Die Alarmanlage ist eingeschaltet, und die beiden Riegel der Stahltür sind vorgelegt.

Aber ich könnte schwören, ich hätte gehört, wie jemand die Klinke gedrückt hat, um hereinzukommen.

Leise trete ich dichter an die Tür und schaue durch den Spion. Draußen ist keiner. Ich sehe nur meinen Wagen ganz allein im Schein einer alten Laterne auf dem winzigen Vorplatz stehen.

Ich atme tief durch. Es ist eindeutig an der Zeit, Feierabend zu machen, wenn meine Fantasie anfängt, mir Streiche zu spielen.

Ich wende mich von der Tür ab, ohne das Unbehagen abschütteln zu können, und gehe wieder in mein Büro, um noch kurz aufzuräumen, damit ich nach Hause kann. Gerade habe ich damit angefangen, als mein Handy anfängt zu klingeln. Ich lächle, als ich den Namen meiner Freundin Paige im Display sehe; denn sie ist nicht nur eine meiner besten Freundinnen, sondern ich bin auch erleichtert, weil ich nicht mehr allein bin.

»Hallo, Liebes.«

»Hi!«, erwidert Paige laut, fast schreiend. Laut dröhnende Diskomusik schallt aus dem Handy und übertönt ihre Stimme nahezu. »Du solltest mich doch heute Nachmittag anrufen. Wo bist du, Liebes?«

»Hast du deine SMS nicht gelesen? Ich habe heute länger gearbeitet.« Ich merke, wie laut ich selbst rede, als wären wir gerade beide in dem Club, aus dem sie mich anruft. »Kannst du mich überhaupt hören?«

»Was? Warte mal, ich kann dich nicht hören!«

Ich lache in mich hinein und schüttele den Kopf, während sie in ihr Handy brüllt, dass sie nach einer ruhigen Ecke suchen würde, um mit mir zu reden. Als sie eine Minute später wieder dran ist, sind von der Musik nur noch die gedämpften, leisen Bässe zu hören. Im Hintergrund unterhalten sich Frauen, und man hört Wasser fließen, woran ich merke, dass sie zur Damentoilette gegangen ist. Auf ihrer Seite ist es zwar immer noch tierisch laut, aber zumindest können Paige und ich uns unterhalten.

»Eve, du musst unbedingt herkommen und diesen Club kennenlernen. Der ist toll!«

Ich lasse mich in meinen Bürosessel fallen und lege die nackten Füße auf den Tisch. »Sprichst du von diesem künstlerisch angehauchten Schuppen drüben in Brooklyn? Mit den Trapezkünstlern und den Kostümabenden?«

»Nein«, erwidert sie kichernd. »Da bin ich vor ein paar Monaten am liebsten hingegangen. Jetzt liebe ich diesen brandneuen Laden, der sich *Muse* nennt. Er befindet sich im Meatpacking District und hat erst letztes Wochenende aufgemacht. Aber egal, warum arbeitest du überhaupt noch so spät? Beweg deinen Hintern hierher und leiste mir Gesellschaft, Kleine!«

»Ein anderes Mal vielleicht.« So gern ich auch meine Zeit mit Paige und meinen anderen Freundinnen verbringe, spüre ich jetzt doch an meinem verschwommenen Blick und dem verspannten Nacken die Auswirkungen von zwei aufeinanderfolgenden 16-Stunden-Arbeitstagen. »Der Club hört sich toll an, aber im Moment möchte ich nur einen Becher mit heißem Tee und ein langes Bad in meiner Wohnung.«

»Na schön«, antwortet sie und seufzt theatralisch. »Aber morgen sehen wir uns mit den anderen zum Mittagessen, ja?«

»Auf jeden Fall. Das würde ich mir nie entgehen lassen. Wie lange ist es schließlich her, dass alle zur selben Zeit in der Stadt waren?«

»Zu lange«, gibt sie mir recht. »Hannah ist jetzt länger in Italien als in den Staaten. Ich glaube, mehr als eine oder zwei Wochen ist sie nicht mehr hier gewesen, seit sie und Alessandro verheiratet sind.«

»Tja, nachdem ich die Fotos von ihrer Villa in der Toskana gesehen habe, kann ich ihr das auch kaum verübeln. Zumal ja jetzt ein Baby unterwegs ist.«

»Da hast du wohl recht. Was meinst du, wie lange es noch dauern wird, bis Melanie anfängt, über Hochzeitsempfänge und Babys zu reden?«

Ich lache, aber eigentlich habe ich mir die gleiche Frage auch schon gestellt. »Gib ihr noch etwas Zeit. Mel geht erst seit drei Monaten mit Daniel aus«, rufe ich Paige in Erinnerung.

»Ja, stimmt, aber du hast die beiden doch zusammen gesehen. Sie ist total verknallt in den Typen. Ehrlich gesagt, ist es fast ein bisschen nervig, wie verliebt und glücklich die beiden miteinander zu sein scheinen.«

»Ich weiß, aber ich freue mich für sie. Mel hatte es nicht leicht. Sie hat einen guten Mann verdient.«

»Da werde ich dir nicht widersprechen«, sagt Paige. »Dann bleiben also nur noch du und ich, Liebes. Wir sind schon glückliche Singles, nicht wahr? Außer du hast was mit diesem heißen Sicherheitsmann vor, von dem du mir gestern erzählt hast?«

»Ich habe niemals gesagt, dass Gabriel Noble heiß wäre«, schnaube ich.

»Das brauchtest du auch nicht. Ich hab es dir angehört.«

Ich verdrehe die Augen. »Es spielt keine Rolle, was ich gesagt habe oder du gemeint hast zu hören. Er war ein vorübergehendes Ärgernis, mehr nicht. Ich habe ihn längst vergessen.«

»Tja, ich nicht. Vielleicht könntest du ihn mir ja mal vorstellen. Ich hasse es, einen hochdekorierten, famosen Soldaten verkommen zu lassen.«

Ich kann mir das Lachen nicht verkneifen, obwohl es mir doch einen leisen Stich versetzt, wenn ich mir vorstelle, dass meine temperamentvolle, attraktive Freundin auch nur in die Nähe von Gabriel Noble kommt. »Ich weiß gar nicht, warum ich ihn dir gegenüber überhaupt erwähnt habe. Jetzt muss ich mir das bis an mein Lebensende anhören.«

»Ach, wahrscheinlich nicht. Aber glaub ja nicht, ich hätte nicht bemerkt, dass du nicht teilen willst.«

»Betrachte es als einen Gefallen, den ich dir tue. Glaub mir, du wirst mir noch dankbar – «

Die Worte bleiben mir im Halse stecken, denn plötzlich sitze ich ohne Vorwarnung im Dunkeln.

»Eve? Bist du noch da?«

»Mist. Ich glaube, wir haben einen Stromausfall.«

»Im Ernst?«

»Himmel, es ist stockfinster hier. Ich werde mal nachsehen, ob noch irgendwo anders auf der Madison der Strom weg ist.« Ich begebe mich nach vorn in den Laden, während ich weiterrede. Keins der Hochhäuser oder Geschäfte scheint von dem Stromausfall betroffen zu sein.

»Ich dachte, das schicke Gebäude gehört Dominic Baine«, sagt Paige. »Sag nicht, er hätte vergessen, die Stromrechnung zu bezahlen.«

»Da ist wahrscheinlich nur 'ne Sicherung durchgebrannt oder es hat irgendwo einen Kurzschluss oder sonst was gegeben.«

Denn, ja, es handelt sich um eine Baine-Immobilie, und ich bin mir absolut sicher, dass der Stromausfall nichts mit einer unbezahlten Rechnung zu tun hat. Ich weiß aus Erfahrung, dass bei jedem Stromausfall ein Alarm in der Zentrale von Baine International ausgelöst wird. Wenn dieser Alarm mehr als acht Minuten anhält, kommt automatisch die Polizei, um nach dem Rechten zu sehen.

Das bedeutet, dass mein überfürsorglicher Bruder einen weiteren Grund haben wird, sich meinetwegen Gedanken zu machen.

Ich atme tief durch. »Wenn es nur 'ne Sicherung ist, kann ich das vielleicht in Ordnung bringen.«

»Und wenn nicht?«, gibt Paige am anderen Ende der Leitung skeptisch zu bedenken. »Evelyn, vielleicht solltest du da raus.«

Sie ist meinetwegen nervös. Das erkenne ich daran, dass sie mich bei meinem Vornamen nennt, statt bei dem Namen, den sie benutzt, seit wir uns bei einer Modenschau kennengelernt hatten, als wir beide schon zwei Jahre im Geschäft waren.

»Alles gut. Ich bin mir sicher, es ist nichts Ernstes.«

Doch ich halte die Telefonverbindung zu ihr aufrecht, während ich mich vorsichtig zum Sicherungskasten im hinteren Bereich der Boutique taste. Dort angekommen, suche ich mithilfe der Taschenlampe meines Handys nach rausgesprungenen Sicherungen. Ich bin nicht sonderlich praktisch veranlagt, wenn es um solche Dinge geht, aber sogar ich erkenne, dass alles in Ordnung ist.

»Sag mir, was los ist«, fordert Paige mich auf. »Sollen wir auflegen? Ich kann den Notruf für dich alarmieren.«

»Und was willst du denen dann sagen? Dass deine Freundin eine Taschenlampe braucht und sie bitte so freundlich sein sollen, mir eine vorbeizubringen?«

»Na gut, dann ruf deinen Bruder an.«

»Nein. Auf gar keinen Fall.« Obwohl es stockfinster ist und keiner es sehen kann, schüttele ich den Kopf, während ich mehrere Schalter hoch- und runterdrücke und hoffe, dass dadurch vielleicht alles wieder zum Leben erwacht. »Es ist schon schlimm genug, dass Andrew sich Sorgen macht, ich könnte jederzeit wieder einen Nervenzusammenbruch erleiden. Ich habe die letzten fünf Jahre damit verbracht, ihm zu beweisen, dass es mir besser geht, dass ich jetzt stärker bin, gesund bin. Ich will nicht, dass er meint, für mich verantwortlich sein zu müssen. Das ist er sowieso nie gewesen.«

»Das heißt aber nicht, dass er je damit aufhören wird, für dich sorgen zu wollen, Eve.«

Die sanfte Mahnung lässt mich kurz innehalten. »Ich weiß.«

Ich stehe immer noch mit erhobenen Händen vor dem Sicherungskasten, als plötzlich alle Lichter wieder angehen.

»Ach, Gott sei Dank«, seufze ich leise. »Problem gelöst. Ich hab wieder Strom.«

Zwar bin ich mir ziemlich sicher, nichts damit zu tun zu haben, aber trotzdem verbuche ich diese Entwicklung als Erfolg für mich.

»Großartig«, sagt Paige. »Aber würdest du mir jetzt bitte einen Gefallen tun und endlich aus dem Laden verschwinden? Ich würde mich sofort so viel besser fühlen.«

»Okay, okay. Ich muss nur erst noch ein paar Sachen zusammenpacken, aber dann bin ich weg.«

»Na gut. Aber mach schnell, ja? Ich weiß, es braucht schon einiges, dir Angst einzujagen, aber das gestern mit deiner Tasche …«

»Ach das … Das war keine große Sache«, erwidere ich und gehe zu meinem Schreibtisch zurück. »Ich weiß zwar nicht, wie sie aus meinem Büro wegkommen und in der Kommode landen konnte, aber zumindest ist nichts herausgenommen worden.«

»Aber nur, wenn du den atemberaubenden roten Lippenstift von Dior nicht mitzählst, den du nicht mehr findest«, ruft sie mir in Erinnerung.

»Den kann ich überall verloren haben. Aber die wichtigen Sachen – mein Portemonnaie, Führerschein, Kreditkarten, mein Handy –, die sind alle da.«

»Ich finde es nur komisch, dass dein Handy ausgeschaltet war, als man deine Tasche fand.«

»Ja, geht mir genauso.« Denn sobald ich bemerkt hatte, dass meine Handtasche nicht da war, hatte ich mit dem Festnetztelefon des Ladens versucht, mein Handy anzurufen, um so festzustellen, wo die Tasche sein könnte, war aber jedes Mal sofort auf der Mailbox gelandet. Jetzt wünschte ich mir, ich hätte meiner Freundin nichts von dem seltsamen Vorfall erzählt, denn die Ängste meiner Freundin machen auch mich langsam nervös. »Ich sollte mich jetzt in Bewegung setzen, Paige. Wir sehen uns morgen beim Mittagessen, ja?«

»Ich freue mich schon«, ruft sie fröhlich. »Schick mir noch eine SMS, wenn du nachher zu Hause bist.«

»Das mach ich.«

Wir beenden das Gespräch, und ich lege mein Handy auf die Tischkante, sodass es in Reichweite ist, während ich aufräume und mich zum Gehen fertig mache. Ich beeile mich, obwohl ich mir sage, dass es eigentlich albern ist, ängstlich zu sein.

Doch ich bin es.

Ich bin aufgewühlter, als ich mir selbst eingestehen mag. Und das Gefühl gefällt mir nicht. Es gefällt mir nicht, mit der Nase darauf gestoßen zu werden, dass etwas so Harmloses wie eine verlegte Handtasche oder ein unerwarteter Stromausfall mich verwirren, ja aus der Bahn werfen kann.

Mich förmlich in Panik versetzt.

Als ich alles aufgeräumt habe und endlich zum Aufbruch bereit bin, kommt mein Atem in keuchenden Zügen. Ich kann den Laden jetzt gar nicht schnell genug verlassen. Hektisch hantiere ich an der Alarmanlage und den Riegeln der soliden Hintertür. Kaum habe ich den letzten gelöst, reiße ich die Tür auf, um das Gebäude zu verlassen und zu meinem Wagen zu rennen.

Doch vor mir ragt plötzlich eine dunkle Gestalt auf und versperrt mir den Weg.

Schatten umhüllt breite, muskulöse Schultern und einen kurz geschnittenen Schopf haselnussbrauner Haare.

Gerade rechtzeitig gelingt es mir, den Schrei zu unterdrücken, der in mir aufsteigt, als ich merke, dass ich mein Gegenüber kenne.

»Evelyn.« Gabriel Noble hält mit starker Hand meinen Arm, als ich schwanke. »Ist alles in Ordnung?«

6

Gabriel

»Was zum Teufel tun Sie hier?«

Sie braucht einen Moment, bis sie mit ihrer Frage herausplatzt – ungefähr genauso lange, bis ich merke, dass ich sie immer noch festhalte. Ich lasse sie los, habe aber bereits gemerkt, dass Evelyn zittert, ja förmlich bebt vor Angst.

Es versetzt mich in höchste Alarmbereitschaft, sie in diesem Zustand zu sehen. »Geht es Ihnen gut?«

Sie atmet tief durch und scheint sich etwas zu beruhigen. Ihre etwas raue, aber wohltönende Stimme klingt jetzt nicht mehr ganz so angespannt. »Ja, alles gut.«

»Sind Sie ganz allein hier?« Sie nickt leicht. »Es ist bereits nach zehn«, brumme ich. »Ein ganz schön langer Tag.«

»Das Gleiche könnte ich zu Ihnen sagen. Und Sie haben mir immer noch nicht gesagt, was Sie hier tun?«, fügt sie hinzu und sieht mich fragend an, als ich zu ihr in den Laden trete.

»Ich war gerade in der Zentrale von Baine International und sah, dass ein länger anhaltender Stromausfall hier im Laden angezeigt wurde. Ich dachte, ich komm mal vorbei und sehe nach dem Rechten. Mir war nicht klar, dass noch gearbeitet wird.« Der Grund dafür ist, dass die Überwachungskameras nur auf die Verkaufsfläche des *L'Opale* gerichtet sind und die Büroräume und den Außenbereich nicht berücksichtigen. Das ist eine der ersten Änderungen, die ich empfehlen werde. Und weil ich zu viel Zeit in Krisengebieten verbracht habe, unterziehe ich meine ganze Umgebung einer schnellen Musterung, während ich weiter in den Laden hineingehe, um mich davon zu überzeugen, dass es keine offensichtlichen Hinweise für Probleme gibt. »Was ist mit dem Strom passiert?«

»Ich weiß es nicht. Ich war gerade am Handy und unterhielt mich mit einer Freundin, als plötzlich das Licht ausging.«

Während sie redet, schaue ich in die leeren Büros, die von dem kurzen Flur abgehen. »Wie häufig kommt es zu Stromausfällen?«

»Nie. Außerdem schien kein anderes Geschäft in der Madison davon betroffen – nur unsere Boutique. Aber egal, ist ja kein großes Ding. Sie hätten nicht extra herkommen müssen. Ein paar Minuten später war der Strom wieder da.«

»Hätten Sie immer noch keinen Strom, wäre die Polizei jetzt auch da«, erkläre ich ihr. Ich habe mir den ganzen Tag die Sicherheitssysteme der Gebäude angesehen, die Baine International gehören, und habe mich mit den Abläufen vertraut gemacht. Zwar habe ich mir noch keinen vollständigen Überblick verschafft, doch es gibt bereits eine Liste mit Verbesserungen, die ich empfehlen möchte, sobald ich mich mit Nick und Beck treffe. Ich rede mir ein, dass es rein professionelle Gründe sind, warum Evelyns Boutique ganz oben auf der Liste steht.

»Ein Glück, dass die Polizei nicht losgeschickt worden ist«, meint sie. »Das würde nämlich bedeuten, dass auch mein Bruder hier über kurz oder lang auftaucht.« Auf meinen fragenden Blick hin ergänzt sie: »Eigentlich gehört das *L'Opale* Andrew. Er hat mir vor ein paar Jahren, als ich, äh, Hilfe brauchte, das Geld geliehen, um den Laden zu eröffnen.«

Ich nicke, weiß aber gar nicht, was für geschäftliche Vereinbarungen es zwischen ihr und ihrem Bruder gibt. Ehrlich gesagt bin ich überrascht, dass sie mir Derartiges überhaupt anvertraut, doch mir scheint, dass sie eher aus Angst nicht aufhört zu reden. Ich kann mir bei der selbstbewussten, tüchtigen Frau, die ich gestern kennengelernt habe, gar nicht vorstellen, dass sie sich in eine Situation begibt, in der sie jemandem etwas schuldet – noch nicht einmal einem Verwandten. Ich kann mir aber genauso wenig vorstellen, dass ein paar Minuten ohne Strom Evelyn Beckham derart verunsichern, wie es heute Abend der Fall zu sein scheint.

Ich werfe einen Blick über die Schulter und stelle fest, dass sie immer noch mit um den Leib geschlungenen Armen neben dem Ausgang steht. »Ist heute Abend noch irgendetwas anderes vorgefallen? Etwas, von dem Sie mir nichts erzählt haben?«

Beklommen und unsicher schaut sie mich an. »Es hat bestimmt nichts zu bedeuten. Ich hab mir wahrscheinlich nur eingebildet, dass …«

»Evelyn. Sagen Sie es mir.«

»Ich dachte, ich hätte etwas gehört«, gibt sie schließlich nach. »Irgendein Geräusch, ehe das Licht ausging.«

»Was für ein Geräusch?«

»Ich bin mir nicht sicher. Es hörte sich so an, als wäre jemand an der Hintertür. Als würde jemand versuchen hereinzukommen.«

»Vielleicht ein Mitarbeiter?«

Sie schüttelt den Kopf. »Die sind schon vor Stunden mit der Bahn nach Hause gefahren. Normalerweise bin ich nicht so paranoid, aber …«

Ich setze mich schon in Bewegung, ehe sie zu Ende gesprochen hat. »Sie bleiben hier.«

Reflexartig löse ich den Druckknopf am Holster meiner Waffe und trete nach draußen, um die doppelt verriegelte Stahltür nach Hinweisen zu untersuchen, dass jemand sich vor meiner Ankunft daran zu schaffen gemacht hat. Doch ich kann nichts entdecken, das mir seltsam vorkommt. Mir stößt nur der sehr kleine Parkbereich auf, der noch dazu viel zu dunkel ist.

Mein Lexus und Evelyns Volvo sind die einzigen Wagen, die darauf stehen. Eine alte, seitlich an der Hauswand angebrachte Laterne erhellt den Bereich nur notdürftig. Und vor der Tür zum Laden sind nur Dunkelheit und Schatten. Also ideale Bedingungen, um in aller Heimlichkeit einzudringen – oder auf jemanden zu warten, der nach draußen ins Dunkel tritt.

Fluchend komme ich wieder herein.

Evelyn sieht mich mit großen Augen an. »Muss ich mir Sorgen machen?«

»Nein. Nicht während ich hier bin.« Und das meine ich auch so. Sie ist zwar nicht Bestandteil meines Jobs, aber ich würde nicht eine Sekunde lang zögern, sie unter Einsatz meines Lebens zu beschützen.

Unsere Blicke bleiben einen Moment lang aneinander hängen. Lange genug, damit ich erkenne, dass sie sogar noch hübscher ist, als ich von unserer ersten Begegnung in Erinnerung habe. Hübsch? Ach, Quatsch! Sie ist atemberaubend schön. Jetzt, wo ich sie anschaue, kann ich den Blick nicht mehr von ihr losreißen. Es juckt mir in den Fingern, ihre weiche, hellbraune Haut zu berühren und die dunklen, vollen Wellen, die das schmale, zarte Gesicht umrahmen. Ihre Augen, ein Grün, das so hell ist, dass es fast blau wirkt, faszinieren mich. Ihr Blick ist wach und intelligent, aber gleichzeitig auch sanft, und wird von langen, schwarzen Wimpern eingefasst.

Im Geiste gebe ich mir einen Tritt; jetzt, da ich weiß, wer sie ist. Oder eher, wie Beck anmerkte, wer sie einst gewesen ist. Das schlanke, glamouröse Supermodel, das Schlagzeilen machte, während ich staubbedeckt und stinkend im tiefsten

Afghanistan kampierte, die Bösen jagte und versuchte, dabei weder Leib, Leben – oder meine Seele – zu verlieren.

Unsere Leben hätten nicht unterschiedlicher sein können. Welten trennen uns – damals wie heute.

»Sie brauchen da draußen an drei Stellen bessere Beleuchtung und Überwachungskameras«, erkläre ich ihr leicht schroff, da ich bereits ein Dutzend gravierende Sicherheitsmängel in und um die Boutique herum gezählt habe. Und dabei bin ich erst seit fünf Minuten hier. »Ich werde einen vollständigen Sicherheitsplan erstellen und gleich als Erstes morgen früh dafür sorgen, dass die neue Ausrüstung bestellt und installiert wird.«

Sie scheint von meinem Plan nicht sonderlich erbaut. »Das hier ist eine exklusive Boutique. Ich will auf keinen Fall, dass sie wie eine Militärbasis aussieht.«

»Schon vermerkt«, erwidere ich und wende den Blick ab. Es überrascht mich nicht, dass wir auch bei dieser Unterhaltung aneinandergeraten. Außerdem frage ich mich, ob die Anspielung auf eine Militäreinrichtung zufällig ist oder nicht. Als unsere Blicke sich erneut begegnen, sieht sie mich herausfordernd an. »Ich verstehe, worauf Sie hinauswollen, und respektiere es, Evelyn. Aber Dominic Baine und Ihr Bruder haben mich damit beauftragt, die Sicherheit dieses Gebäudes und aller anderen Immobilien, die Nick besitzt, zu gewährleisten. Und ich will die beiden auf keinen Fall enttäuschen.«

»Stets der pflichtbewusste Pfadfinder, hm?«

Ich spüre, wie sich meine Augenbrauen vor Unmut zusammenziehen, während ich die Arme vor der Brust verschränke. »Der was?«

Sie zuckt mit den Achseln. Kurz bin ich versucht, sie als ein zwar atemberaubendes, aber hochnäsiges Miststück abzuschreiben, doch dann bemerke ich das leise Lächeln, das um ihren herrlichen Mund spielt. »Ich habe von Andrew gestern alles über Sie erfahren«, sagt sie. »Über Ihre beeindruckende Karriere bei der Armee. Ihre hervorragende Arbeit bei Baine International. Mein Bruder und Nick halten offensichtlich sehr viel von Ihnen.«

Was haben sie ihr sonst noch erzählt? Ich frage mich, ob sie von meinem Bein weiß oder den mehr als zwei Jahren, die der Genesungsprozess dauerte. Jeder Zentimeter ihres Körpers ist vollkommen. Ich bin voller Narben und entstellt. Aber wie gesagt … das sollte eigentlich alles keine Rolle spielen, da ich ja nur rein beruflich mit ihr zu tun habe. Die Unterschenkel- und Fußprothese an meinem linken Bein wird mich nicht davon abhalten, meinen Job zu machen. Und sie hat mich auch nie davon abgehalten, mit einer Frau zu schlafen.

Ich räuspere mich. »Nach unserer ersten Begegnung in der Tiefgarage brauche ich wohl nicht zu fragen, was Sie von mir halten.«

Sie legt den Kopf schief und sieht mich amüsiert an. »War ich so leicht zu durchschauen?«

Ich stoße ein leises Lachen aus. Doch das ist nur der Versuch, die heiße Lust, die durch jede Zelle meines Körpers schießt, zu überspielen, während mich Evelyn Beckham mit ihrem betörenden Lächeln blendet. »Wenn Sie die Wahrheit wissen wollen – als ich heute Morgen zur Arbeit kam, dachte ich, ich hätte keinen Job mehr.«

»Wirklich?« Jetzt sieht man ihr die Erheiterung deutlich an. »Warum haben Sie denn weiter versucht, mich zu ärgern, wenn Sie dachten, ich könnte dafür sorgen, dass man Sie feuert?«

Ich zucke mit den Achseln und lehne mich mit einer Schulter gegen die Wand. »Ich weiß nicht. Vielleicht lebe ich gern gefährlich.«

»Ach ja?«

»Manchmal.« Das ist mir nie klarer gewesen als jetzt, angesichts der Richtung, die meine Gedanken einschlagen, wenn es um diese Frau geht – diese Frau, die aber so was von tabu ist. »Aber vielleicht habe ich ja auch die schlechte Angewohnheit, dass man mich immer auf dem falschen Fuß erwischt.«

Sie lacht. Es ist ein sinnliches Lachen – genauso erotisch wie ihre Stimme. Bei diesem Lachen frage ich mich, wie sie sonst klingt – wenn sie Spaß hat, wenn sie nicht die Federn sträubt und bereit zum Kampf ist. Wie klingt sie, wenn sie entspannt ist, wenn sie Lust erfährt?

Wie klingt sie, wenn sie kommt?

Verfluchter Mist. Das ist eindeutig nicht die Richtung, die meine Gedanken nehmen dürfen.

Ich räuspere mich und deute mit dem Daumen nach hinten. »Ich werde mich mal vorne im Laden umschauen.«

Ich komme an mehreren geräumigen Ankleidezimmern vorbei, die alle in gedeckten Farben und mit wunderschönen Wohntextilien ausgestattet sind. Evelyn folgt mir schweigend in den vorderen Verkaufsraum und schaltet die indirekte Beleuchtung und einen glitzernden Kronleuchter aus Kristall ein, der in der Mitte der eleganten Boutique hängt.

Statt für dringend benötigten Abstand zwischen der atemberaubenden Schwester meines Chefs und meiner unprofessionellen Reaktion auf sie zu sorgen, finde ich mich plötzlich in einem Raum wieder, der voller Dinge ist, die nur dazu gedacht sind zu verführen. Wohin ich auch schaue, hängt Unterwäsche aus Spitze auf mit Seide bezogenen Bügeln. Hier und da präsentieren gesichtslose, raffiniert platzierte Schaufensterpuppen verführerisch knappe BHs und Korsagen mit Satinbändern, die mit Kügelchen, Perlen oder winzigen Blümchen verziert sind. Es gibt sogar ein paar Modelle aus schwarzem Leder, die einen interessanten Gegensatz zu den ganzen verspielten Teilen bilden.

Meine verdorbene Fantasie braucht nur ein paar Sekunden, um Evelyn in Gedanken auszuziehen und ihren geschmeidigen Körper mit den anmutigen Gliedern nacheinander in jedes einzelne erotische Outfit zu hüllen. Eine private Modenschau, für die ich alles geben würde, um sie live zu erleben. Mit einem erstickten Stöhnen verdränge ich die böse Vorstellung aus meinen Gedanken. Ein anderes Körperteil von mir muss leider etwas energischer zur Räson gerufen werden.

Dutzendfach werfen die in Nischen verteilten Spiegel mein finsteres Gesicht zurück, dem man deutlich ansieht, wie unwohl ich mich fühle, während ich mich quasi durch ein Meer weiblicher Unterwäsche bewege.

Evelyn kann ich auch im Spiegel sehen. Sie befindet sich mehrere Schritte hinter mir, als ich mein Handy hervorhole und ein paar Fotos von Stellen mache, die optimal geeignet sind, um Überwachungskameras in dem hohen, mit Fenstern versehenen Verkaufsraum anzubringen.

»Dann überprüfen Sie die Baine-Immobilien also immer persönlich mitten in der Nacht?«

»Jetzt schon.« Ich schiebe mein Handy zurück in die Tasche des Jacketts und drehe mich zu ihr um. »Seit heute bin ich der Sicherheitschef des Unternehmens. Das bedeutet, dass ich die Teams leite und die Sicherheitssysteme von allen Gebäuden, die Baine International in New York gehören, überwache.«

Sie tritt näher. »Das hört sich nach einer Beförderung an.«

Ich nicke. »Es ist eine tolle Gelegenheit.«

»Herzlichen Glückwunsch, Gabe.« Es ist das erste Mal, dass sie meinen Namen sagt – oder besser gesagt –, dass sie ihn ohne einen Anflug von Verachtung ausspricht. Und das betörende Lächeln ist auch wieder da, wobei sie mich diesmal aber auch ein bisschen schief ansieht. »Und heißt das etwa, dass Sie jetzt sogar in meinen Laden kommen und mich auffordern, mich auszuweisen?«

Ich grinse, obwohl das dafür sorgt, dass der Druck unterhalb des Gürtels jetzt fast unerträglich wird. »Ich muss gestehen, dass ich gestern nicht in meiner besten Form war. Ich hatte was vor, worauf ich mich nicht gerade freute, und Sie haben dann meine schlechte Laune abbekommen. Ich entschuldige mich dafür.«

»Ach ja«, sagt sie. »Stimmt. Sie wollten das Gebäude gerade verlassen, als ich hereinkam – oder eher versuchte hereinzukommen. Was hatten Sie denn so Schreckliches zu erledigen? Irgend so ein tolles Soldatenzeug?«

»Nein.« Ich schüttele den Kopf. »Familienangelegenheiten. Einer meiner Brüder ist gerade zum Leiter einer Polizeiwache befördert worden.«

Sie verzieht die Lippen. »Kein Wunder, dass Sie sich wie ein Cop benehmen. Liegt wohl in der Familie, hm?«

Ich lache leise. »Das könnte man wohl sagen. Zumindest bis ich dann aufgetaucht bin. Die Nobles sind mit Polizisten reichlich versorgt. Davon abgesehen hätte ich sowieso nie den hohen Ansprüchen meines alten Herrn genügt.«

Ich habe keine Ahnung, warum mir dieses Geständnis herausgerutscht ist, aber jetzt ist es passiert. Ich warte darauf, dass Evelyn sich auf diese Bemerkung stürzt, denn das scheint ihre zweite Natur zu sein, und ich habe ihr eine Steilvorlage gegeben. Aber sie nutzt die Gelegenheit nicht, sich über mich lustig zu machen.

Stattdessen mustert sie mich mit ihren grünen Augen schweigend – und fast länger, als ich es ertrage.

»Sie kommen mit Ihrem Vater nicht zurecht?«

»Wir verstehen uns gut – solange wir nicht miteinander reden oder uns sehen müssen.«

Ein bekümmerter Ausdruck tritt in ihre Augen. Na, vielen Dank. Das Letzte, was ich will oder brauche, ist jemand, der Mitleid mit mir hat. Vor allem von ihr will ich das nicht.

»Ich vergöttere meinen Vater«, sagt sie leise. »Andrew und ich haben unterschiedliche Mütter. Seine Mutter ließ sich von unserem Vater scheiden, ein paar Jahre später heiratete Dad dann meine Mutter. Sie starb, als ich acht war. Ein Betrunkener überfuhr sie auf dem Bürgersteig.«

»Das ist hart«, sage ich leise, ohne das Beileid auszusprechen, das mir auf der Zunge liegt, denn ich bin mir nicht sicher, ob ihr mein Mitgefühl recht wäre.

Sie atmet tief durch. »Ich wuchs beschützt von zwei starken Männern auf. Keinen von beiden kann ich davon überzeugen, dass sie aufhören sollen, sich die ganze Zeit Sorgen um mich zu machen.«

»Erwarten Sie das nicht von ihnen. Wenn ich eine Schwester hätte, würde ich mir auch Sorgen um sie machen. So wie ich Ihren Bruder kenne, würde es ihn umbringen, wenn Ihnen etwas passiert.«

»Ich weiß.« Sie sieht zu Boden und schweigt eine ganze Weile, sodass ich mich frage, in welche Richtung ihre Gedanken schweifen. Es müssen finstere Gedanken sein angesichts des leicht gehetzten Ausdrucks in ihren Augen, den ich bemerke, als sie mich wieder anschaut. An was sie sich auch gerade erinnert haben mag, kann nicht angenehm gewesen sein. »Wollen Sie, äh … wollen Sie sich noch weiter umsehen, wo Sie schon mal hier sind?«

Ihr plötzlich distanzierter Tonfall löscht alle ungebührlichen Gedanken und Impulse aus. Oder zumindest die meisten. So oder so betrachte ich es als etwas Gutes.

»Ja, könnten Sie mir wohl den Sicherungskasten zeigen? Es schadet nicht, wenn ich den mal überprüfe.«

Sie nickt und geht voraus. Ich folge ihr und bemühe mich nach Kräften, das geschmeidige Wiegen ihrer Hüften in dem engen, über den Knien endenden Bleistiftrock zu ignorieren. Ihr wohlgerundetes Hinterteil und die nackten Beine sind fest und stark, aber ich kann förmlich spüren, wie weich das Fleisch bei meiner Berührung mit Mund und Händen nachgeben würde … wenn meine Hüften ihre Beine spreizen und ich in sie stoße.

Sie dreht den Kopf, um mich über die Schulter hinweg anzuschauen. »Die Schutzschalter sind hier.«

Mist. Voll erwischt. Das kann ich jetzt vergessen, schnell genug den Kopf zu heben, um nicht als der hinterletzte Barbar dazustehen. Deshalb schaue ich langsam auf und begegne ihrem erstaunten Blick. »Sehr schön. Danke.«

Sie bleibt vor dem kleinen Raum stehen, in dem sich Strom- und Kabelkästen sowie elektrisches Zubehör und diverse Anschlüsse befinden. Ich mache mich gleich an die Arbeit und überprüfe alles, aber im Grunde vor allem, um sie nicht mehr anzuschauen, nachdem sie mich beim Starren erwischt hat.

»Als das Licht ausging, habe ich als Erstes die Sicherungen überprüft«, erklärt sie mir aus relativ sicherer Entfernung von der offenen Tür aus. »Ich habe nichts feststellen können, aber ich kenne mich auch nicht aus.«

Ich nicke. Die Sicherungen sehen gut aus. Ich kann nichts Auffälliges an den Schaltern oder Kabeln feststellen. »Ich werde ein paar Anrufe tätigen, damit jemand kommt und alles einer gründlichen Überprüfung unterzieht. Nur um auf Nummer sicher zu gehen.«

Ich merke, dass sie mich beobachtet, als ich mich vorsichtig hinhocke, um das Kabelgewirr und die Drähte zu mustern, die für Internet, Strom und das Sicherheitssystem zuständig sind. Diese Haltung ist für mich zigfach unangenehmer wegen der Belastung, der meine Prothese dadurch ausgesetzt ist, doch es ist das Gewicht von Evelyns durchdringendem Blick, das in mir den Wunsch weckt, schnell wieder hochzukommen, um auf Abstand zu ihr zu gehen.

»Wer hat Zugang zu diesem Raum?«

»Sie meinen abgesehen von gelegentlichen Servicetechnikern von Internet- und Stromanbietern?« Sie zuckt mit den Achseln. »Wohl jeder, der hier im Laden arbeitet. Ich, Katrina, Megan und dann noch ein paar Verkäuferinnen, die hier werktags arbeiten. Gelegentlich kommt auch unsere Schneiderin, Jane, in den Laden. Und zweimal die Woche schickt Baine International ein nächtliches Reinigungsteam vorbei. Warum fragen Sie?«

»Nur aus Neugier.« Ich komme wieder hoch und drehe mich zu ihr um. »Wahrscheinlich wäre es eine gute Idee, auch an dieser Tür ein Kombinationsschloss anzubringen. Ich schreibe mir das mit auf die Liste, die ich Nick und Beck morgen früh vorlegen werde.«

»Okay.«

»Hier ist heute Abend nichts mehr zu tun«, erkläre ich ihr und schalte das Licht in dem kleinen Raum aus, als ich ihn verlasse und die Tür hinter mir schließe. »So. Wenn Sie so weit sind und gehen wollen, begleite ich Sie nach draußen.«

Evelyns Handtasche, eine Ledermappe voller Papiere und ihr Laptop stehen neben der Hintertür auf dem Boden, wo sie sie zurückgelassen hat, als ich vorhin reingekommen bin. Sie nimmt die Sachen, und wir treten gemeinsam nach draußen. Während sie die Tür verriegelt und abschließt, stehe ich neben ihr und warte.

Die Absätze ihrer hochhackigen Sandalen klackern auf dem dunklen Asphalt des kleinen Parkplatzes. Ich drehe den Kopf die ganze Zeit in alle Richtungen und überprüfe die Umgebung, während wir uns auf die Autos zubewegen. Meine Hand ist in Höhe ihres Ellbogens, ohne sie zu berühren. Die andere hängt locker herunter, doch ich bin bereit, beim ersten Anzeichen von Ärger sofort zu reagieren.

Während wir uns ihrem Volvo nähern, entriegelt sie die Türen mit dem Sender an ihrem Schlüssel. Ich bleibe ein paar Schritte hinter ihr stehen und behalte weiter die Schatten und dunklen Ecken im Blick, während sie die hintere Tür öffnet und die Mappe auf die Rückbank legt.

»Wie viele Jahre waren Sie in Afghanistan?«

Ihre Frage kommt für mich unerwartet und überrascht mich. Doch noch mehr erstaunt es mich, als ich erkenne, wie dicht wir im Dunkeln beieinanderstehen. Der Vanilleduft ihres Haars umweht mich in einer nächtlichen Brise, und unsere Körper sind einander so nah, dass ich die Wärme ihrer Haut spüre. Es erschreckt mich, wie viel Selbstbeherrschung ich aufbieten muss, um meine Hände zu lassen, wo sie sind, obwohl doch alles in mir danach drängt, ihr eine dunkle Locke aus dem Gesicht zu streichen, während sie redet.

Doch noch mehr beherrscht mich der Drang, ihr Kinn anzuheben und meinen Mund auf ihren zu senken.

Ich zügele all diese unangemessenen Impulse, doch es ist nicht leicht.

»Nach der Grundausbildung wurde ich sofort in Kandahar stationiert«, erzähle ich. Meine Stimme klingt rau, als würde es mir schwerfallen zu reden. Ich bin es nicht gewöhnt, über meine Zeit bei der Armee zu sprechen, und ganz gewiss nicht, wenn es sich bei meinem Gegenüber um ein wunderschönes ehemaliges Supermodel handelt und das Gespräch am Ende eines langen Tages stattfindet und die Nacht dazu verdammt ist, viel früher zu enden – und viel weniger nackt, als ich eigentlich möchte. »Ich machte bei zwei Einsätzen mit, und noch ein dritter wäre auf mein Konto gegangen, hätte mich nicht eine Sprengfalle zwei Monate später nach Hause gebombt.«

Ich höre, wie sie leise nach Luft schnappt, und sehe den Ausdruck des Erstaunens auf ihrem Gesicht. Dann kennt sie die blutigen Einzelheiten also doch noch nicht. Ich weiß nicht, ob ich erleichtert oder enttäuscht sein soll, dass sie annimmt, ich wäre unversehrt. Ich weiß nur, dass mir ihre Meinung nicht wichtig sein sollte. Nicht sollte, aber trotzdem ist.

»Eine Sprengfalle.« Sie schluckt und sieht mich mit ruhigem Blick an. Glücklicherweise zeigt sie kein Mitleid und wirkt auch nicht fasziniert. »Andrew hat mir erzählt, dass Sie mit einem Purple Heart ausgezeichnet worden sind.«

Ich bestätige ihre indirekte Frage mit einem Achselzucken, weil mir der Orden – und all die anderen Auszeichnungen, die damit einhergingen – total egal ist. Denn jeder einzelne steht für ein Versagen. An mir, an meinem Land und vor allem an den Soldaten unter meinem Kommando. Meinen Freunden, die in Kisten nach Hause gebracht wurden, welche in Flaggen gehüllt waren.

Sie streckt die Hand aus, und ehe ich merke, was sie vorhat, berühren ihre Finger ganz sanft meine Wange. Das Fleisch, das sich über den Metallplatten spannt, die meinen Wangenknochen ersetzen, fühlt sich häufig ein bisschen taub an, aber nicht jetzt. Ich spüre die kurze, zarte Berührung ganz deutlich.

Ich weiche zurück, ehe ich versucht bin, mich nach mehr zu sehnen. Würde es hier Überwachungskameras geben, die uns in diesem Moment hätten beobachten können, hätte ich nicht einmal diese kurze Berührung zugelassen.

Das rede ich mir zumindest ein.

»Ich werde meine Empfehlungen für neue Sicherheitsmaßnahmen zu Papier bringen, sobald ich zu Hause bin«, erkläre ich ihr und verhalte mich, als schlüge mir das Herz nicht bis zum Hals und als hätte mich nicht plötzlich heiße Erregung gepackt.

Ich muss meine ganze Kraft aufbieten, um dem Drang, sie zu berühren, zu widerstehen. Sie reagiert mit einem Nicken auf meine Worte und macht bei meiner Bemühung, so zu tun, als wäre nichts zwischen uns, mit.

Denn da ist nichts. Da darf nichts sein. Andernfalls würde ich meinen Job und das Vertrauen, das ihr Bruder und Dominic Baine mir entgegen bringen, aufs Spiel setzen.

Aber verdammt – es ist nicht leicht, meine Entschlossenheit aufrechtzuerhalten, wenn ich die Wärme ihrer Fingerspitzen immer noch auf meiner Wange spüre … oder die Verheißung eines Kusses in ihren großen, ausdrucksvollen Augen glitzert.

Ich räuspere mich. »Außer der Bildschirmüberwachung mit Bewegungsmeldern und deutlich mehr Außenbeleuchtung werde ich noch dazu neue Schlösser für alle Innen- und Außentüren empfehlen sowie eine Videoüberwachung aller Bereiche im Innern.«

»Meinen Sie wirklich, dass das notwendig sein wird?« Sie verschränkt die Arme vor der Brust und seufzt. »Ich arbeite jetzt seit Jahren hier, und es hat noch nie Probleme gegeben.«

»Und ich habe vor, dafür zu sorgen, dass es so bleibt.«

Ihre Mundwinkel heben sich zu einem Lächeln. »Jetzt fangen Sie an, sich wie mein Bruder anzuhören.«

Allmächtiger. Weit gefehlt. Ich mache einen großen Schritt nach hinten. »Ich werde mich morgen bei Ihnen melden. Gute Nacht, Evelyn.«

Sie dreht sich um und öffnet die Fahrertür, zögert dann aber und sieht mich an. »Äh, Gabe?«

Einen kopflosen Moment lang, als ich höre, wie sanft mein

Name über ihre Lippen kommt, stelle ich mir vor, dass sie etwas Gefährliches aussprechen wird, etwas, dem ich nicht widerstehen kann. Eine Einladung. Eine Bitte.

Unschlüssig kraust sie die Stirn. »Könnten wir … könnten wir vielleicht Andrew nichts von alldem hier erzählen? Dem Stromausfall. Dass Sie hergekommen sind und ich noch gearbeitet habe. Er macht sich sowieso schon viel zu viele Sorgen um mich. Wenn er hört, dass ich so spät allein im Laden war und dann ohne Grund Angst bekam …«

Sie verstummt, weil ich bereits den Kopf schüttele. »Es tut mir leid, aber das kann ich nicht machen.«

»Ach ja, stimmt.« Sie zuckte mit den Achseln und atmet tief durch. »Pfadfinderehre, nicht wahr?«

»Wenn Sie es sagen«, sage ich und fühle mich kein bisschen ehrenwert. »Sie sollten jetzt fahren.«

Einen Moment lang gibt sie keinen Ton von sich und regt sich auch nicht. Schließlich nickt sie kurz. »Sie haben recht. Es ist wirklich spät geworden. Danke, dass Sie heute Abend hergekommen sind.«

»Jederzeit.«

Sie streckt die Hand aus, und ich nehme sie, auch wenn durch diese Berührung die Hitze, die durch meine Glieder strömt, noch heißer brennt. Ich schließe meine Finger um ihre schmale Hand, sodass sie ganz in meiner verschwindet. Erregung zuckt durch meinen Körper. Noch schlimmer aber ist, dass ich eine Einladung in ihrem kühnen Blick sehe.

»Wenn ich mir vorstelle, dass ich erst gestern Sorge hatte, Sie würden mich verhaften.« Verschmitzt zieht sie eine Augenbraue hoch. »Und jetzt schauen Sie uns an.«

Ich schaue sie an. Und ich halte auch weiter ihre Hand fest, obwohl ich verdammt genau weiß, dass Schauen – und Berühren – zwei Sachen sind, die mir nicht zustehen. »Was sich im

Laufe eines Tages doch alles ändern kann«, brumme ich und zögere, ihre Hand oder ihren Blick loszulassen.

Ich möchte mich lässig anhören – wie ein Mann, der die Situation voll unter Kontrolle hat. Aber meine raue Stimme klingt alles andere als harmlos. Endlich lasse ich ihre Hand los, denn was auch immer da zwischen uns schwelend zum Leben erwacht, ist ein definitives No-Go.

Es ist ein absolutes Nein aus tausend verschiedenen Gründen – eingeschlossen das unausgesprochene Versprechen, das ich ihrem Bruder heute Morgen gegeben habe. Evelyn Beckham ist nicht für mich bestimmt.

»Fahren Sie vorsichtig«, sage ich zu ihr, greife um sie herum und öffne die Fahrertür für sie.

Sie steigt ein, und ich schließe die Tür, sodass sie sicher vor mir ist und ich nicht von ihr verlange, dass sie bleibt. Sie lässt den Motor an, hält aber klugerweise ihr Fenster geschlossen.

Sie winkt mir aus dem Innern kurz zu, setzt zurück und lässt mich im schwachen Schein der Laterne auf dem Parkplatz stehen.

7

Evelyn

Nach einem mehr als einstündigen Verhör über meine unerwartete nächtliche Begegnung mit Gabriel Noble durch meine Freundinnen während des Mittagessens im *Vendange*, einem unserer Lieblingsrestaurants in der Stadt, kommt er mir wie eine Erscheinung vor, als ich ihn bei meiner Rückkehr in der Boutique antreffe.

Ich komme durch den Haupteingang von der Madison Avenue, nachdem ich mir vom Restaurant aus ein Taxi genommen habe. Ein paar Kunden stöbern im Laden, dazu kommen einige Verkäuferinnen, die während der regulären Öffnungszeiten bei der Laufkundschaft aushelfen. Ich lächle und nicke, begrüße alle, während ich an den Vitrinentischen und den Schaufensterpuppen vorbeigehe, neben denen ich mich gestern Abend mit einem Mann unterhalten habe, von dem ich dachte, ich könnte ihn nicht ausstehen, und mich höllisch anstrengen musste, mich nicht zum Narren zu machen, indem ich ihn zu mir nach Hause einlud.

Jetzt ist er wieder da. Ich erhasche einen kurzen Blick auf Gabes breite Schultern, die schmale Taille und den viel zu knackigen Hintern in dem schmalen Gang zu den Ankleidekabinen. Er trägt die für ihn typische Uniform aus dunkler Anzugshose und weißem Hemd. Sein Jackett hat er jedoch abgelegt, und auch das Pistolenholster ist nicht zu sehen. Die langen Ärmel seines Hemds hat er hochgekrempelt, sodass man seine gebräunten, muskulösen Unterarme sehen kann. Obwohl er mir den Rücken zukehrt, wirft er einen Blick über die Schulter. Quer durch den ganzen Laden begegnen sich unsere Blicke, und glühende Hitze zuckt wie eine Flamme durch meinen ganzen Körper.

Aber so schnell der Moment gekommen ist, so schnell ist er auch wieder fort. Als hätte ich es mir nur eingebildet.

Als wäre gestern Abend nicht ein Feuerwerk an Emotionen entzündet worden.

Mit nichts weiter als einem höflichen Nicken begrüßt er mich und setzt dann seine Arbeit fort.

Ich weiß, dass ich in Bezug auf Männer und Verabredungen völlig aus der Übung bin, aber habe ich ihn tatsächlich so falsch eingeschätzt? Meine Verwirrung – die fast an Enttäuschung grenzt, die ich mir kaum eingestehen mag – ist immer noch da, als Megan aufgeregt lächelnd durch den Laden auf mich zugeeilt kommt.

»Wir haben Gesellschaft.«

»Das sehe ich.«

Sie ist ein bisschen außer Atem, und ihr Gesicht leicht gerötet, als würde sie die Gegenwart von Gabriel Noble genauso durcheinanderbringen wie mich gestern Abend.

»Ich wusste gar nicht, dass heute neue Sicherungssysteme eingebaut werden«, flüstert sie.

»Ich auch nicht.«

Meg folgt mir, als ich weitergehe, um zu schauen, was gemacht wird. Ich höre Gabe im hinteren Teil des Ladens reden und Katrinas Stimme, die ganz hoch und atemlos klingt, als sie ihm in einem Tonfall antwortet, den sie bei Megan und mir nie anschlägt. Mein ganzer Körper verkrampft sich, als ich zu dem kleinen Raum komme und sehe, dass sie sich über Gabes Schulter beugt, während er etwas über die Tastatur einer elektronischen Schaltung eingibt, welche gerade neben dem Hintereingang angebracht worden ist.

»Das heißt also, dass unsere Schlüssel ab heute bei dieser Tür nicht mehr funktionieren?«

»Richtig«, sagt er, ohne von seiner Arbeit aufzuschauen. »Jeder wird seinen eigenen vierstelligen Zugangscode für die beiden Eingänge der Boutique bekommen. Das ist sicherer als herumfliegende Schlüssel, und es bedeutet auch, dass wir die ganze Zeit sehen, wer rein- oder rausgeht. Wenn Sie schon wissen, welchen Code Sie haben möchten, können Sie ihn jetzt gleich eingeben.«

»Ja, gern«, erwidert sie mit einem Säuseln, das mich unwillkürlich mit den Zähnen knirschen lässt. Kat mag zwar fünfzehn Jahre älter sein als ich, aber man sieht es ihr nicht an, und sie gibt alles, was sie hat, um Gabe zu beeindrucken. Sie rückt noch näher an ihn heran, tippt die Zahlen mit ihrem rot lackierten Nagel ein und nennt sie dabei laut. »Sechs, neun, sechs, neun.«

Ich räuspere mich. »Kat, könntest du bitte vorne kurz aushelfen?«

Sie dreht sich zu mir um. Ihr Lächeln wirkt ein wenig schuldbewusst, hat aber auch etwas Herausforderndes. Es dauert eine Sekunde, ehe sie antwortet. »Klar, das tu ich doch gern.«

Es ist genug Verkaufspersonal da, und obwohl ich mir sicher bin, dass auch sie das weiß, wird sie bei einer direkten Bitte von mir nicht anfangen zu diskutieren. Trotzdem lässt sie sich viel Zeit, als sie sich mit wiegendem Gang in Richtung Verkaufsraum bewegt.

Gabe hat sich mittlerweile umgedreht, und ich rechne eigentlich damit, dass er ihr hinterherschaut, doch sein Blick richtet sich auf mich.

Ich verschränke die Arme vor der Brust. »Sie sind aber

schnell. Ich dachte, Sie würden heute erst einmal einen Bericht schreiben.«

Ehe er zu einer Antwort ansetzen kann, ertönt hinter mir die Stimme meines Bruders.

»Es gibt keinen Grund, warum man mit dem Einbau neuer Schlösser und Kameras warten sollte«, sagt Andrew, der aus dem Versorgungsraum herauskommt und stehen bleibt, um mir einen kurzen Kuss auf die Wange zu geben. »Vor allem, wenn man das Gefühl hat, dass sich letzte Nacht jemand an der Hintertür zu schaffen gemacht hat.«

Ich seufze bei seinem ernsten Blick. »Ich hätte es gar nicht erwähnen sollen. Es war bestimmt nichts.«

»Ich hoffe, du hast recht. Aber in der Zwischenzeit hat Gabe einige fundierte Empfehlungen ausgesprochen, wie man für mehr Sicherheit sorgen kann.«

Auf einem Tisch neben einer geöffneten Werkzeugkiste und anderen Gerätschaften liegt ein Klemmbrett. Ich nehme es in die Hand und blättere die ersten paar Seiten durch, die voller Schaltpläne und handschriftlicher Notizen sind. Es ist eine aggressive, selbstbewusste Schrift, die ich fast genauso sexy finde wie den Mann, der sie zu Papier gebracht hat. »Keine Pläne für Stacheldraht oder Boden-Luft-Raketenabwehrsysteme?« Ich sehe Gabe mit hochgezogenen Augenbrauen an. »Was für eine Erleichterung.«

Ein Grinsen zuckt um seine Mundwinkel, während mein Bruder erbost schnaubt, ohne zu merken, dass wir insgeheim miteinander scherzen.

»Ich merke, dass du denkst, ich würde überreagieren«, sagt Andrew. »Aber glaub mir – ich weiß, was für Bestien in dieser Stadt leben. Ich will, dass du sicher bist.«

Ich sehe ihm mit auf die Seite gelegtem Kopf an. »Du reagierst ständig über, aber zumindest bleibst du dir dabei treu.«

»Sehr witzig.« Er runzelt die Stirn und senkt die Stimme. Dabei sieht er unserem Vater so ähnlich, dass ich unwillkürlich lächeln muss. »Mach mal halblang, ja? Ist ja schließlich nicht so, als ob du im Laufe der Jahre nicht mit ein oder zwei Stalkern zu tun gehabt hättest, Eve.«

Mir stockt der Atem, als er meinen alten Spitznamen benutzt. Besonders vor Gabe ist mir das unangenehm, denn ich mag nicht mit meiner früheren Karriere hausieren gehen. Tatsächlich würde ich sie sogar am liebsten für immer begraben.

Doch als ich Gabe ansehe, zeigt er keine Überraschung. Er ist noch nicht einmal verwirrt.

Als wir uns das erste Mal begegnet waren, hatte er keine Ahnung, wer ich bin. Er kannte mich nicht aus meinen Laufstegtagen. Aber jetzt weiß er Bescheid. Er weiß es, weil Andrew es ihm erzählt hat. Daran besteht für mich kein Zweifel.

Und so wie er den Blick abwendet, während ich ihn anstarre, würde ich mal ganz stark vermuten, dass er es sogar schon vor unserem kurzen, aber angenehmen Gespräch gestern Abend wusste.

Was mag mein Bruder dem neuen Sicherheitschef von Baine International wohl noch über diesen schrecklichen Abschnitt meines Lebens erzählt haben?

Ich fühle mich plötzlich bloßgestellt und verletzlich. Ich hasse dieses Gefühl.

Ich hasse es, dass ich hier stehe und mich frage, ob die Verbundenheit mit Gabe, die ich gestern Abend zu spüren gemeint hatte, tatsächlich nur eine Illusion gewesen ist. Vielleicht war der Charme, den ich für echt hielt, nur eine Kursänderung gewesen – vom arroganten Mistkerl, den ich in der Tiefgarage kennengelernt hatte, hin zum aalglatten Strategen, der meine Gunst erringen … oder in mein Bett will, nachdem er herausgefunden hat, wer ich bin, wer ich gewesen bin.

Er wäre nicht der Erste, der es versucht.

Nur dass Gabe derjenige gewesen ist, der mich abgewiesen hat.

Als ich sein versehrtes und trotzdem wunderschönes Gesicht berührt hatte, war er vor mir zurückgewichen, als hätte er sich verbrannt. Und jetzt scheint er noch nicht einmal bereit, mich anzuschauen.

Ich sehe meinen Bruder an und zwinge mich zu einem ganz sachlichen Tonfall. »Es ist lange her, dass ich in der Öffentlichkeit gestanden habe. Davon abgesehen ist nie jemand nah genug an mich herangekommen, um mich zu verletzen.«

Nein, den schlimmsten Schaden habe ich mir selbst zugefügt.

Glücklicherweise spricht Andrew nicht die Worte aus, die wir beide denken. Wenn er es jetzt vor Gabe täte, wüsste ich nicht, ob ich ihm das vergeben könnte.

Als sich das Schweigen zwischen uns in die Länge zieht, holt Gabe tief Luft und sagt: »Ich werde mal den Bewegungsmelder am Scheinwerfer auf dem Parkplatz überprüfen.«

Andrew nickt und wartet, bis Gabe gegangen ist, ehe er wieder spricht. »Sag mir eins, Eve. Wenn Gabe gestern Abend nicht wegen des Stromausfalls zum Laden gekommen wäre, hättest du mir dann erzählt, dass du bis in die Nacht hinein gearbeitet hast und dachtest, du hättest gehört, wie jemand versucht einzubrechen?«

»Einzubrechen? Das ist jetzt aber übertrieben.«

»Wir können uns nicht sicher sein«, erwidert Andrew streng. »Die Frage ist, ob du es mir erzählt hättest?«

»Wahrscheinlich nicht. Wie ich schon sagte: Nichts ist passiert, und ich will dir keinen Grund mehr geben, dir Sorgen um mi–«

»Ich bin dein Bruder, verdammt noch mal«, ruft er mir in

Erinnerung. Er zieht die schwarzen Augenbrauen über den blitzenden grünen Augen zusammen. »Wenn du nicht willst, dass ich mir Sorgen mache, hättest du in eine andere Familie hineingeboren werden müssen.«

Da wir uns immer sehr nahe gestanden haben, weiß ich, wann mein knurriger, großer Bruder kurz davor ist, die Geduld zu verlieren. Ich versuche, ihn nicht so weit zu treiben, doch es gibt Momente – wie jetzt –, in denen wir anscheinend die ganze Zeit miteinander ringen.

Sein Gesicht verzieht sich zu einer finsteren Miene. »Gabe hat mir erzählt, dass du deine Handtasche mit Handy und Portemonnaie verloren hattest.«

»Natürlich musste er es dir erzählen«, schnaube ich wütend und schüttele den Kopf. »Ich wünschte, er hätte es nicht getan. Es war nicht an ihm, dir das zu erzählen. Und nur mal angemerkt: Ich habe nichts verloren. Meine Handtasche war die ganze Zeit hier im Laden gewesen.« Das ist zwar eine leichte Verdrehung der Tatsachen, aber mit denen gehe ich im Moment sowieso nicht sonderlich großzügig um.

Andrew sieht mich erschöpft an. »Du mutest dir wieder zu viel zu, Evie. Die Boutique geht ab wie eine Rakete – schneller, als jeder erwartet hat. Ich bin stolz auf alles, was du erreicht hast, und ich hege keinerlei Zweifel daran, dass das nur der Anfang ist. Aber ich will nicht, dass du dir zu viel aufbürdest, dass du dich übernimmst. Und das sage ich nicht nur als Bruder, der dich liebt, sondern auch als dein Geschäftspartner.«

»Ich werde dir alles zurückzahlen, Andrew.«

»Darum geht es nicht.« Er schüttelt den Kopf. »Ich mach mir keine Gedanken um das Geld. Der Laden gehört dir.«

»Nein.« Ich hebe das Kinn an. »Ich schulde dir Geld, und ich werde es dir so bald wie möglich zurückgeben.«

»Scheiß aufs Geld.« Er stößt einen unterdrückten Fluch aus.

»Es war immer meine Aufgabe, dich zu beschützen. Doch ich habe einmal versagt. Ich werde nicht zulassen, dass es wieder passiert.«

»Nein, Andrew. Es war nie deine Aufgabe.« Obwohl ich weiß, dass er es aus Liebe tut, verängstigen mich seine Zweifel. Mein Herzschlag dröhnt in meinen Ohren, als ich vor ihm zurückweiche. »Ich bin nicht dein Problem, das du lösen musst. Und ich bin, verdammt noch mal, auch kein Kind.«

Die Hintertür geht auf, und Gabe kommt herein. Es gibt keine Möglichkeit, die unangenehme Situation mit der vorhergehenden Diskussion zu überspielen, und deshalb versuche ich es gar nicht erst. Ich lasse beide stehen, begebe mich in mein Büro und schließe die Tür hinter mir.

Mehrere Minuten arbeite ich ganz für mich, als es an der Tür klopft. »Ja?«

Ich rechne eigentlich mit einer meiner Mitarbeiterinnen oder vielleicht meinem Bruder, der nicht lockerlassen will, weil er meint, es sei noch nicht alles gesagt worden. Ich schaue auf und sehe Gabe in der Tür stehen. »Beck ist schon weg, weil er kurzfristig noch etwas anderes zu erledigen hat, deshalb packe ich meine Sachen jetzt auch zusammen und gehe dann. Ich habe mir erlaubt, einen Zugangscode für die Hintertür für Sie zu programmieren.«

Er tritt näher und legt einen Zettel mit einer vierstelligen Nummer auf meinen Schreibtisch. »Ah ja. Danke.«

»Die neue elektronische Türverriegelung wird über das Tastenfeld gesteuert«, erklärt er in einem ruhigen, geschäftsmäßigen Ton, der mich noch mehr aufregt. »Die Überwachungskameras für die Innenräume und die Bewegungsmelder, die ich empfohlen habe, sind bestellt und sollten bald da sein. Nächste Woche kommt ein Elektriker vorbei, um sich den Versorgungsraum anzuschauen, ehe wir anfangen, die neuen

Geräte einzubauen, und das Sicherheitssystem auf den neuesten Stand bringen.«

»Warum erzählen Sie mir das alles? Eigentlich erstatten Sie doch meinem Bruder Bericht, oder, Sie Pfadfinder?«

Meine Bemerkung trifft wie beabsichtigt. Ich sehe, dass aufflackernde Wut seine aufreizende Selbstbeherrschung leicht ins Wanken bringt. Mit finsterer Miene tritt er näher zu mir. Mir fällt unwillkürlich auf, dass er nicht um Erlaubnis fragt, sondern in meinen Bereich eindringt, als würde er hierhergehören. Als wüsste er, dass ich ihn nicht abweisen werde.

»Was ist los, Evelyn? Habe ich Sie mit irgendetwas verärgert?«

Ich lehne mich in meinem Stuhl zurück und bin mir nicht sicher, ob ich dieses Gespräch überhaupt will, doch aus irgendeinem Grund ist mir Klarheit auf einmal wichtiger als meine Würde. »Gestern Abend … warum haben Sie da nicht gesagt, dass Sie wissen, dass ich mal als Model gearbeitet habe?«

Er zuckt mit den Achseln. »Das erschien mir im Rahmen unserer Unterhaltung nicht relevant.«

Ich mustere ihn einen Moment lang und suche nach Rissen in der Fassade. Ich suche nach Hinweisen, dass er nicht das ist, was ich sehe – ein starker, stoischer Mann. Ein Mann, angenehm im Umgang und sexy. Verführerisch.

»Was hat mein Bruder Ihnen sonst noch über mich erzählt?« Himmel, ich hasse es, wie verängstigt ich klinge. Ich fürchte, dass er vielleicht von den Selbstverletzungen oder der Sucht gehört hat oder von den Monaten, die über den Heilungsprozess vergingen und in denen ich zwischen zwei Zuständen schwankte – dem Kampf dafür, wieder gesund zu werden, und dem Wunsch zu sterben.

Gabe schließt die Tür hinter sich und schüttelt langsam den

Kopf. »Beck hat nichts weiter erzählt. Nur dass er sich Sorgen um Sie macht.«

»War das, bevor oder nachdem Sie ihm erzählt hatten, dass ich so unfähig und überarbeitet wäre, dass mir deshalb meine Handtasche abhandengekommen ist?«

»Das habe ich nicht gesagt.« Sein kantiger Kiefer spannt sich noch mehr an, während er mich anschaut. »Ich wollte keinen Vertrauensbruch begehen, indem ich Dinge erwähnte, die in der Tiefgarage vorgefallen waren. Dafür entschuldige ich mich.«

»Mein Leben geht Sie nichts an.«

»Völlig richtig.«

Ich will an meiner Wut festhalten, aber das fällt mir nicht leicht, wenn Gabe so in sich zu ruhen scheint. Und ich kann nicht verhehlen, dass es meine Sinne in Aufruhr versetzt, ihn wiederzusehen. Er kommt um den Schreibtisch herum. Seine Gegenwart nimmt allen Raum ein, und die Luft wird knapp, sodass mir schwindelig wird und mich mit jedem Schritt, den er näherkommt, größere Atemlosigkeit erfasst.

Das Herz schlägt mir bis zum Hals, als er schließlich nur ein paar Schritte von mir entfernt stehen bleibt. Eigentlich sollte ich das Gefühl haben, in die Enge getrieben zu werden. Doch stattdessen sehe ich erwartungsvoll zu ihm auf, das Blut rast durch meine Adern, und meine Haut kribbelt überall, wo sein Blick mich berührt.

»Sie sind wütend auf mich«, stellt er nüchtern fest, doch seine leise Stimme ist weit davon entfernt, frei von Emotionen zu sein. »Genau in diesem Moment glaube ich nicht, dass Ihre Wut etwas mit Ihrem Bruder zu tun hat oder mit dem, was er mir vielleicht erzählt hat. Sie sind noch nicht einmal wütend auf mich, weil ich ihm in Ausübung meines Jobs etwas weitergegeben habe.«

»Und Sie wissen so gut über meine Gefühle Bescheid, nachdem Sie erst ein paarmal mit mir geredet haben?«

»Ja.«

Ich stoße ein wenig damenhaftes Schnauben aus, das ihn aber nur zum Lächeln bringt. Kurz sind seine Grübchen zu sehen, was meinen Blick auf seinen Mund lenkt. Das ist ein großer Fehler, denn jetzt kann ich den Blick kaum mehr abwenden.

Er gibt einen tiefen, wissenden Laut von sich, der vor selbstgefälliger Männlichkeit nur so strotzt.

»Ich glaube, Sie sind wütend, weil ich Sie gestern Abend nicht geküsst habe.«

Empört schieße ich hoch. »Und ich glaube, Sie sollten jetzt gehen.«

Er nickt unbeeindruckt. »Ja. Ich auch. Aber erst nachdem wir etwas geklärt haben.«

Wir stehen nur wenige Zentimeter voneinander entfernt in der Abgeschiedenheit meines Büros. Ich könnte vor ihm zurückweichen, wenn ich wollte, und auf der anderen Seite des Schreibtisches Zuflucht suchen.

Aber das ist nicht das, was ich will.

Das weiß er genauso gut wie ich.

»Es ist mir egal, was in Ihrer Vergangenheit vorgefallen ist oder wer Sie waren. Warum es zu Ende gegangen ist. Ich werde nicht anfangen zu wühlen, um es herauszufinden. Wenn Sie also wollen, dass ich es erfahre, müssen Sie es mir schon selbst erzählen.«

Er würde nichts herausfinden, selbst wenn er es versuchte. Außer ein oder zwei Gerüchten, die im Internet kursierten, als meine Schwierigkeiten begannen, hat Andrew große Anstrengungen unternommen – und viel Geld in die Hand genommen –, um dafür zu sorgen, dass die schlimmsten Fotos und Boulevardartikel verschwinden. Ich habe ein paar der schlimmsten Fotos aufbewahrt, und sei es nur, um mich immer daran zu erinnern, was ich überwunden habe, um dahin zu gelangen, wo ich jetzt bin.

Fluchend schüttelt Gabe den Kopf. »Meinen Sie etwa, ich hätte keine Vergangenheit? Hätte nicht Jahre versucht, so etwas wie ein neues Leben anzufangen, nach allem, was drüben in Afghanistan passiert ist, oder in den Jahren davor? Dann denken Sie noch mal schön nach.«

Sein Blick versengt mich, als er jeden Zentimeter meines Gesichts erforscht. Der Mann ist standhaft und stark, aber innerlich steht er in Flammen. An der Hitze, die er ausstrahlt, kann ich spüren, wie heftig seine Erregung ist. Ich kann sehen, wie straff er seine Selbstbeherrschung im Zaum hält, doch er ist kurz davor, sie zu verlieren.

Er streckt die Hand aus und streicht mit dem Daumen an meinem Kiefer entlang. Seine Finger legen sich auf meine Wange, und ein leises Stöhnen kommt in mir hoch. Er schüttelt den Kopf, aber ob er sich selbst ermahnt oder mich, kann ich nicht mit Sicherheit sagen.

»Will ich dich, Evelyn? Verdammt noch mal, ja. Gestern Abend habe ich die ganze Zeit nur an dich gedacht, als ich endlich zu Hause war. Und heute konnte ich gar nicht schnell genug herkommen, um dich wiederzusehen.«

»Hör auf.« Die Worte haben nicht mehr Kraft als ein Seufzen. »Hör auf, all die richtigen Dinge zu sagen.«

»Ich bin nur ehrlich.«

»Vielleicht sagst du nur Dinge, von denen du weißt, dass ich sie hören will. Vielleicht geht es dir nur um eine weitere Kerbe in deinem Bettpfosten, eine weitere Eroberung, mit der du prahlen kannst.«

»Komme ich dir wie ein Mann vor, der so etwas tun würde?«

»Nein … ich weiß es nicht.« Gott bewahre, aber ich habe noch nie einen Mann kennengelernt, der mich derart entwaffnet, sodass ich ihm hilflos ausgeliefert bin. Ich klammere mich an meine Empörung, aber sie zerbröselt wie eine Mauer aus Sand.

Er hebt mein Kinn mit seinen Fingern an. »Nun, ich bin kein solcher Mann. Und wenn ich es wäre, würdest du längst unter mir liegen – entweder in einem unserer Betten oder gestern Abend an deinem Wagen auf dem Parkplatz.« Als ich die Augen vor Schreck weit aufreiße, durchbohrt mich sein sinnlicher Blick.

»Erzähl mir nicht, dass du es nicht auch wolltest. Falls du es vergessen haben solltest … du warst es, die mich zuerst berührt hat.«

»Stand das auch in dem Bericht, den du meinem Bruder und Nick heute vorgelegt hast?« Das Herz schlägt mir bis zum Hals, als ich das sage. Ich habe das Gefühl, dass jede Zelle meines Körpers angesichts von Gabes durchdringendem Blick elektrisch aufgeladen ist.

Er reagiert nicht auf meine spitze Bemerkung, sondern sieht mich nur weiter ernst an. »Nein, die beiden wissen nichts von alledem. Sie werden es auch nie erfahren. Aber ich kann nicht zulassen, dass zwischen uns beiden etwas passiert, Evelyn. Das ist es, was du begreifen musst. Dein Bruder vertraut mir als Freund und als Kollege. Nick genauso. Das werde ich nicht aufs Spiel setzen. Für nichts. Egal, wie sehr ich dich will.«

»Nein. Natürlich nicht«, erwidere ich, ehe ich mich bremsen kann. »Schließlich willst du ja dein Saubermann-Image nicht beschmutzen. Deine Ehre geht dir ja über alles.«

Seine Miene wird noch finsterer und bekommt einen fast wilden Ausdruck. Doch seine Stimme ist völlig ruhig. »Glaubst du das wirklich?«

Er wartet meine Antwort nicht ab, sondern kommt noch näher, sodass sein muskulöser Körper den ganzen Raum einnimmt, der uns getrennt hat, während er die Arme nach mir ausstreckt und beide Hände um meinen Nacken legt, um mich besitzergreifend und ausgehungert an sich zu ziehen. Sein Mund nimmt meinen in Besitz – ohne um Erlaubnis zu fragen, ohne sich zu entschuldigen. Da ist nur dieses reine, verzehrende Verlangen.

Ein Stöhnen steigt in mir auf. Als ich die Lippen öffne, um es herauszulassen, erobert Gabes Zunge meinen Mund. Sein Kuss ist leidenschaftlich und heiß. Er löscht alles aus, was ihm in den Weg kommt. Und dazu gehören auch meine Wut und meine Zweifel. Ich schmelze dahin und schmiege mich an seinen festen Körper, der sich an mich presst. Seine Erregung, die sich an mich drückt, lässt die Glut in meinem Innern mit einem derartigen Verlangen auflodern, dass ich bezweifle, es noch unter Kontrolle halten zu können.

Ich weiß nur, dass ich mehr will. Daran bestehen keinerlei Zweifel.

Mehr von diesem Kuss … und mehr von diesem Mann.

Er knurrt an meinen Lippen und reißt sich dann mit einem erstickten Fluch von mir los. Er nimmt die Hände von meinem Nacken, ist aber noch nicht ganz bereit, mich loszulassen. Ein Daumen streicht über meine nasse Unterlippe, während er mich mit dunklem, stürmischem Blick anschaut.

»Verdammt«, knirscht er schroff, löst sich von mir und fährt sich mit einer Hand durch das kurze braune Haar.

Ich sehe ihn hilflos an und bin ganz entsetzt von der Tiefe und Intensität meines Verlangens.

Gabe weicht noch einen Schritt weiter zurück. Sein Gesicht ist zu einer Maske erstarrt, der Kiefer angespannt. Dann dreht er sich um und geht mit langen Schritten zur geschlossenen

Bürotür. An der Tür bleibt er noch einmal stehen, dreht sich um und wirft mir einen letzten Blick zu.

»Tu uns beiden einen Gefallen«, erklärt er mit rauer Stimme, während er nach der Klinke greift. »Sprich mir nie wieder von Ehre.«

8

Gabriel

Als ich zwei Tage später in meinem Büro sitze und mir Notizen zu einer Begehung einer Baine-Immobilie in Soho mache, brennt der Kuss immer noch auf meinen Lippen. Und das ist noch nichts im Vergleich zu anderen Teilen meiner Anatomie, die sich weiter nach Evelyn Beckham sehnen, sodass ich kaum noch an etwas anderes denken kann.

Ich muss gestehen, dass ich wusste, dass der Kuss ein Fehler sein würde. Das war mir schon in dem Moment klar, als ich die Arme nach ihr ausstreckte und meinen Mund auf ihren legte. Aber jetzt besteht für uns beide keinerlei Zweifel mehr daran.

Ehre, hat sie gesagt?

Allmächtiger.

Ehe ich sie kennenlernte, hatte ich immer gedacht, ich besäße zumindest ein bisschen davon, aber ich brauchte nur draußen im Dunkeln vor ihrer Boutique ihre Hand auf meiner Wange zu spüren, und alles löste sich auf. Ihre zarte, aber gleichzeitig ungenierte Berührung an jenem Abend hatte mehr zum Leben erweckt als nur die abgestumpften Nervenenden in meinem von Schrapnellsplittern zerfetzten Gesicht.

Ich versuchte es zu leugnen – zumindest vor mir selbst. Doch die Lüge flog mir um die Ohren, als ich am gleichen Abend unter der Dusche stand und mich unter dem heißen Strahl selbst berührte, während ich mich an die weiche Wärme von Evelyns

Fingerspitzen auf meiner Haut erinnerte, ihren kühnen Blick aus grünen Augen, in denen eine Einladung stand, die sie noch nicht recht bereit schien laut auszusprechen.

Dem Himmel sei Dank dafür.

Wenn sie irgendetwas gesagt hätte – wenn ich von ihr mit mehr als nur dieser zarten Berührung auf die Probe gestellt worden wäre –, hätte ich die Drohung, die ich am nächsten Tag in ihrem Büro äußerte, wahr gemacht. Und wir beiden wären nackt und verschwitzt irgendwo gelandet, um es zu tun.

Das Schlimme daran ist, dass ich es immer noch will.

Ich will sie so sehr, wie ich keine Frau eine verdammt lange Zeit hatte haben wollen.

Es ist nicht nur Lust. Damit könnte ich umgehen. Diesen Hunger könnte ich woanders stillen – mit jeder der namenlosen, gesichtslosen Frauen, die mir geholfen haben, das Leid all der Schmerzen zu betäuben, die mich heimsuchen, seit ich aus dem Krieg zurückgekehrt bin.

Evelyns Berührung – und jetzt auch noch dieser dumme, gestohlene Kuss – hat ein Verlangen in mir geweckt, das weit über das Körperliche hinausgeht. Und dadurch wird sie gefährlich für mich. Nicht nur in Bezug auf meine Arbeit, die meine ganze Aufmerksamkeit und Disziplin verlangt, sondern auch hinsichtlich der Freunde, deren Vertrauen ich nicht missbrauchen kann – und will.

Nachdem ich bewiesen habe, mich nicht auf meine Ehre verlassen zu können und noch nicht einmal auf mein Pflichtgefühl, sodass ich mich richtig verhalte, wenn es um sie geht, habe ich entschieden, dass Vermeidung die beste Strategie ist. Aber auch das bereitet mir Mühe. Ich habe dem Drang widerstanden, das ganze Internet nach Informationen über Evelyns damaliges Leben im Rampenlicht zu durchsuchen. Aber es ist mir schwergefallen. Glücklicherweise weiß außer mir niemand, wie häufig ich mir auf der Suche nach ihrem Auto die Aufnahmen der Kamera angeschaut habe, die den Parkplatz des *L'Opale* überwacht. Ich kann auch nicht benennen, wie oft ich das aufgenommene Material gesichtet habe, um mich davon zu überzeugen, dass sie wohlbehalten beim Laden angekommen ist und ihn genauso putzmunter wieder verlassen hat.

Dabei geht es mir natürlich nur um den Sicherheitsaspekt.

Verdammt! Der Letzte, den ich davon überzeugen kann, bin ich selbst.

Ich schüttele den Kopf und richte meine Aufmerksamkeit dahin, wo sie hingehört – auf den Bericht, den ich Nick und Beck vor Ende des Tages überreichen möchte. Ich habe mich richtig ins Zeug gelegt, über die Woche viele Überstunden gemacht und versucht, mich ganz und gar meiner neuen Aufgabe und der Verantwortung, die damit einhergeht, zu widmen. Zu meiner Arbeit gehört es jetzt auch, weitere Leute einzustellen, die das Team im Hauptquartier von Baine International verstärken sollen.

Eine dieser neuen Angestellten, eine Veteranin, die ich letztes Jahr während der Physiotherapie kennengelernt habe, klopft mit der linken Hand an meine offene Tür.

»Entschuldigen Sie die Störung, Sir.«

»Was gibt's, O'Connor?« Ich sehe die zierliche rotblonde Frau an, die ungefähr zur gleichen Zeit, als ich in Afghanistan war, als Feldjäger im Irak gedient hat. Kelsey O'Connor hätte sich nach ihrer Genesung bei ihrer Rückkehr einer Polizeieinheit in den Staaten anschließen können, doch wegen des Verlusts ihres rechten Unterarms und des größten Teils ihres rechten Beines wären ihre Einsatzmöglichkeiten stark eingeschränkt gewesen. Deshalb war sie begeistert von meinem Angebot, sich dem Sicherheitsteam von Baine International anzuschließen. »Und du kannst aufhören, mich Sir zu nennen. Ich bin Gabe, derselbe, der ich war, als wir zusammen in der Reha im Walter Reed waren.«

Sie nickt kurz. »Danke, Gabe. Ich wollte mich nur vergewissern, ob es okay ist, wenn ein paar von uns rausgehen, um schnell eine Kleinigkeit zu Mittag zu essen?«

»So spät ist es schon?« Ich komme hinter meinem Schreibtisch hervor und gehe ein paar Schritte. »Ja, geh nur. Würde es dir etwas ausmachen, mir was mitzubringen? Irgendein Sandwich wäre toll.«

»Klar, kein Problem.« Ich gebe ihr ein bisschen Geld für mein Essen, und sie schaut mich an, als wir mein Büro verlassen und in Richtung der Lobby gehen, die fast den ganzen unteren Bereich des Baine-Towers einnimmt. »Kommst du zum Spiel morgen?«

Wenn morgen Abend im Veteranenzentrum ein Rollstuhl-Basketballspiel stattfindet, bedeutet das, dass heute Freitag sein muss. Ich bin verblüfft, als ich erkenne, wie schnell die Woche rum ist. Es erinnert mich aber auch an eine andere Wochenendverpflichtung, vor der ich mich liebend gern drücken würde. »Das werde ich leider nicht schaffen. Ich muss morgen zu einer Grillparty bei meinen Eltern. Die Beförderung von Shane wird groß gefeiert.«

Sie lächelt, denn sie weiß um den Konflikt zwischen mir und meinem alten Herrn. »Es freut mich zu hören, dass du ein bisschen Zeit mit deiner Familie verbringen wirst. Man sollte sich nicht auf ewig gram sein, sondern sich irgendwann bemühen, wieder zueinanderzufinden.«

»Ist das so eine Art Heimwerker-Lebenshilfe, mit der du mich da beglückst, O'Connor?«, brumme ich.

Sie lacht. »He, lass mir meine heimlichen Laster. Jeder hat davon ein oder zwei.«

Als wenn ich das nicht wüsste. Wenn ich nicht vorsichtig bin, werde ich den Namen Evelyn Beckham mit auf meine Liste setzen müssen.

O'Connor geht ein paar Schritte schweigend neben mir her. »Dann wird Jake also auch bei der Grillparty sein?«

»Ganz bestimmt.« Ich werfe ihr einen fragenden Blick zu. »Warum?«

»Ach, nur so. Hab mich nur gefragt.«

Wenn wir nicht bereits in der Lobby angekommen wären, würde ich noch einmal nachhaken. Allerdings ist O'Connor leicht errötet, und das sagt mir alles, was ich wissen muss. Auf gar keinen Fall. Ich möchte mir gar nicht vorstellen, dass mein älterer Bruder, dieser dreiste Frauenheld, auch nur in die Nähe eines so lieben Mädchens wie Kelsey O'Connor kommt.

Als sie und ich uns dem Empfangstresen nähern, warten dort bereits zwei weitere neue Mitarbeiter und unterhalten sich mit Luis, den ich befördert habe. Er besetzt jetzt meinen alten Posten in Vollzeit. Während O'Connor ihre Kollegen begrüßt, fährt Nicks Limousine draußen vor, und er und Beck steigen aus dem Fond des schwarzen Wagens.

»Allmächtiger«, raunt einer der Neuen neben mir. »Alter, das ist Dominic Baine.«

Ich lächle angesichts der unverhüllten Ehrfurcht, die in den paar Worten mitschwingt. Ich verstehe es, auch wenn ich mich daran gewöhnt habe, die gleiche Luft zu atmen wie der legendäre Finanzmagnat, den ich als meinen Freund bezeichnen darf. Ich sehe O'Connor und die anderen beiden an, die erst seit ein paar Tagen mit dabei sind. »Achtung. Sie lernen jetzt den Boss kennen.«

Nick und Beck betreten die Lobby und beenden ein Gespräch, das beide zum Lachen gebracht hat. Ich stehe neben den neuen Mitgliedern meines Teams und begrüße Nick und Beck mit einem Nicken.

»Tag, alle zusammen«, sagt Nick. Sein scharfer Blick geht von mir zu der kleinen Gruppe, die Haltung angenommen hat. »Das sind bestimmt die Neuzugänge des Sicherheitsteams, nicht wahr, Gabe?«

Ich bestätige seine Worte mit einem kurzen Nicken. »Dominic Baine, Andrew Beckham, ich möchte Kelsey O'Connor, Joe Rodriguez und Mitch Hawkins vorstellen.«

»Willkommen bei Baine International«, sagt Nick, schüttelt als Erstes vorsichtig O'Connors Handprothese, um dann auch die anderen zu begrüßen.

Beck tut es ihm nach, und ein paar Minuten verwickeln die beiden Männer die neuen Angestellten in ein lockeres Gespräch. Sie fragen, wie es ihnen die ersten Tage gefallen hat, und sprechen Empfehlungen für Restaurants und Coffeeshops in der näheren Umgebung aus.

Nachdem O'Connor und die anderen gegangen sind, klopft Nick mir auf die Schulter. »Tolle Arbeit, Gabe, deine Bewertungen diese Woche bezüglich der Sicherheit an den unterschiedlichen Standorten sind wirklich fundiert. Verdammt! Ich wünschte, ich hätte dich schon vor Jahren im Team gehabt.«

»Danke«, erwidere ich. »Ich für mein Teil bin froh, jetzt zum Team zu gehören. Und ich freue mich, wenn ich im Bereich meiner Möglichkeiten helfen kann.«

Beck sieht mich mit einem schiefen Grinsen an. »Vielleicht hast du den Mund jetzt etwas zu voll genommen.«

»Wir waren gerade im Freizeitzentrum für Jugendliche in Chelsea«, erklärt Nick.

»Ich kenne es«, sage ich und nicke.

Es handelt sich um eine neue Immobilie unter dem Dach von Baine International – ein großzügig ausgestattetes Gemeinschaftshaus, das Nick für ein Problemviertel konzipiert und gebaut hat, in dem es wenig Möglichkeiten für die Jugendlichen gibt, ihre Freizeit zu gestalten. Das Projekt war von vornherein nicht auf Profit ausgerichtet, sondern entsprang einem persönlichen Anliegen von Nick. Er errichtete das Zentrum, weil es eine gute und richtige Sache ist. Und ich weiß aus Gesprächen mit ihm, dass das Jugendzentrum in Chelsea nur das erste ist von vielen weiteren, die er plant zu bauen.

»Das Sicherheitskonzept von Chelsea ist erstklassig«, stelle ich fest. »Ich habe nichts gefunden, was verbesserungswürdig wäre, außer du willst mir jetzt sagen, dass ich etwas übersehen habe.«

»Nein, dein Bericht über das Zentrum war hervorragend«, sagt Nick, aber dann zuckt ein Lächeln um seine Mundwinkel. »Was hältst du von Zoos?«

Ich sehe die beiden leicht verwirrt an. »Entschuldigung, aber ich kann nicht ganz folgen.«

Beck lacht leise. »Löwen, Tiger, Bären. Du weißt schon. Das Übliche. Außerdem noch eine Hüpfburg und ein paar Hundert brüllende Kinder mit ihren Eltern.«

»Ich versteh immer noch nur Bahnhof«, erwidere ich, denn offensichtlich begreife ich den Scherz nicht.

Nick reibt sich das Kinn, das einen leichten Bartschatten aufweist. »Das Freizeitzentrum sollte morgen sein erstes Familienpicknick in einem der Kindervergnügungsparks in Brooklyn veranstalten. Wir hatten das ganze Areal schon Monate im Voraus reserviert, aber jetzt soll es morgen regnen, weshalb die meisten Fahrgeschäfte geschlossen sein werden.«

»Keine gute Nachricht für die Kinder.«

»Nein«, stimmt Beck mir zu. »Aber der Park hält sich an den mit uns abgemachten Vertrag. Tatsächlich könnten die Betreiber sogar den ganzen Park an dem Tag schließen, wenn das Wetter nicht mitspielt.«

»Richtig«, sagt Nick. »Statt also eine Enttäuschung zu riskieren, verlegen wir die ganze Veranstaltung an einen anderen Ort. Es ist mir gelungen, den Zoo in der Bronx dazu zu überreden, uns kurzfristig aufzunehmen.«

Ich stoße einen leisen Pfiff aus. »Das war bestimmt nicht leicht.«

»Oder billig«, ergänzt Beck.

Nick zuckt mit den Achseln. »Das sind mir die Kinder wert. Aber es bedeutet ein großes Maß an Anstrengungen, die noch unternommen werden müssen, um in weniger als 24 Stunden Vorlaufzeit alles zu regeln. Ein paar Freunde schulden mir noch einen Gefallen. Somit ist für das Catering und die Unterhaltung gesorgt. Aber ein paar Sachen sind noch zu erledigen.«

»Wie kann ich behilflich sein?«

Er wirft mir einen entschuldigenden Blick zu. »Ich hasse es, dir dein Wochenende zu verderben, vor allem, wenn man bedenkt, wie viele Überstunden du diese Woche schon gemacht hast …«

»Du brauchst mich, also bin ich da.« Das ist alles, was ich wissen muss. Mein Angebot ist ernst gemeint und hat auch nichts damit zu tun, dass ich dadurch einen Vorwand habe, um die Grillparty in Bayside ausfallen zu lassen. Ich weiß, wie viel das Freizeitzentrum und die Kinder Nick bedeuten. Wenn er also meine Unterstützung möchte, ist es das Mindeste, was ich für ihn tun kann.

»Meinst du, du bekommst ein halbes Dutzend Angestellte vom Sicherheitspersonal zusammen, um morgen bei der Veranstaltung zu arbeiten? Die Überstunden werden natürlich bezahlt, plus einem Bonus als Wertschätzung fürs kurzfristige Einspringen.«

»Sieh es als erledigt an.« Ich nicke und stelle in Gedanken bereits eine Liste zusammen.

»Keine Anzüge oder sichtbaren Pistolenholster, Gabe. Ich will Zivilkleidung und versteckte Waffen. Du und der Rest des Teams sollen sich unter die Leute mischen und nicht auffallen. Die Kids sehen genug Polizisten durch ihr Viertel marschieren. Morgen soll ihnen ein schöner Tag in sicherer, angenehmer Umgebung geboten werden.«

»Hört sich gut an. Wann möchtest du, dass wir da sind?«

»Die Vorbereitungen beginnen gleich morgen früh, aber die Sicherheitskräfte brauchen erst ungefähr eine Stunde vor Ankunft der Familien da zu sein. Wenn du dafür sorgen könntest, dass alle gegen zehn Uhr am Veranstaltungsort sind, wäre das toll.«

»In Ordnung. Dann sehen wir uns dort.«

»Danke, Gabe.« Nick greift nach meiner Hand und drückt sie, wie man es unter Fremden in einer Bar machen würde – nicht wie ein Arbeitgeber. »Mir ist klar, dass ich dich da um einen großen Gefallen bitte, und weiß es wirklich zu schätzen, dass du immer für mich da bist.«

»Jederzeit. Das ist überhaupt kein Problem.«

Ich sage es voller Überzeugung, obwohl es im Grunde doch ein Problem gibt. Ein persönliches. Denn jetzt habe ich die zweifelhafte Pflicht, meine Mutter und Shane anzurufen, um beide wissen zu lassen, dass ich es nicht schaffe, zur Familienfeier zu kommen.

Ich kann die Verachtung meines Vaters fast schon hören. Aber, he, was soll's? Er sucht immer nach einem neuen Grund, mich zu verabscheuen. Warum sollte ich den Mistkerl jetzt also enttäuschen?

9

Evelyn

»Was hältst du von dem Sitz?« Ich benutze die letzte Stecknadel und trete vom Podest in der verspiegelten Umkleidekabine des L'Opale zurück, damit Avery Ross sich zum ersten Mal in dem Balconette-BH mit passendem Höschen sehen kann, die ich für sie entworfen habe.

Als Avery lange nicht antwortet, werfe ich meiner Schneiderin, Jane, einen nervösen Blick zu. Die stämmige, grauhaarige Frau ist eine Meisterin ihres Fachs, und bis zu diesem Moment hatte ich nicht eine Sekunde lang bezweifelt, dass unsere neueste Kundin beim ersten Blick auf das romantische, aber gleichzeitig verführerische Set begeistert sein würde. Doch jetzt weiß ich nicht, was ich von ihrem Schweigen halten soll.

»Die altrosafarbene Leavers-Spitze ist handgemacht und stammt aus Frankreich, aus einem kleinen Laden nahe Calais«, erkläre ich. »Das weiße Bändchen ist nur angeheftet. Jane wird heute alles an deine Maße anpassen; wenn du also etwas geändert haben oder eine neue Anprobe möchtest, bevor wir das Set fertigstellen …«

»Nein«, sagt Avery leise, fast schon im Flüsterton. Langsam schüttelt sie den Kopf, sodass ihre langen blonden Haare über ihre nackten Schultern und die zarten, gepaspelten Träger des BHs streichen. »Evelyn, Jane … Das Set ist absolut perfekt. Bitte, es darf kein Stich daran verändert werden, weder am BH noch am Höschen.«

Gott sei Dank. »Ich bin so froh, dass es dir gefällt.«

Sie kehrt der verspiegelten Wand den Rücken zu und sieht Jane und mich mit einem strahlenden Lächeln an. »Ich komme mir wie eine Prinzessin vor. Ihr habt beide etwas ganz Tolles geleistet. Jede Frau sollte sich zumindest einmal im Leben so schön und verführerisch fühlen.«

Ich kann ihr da nur zustimmen, denn jedes Mal, wenn ich etwas Teures, Maßgeschneidertes entwerfe wie das, was Avery jetzt anhat, wünsche ich mir, ich hätte die Möglichkeit, diese Art von Zauber für jede Frau zu erschaffen. Und ich kann nicht leugnen, dass ich mir ganz häufig wünsche, meine Entwürfe wären nicht nur Frauen mit makellosen Körpern und sich nie leerenden Bankkonten vorbehalten.

Doch in diesem Moment kann nichts die Befriedigung schmälern, die ich empfinde, wenn ich beobachte, wie offensichtlich Avery sich über das freut, was ich für sie entworfen habe.

Sie schaut wieder in den Spiegel und streicht mit der flachen Hand über die Blümchenspitze und die zarten Körbchen, die ihre Brüste wie Bonbons anheben. »Nick wird den Verstand verlieren, wenn er mich darin sieht. Ich freue mich schon auf seine Reaktion.«

Ich lächele. »Wenn dir das hier gefällt, wirst du bestimmt auch all die anderen Teile lieben, an denen wir arbeiten.«

»Da bin ich mir ganz sicher.« Sie dreht sich um, damit ich den BH vorsichtig für sie öffnen kann, dann kommt sie vom Podest herunter und tritt in die Umkleidekabine. »Wie lange dauert es, bis ich das Set mitnehmen kann?«, fragt sie aus der Kabine heraus.

Fragend sehe ich Jane an. Sie winkt mit selbstbewusster Miene ab. »Die ursprünglichen Maße, die ich genommen habe, waren fast perfekt«, sagt sie ohne jeden Anflug falscher

Bescheidenheit, was ich von ihr kenne und mittlerweile sehr schätze. »Deshalb sollte ich für die Fertigstellung eigentlich nicht lange brauchen. Wenn ich sofort anfange, habe ich es bis morgen früh bestimmt fertig.«

»Danke, Jane. Wenn du möchtest, Avery, kann ich gern morgen vorbeikommen und dir die fertigen Stücke persönlich nach Hause bringen.«

»Nein, das kann ich nicht von dir verlangen.« Leises Rascheln dringt aus der Kabine, als sie die Unterwäsche ablegt und ihre eigenen Sachen anzieht. »Davon abgesehen werde ich den ganzen Tag mit Nick auf einer Veranstaltung in der Bronx sein. Wir veranstalten einen großen Ausflug für die Kinder des Freizeitzentrums in Chelsea und deren Eltern.«

Ich kenne das Projekt, von dem sie spricht. Dominic Baine hat zwar versucht, in den Monaten nach seiner großzügigen Spende an die Allgemeinheit dem Medienrummel aus dem Weg zu gehen, doch das Freizeitzentrum hatte trotzdem wie eine Bombe bei der Presse eingeschlagen. Regelmäßig bringen die lokalen Nachrichtensender und das Internet Artikel mit Erfolgsgeschichten über die Kinder, für die es bestimmt ist, und die Leute, die von Nicks Großzügigkeit profitieren.

»Ursprünglich sollte es in einen Vergnügungspark mit Autoscooter und Riesenrad gehen«, erzählt Avery. »Aber Nick hat mich vor einer Stunde informiert, dass der Veranstaltungsort geändert werden musste. Das Fest wird jetzt in einem Zoo stattfinden.«

»Das hört sich für mich sogar noch besser an. Als Kind habe ich es geliebt, in den Zoo zu gehen.«

»Hättest du Lust, auch hinzukommen?« Sie kommt in Jeans, mit hohen Absätzen und grauer Seidenbluse aus der Umkleidekabine. Den BH und das Höschen hält sie fein säuberlich zusammengelegt in der Hand. Sie bedankt sich bei Jane, und diese nimmt die Sachen und verlässt damit den Raum. »Ein paar von meinen Freundinnen werden auch da sein. Warum schließt du dich uns nicht an, wenn du nichts anderes vorhast?«

»Ich habe nichts vor«, gebe ich zu. Und nach einer anstrengenden Woche – deren krönender Abschluss ein Kuss gewesen ist, der mich selbst zwei Tage, nachdem Gabriel Noble aus meinem Büro marschiert ist, atemlos und völlig verwirrt zurückgelassen hat – kommt mir die Vorstellung, den Samstagnachmittag an einem Ort zu verbringen, zu dem ich in meiner Kindheit gern hingegangen bin, als genau die Ablenkung vor, die ich brauche. »In Ordnung. Ich komme gern.«

»Wunderbar«, sagt Avery. »Es geht um elf Uhr los, aber wir werden schon deutlich früher da sein. Also, komm jederzeit, wenn es dir passt. Schick mir eine SMS, wenn du da bist, und dann sorge ich dafür, dass du mich findest.«

»Okay. Soll ich die fertigen Dessous mitbringen?«

Sie grinst. »Lieber nicht. Wenn Nick merkt, was es ist, wird er nicht eher Ruhe geben, bis ich die Sachen anhabe, egal, wo wir gerade sind. Und dann wird er so lange unerträglich sein, bis er mich da wieder raushat.«

Ich lächle. »Ist das nicht genau das, wofür schöne Dessous da sind?«

»Ja, aber es ist mir lieber, dass die Kinder morgen von den Tieren etwas über Haltung und Verhalten lernen als von meinem unersättlichen und völlig schamlosen, heißen zukünftigen Ehemann.«

Ich lache. Doch sie von der Leidenschaft sprechen zu hören, die sie mit Nick teilt, lässt mich wieder an die besitzergreifende Gier denken, die ich in diesem kurzen, sengenden Moment spürte, als Gabes Mund sich auf meinen drückte. Ich rede mir seitdem ein, ich sei froh, dass er nicht zurückgekommen ist, dass ich dankbar sein müsse, von Avery nicht darum gebeten worden zu sein, mich mit ihr im Baine-Gebäude zu treffen, wo ich Gefahr hätte laufen können, auf Gabe zu treffen.

Ich habe die letzten beiden Tage damit verbracht, mir einzureden, dass durch diesen Mann und seinen Kuss nichts in mir aufgebrochen wäre und dass es einfach sein müsste, die Erinnerung an seine Lippen auf meinen genauso leicht zu verbannen, wie es bei ihm der Fall zu sein scheint.

Trotzdem ist er mir die ganzen zwei Tage nicht aus dem Kopf gegangen.

Und nachts hält er sogar Einkehr in meine Träume.

Avery mustert mich, als sie ihre Handtasche von der weich gepolsterten Couch nimmt, neben der wir stehen. »Ich habe mitbekommen, dass Gabe die Sicherheitstechnik hier im *L'Opale* auf den neuesten Stand bringt und beaufsichtigt.«

»Ja, das tut er.« Meine Verbitterung in Bezug auf ihn ist immer noch so groß, dass die Worte von einem Schnauben begleitet werden. »Ich Glückliche.«

Mir ist nicht klar, woher sie wusste, dass mir Gabriel Noble nicht aus dem Kopf geht, aber das neugierige Funkeln in ihren Augen ist nicht zu übersehen, nachdem sie seinen Namen erwähnt und meine Reaktion darauf erkannt hat.

»Erzähl mir nicht, dass ihr euch immer noch in die Haare kriegt?«

Unter anderem. Als Verlobte des Mannes, für den Gabe arbeitet, muss ich Avery nicht mit den Einzelheiten meiner letzten Begegnung mit ihm belasten. Doch sie scheint nicht geneigt, das Thema zu wechseln. Sie mustert mich mit dem gleichen Blick, den Paige und meine anderen Freundinnen immer haben, wenn ich versuche auszuweichen.

»Wenn ich dich zu sehr bedränge, musst du mir das sagen. Aber … läuft da was zwischen dir und Gabe?«

»Nein, da läuft nichts«, stöhne ich. »Ich glaube, im Moment sprechen wir noch nicht einmal miteinander.«

»Willst du mir erzählen, was passiert ist?« Sie lässt den erhobenen Zeigefinger kreisen. »Aus diesem Raum wird nichts nach draußen dringen. Ich bin verschwiegen. Das verspreche ich dir.«

Ich seufze leise, und ehe ich sie zurückhalten kann, strömen die Worte aus meinem Mund. »Als Gabe herkam, um alle möglichen Kameras, elektronischen Riegel und andere Sicherheitsvorkehrungen zu installieren, die ich nicht für nötig halte, fingen wir an zu diskutieren. Ich sagte ein paar Sachen, die ihn ärgerten, und dann sagte er ein paar Sachen, die mich noch mehr ärgerten, und dann … habe ich ihn geküsst.«

Averys Augen werden ganz groß. »Du hast ihn geküsst?«

»Eigentlich hat er mich geküsst. Aber der Punkt ist, dass es überhaupt passiert ist. Und jetzt ist es schon zwei Tage her, dass er hier rausgestürmt ist und ich mich nicht entscheiden kann, ob ich nun erleichtert oder total wütend sein soll, dass ich ihn weder gesehen noch etwas von ihm gehört habe.«

»Vielleicht von beidem etwas«, meint Avery sanft, und ich spüre, dass sie das Gefühl kennt. »Er ist ein guter Mann, Evelyn. Ich glaube, auch er hat seine dunklen Seiten, aber wem geht es da schon anders? Manche Menschen sind all die Mühe wert, die es braucht, sie zu lieben oder ihnen zu zeigen, dass sie es wert sind, geliebt zu werden.«

Innerlich mache ich einen Rückzieher. »Ich spreche nur von ein paar verbalen Zusammenstößen und einem wütenden Kuss. Liebe kommt mir dabei nicht im Entferntesten in den Sinn – und ihm bestimmt auch nicht.«

Sie lächelt und zuckt ganz leicht mit den Achseln. Ihr Blick hat jetzt etwas Verschmitztes, und ein Lächeln spielt um ihre Mundwinkel. »Wie auch immer. Gabe wird dir nicht immer aus dem Weg gehen können. Vor allem, wenn du und ich anfangen, mehr Zeit miteinander zu verbringen, um an Entwürfen für Dessous zu arbeiten.«

»Das wird kein Problem sein«, versichere ich ihr. »Du bist meine Kundin, Avery, und ich verspreche dir, dass nichts davon meine Arbeit oder die Art und Weise, wie wir Zeit miteinander verbringen, beeinflussen wird. Ich habe sogar meine anderen Kunden an meine Kollegin abgetreten, um mich diesem Projekt ganz und gar widmen zu können. Ich werde dich nicht enttäuschen.«

Sie schüttelt den Kopf. »Ich weiß, dass du das nicht tun wirst, aber das ist auch nicht das, was ich meinte. Was ich versucht habe zu sagen, Evelyn, ist, dass ich den Umfang des Auftrags erweitern möchte. Ich wollte dich bitten, alle Dessous für meine Hochzeit und die Flitterwochen zu entwerfen. Das heißt, falls du interessiert bist.«

Ich kann nichts dagegen tun, dass ich sie mit offenem Mund anstarre. »Avery.« Ich drücke ihre Hand, doch dann, überwältigt von Dankbarkeit und Freude, kann ich nicht widerstehen, sie zu umarmen. »Danke. Es wäre mir eine Ehre.«

»Ich kann mir gar nicht vorstellen, jemand anders damit zu betrauen«, sagt sie und lächelt, als ich sie wieder loslasse. »Wir können nächste Woche ausführlich darüber sprechen.«

»Ich freue mich darauf.«

»Ich auch«, sagt sie. »Jetzt sollte ich mich aber auf den Weg machen. Ich habe noch tausend Dinge bis morgen zu erledigen, doch das hier bei dir war der schönste Teil meines Tages.«

Zusammen verlassen wir die Anprobe und begeben uns in den Verkaufsbereich des Ladens. Ein paar Kunden stöbern im

Laden herum, doch es ist der grauhaarige Herr im steifen Anzug, der in einem unserer Beratungsbereiche sitzt, welcher meine Aufmerksamkeit auf sich zieht.

»Dann bis morgen Nachmittag«, sagt Avery, umarmt mich kurz und verlässt den Laden durch den Haupteingang.

Ich winke ihr hinterher, ehe ich hinter den Tresen mit der Kasse trete, wo Megan bereits steht und mich verunsichert anschaut. »Was macht denn Mr Hennings heute hier?«

»Er sagt, er hätte einen Termin bei Kat.«

»Ich dachte, sie hätte heute frei.«

»Hat sie auch. Aber offensichtlich hat sie vergessen, das Mr Hennings zu sagen.« Meg tritt an den Computer und ruft den Kalender des Ladens auf. »Der Termin ist bei ihr eingetragen, Evelyn. Aber wie auch immer – er hat gebeten, auf dich warten zu dürfen.«

»In Ordnung. Ich kümmere mich darum.« Ich unterdrücke meine Enttäuschung über den für Kat ganz untypischen Fehler, setze ein Lächeln auf und gehe zu dem älteren Herrn, um ihn zu begrüßen. Er steht auf, als ich mich nähere, und verbeugt sich.

»Mr Hennings, guten Tag.«

»Miss Beckham, wie schön. Ich wünsche Ihnen auch einen guten Tag, meine Liebe.« Er drückt meine Hand, die ich ihm reiche. Seine Hand ist weich und ein bisschen feucht.

Ich ziehe meine zurück und verschränke die Arme. »Ich habe gerade gehört, dass es ein Terminproblem von unserer Seite gibt. Ich entschuldige mich für das Versehen. Ich weiß, dass Katrina sich deshalb auch sehr schlecht fühlen wird.«

»Das ist überhaupt kein Problem«, versichert er mir. »Fehler passieren nun einmal. Ich hoffe, dass ich Ihnen nicht zu sehr zur Last falle. Ich sehe, dass Ihre Talente in letzter Zeit sehr gefragt sind.«

Bei seiner Bemerkung bekomme ich Gewissensbisse, denn durch meine Arbeit mit Avery habe ich jetzt keine Zeit mehr für ihn. »Erstens fallen Sie mir nicht zur Last. Und zweitens tut es mir leid, dass Sie den ganzen Weg hergekommen sind und Katrina nicht da ist. Gibt es etwas, das ich für Sie tun kann?«

»Wenn es Ihnen nichts ausmacht, würde ich gern sehen, was für Fortschritte das entzückende kleine Negligé macht, über das ich vor ein paar Wochen mit Ihnen gesprochen habe. Das, welches fast die gleiche Farbe wie Ihre hübschen Augen hat.«

Ich weiß, dass Kat angesichts der hilflosen Versuche des alten Mannes zu flirten, stöhnen würde, aber ich habe gelernt, locker damit umzugehen. Ich lade ihn ein, mit in mein Büro zu kommen. Ehe er mir folgt, bleibt er noch einmal stehen, um sich bei Megan für den Tee zu bedanken, den sie ihm gebracht hat, während er auf das Ende der Anprobe mit Avery wartete.

Sein rundes Gesicht leuchtet auf und er lächelt, als er mein Büro betritt und seinen Rosenbusch auf meinem Schreibtisch stehen sieht. »Sie haben die perfekte Stelle für die Rose gefunden.«

»Danke nochmals für Ihr reizendes Geschenk, Mr Hennings. Das war wirklich nicht nötig.«

Er winkt ab. »Sie entwerfen so schöne Dinge, dass ich den Wunsch hatte, etwas Schönes für Sie zu erschaffen.«

Ich lächle und bedeute ihm, auf dem Gästestuhl Platz zu nehmen. »Bitte, setzen Sie sich. Ich hole schnell alles, damit wir es zusammen ansehen können.«

10

Evelyn

Der schrille Schrei eines Affen hallt durch das dichte, grüne dschungelartige Gehege, das nur zehn Meilen vom städtischen Irrsinn des Times Square entfernt liegt.

»Sieht so aus, als wäre der Zoo der Hit«, sage ich, als ich mich dem Picknicktisch nähere, zu dem Avery mich gelotst hat, um mich ihr und ein paar von ihren Freundinnen anzuschließen, nachdem ich angekommen bin.

»Ich bin so froh, dass du es geschafft hast, Evelyn.« Sie umarmt mich zur Begrüßung und lächelt strahlend. »Wer braucht schon Fahrgeschäfte in einem Vergnügungspark, wenn man Tiere haben kann und so viel Platz, wo Kinder frei herumlaufen können?«

Überall um uns herum spazieren glückliche Familien die Wege entlang, während Hunderte von fröhlichen, aufgeregten Kindern in dem großen Zoo, der heute nur für Gäste, die vom Freizeitzentrum kommen, geöffnet hat, von einem Aussichtspunkt zum nächsten rennen.

Avery deutet auf die beiden attraktiven Frauen, die zusammen mit ihr an dem Tisch sitzen. »Das sind meine Freundinnen Tasha Lopez und Lita Frasier.«

Ich lächle die zierliche, sichtlich schwangere Latina an, auf deren Schoß ein Kleinkind schläft, und die kurvige, tätowierte Frau mit den türkisfarbenen Haaren. »Nett euch kennenzulernen, Tasha und Lita. Ich bin Evelyn Beckham.«

Sie lächeln und begrüßen mich freundlich, als ich mich zu ihnen geselle. »Diese kleine Ausgeburt der Hölle ist Zoe. Du erlebst sie in einem der seltenen Momente, in dem sie ihre Batterien wieder auflädt. Normalerweise lässt sie sich durch nichts bremsen.«

»Genau wie ihre Mama«, sagt Avery und richtet dann den Blick auf mich. »Tasha und ich haben mal zusammen in einem Restaurant auf der Madison gearbeitet. Es ist nicht weit von deiner Boutique entfernt.«

»Wirklich? Welches Restaurant ist es denn?«

»Das *Vendange*. Kennst du es?«

Ich lache. »Das ist zufälligerweise eins meiner Lieblingsrestaurants in dieser Stadt. Meine Freundinnen und ich gehen da mindestens einmal im Monat zum Lunch oder zum Abendessen hin.«

Tasha nickt, legt den Kopf auf die Seite und mustert mich. »Du kommst mir bekannt vor. Ich hab dich bestimmt ein paarmal dort gesehen. Oder vielleicht auch irgendwo anders …«

»Tasha leitet das *Vendange* seit anderthalb Jahren«, wirft Avery ein. »Davor haben sie und ich am Tresen gearbeitet.«

»Ja, genau. Uns hat das gemeinsam ertragene Elend zusammengeführt, dass wir für einen frauenfeindlichen Idioten arbeiten mussten, der damals die Leitung hatte«, sagt ihre Freundin, die mich weiter mit ihren braunen Augen über den Kopf ihres schlafenden Kindes hinweg mustert. »Dann lernte Ave Nick kennen, er kaufte das Restaurant, feuerte unseren alten Boss und übertrug mir die Leitung.«

Avery nickt. »Wenn du mich fragst, eine der besten Entscheidungen, die Nick je getroffen hat.«

Lita, die neben mir am Picknicktisch sitzt, grinst, sodass der Diamantsplitter in ihrer Nase aufblitzt. »Ich würde sagen, in der Abteilung für Kunstverständnis hat er auch alles richtig gemacht. Schließlich hat Nick dein Talent erkannt, ehe irgendjemand anders schlau genug war zu sehen, was für eine begnadete Künstlerin du bist.«

»Da sieh mal einer an. Da redet mir die Richtige über Talent«, erwidert Avery und sieht wieder mich an. »Lita und ich teilen uns mit noch einem Freund, Matt, ein Studio in East Harlem. Das geht schon so lange, wie ich mit Nick zusammen bin, und ich bin immer noch nicht in der Lage, etwas Vernünftiges auf die Leinwand zu bringen, wenn Lita nicht neben mir arbeitet.«

Lita klimpert mit den Wimpern. Ein amüsanter Kontrast zu den ganzen Tätowierungen und Piercings. »Was soll ich dazu sagen? Ich bin halt eine große, mächtige Muse.«

Ich lache, und es fällt mir nicht schwer, mich von der Kameraderie der drei Frauen mitreißen zu lassen. »In welchem Bereich der Kunst bist du denn tätig, Lita?«

»In dem Metall und Mixed-Media-Bildhauerei Bereich arbeite ich. Ich hab's auch mal mit Farben versucht, aber ich zerschlage viel lieber Dinge mit einem Hammer oder verbiege sie mit einem Bunsenbrenner. Meine Seelenklempnerin hat immer behauptet, ich hätte ein Aggressionsbewältigungsproblem.« Sie wechselt einen Blick mit Avery. »Ich frage mich, was sie jetzt sagen würde.«

Während Lita redet, erinnere ich mich an einen Artikel in einer Lokalzeitung, den ich vor ein paar Monaten über eine Technologiefirma in Brooklyn gelesen habe. Es hieß, diese Firma hätte eine Metallskulptur für den Empfangsbereich im Haupthaus in Auftrag gegeben. Ich erinnere mich nicht mehr an den Namen der Künstlerin, doch der Chef der Firma ist der Milliardär Derek Kingston, der immer wieder gern von der Presse zum Thema gemacht wird. Denn der gut aussehende, begehrte Junggeselle hat den Grundstein für sein Vermögen mit einer Reihe von Hits und ausverkauften Rockkonzerten in der ganzen Welt gelegt.

»Bist du die Bildhauerin, die eine Skulptur für den neuen Firmensitz von DekTech kreieren soll?«

Ich habe den Eindruck, dass Lita etwas blasser wird. »Nicht mehr. Ich habe den Vertrag zerrissen.«

»Oh.« Ich spüre, dass das ein heikles Thema ist, und da ich sie gerade erst kennengelernt habe, möchte ich durch meine Fragen auf keinen Fall einen unangenehmen Eindruck hinterlassen. »Das tut mir leid. Ich hoffe, dass es nicht schlimm für dich ist.«

Sie zuckt nur kurz mit den Achseln, was aber Bände spricht. »Alles wird gut. Irgendwie lande ich immer auf den Füßen.«

Einen Moment lang herrscht betretenes Schweigen zwischen Avery und ihrer Freundin, doch Tasha beendet es. »Bin ich die Einzige, die hier am Verhungern ist? Seit wir uns hingesetzt haben, steigt mir die ganze Zeit der köstliche Duft von einem Grill in die Nase.«

»Das kommt von unserem Caterer«, erwidert Avery. »Ich glaube, ich habe es noch keinem gesagt, aber es ist Nick gelungen, Gavin Castille dazu zu bringen, heute für unsere Party zu kochen.«

»Das kann doch wohl nicht wahr sein«, meint Tasha lachend. »Da schafft es dein Verlobter doch tatsächlich, einen Promikoch ohne Vorankündigung für sein Event zu verpflichten. Es überrascht mich, dass der Zoo nicht darauf bestanden hat, das Essen zu liefern.«

Avery zuckt zusammen. »Ich glaube, Nick hat dem Zoo gar keine Gelegenheit gegeben, sich dagegen zu wehren. Und was Gavin angeht – da er ein guter Freund ist und auch Zeit im Freizeitzentrum verbringt, war er nur zu gern bereit, uns heute zu Hilfe zu eilen.«

»Wenn man vom Teufel spricht«, murmelt Lita.

Ich schaue auf und sehe den großen Australier mit dem von der Sonne ausgebleichten blonden Haar mit einem Teller Essen und Servietten auf uns zukommen. Gavin Castille ist wie ein Athlet gebaut. Die langen Glieder und der straffe Körper weisen trotz der üppigen Speisen, für die er sowohl in den Medien als auch in seinen charakteristischen Restaurants berühmt ist, kein überflüssiges Gramm Fett auf. Sein neuestes Restaurant – das *GC* – steht in dem Ruf, dass man Monate im Voraus reservieren muss und einem dort ein Menü serviert wird, für das es sich zu sterben lohnt.

Sein lässiger Gang und sein gutes Aussehen hätten ihn auch dann berühmt gemacht, wäre er kein unglaublich begnadeter Koch gewesen. Bestimmt hat er noch nie einen Mangel an schönen Frauen gehabt, die ihn begleiten.

Als er schon ganz nah ist, steigt mir der Duft von gegrilltem Fleisch und aromatischen Gemüsen und Saucen in die Nase. Der Geruch ist so köstlich, dass ich vor Vorfreude fast stöhne.

Und würde ich nicht immer noch wegen eines gewissen, höchst ärgerlichen Sicherheitschefs von Baine International schäumen, wäre ich vielleicht sogar versucht, ähnlich zu reagieren … angesichts so viel männlicher Vollkommenheit von jemandem, der uns ein strahlendes Lächeln schenkt, welches seine Grübchen zum Vorschein bringt.

»Guten Tag, die Damen.« Die tiefe Stimme und sein Akzent sind genauso gefährlich wie alles andere an ihm, und bei dem verschmitzten Funkeln in seinen Augen kommt mir der Verdacht, dass er seinen Charme zu seinem Vorteil einzusetzen weiß. Er beugt sich vor und gibt Avery einen kurzen Kuss auf die Wange, ehe er den Teller für uns alle mitten auf den Tisch stellt. »Ich dachte mir, ihr würdet vielleicht ein paar Sachen probieren, ehe der Gong alle zum Essen ruft.«

Tasha begutachtet, was er gebracht hat. »Gegrilltes Hähnchen, gegrilltes Gemüse und Kartoffelsalat? Ich wusste gar nicht, dass du auch einfach kannst. Da bin ich echt platt.«

Offensichtlich kennen sie einander. Was aber auch nicht weiter überrascht, da Nick und Avery Castille offensichtlich nahestehen.

»Ich freue mich auch, dich zu sehen, Tasha.« Er zwinkert ihr zu, dann legt er der schlafenden Zoe kurz sanft eine Hand auf den Kopf. »Wo ist mein Kumpel Tony?«

»Er treibt sich hier irgendwo rum. Wahrscheinlich macht er mehr Unsinn als die Kinder, so wie ich ihn kenne. Ich werde später mit ihm bei dir vorbeikommen, damit er Hallo sagen kann. Ich weiß, dass er dir unbedingt von seiner neuesten Leidenschaft berichten will.«

»Hat er ein neues Bierbraurezept?«

»Nein, viel schlimmer. Er hat den Schnellkochtopf für sich entdeckt.«

»Allmächtiger«, lacht Castille. »Mein Mitgefühl.«

Er sieht Lita und mich an, und Avery stellt uns ihm vor. Er ist freundlich und angenehm im Umgang. Ein paar Minuten lang, während wir alle von dem Essen kosten, das er uns gebracht hat, unterhalten er und Tasha uns mit ihrem gutmütigen Geplänkel, bei dem es um die Rivalität zwischen ihren jeweiligen Restaurants geht.

Tasha nimmt sich ein kleines Stück gegrilltes Hähnchen und steckt es sich in den Mund. »Ich sage ja nur, dass unsere neue Köchin hervorragend ist. Seit sie bei uns ist, sind unsere Einnahmen am Wochenende fast um das Dreifache gestiegen.«

»Und wo, sagtest du, hat sie ihre Ausbildung gemacht?«

»Ich habe noch gar nichts gesagt. Aber da du gerade fragst … sie ist eine Einheimische. Sie hat hier in der Stadt als *chef de partie* angefangen und sich dann langsam hochgearbeitet.«

»Dann werde ich wohl mal vorbeikommen und mir anschauen müssen, was da geköchelt wird«, brummt er und hält mit seiner Skepsis nicht hinter dem Berg.

Avery lacht. »Tasha, du solltest achtgeben. Ich kenne Gavin – entweder wird er die Speisekarte auskundschaften oder versuchen, dir deine Köchin unter der Nase wegzuschnappen.«

Castille hebt beide Hände. »Bösartige Lügen. Ich sehe mich einfach gern bei der Konkurrenz um. Ich bin nur so weit gekommen, weil ich immer aufpasse, wer mir im Nacken sitzt und eines Tages versuchen wird, mich zu entthronen.«

Ich merke, dass Lita, während wir uns alle unterhalten, ganz still geworden ist. Als ich sie anschaue, merke ich, dass sie etwas blass ist und sich winzige Schweißperlen auf ihrer Oberlippe gebildet haben. Außerdem scheint sie ein bisschen zu schwanken, und sie hebt die Hand an den Mund.

»Geht es dir gut?«

Sie nickt. »Ja. Alles in Ordnung.« Aber sie schluckt, und man sieht ihr das Unwohlsein plötzlich ganz deutlich an. »Ich glaube, ich muss … ich brauche … ein bisschen frische Luft oder so.«

»Ich werde dir helfen«, sagt Avery, springt von der Bank auf und eilt an die Seite ihrer Freundin. »Heute ist es aber auch entsetzlich schwül nach dem Regen am Morgen«, meint sie an uns andere gewandt. »Wir werden uns einfach ein bisschen die Beine vertreten.«

Ich sehe Tasha an, die genauso besorgt schaut wie ich. »Tja«, meint sie, »ich sollte wahrscheinlich mal loswatscheln und meinen Ehemann suchen, um ihm mitzuteilen, dass es Essen gibt. Es schmeckt großartig, Gavin. Du weißt, dass ich dich nur hochnehmen wollte.«

Er nickt. »Es ist mir immer wieder ein Vergnügen, Tasha. Sag Tony, dass ich am Catering-Stand nach ihm Ausschau halten werde.«

Tasha legt sich ihre schlafende Tochter über die Schulter, winkt und geht davon.

»Und dann waren's nur noch zwei«, sagt Castille.

Ich lächle und fühle mich sofort wohl mit ihm, obwohl wir jetzt allein sind und ich angesichts seines Rufes meinen würde, dass er eigentlich ein unerträglicher Egomane sein müsste. Da ich weiß, dass er viel zu tun hat, beschließe ich, noch ein bisschen spazieren zu gehen, ehe ich mich wieder auf den Weg nach Hause mache.

»Danke für den Snack, Gavin. Es war köstlich.« Ich stehe auf und wische mir Mund und Hände mit der Serviette ab. »Es hat mich gefreut, Sie kennenzulernen.«

Er neigt den Kopf. »Eigentlich haben wir uns schon vor ungefähr sieben Jahren in Sydney kennengelernt. Wenn ich mich recht erinnere, war es eine von diesen Partys, die nach Modenschauen abgehalten werden.«

»Oh.« Ich merke, dass mein Lächeln etwas blasser wird, während ich versuche, sein Gesicht einzuordnen. Aber meine Erinnerungen an damals sind verschwommen. »Die Veranstaltungen waren immer sehr hektisch, und es ist so lange her. Es tut mir leid, Gavin, aber ich kann mich …«

»He, keine Sorge. Es macht nichts, wenn Sie sich nicht an unsere Begegnung erinnern. Wir haben uns nur kurz miteinander unterhalten.« Er scheint nicht beleidigt zu sein und klingt auch nicht vorwurfsvoll. Sein Lächeln ist genauso entspannt wie vorher, und auch sein Verhalten ändert sich nicht. »Alles gut. Sie waren diejenige, die an jenem Abend großen Eindruck machte.«

»Es tut mir leid. Ich kann mich wirklich nicht an Einzelheiten dieser Reise erinnern.«

Aber an eine Sache erinnere ich mich doch, denn die Reise nach Sydney bedeutete einen Wendepunkt – ich landete das erste Mal mit einem chronischen Erschöpfungszustand im Krankenhaus. Mein Bruder kam nach Australien und holte mich nach Hause. Andrew war entsetzt von meinem Zustand und bestand darauf, dass ich mich eine Weile erholen sollte. Mein Agent hatte andere Pläne. Am Ende derselben Woche hatte er mich zur Arbeit zurückgeholt und eine Buchung für die nächste Schau in der Tasche. Mit Kokain sorgte er dafür, dass ich den Tag überstand, und für die Nacht bekam ich Schlaftabletten.

»So, ich muss jetzt wieder an die Arbeit«, sagt Gavin und nimmt den Teller und die benutzten Servietten. »Was haben Sie jetzt vor?«

Ich zucke mit den Schultern. »Ich weiß noch nicht so recht. Ich bin nur hier, um mich draußen ein bisschen zu erholen.«

»Würden Sie mich vielleicht bei der Fütterung der zweibeinigen Tiere unterstützen?« Er grinst. »Ich will gleich richtig loslegen, und meine Mitarbeiter haben eigentlich alles im Griff, aber Sie können gern beim Verteilen der Teller helfen, wenn Sie Lust dazu haben.«

Er ist in seiner Energie mitreißend, und ich nicke. »Klar, gerne.«

Ich folge ihm zu der Stelle, die für das Picknick vorbereitet worden ist, und er stellt mich seinen Mitarbeitern vor. Dann stattet er mich mit einer Schürze aus und positioniert mich hinter einem der langen Serviertische in der Nähe des Grills. Es dauert nicht lange, und wir werden von gefräßigen Kindern und dankbaren Eltern überrannt, die sich alle über das Ergebnis von Gavins fantastischen Kochkünsten hermachen.

Es macht mir so großen Spaß mitzuhelfen, dass ich beinahe den großen Mann mit den breiten Schultern und den kurzen, braunen Haaren übersehe, der in etwa zehn Metern Entfernung steht. Doch sobald ich Gabe erspäht habe, tritt alles andere in den Hintergrund.

Alles … bis auf die attraktive Frau, mit der er im Schatten einiger hoher Bäume am Wegesrand redet.

Beide sind lässig gekleidet. Gabe hat eine Jeans, Turnschuhe und ein schwarzes T-Shirt an, das seine kräftigen Arme betont und fast unanständig eng an seinen straffen Brust- und Bauchmuskeln klebt. Seine hübsche, rotblonde Begleiterin trägt ebenfalls Jeans und dazu eine sommerliche, kurzärmelige Bluse, unter der die Spitze eines eng anliegendes Mieders hervorschaut. Ihre Arme sind nicht bedeckt, und ich sehe, dass der rechte Unterarm und die Hand eine Prothese sind.

Man sieht deutlich, dass sie und Gabe sich gut kennen. Sie gehen freundlich-entspannt, fast schon vertraut miteinander um. Sie sagt etwas, das ihn zum Lachen bringt, und das versetzt mir einen heftigen und wirklich lächerlichen Stich von Eifersucht.

Haben die beiden ein Date miteinander?

Himmel, wenn er mit jemandem zusammen ist, komme ich mir noch dümmer vor, wenn ich daran denke, wie ich mich in meinem Büro ihm gegenüber aufgeführt habe. Ich hatte es noch nicht einmal in Erwägung gezogen, dass er nicht Single sein könnte. Andererseits fühlte sich der Kuss ganz gewiss nicht so an, als würde er einer anderen Frau gehören.

Als die beiden sich zusammen entfernen, kommt Groll in mir hoch, ob ich nun das Recht dazu habe oder nicht. Zumindest könnte es aber erklären, warum Gabe mir so offensichtlich aus dem Weg geht. Allerdings lässt diese Erkenntnis meine Enttäuschung nicht weniger schmerzen.

Ich reiße den Blick von den beiden los und zwinge mich zu einem strahlenden Lächeln, während ich weiter die Kinder und Familien begrüße, die zur Essensausgabe strömen.

11

Gabriel

Ich brauche fast zwanzig Minuten, um sie nach einem doch recht angespannten Rundgang über das Zoogelände endlich zu finden.

Das erste Mal hatte ich Evelyn vor Stunden erspäht, als sie mit Avery Ross und ein paar anderen Frauen in der Nähe des Picknickbereichs saß. Mir war nicht bewusst gewesen, dass sie heute hier sein würde, und sie wiederzusehen, hatte Ähnlichkeit mit einem Schlag in die Magengrube, auf den man nicht vorbereitet ist. Sobald ich sie entdeckt hatte, war es mir sehr schwergefallen, mich auf meinen Job zu konzentrieren – zusammen mit meinem Team die Veranstaltung zu sichern.

Sogar O'Connor merkte, dass ich mit meinen Gedanken woanders war. Wie zum Teufel hätte sie es auch nicht merken sollen? Jeder Rundgang, den wir durch den Park machten, schien uns genau zu dem Punkt zu führen, wo Evelyn sich gerade aufhielt. Ich hatte Kelsey schließlich mit einem anderen Kollegen auf Patrouille geschickt, um ihren unermüdlichen Fragen ein Ende zu bereiten.

Jetzt kann ich noch nicht einmal so tun, als hätte ich Evelyn zufällig gefunden. Ein paar Stunden, bevor die Veranstaltung zu Ende geht, habe ich den Rest des Teams weggeschickt und gehe jetzt allein über das Gelände.

Obwohl ich Zeit gehabt hatte, mich an den Gedanken zu

gewöhnen, dass sie hier ist, lässt mich Evelyns Anblick innehalten und eine ungebetene Glut durch meine Glieder schießen. Ihre sexuelle Anziehungskraft ist etwas ganz Natürliches. Nein, was meine Miene verfinstert, ist die andere Reaktion, die ich verspüre – diese seltsame Mischung aus Sehnsucht und Bedauern.

Ich bin es nicht gewohnt, mich zurückzuhalten, wenn ich etwas will. Doch jetzt stehe ich etwas entfernt von ihr im Schatten am Rande des Pfades und beobachte sie. Sie plaudert mit einer Gruppe von Kindern an einem Aussichtspunkt in der Nähe eines der Gehege. Allein mit einem halben Dutzend Jungen und Mädchen steht sie vor einer Sicherheitsabsperrung, von der aus man über eine Graslandschaft blickt, auf der eine Herde mit zierlichen Thomson-Gazellen grast.

»Wenn ihr ganz genau hinschaut, könnt ihr es sehen.« Ich höre Evelyns samtige Stimme, als sie sich neben den Kindern hinhockt und ihnen zeigt, in welche Richtung sie schauen sollen. »Da liegt eine Baby-Gazelle im hohen Gras, links von dem großen Felsbrocken. Seht ihr es?«

»Ich sehe es!« Ein kleines Mädchen in einem rosafarbenen Kleid bekommt einen ganz ehrfürchtigen Gesichtsausdruck. »Es ist so süß! Seht doch mal, es ist genau da!«

Die anderen Kinder rangeln um die besten Plätze an der Absperrung und hüpfen aufgeregt herum. Evelyn kommt wieder hoch und lächelt, während sie beobachtet, wie sehr die Kinder sich über die Entdeckung freuen. Sie ist entspannt und ganz locker mit den Kindern, was ein völliger Gegensatz zu der argwöhnischen, misstrauischen Frau ist, die mir vor ein paar Tagen in ihrem Büro gegenübergetreten ist.

Das lange dunkle Haar ist zu einem locker schwingenden Pferdeschwanz hochgebunden, und sie trägt eine beigefarbene Freizeithose zusammen mit Laufschuhen und einem schlichten Top mit V-Ausschnitt, das ihre vollen Brüste betont und den hellbraunen Schimmer ihrer weichen Haut hervorhebt. So wunderschön Evelyn auch in Businesskleidung mit hohen Absätzen aussieht – und nur so habe ich sie bisher gesehen –, finde ich diese entspannte, natürliche Seite von ihr eigentlich noch viel verführerischer.

Genauso wie ihr entspanntes Lachen, das abrupt aufhört, als sie den Kopf dreht und mich erspäht.

Sie steht stocksteif da und rührt sich noch nicht einmal, als die Horde kichernder Kinder davonrennt, weil sie von ihren Eltern gerufen werden.

Eigentlich rechne ich damit, dass sie ihnen hinterherläuft.

Und eigentlich hoffe ich auch inständig, dass sie es tun wird.

Doch Evelyn bleibt stehen, als ich mich nähere. Ihre Miene gibt nichts preis, aber sie mustert mich. Ihre Haltung ist anmutig, aber etwas angespannt, als würde sie überlegen, ob sie sich für einen Kampf wappnen oder zur Flucht bereit machen soll – wie die Herde mit den scheuen Beutetieren, die hinter ihr gerade von einem Ende des Geheges zum anderen rennt.

»Ich habe nicht damit gerechnet, dich hier zu sehen«, sage ich und trete zu ihr an die Absperrung.

Sie sieht mich einen Moment lang an, und das reicht, um mich erkennen zu lassen, dass ich mich in einer Hinsicht geirrt habe. In dieser Frau ist nichts, das bereit wäre, klein beizugeben. »Ich habe auch nicht damit gerechnet, dich zu sehen.«

Etwas an ihrem Tonfall verrät mir, dass sie nicht hier wäre, hätte sie gewusst, dass sich unsere Wege unter Umständen kreuzen. Ihr Blick huscht an mir vorbei, und ich frage mich, ob sie sich Sorgen macht, dass ihr Bruder oder jemand anders von

Baine International vorbeigehen und uns dabei ertappen könnte, dass wir uns miteinander unterhalten.

Ich sollte mir auch Sorgen machen, doch die Gegenwart dieser Frau hat die unselige Wirkung auf mich, leichtsinnig zu werden. Sie lenkt mich von den Dingen ab, die wichtig sein sollten – Dinge, die wichtig sind und sein werden, lange nachdem ich mich gezwungen habe, diese unpassende Vernarrtheit zu überwinden.

Das ist es, warum ich jetzt nach ihr gesucht habe. Ich muss die Tür zu diesem Gefühl zu ihr schließen. Ich muss sie fest verschließen und dann abhauen, ehe ich etwas so Idiotisches tue, wie zum Beispiel sie wieder zu küssen.

Ich habe mir eingeredet, dass es mein Job sei, den ich schützen wolle. Dass ich das Vertrauen, das ich mir bei Nick und Beck erworben habe, bewahren will. Aber angesichts ihres herausfordernden Blicks gibt es keine Möglichkeit mehr zu leugnen, dass es auch im Interesse meines eigenen Überlebens ist, sie wegzustoßen.

Vor allem, wenn nur ein einziger Wunsch in mir ist – sie an mich zu ziehen und wieder von ihrem verführerischen, seidigen Mund zu kosten.

»Du kannst gut mit Kindern umgehen«, sage ich und beobachte, wie sie dem kleinen Mädchen in Rosa zuwinkt, das Evelyn noch einen Abschiedsgruß zuruft, während seine Mutter es wegführt.

»Ich erinnere mich kaum noch an die Zeit, als ich so klein war«, murmelt sie, und es scheint, als würde sie eher mit sich selbst reden. Als sie mich wieder anschaut, liegt ein fragender Ausdruck auf ihrem Gesicht. »Was machst du hier, Gabe?«

»Die Veranstaltung geht nur noch ein paar Stunden. Ich habe gerade einen letzten Rundgang durch den Park gemacht, als ich dich hier stehen sah. Ich hatte gehofft, dass wir uns unter vier Augen unterhalten könnten.« Ich halte einen Moment lang inne und überlege, wie ich das Thema, das mir auf der Seele liegt, am besten anspreche. Als sie mit nichts zu verstehen gibt, dass sie mich überhaupt sehen will, geschweige denn mit mir reden, stoße ich einen unterdrückten Fluch aus. Da kann ich es ebenso gut direkt ansprechen. »Nach meinem Verhalten neulich habe ich das Gefühl, dir eine Entschuldigung schuldig zu sein, Evelyn.«

Sie sieht mich skeptisch an und versucht es noch nicht einmal zu verbergen. Ihre Lippen sind fest aufeinandergepresst, und sie sieht mich fast schon verächtlich an. »Oder vielleicht hast du ja nur Angst, ich könnte etwas sagen, was dir Unannehmlichkeiten einbringen würde.«

Ihre Gehässigkeit schockiert mich. »Das habe ich wohl verdient.« Ich schüttele den Kopf und komme hier und jetzt zu dem Schluss, dass sie alles Recht hat, wütend zu sein, ja sogar rachsüchtig. »Ich bin zu weit gegangen, als ich dich geküsst habe, Evelyn. Es wird nicht wieder passieren. Wenn du das Gefühl hast, du musst es deinem Bruder oder Nick erzählen, was ich getan habe – ach, wenn du meinen Job dafür verlangst –, werde ich dir das nicht vorwerfen.«

»Eigentlich dachte ich, du würdest dir eher Sorgen machen, was ich zu deinem Date sagen könnte«, schnaubt sie.

»Meinem was?«

Sie verschränkt die Arme vor der Brust und durchbohrt mich mit einem kalten Blick. »Ich habe dich gesehen, Gabe. Dich und die hübsche Blondine, mit der du hier bist. Ich habe gesehen, wie du drüben im Picknickbereich mit ihr geredet und gelacht hast.«

Ich runzele die Stirn und bin gleichermaßen verwirrt von ihrer Vermutung wie amüsiert von dem Umstand, dass sie vor Eifersucht zu kochen scheint. »O'Connor ist kein Date. Sie ist eine Freundin. Und seit einer Woche ist sie mir außerdem beim Baine Sicherheitsteam unterstellt. Bei der heutigen Veranstaltung arbeiten wir zusammen.«

Ihr Mund öffnet sich leicht, und ihre Miene ist nicht mehr ganz so unterkühlt. »Nun, das ist mir sowieso egal.«

Aber das war es ihr gerade nicht, als sie dachte, zwischen O'Connor und mir wäre etwas. Aber ich weise sie lieber nicht darauf hin, denn ich freue mich zwar über ihr besitzergreifendes Verhalten, aber deshalb bin ich nicht hier.

Es darf nicht sein … so gern ich auch den betroffenen Ausdruck mit einem weiteren Kuss aus ihrem hübschen Gesicht vertreiben würde.

Einem Kuss, der keinen Zweifel mehr bei ihr darüber zuließe, wie groß mein Verlangen nach ihr ist.

Aber ich lasse ihre Bemerkung so stehen und greife ein weniger heikles Thema auf. »Bist du auch für heute angeheuert worden auszuhelfen? Es war ja nicht zu übersehen, dass dieser Surfertyp in Küchenbekleidung dich über Stunden an der Essensausgabe beschäftigt hat.«

»Dann wusstest du also doch, dass ich hier bin«, meint sie in einem höchst selbstgefälligen Tonfall und mustert mich mit hochgezogenen Augenbrauen. »Dieser ›Surfertyp‹ ist zufälligerweise ein weltberühmter Koch. Seine Restaurants hier in der Stadt sind immer Monate im Voraus ausgebucht. Erzähl mir nicht, du hättest noch nie von Gavin Castille gehört.«

Ich zucke mit den Achseln. »Klar hab ich von ihm gehört. Aber für solche Sachen interessiere ich mich nicht. Vielleicht habe ich zu viel Zeit in Krisengebieten mit schlechter Versorgung zugebracht. Ein Stück Fleisch und Kartoffeln sind für mich schon ein Festschmaus.«

Und außerdem – selbst, wenn ich eine vage Vorstellung davon hätte, wer der Kerl ist oder warum es mich interessieren sollte, werde ich Evelyn garantiert nicht in ihrer offensichtlichen Wertschätzung dieses Mannes bestärken. Ich hatte mehr als einmal bei der Essensausgabe vorbeigeschaut, nachdem ich sie dort erspäht hatte, um zu sehen, ob der gut aussehende Australier mehr als nur ein professionelles Verhalten Evelyn gegenüber an den Tag legte. Er hatte alle meine Erkundungstouren mit Bravour bestanden, aber das heißt nicht, dass ich ihn mögen muss.

»Hast du deine Freundin O'Connor dort kennengelernt?«, fragt Evelyn. »Seid ihr zusammen in Afghanistan gewesen?«

»Nein. Sie hat im Irak gedient. Wir haben uns erst nach unserer Heimkehr kennengelernt.«

Ich weiß, warum sie fragt. Ich weiß, dass man nicht lange nachdenken muss, um zu erkennen, dass Kelsey ein Veteran ist genau wie ich, wenn man ihre Hand- und Armprothese gesehen hat. Was Evelyn allerdings nicht klar ist, ist, dass der Dienst an der Waffe nicht das Einzige ist, was O'Connor und mich verbindet.

»Genau genommen haben wir uns im Walter Reed kennengelernt. Das ist ein Physiotherapiezentrum speziell für Amputierte.«

Aus Gründen, über die ich nicht aufgehört habe nachzudenken, habe ich es Evelyn verschwiegen, dass ich nicht unversehrt bin. Ich weiß nicht, warum. Es sieht mir gar nicht ähnlich, meine Verletzung zu verbergen. Ich schäme mich nicht dafür und habe das auch nie getan. Es ist einfach etwas, das mir widerfahren ist, etwas, das ich überlebt habe.

Meine Verletzung war etwas, das ich nicht unter Kontrolle hatte. Da spielte es auch keine Rolle, wie gut ausgebildet ich war oder wie zuversichtlich ich diesen Routineeinsatz anführte, der dem Rest des Trupps das Leben kostete und mich auch beinahe umgebracht hätte.

Doch während ich Evelyn beobachte, wie sie das Gesagte aufnimmt, erkenne ich, dass mir doch klar ist, warum ich es vor ihr verheimlicht habe. Ich wollte ihr schockiertes Entsetzen nicht sehen und auch nicht ihr Mitleid.

Ich wollte nicht, dass sie mich nicht als ganzen Mann wahrnimmt.

Aber verflucht noch mal.

Sie gehört mir nicht, und wenn ich meinen Job und die Freundschaft mit ihrem Bruder nicht verlieren möchte, wird sie das auch nie tun.

Ich ziehe das Hosenbein meiner Jeans hoch und zeige ihr die Prothese aus leichtem Titan, die aus meinem linken Schuh ragt. »Der Stumpf beginnt unterhalb meines Knies. Das nennt sich eine Unterschenkelamputation.«

Ich höre, wie Evelyn Luft holt, und dieses leise Geräusch bringt mich fast um. Ich weiß nicht, mit was für einer Reaktion ich von ihr gerechnet habe, aber ich hatte mir etwas anderes erhofft. Ich begegne ihrem Blick und wappne mich gegen das, was ich wohl in ihren Augen sehen werde.

Auf Verlegenheit und, ja, eine leise Erheiterung bin ich nicht vorbereitet. »Ich bin so ein Dummkopf.«

»Wovon redest du?«

»In der Tiefgarage«, sagt sie, zuckt zusammen und schüttelt den Kopf. »An dem Tag, als wir uns das erste Mal begegnet sind … Der Blödsinn, den ich da von mir gegeben habe …«

Ich lache, als ich mich erinnere. »Du meinst die spitze Bemerkung, dass ich nur einen falschen Fuß hätte?«

»Ja! Oh mein Gott.« Sie stöhnt und bedeckt das Gesicht mit beiden Händen, ehe sie mit mir losprustet. »Du dachtest bestimmt, ich wäre eine Zicke und noch dazu eine Idiotin. Nicht, dass du es nicht verdient hättest.«

Ich lache immer noch. Zum einen vor Erleichterung, dass

sie mich, nachdem sie es weiß, nicht anders behandelt, und weil die Ironie dessen, was sie damals gesagt hat, jetzt noch besser kommt, weil wir uns gemeinsam darüber amüsieren können.

Ich ziehe das andere Hosenbein hoch. »Wie du sehen kannst, taraa, kein falscher Fuß hier. Es ist den ganzen Tag über der richtige … jeden Tag, Baby.«

»Hör auf!« Sie verzieht das Gesicht und schlägt leicht auf meine Brust. »Warum hast du es mir nicht gesagt?«

Ich zucke mit den Achseln, denn ich bin noch nicht bereit, so weit zu gehen. Nicht dass wir je so weit gehen werden, zumindest nicht, wenn ich es verhindern kann. »Warum hast du mir nicht erzählt, dass du mal berühmt gewesen bist?«

Ihr Gesicht entspannt sich zu einer Miene ruhigen Ernstes. »Weil ich es nicht mag, wenn Leute sich über mich ein Urteil bilden, bevor sie mich so sehen, wie ich wirklich bin.«

»Dito«, erwidere ich und ziehe die Augenbrauen hoch.

Sie nickt und bestätigt damit schweigend, dass wir etwas gemeinsam haben. Dann wendet sie einen Moment lang den Blick nachdenklich ab. »Ich gebe nicht freiwillig etwas über diesen Teil meines Lebens preis, weil ich nicht das Gefühl haben möchte, jemand will nur deshalb etwas von mir, weil er meint, er wisse, wie ich bin oder wie ich sein sollte.«

»Das scheint mir in Ordnung zu sein.«

»Eine andere Art zu leben kenne ich nicht. Nur so habe ich viele schlechte Zeiten überstanden, indem ich diesen Teil meines Lebens in eine Kiste gepackt und nie wieder herausgeholt habe.«

Ich bin zwar kein Psychologe, aber selbst für mich klingt das nicht danach, wie man mit einer Sache umgehen sollte. Wie soll man mit etwas fertigwerden, das wehtut, wenn man es die ganze Zeit in einer verschlossenen Kiste verfaulen lässt?

»Was ist mit dir? Es kann nicht einfach gewesen sein, in den Krieg zu ziehen, aber ich kann mir genauso wenig vorstellen, dass es nach deiner Heimkehr leicht gewesen ist zu erkennen, dass du nie wieder zurückkönntest.«

»Nein, das war es tatsächlich nicht.«

»Wie hast du das überstanden? Wie bist du damit fertiggeworden?«

»Ich weiß es nicht. Ich bin immer noch dabei, es zu versuchen.«

Es ist eine wortgewandte Erwiderung, aber es steckt auch viel Wahrheit darin. Ich könnte es dabei belassen, und wahrscheinlich sollte ich das auch. Aber sich mit Evelyn zu unterhalten, ist einfacher, als ich für möglich gehalten habe. Vielleicht weil ich keinen Grund habe zu versuchen, sie zu beeindrucken. Oder vielleicht, weil ich spüre, dass wir in gewisser Weise mit ähnlichen Problemen zu kämpfen haben. Wir versuchen immer noch beide, uns ins Leben zurückzukämpfen, um auf sicheren, festen Grund zu kommen.

»Ich war verlobt, als ich nach Afghanistan entsandt wurde«, erzähle ich ihr. »Mit meiner Freundin von der Highschool, Tracy. Ich war jung und dumm. Ich glaube, das waren wir wohl beide.«

»Hast du sie geliebt?«

Ich nicke, doch dann wird daraus ein Achselzucken. »Ich dachte, ich würde sie lieben. Ich wollte das Gefühl haben, zu Hause jemanden zu haben, dem – abgesehen von meiner Mutter und meinen Brüdern – etwas an mir liegt. Ich habe nicht darüber nachgedacht, was ich wirklich von ihr wollte. Als ich im Militärkrankenhaus erwachte und ihr Gesicht sah, wusste ich, dass sie nicht bleiben würde. Ich war schon mehr als die Hälfte der Zeit, die wir zusammen gewesen waren, weg gewesen. Wir kannten einander kaum noch. Vor mir lagen viele Monate der Genesung und des Aufenthalts in einer Reha-Klinik. Sie war nicht dazu bereit, diesen Weg mit mir zu gehen, und von meiner Seite wäre es nicht fair gewesen, es von ihr zu erwarten. Ich war immer noch in der Walter-Reed-Klinik in Bethesda, als sie drei Monate später aus unserer gemeinsamen Wohnung auszog.«

Evelyn sieht mich bestürzt an. »Das tut mir leid. Das war bestimmt hart für dich.«

»Es war besser so, einfacher. So musste ich mir während meiner Genesung keine Gedanken um Tracy machen. Ich konzentrierte mich auf die Reha, stürzte mich förmlich darauf, denn das war alles, was mir geblieben war.«

»Und deine Familie?«, fragt sie vorsichtig. »War die für dich da?«

»Meine Brüder, ja, vor allem Jake. Ich bin der jüngste von uns vieren. Er steht mir altersmäßig am nächsten … er ist neun Jahre älter als ich.« Ich atme tief durch, um den Druck auf meiner Brust loszuwerden, der mich befällt, wenn ich über meinen Bruder spreche, der immer mein bester, engster Freund gewesen ist. »Ich erinnere mich nicht mehr, wie häufig er auf die Station für Amputierte gekommen ist, um bei mir zu sein. Er verbrauchte all seine Urlaubstage dafür – Zeit, die er anders hätte verbringen können, als mir dabei zu helfen, meinen Stumpf zu reinigen, damit zu arbeiten und mich zu stützen, während ich lernte, wieder zu laufen.«

»Es hört sich so an, als wäre er wirklich großartig.« Sie mustert mich einen Moment lang mit ihren grünen Augen. »Was ist mit deinen Eltern? Ich erinnere mich, dass du erwähnt hast, das Verhältnis zu deinem Vater wäre nicht sonderlich gut.«

Mist. Ich hatte doch gar nicht so tief graben oder von meinem jämmerlichen Privatleben erzählen wollen, aber es fällt schwer, Evelyn jetzt abzuweisen, wo ich einmal damit angefangen habe. Ich wende den Blick ab und beobachte zwei männliche Gazellen, die mit ihrem Geweih aufeinander losgehen. »Meine Mutter besuchte mich ein paarmal zusammen mit Jake oder einem meiner anderen Brüder, Shane und Ethan. Ich weiß, dass sie eigentlich häufiger kommen wollte, aber es war schwer für sie, mich in diesem Zustand zu sehen.«

»Und dein Vater?«

»Der alte Herr ist nie gekommen. Kein einziges Mal.« Ich stelle es völlig nüchtern fest, denn mehr gibt es dazu nicht zu sagen. Es ist eine Tatsache. Aber in den ersten paar Monaten habe ich auf ihn gewartet. Ich rechnete damit, dass er kommen würde. Ich hoffte, dass er mich besuchen käme. »Er wollte nie etwas mit mir zu tun haben, nicht einmal, als ich noch unversehrt war. Tja, ich bin der klassische Unfall – das Kind, das kam, als die Ehe meiner Eltern den Bach runterging. Sie haben sich wieder zusammengerauft, aber manchmal glaube ich, dass er mich für sein Bleiben verantwortlich macht.«

»Das tut mir leid, Gabe. Wenn das stimmt, wäre das schrecklich unfair von ihm. Und grausam.«

»Ja, es ist blöd, aber egal. Ich bin längst darüber hinaus, eine Vater-Sohn-Bindung zu brauchen. Wenn du die Wahrheit wissen willst – ich bin nur wegen der ständig strömenden Schmerzmittel und Jakes regelmäßigen Tritten in den Hintern, was er seit meiner Kindheit perfektioniert hatte, aus Bethesda rausgekommen. Bei der Physiotherapie mit O'Connor zusammenzuarbeiten half auch.«

Ich merke, dass sie mich voller Verständnis ansieht. »Ich glaube, ein Teil der Anerkennung dafür, wo du jetzt bist, steht auch dir zu. Keiner hätte dir die Arbeit abnehmen können. Du musstest bereit sein, aufzustehen, zu kämpfen und gesund zu werden. Du bist der Einzige, der die Macht hat, dein Leben zu bestimmen.«

Ich werfe ihr einen schiefen Blick zu. »Wer sagt, dass ich das getan habe?«

Sie lächelt. »Wieder in Lohn und Brot zu sein, hat etwas zu bedeuten.«

»Sprichst du aus Erfahrung?«

»Vielleicht.« Das liebe Lächeln kann den wachsamen Ausdruck in ihren Augen nicht verbergen. »Ich dachte, wir reden über dich.«

»Bis vor einer Sekunde habe ich das auch gedacht.« Ich beuge mich vor und stoße sie mit meiner Schulter an. »Ich hab's dir ja schon gesagt – wenn du möchtest, dass ich mehr über dich erfahre, dann musst du mir von dir erzählen. Nichts wird mich geringer von dir denken lassen oder dazu bringen, dich zu verurteilen. Und ich werde nichts von dem, was du mir erzählst, in einem Bericht für deinen Bruder aufnehmen. Versprochen. Großes Pfadfinderehrenwort.«

Darüber muss sie lachen, und ich merke, dass ein Teil ihrer Zurückhaltung schwindet. »Du meinst, darauf falle ich herein? Hältst du mich für so einfach strukturiert?«

»Gnädigste, nichts an dir ist einfach.« Kaum sind die Worte aus meinem Mund heraus, schüttele ich auch schon den Kopf. »Nein, das stimmt nicht. Dich anzuschauen, ist einfach. Und mit dir zu reden, ist auch einfach.«

Als sie den Kopf dreht, um mich anzuschauen, muss ich all meine Selbstbeherrschung aufbieten, um nicht die Hand auszustrecken und ihr Gesicht zu berühren. Ich will mehr, als sie nur berühren. Ich will sie küssen. An mich reißen. In jeder Hinsicht Besitz von ihr ergreifen.

Ich muss komplett verrückt geworden sein, und das liegt entweder an der stickigen Schwüle oder weil ich in unbekannte Gefilde vorgedrungen bin und ein echtes Gespräch mit einer Frau führe, die kein Kamerad und auch keine Kollegin ist. Denn mehr als alles andere wünsche ich mir, dass Evelyn mir all ihre Geheimnisse und Leiden offenbart.

Und ihre Bedürfnisse und Freuden.

Ich atme tief ein, was aber auch ein Fehler ist, denn dadurch fülle ich meine Lunge mit dem warmen Vanilleduft ihrer Haut. Mit einem leisen Seufzer strömt die Luft wieder aus mir heraus, und ich richte den Blick auf die Tiere im Gehege.

»Schon gut«, sage ich abrupt. »Du brauchst mir nichts zu erzählen. Es steht mir nicht zu, dich zu fragen.«

Sie schweigt einen Moment lang. Als ich langsam anfange zu überlegen, ob ich vielleicht wieder das tun sollte, wofür ich bezahlt werde, antwortet sie schließlich.

»Ich fing während der Highschool mit dem Modeln an … für Anzeigen in lokalen Magazinen, Werbeaktionen in Kaufhäusern. Solche Sachen halt. Ich war schon einundzwanzig, als es das erste Mal eine landesweite Übertragung einer Modenschau gab, in der ich mitlief. Danach ging alles ziemlich schnell. Ich bekam einen Agenten und einen Vertrag, und plötzlich war ich ständig unterwegs, wurde für eine Schau nach der anderen gebucht.« Sie verstummt, und als ich sie anschaue, sehe ich, dass sie meilenweit weg ist. »Ich verdiente mehr Geld, als ich mir je hätte vorstellen können. Aber ich war erschöpft und einsam. Ich war verängstigt, ständig hungrig und so schrecklich müde. Ich entdeckte Möglichkeiten, um mit der Müdigkeit und der Angst fertigzuwerden. Mein Agent half mir dabei, indem er mir Ärzte und Psychiater besorgte, die mir verschrieben, was ich brauchte. Als auch das nicht mehr reichte, stellte er den Kontakt zu Leuten her, die nur zu gern bereit waren, das zu liefern, was ich seiner Meinung nach brauchte.«

»Betäubungsmittel?«, vermute ich und brauche ihr Nicken nicht zu sehen, um mir das Szenario vorzustellen.

»Das Kokain hatte außerdem den Vorteil, dass ich keinen

Appetit mehr hatte, und als ich weniger wog, begannen die Buchungen zu explodieren. Ziemlich schnell reichte Kokain nicht mehr, und ich begann, zusätzlich Abführmittel zu mir zu nehmen. Es war ein Teufelskreis, den ich aber gar nicht wahrnahm, bis ich eines Morgens am Rande eines Herzstillstands in meinem Hotelzimmer in Paris zusammenbrach.«

»Allmächtiger.« Ich kann weder mein Entsetzen noch meine Wut auf ihren Agenten und all die anderen, die damals um sie herum waren, zügeln. Diese Menschen hatten zugelassen, dass ihre Gesundheit derart den Bach runtergegangen war – oder hatten sie sogar aus Gier zu ihrem Fehlverhalten ermutigt. Wäre ich dagewesen, hätte ich diejenigen umgebracht, die für ihren Verfall verantwortlich waren. »Was war mit deinem Bruder? Wusste Beck davon?«

Sie schüttelt den Kopf. »Er wusste, dass ich zu hart arbeitete. Gleich am Anfang versuchte er, mich zu bremsen, aber damals war alles noch nicht so schlimm. Ich dachte, er wollte mich nur daran hindern, Karriere zu machen. Später, als sich der berufliche Erfolg einstellte, verbarg ich die Wahrheit so lange vor ihm, wie es ging. Paris war dann der Endpunkt. Die Sanitäter reanimierten mich, und Andrew setzte sich sofort ins Flugzeug, als man ihn informierte, und kam aus den Staaten nach Frankreich. Er brachte mich nach Hause. Dort ließen er und mein Vater mich in eine Entzugsklinik einweisen, und sie sorgten dafür, dass ich elf Monate dortblieb, bis ich wieder gesund und clean war.«

»Und du hast nie wieder als Model gearbeitet?«

»Nein. Es hätte mich umgebracht. Das erkannte sogar ich. Andrew zahlte viel, damit alle Fotos aus den Medien verschwanden und alles Gerede, das nach dem Vorfall in Paris oder während meines Entzugs hätte hochkommen können, unterdrückt wurde. Dadurch ist ›Eve‹ für alle einfach in den Ruhestand getreten. Keiner hat je erfahren, dass ich monatelang um mein Leben gekämpft habe. An manchen Tagen meinte ich damals, nicht die Kraft oder den Willen zu haben, es zu schaffen. Und manchmal – selbst nach meiner Entlassung – wollte ich es gar nicht schaffen.«

»Aber du hast es geschafft«, stelle ich fest, schlage aber einen ganz sanften Ton an, denn trotz ihrer Stärke spüre ich den Schmerz, den sie immer noch ausstrahlt. Und trotz ihres zur Schau gestellten Selbstvertrauens kann ich den unterschwelligen Zweifel fühlen, der immer noch in ihr ist.

Ich drehe mich zu ihr um, und dieses Mal kann ich mich nicht davon abhalten, meine Hand auszustrecken. Ich lege sie an ihre Wange und streiche mit dem Daumen über die samtigweiche Haut neben ihrem Mund. »Ich bin froh, dass du hier bist, Evelyn.«

Sie nickt, und ihr Blick ist ganz dunkel geworden, während ihre wunderschönen grünen Augen mich nicht loslassen. »Ich bin auch froh, dass du hier bist.«

Während wir so voreinander stehen, gibt es kein Leugnen, wie sehr ich sie begehre. Ihre Lippen öffnen sich, und sie atmet leise aus. Sie sieht mir tief in die Augen, und alle Versagungen, die ich mir auferlegt hatte, als ich mich ihr näherte, beginnen zu bröckeln.

Ich senke den Kopf, und jeder Gedanke an Ehre oder Pflicht ist plötzlich ganz fern.

Bis ich hinter mir das Räuspern von jemandem höre, der zum Sprechen ansetzen will.

»Äh, 'tschuldigung … Gabe?«

O'Connor klingt ziemlich zaghaft und sehr leise, aber ich fahre trotzdem herum, als hätte ich einen Schuss gehört. »Ja. Was ist?«

»Tut mir leid, dass ich die, äh, Unterhaltung störe«, platzt sie heraus, während ihr Blick von mir zu Evelyn huscht, ehe er schließlich förmlich an mir kleben bleibt. Ihr Gesichtsausdruck schwankt zwischen um Verzeihung bitten und Schock. »Die, äh, Essensausgabe geht gleich zu Ende, deshalb haben die anderen vom Team und ich uns gefragt, ob du vielleicht noch mit uns zusammen essen willst.«

»Nein, danke.« Normalerweise wäre ich versucht gewesen, einen Scherz über Kelseys Magen zu machen, der an ein bodenloses Fass erinnert, aber ich kann diese Lockerheit noch nicht einmal spielen. Ich höre mich total schuldbewusst an, und es ist offensichtlich, bei was meine Freundin und Teamkollegin uns gerade gestört hat. Und obwohl ich weiß, dass sie meine Indiskretion niemandem gegenüber – weder dem Team noch sonst wem – erwähnen wird, sorgt das nicht dafür, dass das Ganze weniger peinlich ist. »Geht ohne mich hin. Ich komme in ein paar Minuten nach.«

Wortlos dreht sie sich um und geht wieder.

»Ich sollte jetzt auch los«, sagt Evelyn.

Das ist wahrscheinlich eine gute Idee, da ich offensichtlich nicht einmal in der Öffentlichkeit die Finger von ihr lassen kann, ganz zu schweigen davon, dass wir von irgendjemandem aus der Firma gesehen werden könnten. Ich drehe mich zu ihr um und nicke. »Wie bist du hergekommen? Mit der Bahn?«

»Nein.« Kurz tritt ein gehetzter Ausdruck in ihre Augen. »Nein, ich … ich fahre nie mit der Bahn. Mein Auto steht auf dem Parkplatz am Fluss.«

Ich weiß, wo das ist, da es derselbe Parkplatz ist, auf dem sich unser Team für die Veranstaltung heute Morgen getroffen hat. »Dann los. Ich begleite dich zu deinem Wagen.«

»Wirklich? Eigentlich brauche ich keine Begleitung, und wenn du noch etwas zu erledigen hast …«

»Lass uns gehen.«

Es ist ein ganz schöner Fußmarsch, und obwohl ich es später in meinem Bein spüren werde, bin ich nicht bereit, Evelyn den Weg allein gehen zu lassen. Den größten Teil des Weges legen wir in geselligem Schweigen zurück, auch wenn es zwischen uns knistert, weil wir uns beide der gegenseitigen Anziehungskraft und auch des Kusses bewusst sind, den nur O'Connors rechtzeitiges Auftauchen verhindert hat.

»Warum fährst du nicht gern mit der Bahn?«, frage ich, als wir uns dem vollen Parkplatz nähern, der zwischen Bronx River und dem Parkway liegt.

»Ich tue es einfach nicht.« Sie tut es mit einem lässigen Schulterzucken ab, doch ihre Miene ist zu beherrscht, als dass ich ihr glauben würde. Außerdem spüre ich, dass die Offenheit, die sie vorhin im Zoo mir gegenüber an den Tag gelegt hat, vorbei ist, also bedränge ich sie nicht weiter.

Würde sie mir gehören, würde ich erst Ruhe geben, wenn ich allen Dämonen, die sie heimsuchen, den Garaus gemacht hätte.

Ich würde ihnen auch jetzt den Garaus machen, auch wenn sie mir nie gehören wird.

Wir kommen bei ihrem Volvo an, und ich bleibe neben der vorderen Stoßstange stehen, während sie ihren Schlüssel hervorholt und mit der Fernbedienung den Wagen entriegelt. Ich traue mir nicht recht, ob ich sie gehen lassen würde, wenn ich dichter rangehe.

Erst als sie die Fahrertür öffnet und einsteigen will, merke ich, dass mit dem Wagen etwas nicht stimmt. Er steht schief. Ich sehe nach unten und erkenne sofort den Grund.

»Evelyn, warte.« Sie sieht mich fragend an, während ich neben dem Vorderreifen auf der Fahrerseite in die Hocke gehe. »Mit dem Wagen kannst du nirgendwo hin. Er hat einen Platten.«

Bei näherer Betrachtung erkenne ich, dass der Reifen nicht einfach platt ist.

Er ist absichtlich aufgestochen worden.

Ich fahre mit den Fingerspitzen über den tiefen, zentimeterlangen Schlitz im Gummi nahe der Felge, und meine Nackenhaare stellen sich auf.

Das Loch rührt von einem Messer her. Und wer da am helllichten Tag das Messer geschwungen hat, wollte, dass man es nicht sofort bemerkt. Doch wer sollte ausgerechnet Evelyns Auto fahruntüchtig machen und warum? Das ist die alles entscheidende Frage.

Und dieser scheinbar zufällige Vorfall nach den jüngsten Ereignissen im *L'Opale* weckt meinen Kampfinstinkt, der eine Vorahnung, ja Furcht in mir hochkommen lässt.

»Was ist mit meinem Reifen?« Evelyn tritt um die geöffnete Fahrertür herum, um zu sehen, was ich mir anschaue.

Weil ich sie nicht in Unruhe versetzen will, ehe ich nicht mehr Informationen habe, stehe ich auf und stelle mich zwischen sie und den Reifen, damit sie ihn nicht sehen kann. Außerdem will ich erst Beck von meiner Befürchtung in Kenntnis setzen, dass da irgendetwas nicht stimmt.

»Ich bin mir nicht ganz sicher, aber er sieht ziemlich abgefahren aus. Du wirst einen neuen brauchen.«

Sie runzelt die Stirn. »Ich hab ein Reserverad im Kofferraum.«

Ich schüttele den Kopf. »Damit wirst du nicht nach Hause fahren. Mach dir keine Sorgen. Ich werde mich um den Reifen kümmern. Aber jetzt werde ich dich erst einmal nach Hause bringen.«

Ich hole mein Handy hervor und rufe O'Connor an. »Ja, ich bin's. Du musst mir einen Gefallen tun.«

»Jederzeit«, sagt sie, ohne zu zögern.

»Übernimm bitte für etwa eine Stunde. Andrew Beckhams Schwester hat Ärger mit ihrem Wagen. Deshalb fahre ich sie jetzt nach Hause. Wenn es in der Zwischenzeit irgendetwas gibt, ruf mich an.«

»Kein Problem, Gabe. Mach ich.«

Ich beende den Anruf und schiebe das Handy in die Tasche meiner Jeans. Ich lege meine Hand auf Evelyns Rücken und lasse unwillkürlich den Blick verstohlen über den Parkplatz schweifen. »Lass uns von hier verschwinden.«

12

Evelyn

Die Fahrt von der Bronx zu meiner Wohnung in der Upper East Side dauert etwa eine halbe Stunde. Neben Gabe in seinem Lexus zu sitzen, fühlt sich fast so an, als kämen wir von einem Date zurück. Und dies in besonderem Maße nach den spannungsgeladenen Momenten im Zoo.

Ich spüre immer noch seine unglaubliche Ausstrahlung, als er vor der Ampel an der 86. East, wo meine Wohnung liegt, geschickt die Spur wechselt. Und auch dieses Kribbeln spüre ich immer noch. Ich schaue aus dem Fenster auf der Beifahrerseite und hebe stumm seufzend die Finger an die Lippen. Wenn seine Freundin O'Connor nicht plötzlich aufgetaucht wäre, hätte Gabe mich bestimmt vor den Augen der Thomson-Gazellen und jedem, der zufällig des Weges kam, geküsst.

Es erstaunt mich, wie sehr ich mir wünsche, er hätte es getan … wie sehr ich es mir immer noch wünsche, obwohl er beim Anblick meines Platten von zärtlich-verführerisch sofort auf Vollprofi umgeschaltet hat. Vielleicht ist er erleichtert, einen Vorwand zu haben, nicht über das reden zu müssen, was beinahe zwischen uns passiert wäre. Andererseits kommt er mir nicht vor wie jemand, der einen Vorwand braucht, um etwas zu tun oder eben nicht.

Im Moment scheint er nur darauf konzentriert zu sein, mich nach Hause zu bringen und sich dann wieder an seine Arbeit zu machen. Seitdem wir im Auto sitzen, beschränkt sich das Gespräch auf Hinweise, wie er zu meiner Wohnung kommt, und ein kurzes Update zu dem Einbau des Sicherheitszubehörs im *L'Opale*, der für nächste Woche geplant ist.

»Nachdem ich dich bei deiner Wohnung abgesetzt habe, fahre ich zu deinem Auto zurück und kümmere mich darum«, sagt er. Seine Augen sind hinter der dunklen Sonnenbrille versteckt, und sein Blick klebt an der Straße vor ihm. »Musst du zwischen heute und Montag irgendwohin?«

»Nein. Morgen Abend gehe ich mit meinen Freundinnen aus, muss aber nicht fahren. Ich werde abgeholt.«

»Wo geht ihr hin?«, brummt er, nach wie vor ohne mich anzuschauen.

»Irgendein neuer Club im Meatpacking District. Der hat erst vor ein paar Wochen aufgemacht. Melanie und ich sind noch nie dagewesen, aber unsere andere Freundin, Paige, hört nicht auf, davon zu schwärmen. Bei dem Club handelt es sich um ein umgebautes Lagerhaus, er hat also eine Riesentanzfläche, und die angesagtesten DJs legen dort auf. Angeblich gibt es dort auch einen VIP-Raum, den man gegen eine Gebühr von zwanzig Mille benutzen kann oder als Gast eines Mitglieds. Aber eigentlich ist mir das alles egal, denn ich will nur hin, um mit meinen Freundinnen einen vergnüglichen Abend zu verbringen.«

Er nickt mit angespanntem Kiefer, aber ich kann nicht erkennen, ob er wirklich zuhört. Bestimmt sind meine Pläne für einen Mädelsabend in einem lauten Tanzclub für ihn nicht sonderlich fesselnd, aber er hat schließlich gefragt.

Als er in meine Straße abbiegt, sagt er: »Ich sollte es eigentlich hinbekommen, dass du deinen Wagen vor Montag wiederhast. Ich habe einen Cousin, der eine Werkstatt in der Bronx hat. Er sollte eigentlich nicht mehr als eine Stunde brauchen, um den kaputten Reifen zu wechseln. Ich werde dafür sorgen, dass dir dein Auto nach Hause gebracht wird, sobald es repariert ist.«

»Du meinst, es wird mir gebracht?«

Er zuckt mit den Achseln. »Len schuldet mir einen Gefallen. Aber er ist ein Verwandter von mir, deshalb wird er es schon aus diesem Grunde tun, wenn ich ihn darum bitte.«

»Du brauchst dir wirklich nicht so viel Mühe zu machen, denn weißt du … ich kann mich auch selbst um die Reparatur meines Wagens kümmern.«

»Ich habe nie gesagt, dass du es nicht kannst.« Er sieht mich an, und ein Lächeln zuckt um seine Mundwinkel. »Wenn du einen Arzt oder Anwalt brauchst, kann ich nichts für dich tun, aber wenn die Arbeit von einem Cop, einem Mechaniker oder einem Ersthelfer erledigt werden kann, frag einen Noble, denn diese Dinge haben wir im Griff.«

Auch wenn er es in einem scherzhaften Ton von sich gibt, kann ich doch den Stolz über seine Familie hören, der in seiner Stimme mitschwingt, und das bringt mich zum Lächeln. »Nun, in dem Fall, danke schön.«

»Kein Problem.« Er richtet seine Aufmerksamkeit wieder auf den Verkehr, als wir uns meiner Adresse und dem neunzehn Stockwerke hohen Gebäude nähern, in dem sich mein Apartment befindet. »In welchem Gebäude wohnst du?«

»In dem hohen hellgrauen zwischen den beiden aus Backstein.«

»Hübsch.«

Das ist eine scherzhafte Untertreibung, die ich sehr wohl verstehe. Es handelt sich um eine der besten Gegenden Manhattans, und in dem Gebäude kosten sogar Zweizimmerwohnungen siebenstellige Beträge. Meine Vierzimmer-Maisonette-Wohnung im zehnten und elften Stockwerk ist eine der begehrtesten Wohnungen im Gebäude, wenn nicht sogar in der ganzen Straße.

»Ich habe die Wohnung gekauft, sobald meine Modelkarriere richtig gut anlief«, erzähle ich. »Jetzt ist es das Einzige, was mir aus der damaligen Zeit geblieben ist.«

»Sieht nach einer guten Investition aus«, meint Gabe, als wir am Bordstein anhalten. Er nimmt die Sonnenbrille ab und legt sie in den Tassenhalter, wo ich auch schon meinen Autoschlüssel hingetan habe. »Wo kann ich parken?«

Ich sehe ihn fragend an. »Du kannst mich auch hier rauslassen.«

»Ich habe gesagt, dass ich dich nach Hause bringe. Bei mir heißt das, dass ich dich bis an die Wohnungstür bringe.«

An seiner Miene erkenne ich, dass er in der Hinsicht nicht mit sich reden lässt, aber eigentlich will ich auch gar nicht mit ihm diskutieren. Nein, ich würde mich gern zu ihm rüberbeugen und mir den Kuss holen, der mir durch das Auftauchen seiner Freundin verwehrt worden ist. Mein Blick will immer wieder zu seinem strengen Mund gleiten, und als ich es nicht mehr verhindern kann, bemerke ich das stürmische Verlangen in seinen braunen Augen, die ganz dunkel geworden sind.

»Sag mir, wo's hingeht, meine Schöne.«

Himmel, ich wünschte, ich wüsste es. Wenn ich nicht meinen würde, dass er mich wegstößt, würde ich ihm sagen, wohin ich wirklich mit ihm will … rauf in mein Schlafzimmer … auf die Rückbank seines Wagens. Jeder Ort ist mir recht, wenn es nur bedeutet, dass ich seine Hände auf meinem Körper spüre, seinen Mund auf meinem, dass wir nichts anhaben und uns miteinander bewegen.

Trotz der gegenwärtigen, ziemlich langen Dürre und meines schier endlos scheinenden Singlestatus bin ich nie zahm in

Bezug auf Sex gewesen. Ich bin nicht schüchtern, aber ich bin wählerisch. Und jetzt hat die Frau in mir Gabe gewählt.

Ein Muskel zuckt an seinem Kiefer, ehe er den Kopf von mir wegdreht, um durch die Windschutzscheibe zu sehen. »Geht's dort zur Tiefgarage?«

»Ja. Man muss nur an den Türen zum Empfang vorbei.«

Ich zeige ihm die Richtung, und er fährt am diensthabenden Portier vorbei runter zum Tor. Nachdem er den Zugangscode, den ich ihm genannt habe, über die Tastatur eingegeben hat und reingefahren ist, dirigiere ich ihn zu meinem Parkplatz.

»Ich öffne dir die Tür«, sagt er, stellt den Motor ab und wartet meine Antwort, dass die galante Geste nicht notwendig sei, nicht ab. Er ist ganz schnell auf der Beifahrerseite und hält mir die Hand hin, um mir beim Aussteigen zu helfen.

Der Fahrstuhl entlässt uns im zehnten Stock in meinen eigenen Vorraum. Gabe bleibt hinter mir stehen und wartet, während ich den Wohnungsschlüssel aus der Handtasche nehme. »Möchtest du reinkommen?«

»Ganz kurz«, sagt er mit tiefer, knurriger Stimme. »Ich bin neugierig und möchte mich gern umsehen.«

Er betritt meine Wohnung, und es kommt mir so vor, als würde ich sie jetzt auch zum ersten Mal sehen. Ich beobachte, wie Gabe das Foyer mit dem hellen Boden aus Hartholz in sich aufnimmt und das große, neutral eingerichtete Wohnzimmer, in das es übergeht. Das Wohnzimmer ist luftig und hell, die Möbel in hellem Grau und Cremefarben gehalten, und die Fenster, die über zwei Stockwerke gehen, lassen viel Licht herein und bieten einen Ausblick auf die Stadt, der mehrere Millionen Dollar wert ist.

Links vom geräumigen Wohnzimmer mit der begrünten Terrasse liegen das Esszimmer und eine hochmodern eingerichtete Küche. Rechts davon gehen mein Arbeitszimmer und eine Bibliothek sowie zwei Gästezimmer ab, die am Ende des Flurs liegen. Im Wohnzimmer mit doppelter Deckenhöhe befindet sich außerdem eine elegant geschwungene Wendeltreppe, die nach oben zu meinem Schlafzimmer führt.

Gabe schweigt, während er durch die Wohnung geht und sich die ganze Zeit nach allen Richtungen umschaut, während er mit wachem Blick alles in sich aufnimmt und jeden Winkel der riesigen Wohnung mustert.

»Du hast viele Fenster.« Er tritt an die verglaste Wand und wirft einen Blick auf die Häuser auf der anderen Seite, ehe er den Kopf senkt, um den regen Betrieb zu beobachten, der auf der Straße herrscht. »Keine Jalousien?«

Ich betätige einen Schalter an der Wand, und die ins doppelwandige Glas integrierten, lichtdurchlässigen Blenden schließen sich. »Ich mag natürliches Licht. Und außerdem werde ich es auch nie müde, die Aussicht zu genießen.«

»Ich verstehe, warum«, sagt er, dreht sich um und kommt auf mich zu. Er lacht leise. »Wenn du helle Räume magst und eine schöne Aussicht, wirst du meine Wohnung nie sehen wollen. Ich bewohne eine überteuerte, viel zu kleine Wohnung im zweiten Stock ohne Fahrstuhl. Von einem meiner Fenster sehe ich in die Küche meines Nachbarn. Durch ein anderes habe ich einen unverstellten Blick auf die Müllcontainer im Hinterhof.«

Ich lache. »Ich bin mir sicher, dass es nicht so schlimm ist, wie du es beschreibst.«

»Doch, ist es.« Er grinst und bleibt vor mir stehen. »Angesichts meiner Beförderung plane ich, irgendwann in eine größere Wohnung zu ziehen. Eine, die näher an der Arbeit liegt, wenn ich es mir leisten kann.«

»Du scheinst deine Arbeit bei Baine International wirklich zu mögen.«

»Ich liebe sie.«

»Was hast du davor gemacht?«

Er zuckt mit den Achseln. »Ich war bei einem privaten Sicherheitsdienst angestellt, hab bei Veranstaltungen ausgeholfen und gelegentlich als Leibwächter gearbeitet. Ehrlich gesagt weiß ich nicht, was ich getan hätte, wenn Beck mir nicht die Gelegenheit verschafft hätte, mich bei Nick vorzustellen.«

Ich lege den Kopf schief. »Mir war nicht klar, dass mein Bruder dir geholfen hat, an den Job zu kommen.« Ich bin verblüfft, obwohl es deutlich erkennbar ist, dass zwischen Andrew und Gabe eine Freundschaft besteht, die über das rein Berufliche hinausgeht. Gabe und Nick sind auch Freunde. »Wie habt ihr euch kennengelernt, du und Andrew?«

Er macht eine vage Bewegung mit dem Kopf. »Wie ich schon sagte … ich hatte ganz viele unterschiedliche, befristete Jobs. Ich bekomme es mittlerweile gar nicht mehr auseinander, wo ich überall gearbeitet habe. Aber ich glaube, ich war damals Türsteher von einem Privatclub, als ich Beck begegnete.«

»Mein steifer, von seiner Arbeit besessener Bruder in einem Club? Das würde ich gern sehen.«

Gabe räuspert sich und bewegt sich von mir weg in Richtung Küche. »Du kochst bestimmt gern, oder?«

»Manchmal.« Ich folge ihm in die glänzende, modern ausgestattete Küche. Die hatte mir damals bei der ersten Besichtigung an der Wohnung am besten gefallen. »Ich kann nur für viele Leute kochen, so wie es meine Mutter immer getan hat. Nur für eine Person zu kochen, scheint nicht Bestandteil meiner DNA zu sein.«

»Du und meine Mutter würdet prima miteinander auskommen.«

»Ja? Meinst du wirklich?«

Er sieht mich an. »Ja. Sie würde dich lieben.«

Sein ruhiger Blick scheint so warm und verführerisch wie

eine Berührung in mich einzudringen. Eine leise Sehnsucht, die über das Körperliche hinausgeht, erwacht in mir, während wir einander tief in die Augen sehen. Ich will mehr über diesen Mann wissen. Ich möchte wissen, was er außerhalb seiner Arbeit für Nick und meinen Bruder ist. Ich möchte alles wissen, was es über ihn zu erfahren gibt.

In einem kleinen, geheimen Winkel meines Herzens erkenne ich den Wunsch in mir, dass er mich in diesen anderen Teil seines Lebens einlässt.

Er geht um die große Kücheninsel herum und auf den verriegelten Notausgang zu, durch den man bei einem Feuer durchs Treppenhaus flüchten kann. »Wer hat die Schlüssel zu dieser Tür?«

»Nur ich und der Hausmeister.« Ich ziehe eine Augenbraue hoch. »Würden Sie gern die ganze Wohnung sehen, Officer?«

Er wirft mir einen leicht verlegenen Blick zu. »Tschuldigung. Schlechte Angewohnheit von mir. Ich sollte jetzt wohl wieder los.«

Ich folge ihm aus der Küche zurück ins Wohnzimmer. Als er an einem schmalen Tisch hinter einem der Sofas vorbeigeht, merke ich, dass sein Blick an meiner Sammlung gerahmter Fotos hängen bleibt. Es sind Bilder von meinen Freundinnen und den Orten, die ich auf der ganzen Welt bereist habe. Doch es ist ein Schnappschuss von meinen Eltern, nach dem Gabe greift.

»Deine Mutter und dein Vater«, stellt er eher fest, als dass er fragt. »Sie sehen glücklich aus.«

»Das waren sie auch.« Ich trete neben ihn und schaue in ihre lächelnden Gesichter. Meine Mutter sitzt in einem Jeansoverall und einem verblichenen T-Shirt auf den verwitterten weißen Stufen einer Veranda und schält gerade einen knallroten Apfel. Das schokoladenbraune Haar ist zu einem unordentlichen Knoten hochgesteckt, das helle, sommersprossige Gesicht leicht gerötet. Entweder hat sie den Tag in der Sonne verbracht oder es liegt daran, dass mein Vater hinter ihr sitzt, seine starken braunen Arme um ihre Taille geschlungen hat und sein Kinn auf ihrer Schulter ruht.

Ich erkenne immer noch die Liebe in ihren Augen, wenn sie mich von dem Foto hinter dem Glas anschauen. Der Anblick bricht mir immer wieder ein bisschen das Herz, denn ich weiß, dass dieser Moment des Glücks nur ein paar Tage, ehe ein betrunkener Autofahrer uns meine Mutter raubte, eingefangen wurde.

»Es war ein wunderschöner Tag, als ich dieses Foto gemacht habe. Wir waren gerade von unserer Obstplantage mit einem ganzen Korb Äpfel zurückgekehrt, und meine Mutter und ich wollten mehrere Kuchen backen. Sie sahen so glücklich aus, als sie auf der Veranda saßen, dass ich ins Haus rannte und meine neue Kamera holte, um ein Foto von ihnen zu machen.«

»Du warst damals acht, nicht wahr?«, merkt Gabe ruhig an, und ich weiß, dass er sich daran erinnert, wie ich ihm erzählt habe, dass ich meine Mutter in dem Alter verloren habe. Sein Blick ist zärtlich, als er mich anschaut. »Ich bin froh, dass du diese Erinnerung an sie hast.«

»Ja. Ich auch.«

Vorsichtig stellt er das Bild zurück. »Dann bist du also nicht in der Stadt aufgewachsen?«

Ich schüttele den Kopf. »Nein. Ganz und gar nicht. Wir lebten im Hinterland auf fünfzig Hektar Apfelplantagen, die der Familie meiner Mutter gehörten. Mein Vater lebt immer noch dort.«

Gabe lächelt. »Ich hatte dich für ein Stadtmädchen gehalten.«

»Ich liebe die Stadt. Die Energie, die sie ausstrahlt, den Trubel, die Kultur, die endlosen Möglichkeiten, die man sonst nirgends hat.« Ich drehe mich zu ihm um und lehne mich mit der Hüfte an die Tischkante. »Ich bin froh, dass ich auf dem Land aufgewachsen bin, aber dies hier ist mein Zuhause.«

»Ich kenne dieses Gefühl. Meine ganze Familie lebt in Bayside, und das schon seit mehreren Generationen. Es gefällt mir dort, aber es ist nicht das Leben, das ich wollte.«

»Bist du deshalb in die Armee eingetreten? Um von zu Hause wegzukommen und etwas von der Welt zu sehen?«

»Das ist es, was ich mir damals eingeredet habe.« Er überlegt einen Moment, ehe er weiterredet. »Die Wahrheit ist, dass ich mich gemeldet habe, weil ich wusste, wenn ich bliebe, würde ich früher oder später mit meinem Vater wirklich ernsthaft aneinandergeraten. Das wollte ich meiner Mutter nicht antun … oder meinen Brüdern. Deshalb bin ich gegangen.«

Ich lege meine Hand ganz leicht auf seinen Unterarm, weil ich ihn irgendwie trösten muss, als ich den Unterton bitteren Schmerzes in seiner Stimme höre. Ich weiß nicht, ob er diesen Trost will oder nicht, aber er entzieht sich meiner Berührung nicht.

Er schaut auf meine Finger, die seine helle Haut streicheln. Ein tiefer Atemzug lässt seine Nasenflügel flattern. Als er den Blick hebt, brennt Verlangen in seinen Augen.

Quälendes Verlangen.

»Eve«, krächzt er, und es ist das erste Mal, dass er diesen Namen benutzt. Und während er die vergangenen Jahre immer mit Schmerz und schlechten Erinnerungen verbunden war, entflammt es mich jetzt zu hören, wie Gabe ihn voller Sehnsucht ausspricht.

Er greift nach mir. Seine Hände liegen warm und stark an meinem Gesicht, als er meinen Mund mit einem leidenschaftlichen, besitzergreifenden Kuss erobert, der sich in jede einzelne Zelle meines Körpers brennt. Ich war schon am Schmelzen, ehe er mich berührte, doch jetzt stehe ich in Flammen.

Er erstickt mein Stöhnen mit seinem Mund, während seine Zunge sich zwischen meine geöffneten Lippen schiebt. Mein Schoß zieht sich bei diesem Vorstoß vor Lust zusammen. Unsere Leiber drängen sich aneinander, und Gabes muskulöse Arme ziehen mich noch fester an seine steife Erregung.

Er greift nach unten und umfasst meinen Po mit beiden Händen, während sein fordernder Mund mich vor Sehnsucht dahinschmelzen lässt. Ich bin so bereit für ihn, dass ich kaum mehr atmen kann.

Sein Mund liegt geöffnet auf meinem … wir küssen einander, als seien wir völlig ausgehungert, und unser Verlangen steht gefährlich nah davor, außer Kontrolle zu geraten.

Das ist es, was ich will … wonach ich mich mehr als alles andere sehne.

Nach diesem Mann. Diesem Kuss. Diese heiße Anziehungskraft, die vom ersten Moment an, als wir uns kennenlernten, zwischen uns glühte.

Eine Hand ist in seinem seidigen, kurzen Haar vergraben, und mit der anderen erforsche ich die harten Wölbungen und Flächen seiner Brust. Doch das genügt mir nicht. Ich zerre den Saum seines T-Shirts aus der Jeans und schiebe meine Hand darunter. Seine Haut ist heiß und samtweich – selbst da, wo ich die Erhebungen von Narben spüre. Sein Bauch besteht aus waagerechten Furchen – ein Sixpack, das mich fast um den Verstand bringt. Ein schmaler Streifen Haare verläuft nach unten zu seinen Lenden, wo die stählerne Erektion sich als etwas erweist, dem ich nicht widerstehen kann.

Er zischt an meinem Mund, als meine Hand über seinen Reißverschluss gleitet. Seine Hüften zucken und drängen sich meiner zärtlichen Berührung entgegen. Er stößt meinen Namen mit erstickter Stimme hervor und knurrt dabei fast. Es ist eine Mischung aus Warnung und Bitte.

Er löst eine Hand von meinem Hintern und lässt sie um meinen Oberschenkel gleiten. Als sie den losen Saum meines Oberteiles erreicht, gleiten seine Finger unter den Stoff und hoch zu meiner Brust. Sein Griff ist kühn ... dominant. Während er mein Fleisch knetet und streichelt, dringt seine Zunge wieder in meinen Mund ein und nimmt jeden Atemzug, jedes Stöhnen und jedes Keuchen in Besitz.

Ich bin bereits ganz nass und mehr als bereit, mich von ihm überall hinführen zu lassen. Trotz der Tatsache, dass wir beide noch voll bekleidet sind, erfüllt mich eine Lust, die ich schon sehr lange nicht mehr gespürt habe – und noch nie so intensiv.

»Verdammt«, knurrt Gabe, und ein Schaudern geht durch seinen Körper, als ich ihn weiterstreichele. Mit einem lauten Keuchen reißt er sich von meinem Mund los. »*Verdammt.*«

Die kaum zu beherrschende Erregung lässt ihn derart zittern. Das weiß ich, weil das gleiche mächtige Verlangen in mir vibriert. Ich fahre mit der Zunge über meine geschwollenen Lippen und schaue in seinen tosenden Blick. Ich hasse die Qual, die ich dort sehe. Ich streiche über seine zerfurchte Stirn.

»Wenn du dir gern auch den Rest von meiner Wohnung anschauen möchtest, dann lass uns nach oben gehen. Da ist mein Schlafzimmer.«

Es ist ein lahmer Versuch, die Qual, die ich in ihm sehe, zu lindern, doch es scheint mir zu gelingen, denn seine Züge entspannen sich ein wenig. Er stöhnt und beißt die Zähne hinter den fest aufeinandergepressten Lippen zusammen, während er mich doch weiterküssen soll. »Lieber nicht.«

Wir sprechen nicht über eine Besichtigung der Wohnung, und ich kann nicht so tun, als würde ich es mir nicht wünschen, dass er bleibt. »Aber du willst es doch, oder?«

»Mehr als du dir vorstellen kannst«, erklärt er mit rauer, erstickter Stimme.

Doch trotzdem löst er sich weiter von mir. Er rückt noch ein paar Zentimeter mehr von mir ab. Seine Miene verfinstert sich immer mehr, und er stößt einen unterdrückten Fluch aus, während er mich anstarrt.

»Wenn ich jetzt diesen Weg mit dir beschreite, gibt es kein Zurück mehr. Himmel noch mal, ich bin bereits viel zu weit gegangen. Jede Minute, die ich mit dir verbringe, missbrauche ich das Vertrauen deines Bruders. Und Nicks auch.«

»Sie haben nichts mit dem hier zu tun. Sie sind nicht hier.«

Langsam schüttelt er den Kopf und mustert mich mit sengendem Blick. »Ich kann das nicht mit dir machen, Evelyn. Es wäre nicht fair. Ich mache es nicht. Und ich will auch keine Beziehung. Das habe ich schon mal versucht. Ich bin nicht gut darin.«

»Ich erinnere mich nicht, dich darum gebeten zu haben.«

»Das solltest du aber.« Seine Antwort ist scharf, obwohl er sie mit einem unterdrückten Zischen ausstößt. »Allmächtiger, du solltest es verlangen. Du verdienst mehr als das hier.«

»Mehr als das hier«, frage ich zögernd, »oder mehr als dich?«

»Beides.«

Sein Ton ist endgültig. Noch ein Schritt, und er ist außerhalb meiner Reichweite. Ich erkenne, dass seine Selbstbeherrschung stärker ist als mein Wunsch, ihn hierzubehalten. Er will mich. Daran besteht kein Zweifel. Ich sehe es in seinem schönen, angespannten Gesicht. Ich sehe es an der Größe seiner Erektion, die seine enge Jeans am Reißverschluss nach vorne wölbt.

»Ich muss gehen.«

Ich nicke stumm und sehe ihm hinterher, als er zur Tür hinausgeht.

13

Gabriel

»Ja, es war ein Messer.« Mein Cousin hat den platten Reifen auf dem Parkplatz des Zoos abmontiert und rollt ihn zu der Stelle, wo ich mit Beck und Nick stehe. Er steckt das Ende eines Flachkopfschraubenziehers in den Spalt im Gummi und zeigt uns, wie tief das Loch ist. »Ich kann ihn wahrscheinlich flicken, doch wegen der Größe und wegen der Stelle, wo es sich befindet, würde ich empfehlen, einen neuen zu kaufen.«

Beck nickt kurz. »Klar. Tun Sie, was Sie für das Beste halten. Ich bezahle die Rechnung. Danke, Len.«

»Kein Problem, Mr Beckham. Bis dann, Mr Baine.«

Ich folge Len zum Tieflader, auf dem bereits Evelyns Volvo steht. Er wirft den kaputten Reifen hinter den Fahrersitz, ehe er ins Fahrerhaus steigt. »Ich werde den Wagen persönlich für dich zur Besitzerin zurückbringen, Gabe. Heute Abend sollte er eigentlich wieder bei ihr sein.«

»Ich weiß das zu schätzen, Mann.« Wir schütteln uns die Hand, dann legt er noch einmal die Hand zum Gruß an die Stirn, ehe er mit knatterndem Dieselmotor von dem leeren Parkplatz fährt.

Beck sieht mich mit besorgtem Blick an, als ich zu ihm zurückkomme. »Du hast zwar nicht viel gesagt bis jetzt, aber ich schätze mal, dass du es für keinen Zufall hältst.«

»Nein. Tue ich nicht.« Das ungute Gefühl nagt an mir, seit ich den Schnitt im Reifen gesehen habe. »Jemand hat sich unter all den Autos, die auf dem Parkplatz stehen, ausgerechnet Evelyns Wagen herausgepickt. So wie ich das sehe, hat jemand sie entweder bis hierher verfolgt oder wusste, dass sie hier sein würde.«

Jemand hatte sich zu dieser Dreistigkeit entschieden, aber ob er ihr damit hatte Angst einjagen oder ihr die Möglichkeit hatte nehmen wollen, mit dem Auto nach Hause zu fahren, kann ich nicht sagen. Doch eins ist mal sicher: Beide Szenarien lassen kalte Wut in mir hochsteigen.

Ich habe nicht das Recht, sie persönlich beschützen zu wollen, ganz zu schweigen davon, besitzergreifende Gefühle zu entwickeln. Doch das mindert nicht die Wut, die unter der nach außen zur Schau gestellten Ruhe in mir brodelt.

»Und die Sicherheitsleute vom Zoo?«, fragt Nick. »Konnten die vielleicht was zu dem Vorfall sagen?«

Das Büro des Sicherheitspersonals des Parks war meine erste Anlaufstelle gewesen, nachdem ich Evelyn nach Hause gebracht hatte. Ich hatte gewusst, dass ich zuerst dort mit meinen Fragen ansetzen musste, aber ich hatte mir auch ein bisschen Zeit verschaffen müssen, um mich so weit zu fassen, Evelyns Bruder oder meinem Boss wieder in die Augen schauen zu können, nachdem ich in ihrer Wohnung über sie hergefallen war.

Beschwert hatte sie sich allerdings nicht.

Und bestimmt wäre ich versucht, genau das Gleiche noch einmal zu tun, wenn ich nur den Ansatz einer Chance dazu bekäme.

Allmächtiger. Allein der Gedanke daran, wie sie in meinen Armen gelegen hat, lässt mich sofort wieder steif werden – wie es sich angefühlt hat, als sich ihre weichen Rundungen an all die harten Stellen drückten, die sich nach ihr sehnten, ihr süßer Mund, der sich mir öffnete … ihre geflüsterte Einladung, mit ihr nach oben ins Schlafzimmer zu gehen und sie so zu nehmen, wie ich es mir wünsche, seit ich sie das erste Mal gesehen habe.

All dies nährt einen Funken, dem ich nicht erlauben darf, Feuer zu fangen. Denn das würde das Risiko in sich bergen, dass dieses Feuer alles vereinnahmt, was sich ihm in den Weg stellt.

Ich räuspere mich. »Das Sicherheitspersonal war sehr hilfsbereit. Man zeigte mir die heutigen Aufzeichnungen der Überwachungskamera des Parkplatzes, aber leider war darauf nichts zu sehen. Mit den Überwachungskameras wird der Verkehr in und aus dem Zoo heraus gefilmt, nicht die abgestellten Autos.«

»Na toll«, brummt Nick, und man merkt ihm an, wie frustriert er ist, die Situation nicht unter Kontrolle zu haben, ebenso sein Bestreben, zum Kern jeden Problems vordringen zu wollen.

Das kann ich nachvollziehen. Ich bin wie die beiden auch der Meinung, dass es oberste Priorität hat herauszufinden, ob Evelyn tatsächlich in Gefahr schwebt, und wenn das der Fall sein sollte, alles zu tun, um sie davor zu schützen.

Ich reibe mir mit der Hand übers Gesicht, während ich über den aufgestochenen Reifen und die anderen beunruhigenden Dinge nachdenke, die im Laufe der letzten Woche passiert sind. »Es fühlt sich nach einem bewussten Akt der Aggression an. Nach einem zielgerichteten Akt. Und ich bekomme jetzt auch das Gefühl, dass es weder Zufall noch der erste Vorfall war, der sich gegen Evelyn richtet.«

Becks Miene wird noch ernster. »Du sprichst davon, was vor ein paar Tagen im *L'Opale* passiert ist? Der merkwürdige Stromausfall und dass möglicherweise jemand versucht hat, an dem Abend in den Laden einzudringen.«

»Du hast erwähnt, dass Evelyn mal Probleme mit Stalkern hatte.«

Er atmet tief durch und nickt dann ernst. »Abgesehen von den typischen Losern, die ihr unzüchtige Mails und Bilder schickten, als sie als Model arbeitete, gab es da noch ein oder zwei Spinner bei den Modeschauen, bei denen sie auftrat. In Mailand schaffte es ein Mistkerl, hinter die Bühne zu gelangen, ehe die Security ihn so verdrosch, dass er für ein paar Tage ins Krankenhaus musste.«

Mein Kiefer schmerzt allein bei der Vorstellung, dass jemand Evelyn so nah kommen konnte. Wäre ich damals dabei gewesen, hätte das Arschloch ein größeres Problem als nur einen Krankenhausaufenthalt gehabt. »Was ist mit jetzt? Sie steht seit Jahren nicht mehr im Rampenlicht. Hat sie in letzter Zeit von irgendwelchen Problemen berichtet? Von Leuten, die immer noch an ihrer Karriere interessiert sind? Von Ex-Freunden?«

»Nein. Nicht dass ich wüsste. Und von Ex-Freunden erfahre ich sowieso nichts. Evie ist sehr verschlossen, was ihr Privatleben angeht.«

Ich kann meine Erleichterung über diese Enthüllung nicht verhehlen, wenn man bedenkt, dass meine Zunge noch vor Kurzem in ihrem Mund war. Trotzdem trägt der Mangel an Informationen nicht dazu bei, meine Sorge um ihre Sicherheit zu besänftigen. »Was ist mit ihren Mitarbeitern?«

»Was soll mit denen sein?«

»Hat sie sich in der Boutique Feinde gemacht? Frühere Angestellte vielleicht, aktuelle Kollegen, die was gegen sie haben könnten – ob nun berechtigt oder nicht?«

Beck schüttelt den Kopf. »Ich weiß es nicht. Verdammt. Du meinst es ernst. Du glaubst tatsächlich, dass sie in Gefahr schwebt.«

Ich weiche seinem Blick nicht aus. »Ich halte es für naiv, anzunehmen, dass sie es nicht ist. Im Moment ist es aber nur so ein Bauchgefühl bei mir.«

Er atmet einmal tief durch, man sieht ihm die Sorge an. »Dein Bauchgefühl reicht mir.«

Auch Nick neigt bestätigend den Kopf. »Mir auch.«

»Okay«, sage ich und lege mir bereits einen Plan zurecht. »Ich kann einen meiner Brüder anhauen, einen Cop auf sie anzusetzen. Und es schadet auch nicht, wenn wir für eine Weile einen im Laden postieren.«

»Allmächtiger, nein«, stöhnt Beck. »Darauf wird sie sich niemals einlassen. Es ist schon schlimm genug, dass sie mich für eine übermächtige Nervensäge hält. Wenn ich jetzt einen Babysitter auf sie ansetze, wird sie sich nur noch mehr dagegen auflehnen. Dadurch verliere ich sie vielleicht für immer, und das kann und will ich nicht riskieren.«

»Sie braucht es ja nicht zu wissen. Eine verdeckte Aktion – nur ein Paar Augen mehr, um sicherzustellen, dass ihr nichts passiert.«

Ein zustimmender Ausdruck liegt auf Nicks Gesicht, während ich spreche. »Er hat recht, Beck. Aber ich bin auch wie du der Meinung, dass wir Evelyn unnötig verängstigen oder dass sie rebelliert, wenn wir nur wegen einer Ahnung die Polizei hinzuziehen. Wenn wir sie aber heimlich überwachen, muss das jemand sein, dem sie vertraut. Jemand, dem auch wir vertrauen.« Der wache Blick, der Nick dabei geholfen hat, sensationelle Deals auf der ganzen Welt abzuschließen, richtet sich auf mich. »Die einzige Frage ist – bist du bereit, das zu übernehmen?«

»Ich?« Ah, verdammt. Ich hatte nicht vorgehabt, mich für diesen Job zu bewerben.

Ich schaue Beck an, in der Hoffnung, dort die gleichen Bedenken zu sehen. Aber in seinem Gesicht lese ich nur eine fast schon verzweifelte Hoffnung. Ich erkenne eine Entschlossenheit, die ein Nein als Antwort nicht gelten lassen würde, auch wenn ich die Bitte ablehnen würde.

»Mir ist klar, dass das viel verlangt ist, Gabe. Aber es gibt niemand anderen, dem ich ihre Sicherheit anvertrauen mag.«

Eine Ablehnung liegt mir schon auf den Lippen. Himmel, es gibt so viele Gründe, warum ich es nicht machen sollte … nicht zuletzt die begeisterte Reaktion gewisser Körperregionen auf die Vorstellung, mehr Zeit mit Evelyn zu verbringen.

Ich weiß, dass ich besser als jeder andere für ihre Sicherheit sorgen kann. Das ist keine Angeberei, sondern eine Tatsache. Ein Versprechen, das ich mir selbst gegeben habe, und auch ihrem Bruder.

Ich weiß, dass ich Evelyn vor jeder Bedrohung schützen kann – auch wenn es bedeuten sollte, dies mit meinem letzten Atemzug zu tun.

Was ich allerdings nicht weiß, ist, wie ich das bewerkstelligen soll, ohne mit ihr im Bett zu landen.

14

Evelyn

Die Musik im Club *Muse* dröhnt so laut, dass ich sie in jedem Knochen meines Körpers spüre.

Selbst für einen Sonntagabend ist das komplett umgebaute Lagerhaus im Meatpacking District bis unters Dach ausgebucht, und die Schlange der am Einlass Wartenden geht bis zum nächsten Block. Würde Paige den Türsteher nicht von einem anderen Club in Brooklyn kennen, stünden sie, Melanie und ich vielleicht auch noch immer draußen statt an dem nahe an der Tanzfläche ergatterten hohen Cocktailtisch.

Mit ihrem ultrakurzen schwarzen Pixie, dem umwerfenden Körper und dem atemberaubenden Gesicht würden sich Paige aber sowieso alle Türen öffnen, wo auch immer sie auftaucht. Heute Abend hat meine frühere Modelkollegin ihre Vermögenswerte in einen Minirock aus schwarzem Leder und ein rückenfreies silbernes Top gehüllt, nach dem sich alle umschauen, seit wir vor einer Stunde eingetroffen sind.

Ich habe mich auch für Schwarz entschieden. Mein Kleid ist ärmellos und schlicht. Es endet kurz über dem Knie und hat vorn einen Reißverschluss, der bis zum Saum geht. Mel bildet den einzigen Farbklecks in unserer kleinen Gruppe. Ihr feuerrotes Haar schimmert wie Kupfer in den wirbelnden Lichtern des Clubs. Die hellblaue Seidenbluse zur hautengen weißen Jeans wirkt fast unschuldig unter all dem Schwarz und schimmernden Metall. Obwohl sie nie einen Fuß auf einen Laufsteg gesetzt hat oder vor die Linse eines Fotografen getreten ist, zeichnet Mel eine frische, mädchenhafte Schönheit aus, die nichts von ihrer harten Kindheit verrät.

Paige stürzt den Rest ihres vierten Cocktails herunter und tanzt auf der Stelle. »Ist es nicht toll hier?«

Melanie und ich nicken, denn wir haben es fast aufgegeben, uns über die laute Musik hinweg und angesichts der Körper, die sich an uns vorbeischieben, zu unterhalten. Die Energie, die der Club ausstrahlt, ist jedoch ansteckend, und es fällt schwer, sich nicht von den dröhnenden Tanzrhythmen und dem verwirrenden Spektakel aus Licht und Spezialeffekten mitreißen zu lassen.

Das *Muse* ist ein Fest für die Sinne und noch dazu ein wahnsinnig erotisches.

Fast jede Wand ist vom Boden bis zur Galerie, von der aus man auf die Tanzfläche schauen kann, verspiegelt. Der Effekt ist, dass der Club riesengroß zu sein scheint und sich die tanzenden Körper im funkelnden Licht unendlich oft duplizieren.

An einzelnen Stellen des Raums blinken die Spiegel mit einer Hintergrundbeleuchtung, sodass sich die Umrisse menschlicher Körper hinter dem spiegelnden Glas zu bewegen scheinen. Einige tanzen, andere praktizieren BDSM oder vollführen Sex-Akte. Man erhascht immer nur einen kurzen Blick, dann ist das Bild wieder verschwunden und wird zum Spiegel, der das pulsierende Leben im Club reflektiert.

»Glaubst du, das ist real?«, frage ich Melanie und lehne mich dabei zu ihr rüber, während Paige sich von uns abwendet, um sich dem neuesten Stück des DJ hinzugeben.

Mel schüttelt den Kopf und kaut an dem Strohhalm, der in ihrem Mineralwasser steckt. »Kann's doch eigentlich nicht sein, oder?«

Seit Melanie letztes Jahr ihr Studium wiederaufgenommen hat, trinkt sie nicht mehr. Heute Abend bin ich froh darüber, weil Paige dafür gesorgt hat, dass der Nachschub an Getränken nicht abreißt. Sie hebt die Stimme, um die Musik und die Unterhaltungen, die um uns herum geführt werden, zu übertönen. »Ich meine, der Club heißt doch *Muse*, vielleicht ist das also nur ein Teil des Spiels. Erotische Illusionen, die ein Gefühl von Freiheit und Hemmungslosigkeit wecken sollen. Oder um mit der Möglichkeit zu spielen, dass es das nur außerhalb der Reichweite von uns Sterblichen auf der anderen Seite des Spiegels gibt.«

Ich grinse sie, mehr als nur ein bisschen beschwipst, an, und nehme einen letzten Schluck von meinem Martini. »Du und dein großes sexy Hirn, Mel. Ich hoffe, Daniel weiß es zu schätzen, dass du nicht nur wunderschön, sondern auch verdammt schlau bist.«

Sie lächelt und verdreht die Augen. »Nun, ich könnte mich irren. Das könnten wirklich richtige Menschen hinter den Spiegeln sein, die richtigen Sex miteinander haben.«

»Wer hat Sex?« Paige dreht sich wieder zu uns um und sieht uns neugierig an. »Eve, enthältst du mir etwas vor? Wenn du dich mit deinem stattlichen Sicherheitschef von Baine International nackig gemacht hast, ohne mir davon zu erzählen, werde ich wirklich ernsthaft sauer.«

»Du bist bereits ernsthaft sauer«, sage ich zu ihr und schiebe das leere Glas aus ihrer Reichweite. »Und, nein, ich habe mich mit niemandem nackig gemacht.«

»Aber du würdest gern.« Sie schlägt einen lächerlich hohen Ton an, droht mir neckisch mit dem erhobenen Zeigefinger und kichert.

Es stimmt. Ich wollte es. Ich will es immer noch.

Ich bin kein solcher Freigeist wie Paige und auch nicht so

unbefangen, mich an einen Mann ranzuwerfen. Bei Gabe bin ich diesem Verhalten zwar schon recht nahe gekommen, aber er hat trotzdem Nein gesagt.

Ich muss gestehen, dass ich gehofft hatte, Gabe würde unten in der Lobby stehen, als der Portier mir mitteilte, jemand hätte mir meinen Wagen gebracht. Sein Cousin Len schien zwar recht nett zu sein, aber meine Enttäuschung war bestimmt deutlich zu spüren, als ich nach unten kam, um mich zu bedanken.

Und während ich den Abend mit meinen Freundinnen zwar genieße, muss ich doch ehrlich gesagt gestehen, dass ich kein bisschen daran interessiert bin, jemanden hier im Club kennenzulernen. Leider bedeutet eine Fleischbeschau wie im *Muse*, dass man sich vieler unerwünschter Avancen zu erwehren hat. Wir drei haben seit unserer Ankunft schon mehrere Männer und sogar ein paar Frauen verscheuchen müssen, aber manche waren trotzdem recht hartnäckig gewesen und immer wieder gekommen.

Paige behandelt die Leute, als würde sie den Verkehr auf dem JFK lenken. Sie ist zigmal auf der Tanzfläche gewesen und hat jeden Interessenten abgeblockt, wobei man über die Gründe nur spekulieren kann. Sie hat auch ihre Prinzipien – so locker die auch sein mögen.

»So, meine Damen, ich werde jetzt auf die Jagd gehen.« Sie zieht ein kleines Stück roter Spitze aus der Tasche ihres Rocks und wickelt es sich um den Zeigefinger.

Melanie sieht sie mit großen Augen an. »Ist das dein –«

»Ja, meine Visitenkarte«, unterbricht Paige sie schamlos lächelnd. »Er weiß es zwar noch nicht, aber irgendein Glückspilz auf der Tanzfläche wird heute Abend mit einem Lächeln im Gesicht und diesem Höschen in der Tasche nach Hause gehen.«

»Du bist verrückt.« Ich bekomme die Worte kaum raus, denn ich bin kurz davor zu ersticken.

Sie lacht, und ohne das kleinste bisschen Reue entfernt sie sich tanzend von unserem Tisch. »Du solltest es auch mal ausprobieren, Boo.«

Paige verschmilzt mit der Menge, und ich sehe Mel an. »Ich mache mir Sorgen um sie.«

»Ja. Ich auch.« Eine ganze Weile sagt sie nichts, sondern benutzt nur das angekaute Ende ihres Strohhalms, um einen Eiswürfel in ihrem Glas hin und her zu schieben.

»Ich bin wirklich froh, dass du heute Abend mitgekommen bist, Mel.«

Sie schaut auf und lächelt mich an. »Paige braucht wirklich mal 'nen Benimmkurs … UND eine Anstandsdame.«

Ich lache, denn Mel ist nicht nur mit dabei, weil sie nüchtern bleibt und zu fahren bereit ist. »Wie läuft's mit Daniel?«

»Gut. Sehr gut.« Sie nickt begeistert. »Er ist so ein toller Mann. So fähig und ehrgeizig. Und er ist gut zu mir.«

»Ich bin froh, Mel.« Ich strecke den Arm aus und drücke ihre Hand. »Und dass er gut zu dir ist, will ich ihm auch geraten haben, sonst bekommt er es mit mir und Paige zu tun.«

Das erzeugt nur ein flüchtiges Lächeln bei ihr, und sie weicht meinem Blick aus. »Das weiß ich.«

»Wo ist er heute Abend überhaupt?«

»Las Vegas.«

Ich bin verwirrt. »Ich dachte, ihr beiden wärt gerade erst aus Vegas zurückgekommen.«

»Sind wir auch. Aber Daniel hat dort noch was zu erledigen.« Sie lässt ihren Strohhalm los und lehnt sich mit vor der Brust verschränkten Armen auf ihrem Stuhl zurück. »Er musste wieder zurück und sich um irgendetwas kümmern.«

»Ein neues Bauprojekt, oder was?«

Sie nickt. »Das nehme ich an. Er redet nicht gern über die Details seiner Arbeit.«

Ich will schon fragen, warum zum Teufel nicht, doch ehe ich die Gelegenheit dazu bekomme, tippt mir jemand auf die Schulter. Ich drehe den Kopf und sehe einen blonden Mann mit hängenden Schultern und einem betrunkenen Grinsen im Gesicht vor mir stehen. Er hat eine Anzughose und ein Designerhemd mit Manschetten an, die mit einem Monogramm versehen sind. In der Hand hält er eine braune Bierflasche, mit der er auf mich zeigt. »Kennen wir uns nicht von irgendwoher?«

»Ich glaube nicht.« Ich wende mich ab und hoffe, ihn damit genug entmutigt zu haben.

Ist aber nicht der Fall. »Bist du dir sicher? Denn du kommst mir wirklich verdammt bekannt vor. Bist du auch an der Börse? Vielleicht haben wir uns schon mal bei *Goldman's* oder so gesehen?«

»Nein. Haben wir nicht.« Meine Antwort ist jetzt deutlich energischer genau wie mein Blick. »Wenn es dir nichts ausmacht … ich unterhalte mich gerade mit meiner Freundin.«

»Ich will mit dir tanzen.«

»Ich aber nicht mit dir«, erwidere ich und werde langsam wütend.

»Es stimmt«, erkläre ich ihm mit unbewegtem Gesicht. »Wir sind sehr verliebt.«

Er starrt uns eine Sekunde lang mit trunkenem Blick an, dann brummelt er irgendetwas vor sich hin und schlurft davon. Sobald er fort ist, fangen wir beiden an zu lachen.

Mel sieht mich zwinkernd an. »Möchtest du tanzen, Liebste?«

»Klar. Ich dachte schon, du würdest nie fragen.«

15

Gabriel

Ich hatte Evelyn nicht nach dem Namen des neuen heißen Nachtclubs fragen müssen, in den sie und ihre Freundinnen heute Abend gehen wollten. Es gibt nur eine Location, zu dem es die Massen an einem Sonntagabend in Strömen in den Meatpacking District zieht, und nachdem ich an der Warteschlange vorbei bin, die sich fast über zwei Straßenzüge erstreckt, und bei dem kahlen Riesen ankomme, der an der Tür steht, zücke ich meinen Ausweis und nenne leise den Namen, von dem ich weiß, dass er mir sofort Einlass verschaffen wird.

Der Türsteher sieht mich einen Moment lang an und mustert mich in meinem schwarzen Anzug. Wenn er fies sein wollte und mich abtasten würde, fände er meine Waffe. Aber er macht sich keine Sorgen, dass ich für irgendjemanden da drinnen zu einem Problem werden könnte. Und ich bin mir sicher, falls er sich doch Gedanken machen sollte, gibt es bestimmt ein Dutzend Typen auf der anderen Seite der Tür, die ebenfalls bewaffnet und bereit sind, mich wieder nach draußen zu begleiten.

Er berührt den Stöpsel, der in seinem Ohr steckt, und spricht leise ins Mikro. Auf sein Nicken hin betrete ich den vollen Club.

Tanzmusik donnert und dröhnt durch den Raum und wird von flackernden Lichteffekten und wirbelnden Laserstrahlen begleitet. Es gibt kaum einen Quadratmeter Luft zum Atmen.

Überall hüpfende und sich wiegende Leiber, die die Tanzfläche füllen und auch den Rest des Clubs. Das alte Lagerhaus ist riesig und wirkt sogar noch größer durch die verspiegelten Wände, die die Menge aus allen Richtungen reflektieren.

Aber das ist nicht der einzige Zweck der Spiegel. Ich merke es einen Moment später, als zu meiner Linken kurz die Silhouette eines Mannes und einer Frau, die auf der anderen Seite der Scheibe Sex miteinander haben, zu sehen ist. Ihre Hände sind über dem Kopf zusammengebunden, während der Mann es ihr von hinten besorgt. Die schockierende Momentaufnahme verschwindet so schnell, wie sie da war, aber was ich gesehen habe, ist unmissverständlich.

Und so erotisch, dass sich meine Männlichkeit regt.

Während ich weiter durch den Raum gehe, sehe ich noch mehr Bilder hinter den Spiegeln aufblitzen … voyeuristische, verdorbene Aktivitäten, die zweifellos dafür sorgen sollen, den Puls in die Höhe zu treiben und die Hemmungen der Anwesenden herabzusetzen. So wie das ganze Gebäude vor sexueller Energie zu beben scheint, funktioniert das wohl auch.

Ich erspähe die bogenförmig geschwungene Bar und schlage diese Richtung ein, da ich davon ausgehe, dass deren zentrale Lage der beste Ort sein muss, um in der Masse der Clubgänger die Einzige zu finden, die mich interessiert. Diejenige, für deren Schutz ich seit gestern bezahlt werde.

Verdeckt wohlgemerkt, rufe ich mir mit einem nicht geringen Maß an Bedenken in Erinnerung.

Evelyn ist der einzige Grund, weshalb ich heute Abend hier bin, und so gern ich auch glauben möchte, nur meinen Job zu tun, ist meine Entschlossenheit, sie zu finden – sie zu sehen, auch wenn es ein heimliches Beobachten am Rande des vollen Clubs ist –, weit davon entfernt, rein professionell motiviert zu sein.

Ich war nicht glücklich gewesen zu hören, dass sie heute Abend plane, ins *Muse* zu gehen. Jetzt bin ich fast so weit, sie hier rauszuzerren, sobald ich sie gefunden habe.

Am Tresen bestelle ich ein Bier, das ich nicht vorhabe zu trinken, dann lasse ich den Blick über die Menge gleiten, während ich warte. Sie ist kaum zu übersehen, auch wenn sie wie neunundneunzig Prozent der anderen Gäste des Clubs Schwarz trägt.

Evelyn, die mit einer anderen jungen Frau tanzt, einer attraktiven Rothaarigen in weißer Jeans und hellblauem Oberteil, scheint sich ganz dem sinnlichen Rhythmus der Musik hinzugeben. Mit geschlossenen Augen dreht und wiegt sie sich, ihre Hüften und Arme bewegen sich dabei fließend. Und jede dieser Bewegungen lässt pure Lust durch meinen Körper schießen. Verlangend und voller Gier sehe ich sie an und bin nicht in der Lage, den Blick auch nur eine Sekunde von ihr abzuwenden.

Es ist verrückt, wie sehr ich sie will. Schlimmer als nur verrückt … es ist fahrlässig, insbesondere jetzt, da ich die Verantwortung für sie übernommen habe. Wenn ich sie beschützen soll, kann ich das wohl kaum tun, während ich zwischen ihren Beinen liege.

Und wenn es wirklich jemanden gibt, der ihr Böses will, muss ich stets in höchster Alarmbereitschaft sein. Wachsam und nicht abgelenkt von dem Gedanken, Evelyn unter mir liegen zu haben.

In diesem Moment der Glückseligkeit, in dem sie sich gerade befindet, übt sie eine unglaubliche Anziehungskraft auf mich aus, so höllisch verführerisch ist sie. Und wenn ich mich nicht irre, wirkt sie auch ein bisschen beschwipst, was mich auf der Stelle wachsam werden lässt. Die Reaktion ist genauso schnell wie meine niederen Instinkte.

Der Barkeeper kommt mit meinem Bier zurück, und während ich noch Geld hervorholen will, legt sich von hinten eine Hand auf meine Schulter.

»Der Drink geht aufs Haus.«

Ich drehe mich um, als ich den bekannten, leicht gedehnten Klang von Jared Rushs rauchiger Stimme höre. Rush, der genauso groß ist wie ich, hat einen kräftigen Körperbau, eine Mähne aus sandbraunem Haar, das bis zur Schulter reicht, und einen kurz geschnittenen Bart, der seinen kräftigen Kiefer umrahmt. Heute Abend trägt er ein schwarzes Hemd und schwarze Hosen, aber er hat immer noch diesen lässigen, rebellischen Blick, der für Rodeoveranstaltungen besser geeignet scheint als für die quirlige, avantgardistische Kunstwelt, in der er mit seinen provokativen, skandalösen und häufig verstörenden Gemälden sein Geld gemacht hat.

Jeder, der den geheimnisvollen Künstler persönlich kennt – und das ist mit ziemlicher Sicherheit nur ein kleiner, exklusiver Kreis –, muss nicht raten, woher er seine Inspiration nimmt. Berüchtigter als seine Arbeit ist nur sein unersättlicher Appetit auf schöne Frauen und die sagenhaft exklusiven, sagenhaft teuren Treffen, die er in seinen Häusern und in privaten Sexclubs ausrichtet.

Das *Muse* ist ein Abstecher für Rush … sein erster Ausflug in den öffentlichen Raum.

»Schön dich zu sehen, Gabe.« Er grinst und drückt mir zur Begrüßung die Hand. »Habe gehört, dass du meinen Namen an der Tür erwähnt hast.«

Ich zucke mit den Achseln. »Was nützen Beziehungen, wenn man nie auf sie zurückgreift? Nette Location, übrigens. Mir war nicht klar, dass du bereits eröffnet hast.«

»Es gefällt dir?« Er breitet beide Arme aus, und man merkt ihm den unverhohlenen Stolz auf seine neueste Schöpfung an.

»Der Club ist erfolgreicher als erwartet, doch es sind die VIP-Suiten, die das *Muse* zu etwas Besonderem machen. Du solltest mal an einem anderen Abend vorbeischauen und dir alles ansehen.«

»Die Vorschau hab ich schon gesehen«, brumme ich und grinse ihn an.

Ich deute mit dem Kopf auf die verspiegelten Wände, und Rush lächelt. »Ich muss den Aufenthalt in den Spiegelsuiten zeitlich begrenzen oder die Gebühr verdoppeln. Du solltest mal eine ausprobieren – für dich natürlich umsonst. He, ich würde dich sogar in einen der Spielräume stecken, wenn dir heute Abend mehr nach Pokern ist.«

»Danke, aber nein«, sage ich und stelle schockiert fest, dass ich noch nicht einmal ansatzweise versucht bin, auf sein Angebot einzugehen. »Vielleicht ein andermal.«

So ungern ich auch durchblicken lassen möchte, dass ich aus einem bestimmten Grund hier bin – wegen einer bestimmten Person –, kann ich doch nicht verhindern, dass mein Blick wieder zur Tanzfläche geht, um nach Evelyn zu sehen. Sie tanzt immer noch mit derselben Frau. Beide lachen im flackernden Licht, das die Tanzfläche überzieht.

Rushs scharfsinnigem Blick entgeht nichts … und er verweilt länger als erwartet auf Evelyn und ihrer Freundin. »Sie sind wunderschön. Und da du für meinen alten Freund Dominic Baine arbeitest, weißt du bestimmt, dass das eine wunderschöne Mädchen Andrew Beckhams Schwester ist.«

»Ich weiß«, erwidere ich kurz angebunden, und als ich Jared Rush anschaue, hoffe ich, dass er meinen warnenden Blick bemerkt. »Sie steht jetzt unter meinem Schutz.«

»Deinem Schutz?« Neugierig zieht er die Augenbrauen hoch. »Meinst du Personenschutz oder …«

»Sie gehört mir.«

»Schon gut.« Leise lachend hebt er beide Hände. »Ist in Ordnung, Mann. Ich wildere nie im Revier eines Freundes. Aber was Feinde betrifft … Das ist etwas ganz anderes.«

Etwas Gefährliches schwingt in dieser Bemerkung mit, was mir nicht entgeht. Und ich kann nicht umhin zu merken, dass sein Blick wieder zur Tanzfläche, wieder zu Evelyn geht.

Oder ist es ihre hübsche Begleiterin, die seine Aufmerksamkeit erregt hat?

Als er mich wieder anschaut, ist seine Miene ausdruckslos und undurchschaubar. »Ich sollte wieder nach meinen Gästen sehen. War schön dich zu sehen, Gabe. Genieß den Abend.«

Ich nicke und beobachte, wie sich Jared Rush von mir wegbewegt und dabei eine Schneise durch die Menge zieht, als er sich einen Weg mitten durch sein Reich bahnt.

Kaum ist er weg, sehe ich mich wieder suchend nach Evelyn um.

Ich brauche einen Moment, um festzustellen, wo sie ist. Sie und ihre Freundin haben sich an den rechten Rand der Tanzfläche zurückgezogen, wo ein schmieriger, blonder Mistkerl im schweißnassen Hemd versucht, Evelyn anzuquatschen. Er schwankt beim Reden und gestikuliert mit einer braunen Bierflasche.

Knurrend löse ich mich von der Bar und gehe zügig auf sie zu.

Als ich näherkomme, höre ich noch den lallenden Rest von dem, war er zu ihr sagt. »Warum bist du so arrogant? Ich wusste, dass ich dein Gesicht schon mal irgendwo gesehen habe. Du bist es, nicht wahr? Komm schon, Eve. Will doch nur nett sein!«

Ich trete hinter den betrunkenen Idioten und lasse meine Hand auf seine Schulter fallen. »Verschwinde.«

Er zuckt zusammen, und ich weiß nicht, wer überraschter aussieht – der Mistkerl, der Evelyns Nein offensichtlich nicht akzeptieren will, oder sie und ihre Freundin, die mich beide stumm mit großen Augen ansehen.

Der Mistkerl findet seine Stimme zuerst wieder. »Was fällt dir ein? Bist du etwa ihr Vater?«

Ich schenke ihm ein kaltes Lächeln. »Ich bin der Typ, der dir die Bierflasche in den Rachen rammen wird, wenn du die Frauen nicht in Ruhe lässt. Auf der Stelle, du Arschloch.«

16

Evelyn

Ich bin mir sicher, dass man mir den Schreck ansieht, als Gabe sich zwischen mich und den hartnäckigen Betrunkenen von der Wall Street schiebt, der Mel und mich seit mehr als einer halben Stunde belästigt.

Zum einen hätte ich nie damit gerechnet, Gabe hier zu sehen, zum anderen kann ich es nicht fassen, dass es ihm gelungen ist, gerade rechtzeitig aufzutauchen, um in einer unangenehmen Situation zu helfen.

»Danke«, sage ich und schaue ihn mit einer Mischung aus Erstaunen und Erleichterung an, als der Mann davonschwankt. Dann schüttele ich den Kopf, weil ich mir immer noch nicht ganz sicher bin, dass ich ihn wirklich sehe, oder ob ein Abend mit vier Martinis meiner Wahrnehmung gerade einen Streich spielt. »Was … was machst du hier?«

»Jemand hat mir von diesem tollen neuen Club erzählt, der gerade erst eröffnet hat«, sagt er, und es schwingt nur ein ganz leichter Anflug von Erheiterung in seiner tiefen Stimme mit. »Ich hab mir gedacht, den sollte ich mir mal ansehen.«

»Ach ja?« Ich lege den Kopf auf die Seite und bin nicht in der Lage, das breite Grinsen zu unterdrücken, das sich über mein Gesicht legt.

Das ist definitiv auf die Martinis zurückzuführen, denn wenn ich ein bisschen nüchterner wäre, würde ich mir nicht so leicht in die Karten schauen lassen. Doch stattdessen bin ich schon fast lächerlich begeistert darüber, Gabes gut aussehendes Gesicht im Schein der wirbelnden Lichter des Clubs zu erblicken.

»Nach dem, was gestern zwischen uns bei mir zu Hause vorgefallen ist, dachte ich, ich würde dich nie wiedersehen«, gestehe ich und lasse meine Gedanken ungefiltert über meine Lippen strömen.

Ich sehe, wie Gabes Blick zu meiner linken Seite gleitet, wo Mel immer noch stumm und verwirrt steht.

»Oh, Entschuldigung. Das ist meine Freundin Melanie Laurent«, stelle ich sie vor. »Mel, das ist Gabriel Noble.«

»Das ist er?« Ihre Augen werden ganz groß, als ich sie anschaue. »Oh, äh, hi. Nett, dich kennenzulernen.«

»Hallo Melanie.« Er nickt ihr kurz zu, blickt aber gleich darauf wieder mich an. Seine Stirn ist leicht gerunzelt, und seine dunklen Augen sehen mich voller Ernst an. »Geht's dir gut?«

Ich brauche eine Sekunde, bis mir klar wird, dass er nicht fragt, ob ich zu viel getrunken habe oder weil ich anscheinend nicht aufhören kann, ihn anzustarren. »Ja, mir geht's gut. Danke, dass du den Kerl verscheucht hast.«

»Wer war das?«

Ich winke lässig ab. »Niemand.«

»Du kennst ihn nicht?«

»Nein.«

»Hast du ihn schon mal gesehen?«

Ich schüttele den Kopf und bin glücklicher darüber, so streng und fast schon besitzergreifend von Gabe verhört zu werden, als ich sein sollte. »Das ist nur irgend so ein Typ, der mich wiedererkannt hat und nicht weggehen wollte … zumindest nicht, bis du aufgetaucht bist.«

Gabe gibt ein Brummen von sich, seine Miene ist beherrscht, strahlt aber etwas eindeutig Bedrohliches aus, als er den Blick auf die Menge richtet. Ich habe Gabe zwar nie in Uniform gesehen, aber ich kann mir trotzdem vorstellen, wie beeindruckend er in Kampfmontur und bis an die Zähne bewaffnet ausgesehen haben muss. Denn sogar jetzt, wo er einen dunklen Anzug und ein dunkelgraues Hemd anhat, besteht kein Zweifel daran, dass er ein gefährlicher Mann ist … ein erfahrener Kämpfer, dem man nicht in die Quere kommen sollte.

Der Himmel stehe mir bei, aber ich habe ihn nie mehr gewollt als in diesem Moment.

Ein spannungsgeladenes Schweigen herrscht zwischen uns, als er mich anschaut. Dass ich gestern noch daran zweifelte, ob er mich will, ist jetzt schwer zu glauben.

Sogar Mel scheint die Spannung zu spüren, die von unserem Schweigen ausgeht. Sie legt eine Hand auf meinen Arm und räuspert sich verlegen. »Ihr zwei wollt euch wahrscheinlich auf den, äh, neuesten Stand bringen. Ich bin mir sicher, Paige vor einer Minute da hinten gesehen zu haben. Ich sollte mal nach ihr sehen.«

Ich glaube, ich antworte etwas darauf, ehe Melanie verschwindet, aber sicher bin ich mir da nicht.

Ich bin mir bei gar nichts sicher, solange Gabe mich so durchdringend mit seinen dunklen Augen anschaut.

»Bist du heute Abend wirklich nur hergekommen, um dir mal den Club anzusehen?«, frage ich ihn. »Oder bist du gekommen, um mich hier zu finden?«

»Was glaubst du?«

Ich greife nach seiner Hand und schiebe meine Finger zwischen seine. »Ich glaube, ich möchte, dass du mich zum Tanzen aufforderst.«

Er gibt einen leisen, kehligen Laut von sich. »Das ist wahrscheinlich keine gute Idee.«

»Ich halte es für eine hervorragende Idee. Sogar eine meiner besten in letzter Zeit.«

Sein sinnlicher Mund verzieht sich zu einem langsamen Grinsen, wodurch das Flattern in meinem Bauch zu einem gleichmäßigen, warmen Pochen in meinem Schoß wird. Trotzdem schüttelt er weiter ablehnend den Kopf. »Ich tanze nicht. Ich würde dir nur auf die Zehen treten.«

Ich lächele. »Das tust du schon, seit wir uns das erste Mal begegnet sind, Pfadfinder. Warum willst du jetzt damit aufhören?«

Ich warte nicht darauf, dass er wieder ablehnt. Immer noch seine Hand haltend, beginne ich mich im Tempo der basslastigen Klänge zu drehen und zu wiegen. Gabe rührt sich nicht von der Stelle, doch sein Blick folgt jeder meiner Bewegungen. Unverwandt sieht er mich wachsam und mit sengendem Verlangen an.

Ich lasse mich gehen und von der Musik treiben. Eigentlich hatte ich ihn nur ein bisschen necken und den steifen Soldaten vielleicht dazu bringen wollen, etwas Spaß zu haben, doch es dauert nicht länger als eine Minute, dass meine verspielte Absicht sich zu etwas anderem entwickelt. Ich höre sein leises Knurren, als ich mit der freien Hand in mein offenes Haar greife und dann mit den Fingern am silberfarbenen Reißverschluss entlangfahre, der mein Kleid vorne verschließt. Er beobachtet mich mit angespanntem Kiefer, und sein Körper strahlt in den paar Zentimetern, die uns voneinander trennen, eine spürbare Wärme aus.

Das Wissen, dass er mich beobachtet, dass er mich will, lässt mich alle Hemmungen verlieren, derer mich der Martini noch nicht hatte entledigen können. Ich führe seine Hand an meine Hüfte und halte sie dort fest, während ich für mich tanze und mich ihm dabei immer weiter nähere, bis es keinen Raum mehr zwischen unseren Körpern gibt. Ich bewege mich jetzt an seinem Körper, reibe mich schamlos in meinem Begehren an ihm.

Und obwohl er sein Verlangen fester zügelt als ich, kann ich erkennen, dass er kurz davor ist, die Kontrolle über sich zu verlieren. Ich will, dass er sie verliert. Himmel, ich will seine eiserne Selbstbeherrschung in eine Million Teile zerschlagen.

Impulsiv hebe ich die Hand und lege sie an sein finsteres Gesicht.

Ich küsse ihn … langsam, innig, voll verzweifelter Sehnsucht.

Er erwidert meinen Kuss, versengt mich mit der Stärke und Glut seines Verlangens. Doch dann legen sich seine starken Hände fest und unerbittlich um meine Arme. Er knurrt, und das finstere, wütende Brummen vibriert durch meinen ganzen Körper.

Dieses Mal bin ich zu weit gegangen.

Die alles verzehrende Wahrheit steht Gabe ins wütende Gesicht geschrieben und ist am unterdrückten Fluch zu erkennen, den er ausstößt, als er mich jetzt anschaut.

Trotzdem ist er unendlich sanft, als er mich von sich schiebt.

Es dauert einen Moment, ehe er spricht, und dann ist seine Stimme rau wie ein Reibeisen.

»Sag deinen Freundinnen, dass du jetzt gehst. Ich bringe dich nach Hause.«

17

Gabriel

Während der ganzen Fahrt vom *Muse* bis zu ihrer Wohnung auf der Upper East Side gibt sie keinen einzigen Ton von sich.

Vielleicht spürt sie meine unberechenbare Sprunghaftigkeit. Das sollte sie aber auch. Ich hänge in den Fängen finsterer Emotionen fest, die angefangen haben, als ich beobachtete, wie so ein betrunkener Blödmann sie im Club ansprach. Die Wut darüber brodelt immer noch in mir.

Nichts hätte mir eine größere Befriedigung verschafft, als ihm mit meiner Faust das anzügliche Grinsen aus seinem Gesicht zu wischen … oder bei einem der anderen Männer, die Evelyn wie Haie auf der Tanzfläche umkreist hatten, ehe ich mich ihr näherte.

Als derjenige, der die persönliche Verantwortung für ihr Wohlergehen trägt, wäre es gerechtfertigt gewesen, sie aus Sorge um ihre Sicherheit dort rauszuholen.

Doch es ist nicht ihre Sicherheit, die mich an erster Stelle beschäftigt, als wir in der Tiefgarage, wo ich neben ihrem reparierten Wagen geparkt habe, in den Fahrstuhl steigen.

Es sind nicht meine Pflichten, an die ich denke, als sich die Fahrstuhltüren hinter uns schließen und ich nach Evelyns Hand greife.

Und es ist auch nicht Wut, die mich dazu treibt, sie an mich zu ziehen, doch es ist etwas, das dem gefährlich nahekommt.

Ich stoße einen scharfen Fluch aus, ehe ich meinen Mund auf ihre Lippen presse.

Sie stöhnt und wird sofort nachgiebig in meinen Armen. Aber es reicht mir nicht, dass sie willig ist. Sie soll wissen, dass es dieses Mal kein Zurück gibt.

Nicht heute Abend.

Für keinen von uns.

Ich bin ein verdammtes Pulverfass, und sie ist die offene Flamme, die mich vernichten wird.

Himmel, das hat sie bereits getan.

Wenn ich zuvor noch gemeint hatte, mich ihr verweigern zu können, dann hatte sich diese Entschlossenheit in Luft aufgelöst, als sie im *Muse* nur für mich diesen kleinen Tanz aufgeführt und ihn mit einem Kuss zum Abschluss gebracht hatte.

Diese Frau hat den letzten Rest meiner Vernunft und meiner sowieso schon fragwürdigen Ehre abgefackelt, denn in diesem Moment würde ich alles hergeben – auch mein anderes Bein –, um in ihr zu sein.

Irgendwo in meinem Unterbewusstsein erkenne ich, dass sie und ich von Anfang an auf diesen Moment zugesteuert haben. Ich versuche, die Sache jetzt rational anzugehen, und rede mir ein, dass sich dieses Feuer nur löschen lässt, indem man sich ihm stellt. Soll es sich doch heute Nacht selbst verzehren, vielleicht können wir dann beide zu unserem früheren Leben zurückkehren.

Es ist ein fadenscheiniger Plan, aber ich bin bereit, nach jedem Strohhalm zu greifen. Insbesondere alles, was es mir erlaubt, die Erregung zu rechtfertigen, die jetzt in mir tobt, als ich Evelyn in meinen Armen halte.

Sie gibt einen schockierten Laut von sich, als ich ihren Hintern packe und an meine Erektion ziehe. Ich schiebe meine

Zunge zwischen ihre geöffneten Lippen, ich dringe ein, nehme und fordere.

Die Wände im Fahrstuhl sind verspiegelt, und unwillkürlich muss ich an die einseitig verspiegelten Scheiben der VIP-Räume im *Muse* denken. Wenn ich irgendein anderer Mann wäre – wenn Evelyn Beckham irgendeine Frau wäre –, würde sie jetzt nackt, gefesselt und mit gespreizten Beinen unter mir in einem dieser voyeuristischen Räume liegen.

Allein der Gedanke lässt mich noch härter werden. Aber ich will sie mit keinem teilen. Nicht einmal mit dem unseligen Sicherheitspersonal dieses Hauses, das wahrscheinlich gerade vor dem Überwachungsbildschirm dieses Fahrstuhls hängt.

Sobald die Türen aufgleiten, betrete ich mit langen Schritten das Vestibül vor ihrem Apartment und ziehe Evelyn an der Hand hinter mir her. Ich keuche, und meine Stimme ist ganz heiser. »Gib mir deine Schlüssel. Ich öffne die Tür.«

Sie angelt sie aus ihrer kleinen Umhängetasche und schiebt sich dann vor mich, während ich hastig an den Schlössern hantiere. Ihre Hände gleiten über meine Brust und dann an meinem Hals hoch, sodass ich mich kaum konzentrieren kann. Wir schaffen es kaum in die Wohnung, als sie auch schon mit einem leidenschaftlichen Kuss über mich herfällt.

Verdammt. Ich bin ein Mann, der gern die Kontrolle übernimmt, wenn es um Sex geht – verflucht noch mal, ich verlange sie sogar –, doch es fehlt nicht mehr viel, dass mir jetzt alles entgleitet. Ich bin zu aufgewühlt, zu ausgehungert nach dieser Frau, der es mit Leichtigkeit gelingt, meine Urinstinkte zu wecken.

Ich werfe die Tür zu, dann packe ich Evelyn und drücke sie dagegen, während wir uns weiter leidenschaftlich küssen. Ich hatte angenommen, dass alles Blut aus meinem Gehirn längst Richtung Süden gelaufen wäre, doch als ich Evelyns weiche

Rundungen mit meinem Körper an die Tür drücke, steigert sich meine Erregung von qualvollem Schmerz zu ungezügeltem, drängendem Verlangen.

Sie stöhnt in meinen offenen Mund, und ihr Körper kommt mir entgegen, als ich mich noch fester an sie dränge und dabei jeden Vorstoß meiner Zunge mit dem festen Druck meiner Hüften verbinde. Sie schlingt ein langes Bein um meinen Hintern, öffnet sich mir dabei noch mehr und lockt mit der Verheißung, die wir beide brauchen … die Erlösung, die uns beide unter der hinderlichen Kleidung erwartet.

»Gabe«, seufzt sie und keucht zwischen den Küssen. »Bitte, Gabe …«

»Ich weiß, Baby.« Mehr braucht sie nicht zu sagen. Wir sind bereits zu weit gegangen, um jetzt langsamer zu machen, geschweige denn, um innezuhalten und noch einmal über alles nachzudenken.

Ich greife nach dem Reißverschluss ihres schwarzen Kleides und ziehe ihn nach unten. Das leise metallische Schnalzen der winzigen Zähnchen, als er sich Zentimeter für Zentimeter öffnet, macht mich zusammen mit Evelyns bebenden Atemzügen, als ich den elastischen Stoff von ihrer hellbraunen Haut streife, ganz wild.

Ich senke den Kopf, um von der samtigen Weichheit ihres Schlüsselbeins zu kosten und dann an ihrer eleganten Halsbeuge zu knabbern. Die Rundungen ihrer Brüste ragen hoch angesetzt fest nach oben und werden von einem hübschen schwarzen BH aus Spitze gehalten. Ich beuge mich noch weiter nach unten und fahre mit dem Mund über beide köstlichen Rundungen, ehe ich meine Zunge in das süße Tal dazwischen schiebe.

»Der ist wunderschön«, raune ich leise und streiche mit dem Daumen über die schwarze Spitze. »Hast du den entworfen?«

Sie nickt und beißt sich dabei auf die Unterlippe. Mit einem Knurren reiße ich ihn vorne auf.

Als sie überrascht keucht, ziehe ich eine Augenbraue hoch. »Dachtest du etwa, ich würde nett sein, nachdem du mich heute Abend so heiß gemacht hast?«

Was immer sie hat antworten wollen, löst sich in einem zittrigen Stöhnen auf, als ich eine ihrer perfekten Brüste in die Hand nehme und an meinen Mund hebe. Die dunkelbraune Spitze ist so fest wie ein Kieselstein an meiner Zunge und ihre Haut so süß wie Honig. Ich sauge sie tief ein und nage mit den Zähnen daran, während ich die Brust mit fiebrigen Händen streichele und knete.

Ihre Finger sind in meinem Haar und ziehen daran, während ihr Körper angesichts meines Überfalls bebt. Mit einem leisen Fluch reiße ich meinen Mund von ihr los.

»Mein Gott, was tust du mir nur an? Deinetwegen war ich so hart im Club, dass du von Glück reden kannst, dass ich deinen Rock nicht hochgeschoben und es dir dort vor allen Leuten besorgt habe.«

Ihre Augen werden ganz groß, aber ich sehe keine Angst in ihrem schockierten Blick. »Du hättest es versuchen sollen. Wie kommst du darauf, dass ich dich daran gehindert hätte?«

Allmächtiger. Ein wortloses Knurren dringt aus meiner Kehle. Mehr bringe ich nicht hervor, da ich vor Lust nicht mehr in der Lage bin zu sprechen. Ich stürze mich wieder auf ihren Mund, um sie leidenschaftlich, gierig zu küssen.

Ich streife das Kleid und die Überreste des BHs über ihre Schultern nach unten, sodass sie zu ihren Füßen liegen. Sie ist so schön, dass es fast schmerzt, sie anzuschauen. Jeder Zentimeter von ihr ist vollkommen. Eine makellose Schönheit, die jetzt nur noch hochhackige, schwarze Sandaletten trägt und ein winziges Höschen aus schwarzer Spitze, das zu dem hübschen BH passt, den ich zerrissen habe.

Ich möchte mich dafür entschuldigen, aber ich kann es nicht, wenn sie mich so voller Verlangen anschaut. Ich trete wieder ganz nah an sie heran und dränge mich zwischen ihre Beine, während ich ihr Gesicht in beide Hände nehme und sie küsse, bis wir beide außer Atem sind und angesichts der Intensität unseres Verlangens beben.

Ich bin immer noch vollständig angezogen, und auch das Holster mit meiner Dienstwaffe befindet sich unter meinem Jackett. Ich will sie an meinem nackten Körper spüren, doch die Begierde, die ich in ihrem Gesicht sehe, wird das nicht abwarten. Mein eigenes Verlangen hat nicht die Zeit, die es brauchen würde, mein Bein aus der Prothese zu befreien und mich auszuziehen, damit ich sie so lieben kann, wie ich es möchte und wie sie es verdient.

Ihr Kopf sinkt nach hinten an die Tür, als ich von ihrem Mund ablasse, um wieder von ihren Brüsten zu kosten. Eine Hand liegt immer noch hinter ihrem Hals, als die andere wieder über ihre Brüste streicht und dann über ihren glatten Körper nach unten gleitet, bis meine Finger am oberen Rand ihres Höschens ankommen.

Meine Männlichkeit zuckt, als ich meine Hand in ihr Höschen schiebe und feststelle, dass sie dort glatt und nackt ist. »Allmächtiger.« Meine Fingerspitzen streichen über das seidige, nasse Fleisch ihres Schoßes, und ich stoße ein heiseres, animalisches Stöhnen aus. »Du bist so weich da unten, Eve. So heiß.«

»Gabriel …«

Als ich höre, wie verzweifelt bittend sie meinen Namen haucht, verlässt mich auch der letzte Rest von Selbstbeherrschung, wenn es um sie geht. Ich will ihn wieder hören. Ich will, dass sie ihn schreit, und wissen, dass ich der einzige Mann bin, den sie jetzt will … der einzige Mann, den sie braucht.

Ich reibe mit dem Daumen die feste Knospe zwischen ihren Beinen, bedecke ihren Mund mit meinem und tauche mit den Fingern in ihr seidiges Fleisch. »Du bist so eng«, raune ich an ihren Lippen. »Ich kann deine kleinen Muskeln überall an meinen Fingern spüren.«

Sie stöhnt und bewegt sich im Gleichklang mit meinen Berührungen, während ihre Zähne an meiner Zunge und der Unterlippe nagen. Ich stoße tief in ihren Mund und in ihren Schoß hinein. Sie zittert und bebt, ihr Körper klebt schmelzend weich an mir, und ihre winzigen Muskeln zucken an meinen Fingern.

Sie befindet sich kurz vor dem Höhepunkt, doch ich bin noch nicht bereit, sie dorthin zu führen. Nicht mit meiner Hand.

»Ich will dich schmecken, Baby. Ich will, dass du an meiner Zunge kommst.«

Sie sieht mich mit vor Verlangen ganz trübem Blick an, dann zittert sie, als ich mich von ihrem Mund löse und küssend an ihrem herrlichen Körper nach unten bewege.

Ich lasse mich zwischen ihre gespreizten Beine sinken und lasse mir dabei genug Zeit, um mit der Zunge über ihren Nabel und die zarte Haut oberhalb des Spitzenhöschens zu streichen. Ich schiebe es an ihren Schenkeln nach unten und helfe ihr dann beim Heraussteigen.

Ihr honigsüßer Duft überwältigt meine Sinne wie ein Beben. Ihr Schoß glitzert dunkelrosa und nass von ihrem Tau. Wie ein Verdurstender, den es nach Wasser verlangt, stürze ich mich auf sie und drücke mein Gesicht zwischen ihre Schenkel.

Sie taumelt in ihren hohen Absätzen zurück, ihr Rücken drückt sich gegen die Tür. »Oh Gott.«

Ihre Finger fahren in mein Haar, während ich an ihr lecke und knabbere und in ihrer schmelzenden Süße schwelge. Sie bebt an meinem Gesicht und stößt einen erstickten Schrei aus, als ich an der festen Perle sauge.

»Gabe«, keucht sie. »Oh Gott.«

Ihre Reaktion lässt mich vor Befriedigung knurren, und ich frage mich, ob sie jemals solch ein großes Verlangen erlebt hat. Ich weiß, dass es bei mir nicht so ist, und der Gedanke, dass ich das jetzt hier mit ihr erlebe, erschüttert mich … mit der Frau, die ich nicht begehren sollte und die zu nehmen ich nicht das Recht habe.

Aber Zweifel haben jetzt keinen Sinn. Es ist kein Raum für Reue … nicht dass ich die je verspüren würde, wenn Evelyn kurz davor ist, an meinem Mund die Erlösung zu finden.

Ich schiebe zwei Finger in sie, während ich das Tempo meiner Zunge erhöhe, mit der ich ihrer Knospe huldige. Ihre Hände verkrampfen sich in meinem Haar und klammern sich daran fest, während ihre Schenkel sich um mich herum anspannen und ihre Hüften im gleichen Rhythmus meiner Bewegungen zucken. Ich bin steinhart. Ich bin kurz davor zu explodieren, halte es aber zurück … mühsam.

Keinen Moment zu früh bricht sich Eves Lust mit einem erstickten Schrei Bahn. »Oh Gott, Gabriel, ja, ja!«

Sie bebt an meinem Mund, ihr Körper zuckt und vibriert an meiner Zunge. Ich besorge es ihr weiter mit den Fingern, ziehe den Höhepunkt in die Länge und genieße jeden einzelnen Moment ihrer Erlösung.

Allmächtiger. Ich hatte gewusst, dass dieser Moment köstlich sein würde, aber während sie sich in meinen Armen auflöst, erkenne ich die wahrhaftige Größe meines Irrtums.

Denn dieses Verlangen nach Eve ist nicht das Ende dessen, was ich von ihr will.

Es ist erst der Anfang.

Ich komme hoch und lege ihre Arme um meinen Hals, als ich wieder vor ihr stehe. Ich küsse sie auf den Mund und streiche ihr das feuchte Haar aus dem Gesicht.

»Schling deine Beine um meine Taille.« Sie macht ein verwirrtes Gesicht, fügt sich aber wortlos. »Wenn ich mich recht erinnere, hast du mir auch einen Rundgang durch das obere Stockwerk angeboten, als ich hier war.«

Sie nickt und legt den Kopf auf meine Schulter. Mit den Händen unter ihren nackten Schenkeln trage ich sie die Wendeltreppe hoch, die in ihr Schlafzimmer führt.

18

Evelyn

Ich liege total entspannt und schwerelos in Gabes Armen, und meine Sinne beben immer noch nach dem eben erlebten heftigen Orgasmus.

Ich weiß nicht, wie er es schafft, mich die Treppe rauf ins Schlafzimmer zu tragen, als würde ich nichts wiegen. Ich weiß auch nicht, wie er es schafft, mich zum Brennen zu bringen wie kein anderer Mann vor ihm, doch er tut es. Und zwar von Anfang an.

In seinen starken Armen fühle ich mich geborgen, sicher … obwohl ich noch nicht einmal weiß, vor was.

Ich weiß nur, dass ich das Gefühl mag, das ich bei ihm habe.

Ich mag es schon zu sehr. Denn ich befürchte, dass es mein Herz sein wird, das gerettet werden muss, wenn es um diesen Mann geht.

Ich halte mich an ihm fest, und mein Kopf liegt an seiner Schulter, als er zu meinem großen Bett geht und sich im Halbdunkel mit mir im Arm auf die Bettkante setzt. Ich hocke mit gespreizten Beinen auf seinem Schoß, und mein nackter Körper schmiegt sich an den weichen Stoff seines Anzugs und seines Hemds. Meine Schenkel sind weit geöffnet, sodass meine Scham an der harten Wölbung seiner Erektion ruht. Vielleicht sollte ich mich entblößt oder verletzlich in dieser Position fühlen, doch das Einzige, was ich spüre, ist eine heftige, schamlose

Erregung. Ich habe mich nie lebendiger gefühlt als in Gabes Armen.

Seine Hände graben sich in mein offenes Haar, um mich zu einem leidenschaftlichen Kuss an sich zu ziehen.

Unwillkürlich dränge ich mich enger an ihn, sehne mich nach seinem festen Druck gegen den Schmerz, der immer noch in mir pocht. Jede Bewegung seiner Zunge, jeder Vorstoß steigert meine Erregung und entfacht das Feuer neu, das durch den Höhepunkt nur eingedämmt wurde, aber weit davon entfernt ist, ausgelöscht worden zu sein.

Ich stöhne und reiße mich mit einem flachen Keuchen von seinen Lippen los. »Ich mache dich ganz nass.«

Seine Hände gleiten zu meinem nackten Hintern, um mich fester auf seinen Schoß zu ziehen. »Habe ich mich beschwert?«

»Nein«, erwidere ich und schaffe sogar ein leichtes Lachen. »Aber ich glaube, wir sollten dich aus deinen Sachen rausholen.«

Er lächelt mit funkelnden Augen. »Ich mag es, wie du denkst.«

Ich fange an, ihn auszuziehen, und beginne mit seinem Jackett. Ich schiebe es über die breiten Schultern und die muskulösen Oberarme, und mein Blick huscht zu seinem Gesicht, als ich merke, dass er ein Holster mit Waffe über seinem dunkelgrauen Hemd trägt. Der schwarze Ledergurt ist schmal und unauffällig, doch die Pistole, die im Holster steckt, sieht gefährlich aus.

»Bist du immer im Dienst, Pfadfinder?«

Ein grimmiger Ausdruck legt sich über sein Gesicht. »Immer.«

Er schnallt das Holster ab und greift um mich herum, um es zusammen mit der Waffe vorsichtig auf den Boden neben dem Bett zu legen.

Ich kann es kaum erwarten, mich über die Knöpfe an seinem Hemd herzumachen. Seine Haut ist braun und glatt unter dem frischen Hemd … und voller Narben.

Ich hatte es beim letzten Mal, als er in meiner Wohnung war, gar nicht bemerkt, als ich meine Hände unter sein T-Shirt geschoben hatte. Brust und Schulter sind auf der linken Seite mit Dutzenden von silbrigen, verheilten Granatsplitterwunden – manche schlimmer als andere – übersät. Es ist dieselbe Seite, auf der er das Bein verloren hat. Ich will mehr wissen, ich will erfahren, was er durchgemacht hat … aber nicht jetzt. Jetzt will ich nur mit ihm zusammen sein.

Ich knöpfe sein Hemd weiter auf, schiebe es über seine Arme und beuge mich dann vor, um ihn mitten auf die Brust zu küssen. Seine Haut fühlt sich heiß unter meinen Lippen an und wie Samt an meiner Zunge. Ich küsse jede Narbe, die ich finde; angefangen bei seiner Kehle hin zu den Schultern und dann nach unten über die Wölbungen und Täler aus Muskeln und Sehnen auf seinem festen Bauch. Ich schwelge in seiner kontrollierten Kraft, der kampferprobten Schönheit seines Körpers.

Seine Hände sind in meinem Haar und massieren meine Kopfhaut, während ich mich über ihn beuge und mich küssend und leckend wieder zu seinem Mund hocharbeite. Als sich unsere Lippen aufeinanderlegen, dringt seine Zunge hungrig und heiß in meinen Mund ein. Seine große Hand legt sich auf meinen Rücken und drückt mich an seine nackte Brust. Die Spitzen meiner Brüste streichen über die glatte Wärme seiner Haut, und ich stöhne in seinen Mund, als Erregung durch meinen Körper schießt.

»Ich brauche dich, Gabe.« Unruhig bewege ich mich auf seinem Schoß. Ich brauche die Berührung mehr, als es mich nach dem nächsten Atemzug verlangt. »Ich will meine Hände auf dich legen.«

Ich greife zwischen uns nach unten und öffne hastig seinen Gürtel. Ein leises Klicken ist zu hören, und das ist das einzige andere Geräusch außer unseren keuchenden Atemzügen. Ich öffne den Knopf seiner Anzughose und ziehe dann den Reißverschluss nach unten. Seine Erektion schnellt nach oben und dehnt den Stoff seiner dunklen Boxershorts. Das Wasser läuft mir im Mund zusammen, und eine Woge heißen Verlangens strömt über mich hinweg.

Ich schiebe die Finger unter das Bündchen, und er stöhnt; sein Bauch zieht sich unter der Berührung ruckartig zusammen. Sein Geschlecht füllt meine ganze Hand, ja, ist fast zu groß dafür. Umfang, Länge und Gewicht lassen den Hunger in meinem Innern einen wortlosen Aufschrei puren Verlangens tun. Mit gierigen Händen befreie ich seine Erektion aus den ärgerlich engen Boxershorts. Er hilft mir und schiebt sich die Hose von den Hüften. Durch die Bewegung bäumt sich seine Männlichkeit in meiner Hand auf. Er gibt einen erstickten Laut von sich und verfällt dann in ein rastloses Keuchen.

Ich rücke auf seinen Oberschenkeln nach hinten, um besser sehen zu können, während ich ihn überall berühre. Sein Rücken wölbt sich, als ich ihn streichele, und sein mächtiger Körper ist fest und angespannt wie ein Bogen.

»Du bist wunderschön, Gabriel.« Ich meine es ernst, aber er gibt ein sarkastisches Lachen von sich, als würde er meine bewundernden Worte als Scherz auffassen. Ich schaue zu ihm auf. »Was ist daran so lustig?«

»Eine Frau, die die Vollkommenheit in Person ist, erzählt mir, ich sei schön«, schnaubt er und schüttelt den Kopf. »Du hast das Schlimmste ja noch gar nicht gesehen.«

Seine Stimme ist leise und klingt fast schon warnend. Ich bin mir nicht sicher, ob er von seinen körperlichen Makeln spricht, denn ich sehe, dass sich ein Sturm in seinem Blick zusammenbraut. Er versucht, es vor mir zu verbergen, aber das ist schwer bei jemandem, der auch Wunden hat, die er verstecken will.

Ich hebe den Arm, umfasse seinen Hinterkopf mit meiner Hand und zwinge ihn, auch in mich hineinzusehen. »Ich will alles von dir sehen. Ich muss wissen, ob das, was ich halte, real ist.«

»Fühle ich mich denn nicht real an?« Ein sinnliches, verruchtes Lächeln zuckt um seinen Mund, und gleichzeitig stößt er mit seiner Erektion in meine Hand.

Er weicht mir aus – das weiß ich – und errichtet eine Mauer, die zu erklimmen ich mich nicht gewappnet fühle. Vor allem nicht in diesem Moment, wo ich von Verlangen nach ihm durchströmt werde.

»Komm her«, knurrt er. Er umfasst mein Gesicht mit seinen warmen Händen und zieht mich zu einem Kuss an sich.

Sein Mund bestürmt den meinen voller Leidenschaft und lässt keinen Raum für meine Zweifel. Da ist sowieso nur Raum für Empfindungen und Lust, wenn mein Busen an Gabes nackte Brust gedrückt wird und unsere Leiber miteinander verschmelzen, während er aus dem Kuss eine atemberaubende Eroberung meiner Lippen macht.

Er ist jetzt noch härter, und das Gefühl, etwas so Mächtiges in der Hand zu halten, steigert mein Verlangen ins Unermessliche. Keuchend, stöhnend löse ich mich von seinen Lippen und gleite von seinem Schoß, um mich vor seinen gebeugten Beinen auf die Knie fallen zu lassen.

Ich ziehe ihm die Hose und die Boxershorts von den Hüften und bin völlig gefangen vom Anblick seiner befreiten Männlichkeit, die hoch an seinem flachen Bauch zuckt. Voller Erwartung lecke ich mir die Lippen, erfüllt von Verlangen nach diesem Mann. Sein Blick ruht genauso gierig auf mir, doch ich bemerke eine gewisse Anspannung an seinem Kiefer, ein kurzes Stocken seines Atems, als ich seine Kleidung weiter über die Schenkel herunterziehe und dabei den oberen Bereich der Prothese an seinem linken Bein freilege. Der gepolsterte Schaft beginnt in der Mitte seines Oberschenkels, geht in Kniegelenk und eine Metallwade mit künstlichem Knöchel und Fuß über.

Ich lasse die Hose über die Knie rutschen und zu Boden fallen, ehe ich mit den Händen über die weichen, borstigen Haare seiner nackten Oberschenkel fahre und dann über die ganze Länge seiner Erregung bis zur Spitze streiche. Ich spreize seine Knie mit meinem Körper und drehe den Kopf, um erst die Innenseite des einen und dann des anderen Schenkels zu küssen.

Ich lehne mich zurück und sauge jeden vernarbten und schönen Zentimeter von ihm auf, während meine Hände erneut forschend über seine Beine gleiten. Ich mache weiter, streichele beide Knie – das eine, welches aus nacktem, warmem Fleisch besteht, und das andere, das in einer Plastikhülle steckt.

»Stößt es dich ab?«

Seine Stimme ist leise und völlig unbewegt. Ich schaue auf und stelle fest, dass er mich fixiert. Sein schönes Gesicht ist zu einer ausdruckslosen Maske erstarrt, aber es ist völlig abwegig zu glauben, es wäre ihm gleichgültig, was ich denke. Ich drücke den Mund knapp oberhalb des Schaftansatzes auf die Innenseite seines linken Oberschenkels.

»Nichts an dir stößt mich ab.«

Seine Haut spannt sich unter meinen Lippen und meiner Zunge an, und ich höre, wie er mit zusammengebissenen Zähnen zischend Luft holt. Ich komme auf die Knie hoch und küsse mich bis zu seiner Männlichkeit. Er stöhnt, als ich ihn tief in den Mund nehme, und seine Hüften zucken, während ich über ihm bin und die Unterseite seines Schaftes mit der Zunge reize.

Mit einem kehligen Fluch richtet er sich auf, zieht mich von sich weg und dann wieder auf seinen Schoß.

Ich lecke mir mit der Zunge die nassen Lippen und sehe ihn verwirrt an. »Ich war noch nicht fertig mit dir.«

»Nein, Baby«, sagt er und reißt mich zu einem stürmischen Kuss an sich. »Wir fangen gerade erst an.«

Ich stöhne an seinem Mund, ganz außer mir vor Verlangen. »Deine Hose«, murmele ich. »Willst du sie gar nicht ausziehen?«

Er schüttelt den Kopf. »Das Bein müsste zuerst ab. Das dauert.«

»Ich kann geduldig sein«, raune ich zwischen mehreren Küssen. »Das Warten wird sich lohnen, denn dann kann ich meine verruchten Spielchen mit dir treiben.«

Das Lachen, mit dem er reagiert, lässt meinen Körper vibrieren. »Du hast vielleicht die Geduld, aber wer sagt, dass ich sie habe?«

Er holt etwas aus seinem abgelegten Jackett, und ich ziehe die Augenbrauen hoch, als ich das leise Knistern einer Kondompackung höre. »Du bist vorbereitet.«

»Du bist doch diejenige, die mich immer als Pfadfinder bezeichnet.«

Er bedenkt mich mit einem anbetungswürdigen, völlig reuelosen Grinsen, während er die Packung aufreißt und sich das Kondom überstreift.

»Wie häufig gehst du eigentlich mit Frauen, die du zufällig in einem Club kennengelernt hast, nach Hause? Ach, vielleicht will ich das gar nicht wissen.«

»Du bist keine Zufallsbekanntschaft«, erklärt er mit todernster Miene. »Und das hier ist auch nicht zufällig. Es sollte passieren – du und ich. Ich wusste, wo ich dich heute Abend finden würde. Ich hätte mich fernhalten sollen, aber –«

»Aber was?«, frage ich und habe plötzlich Angst vor seiner Antwort.

Er schüttelt mit fest zusammengepressten Lippen den Kopf. »Hätte ich mich heute Abend dazu überreden können, eine andere Frau mit nach Hause zu nehmen, hätte ich das getan, glaub mir. Aber ich will nur dich, Evelyn.« Er flucht. Es ist ein gepresster, zischender Laut. »Verdammt. Was ich will, ist das hier.«

Ich nicke, denn ich finde keine Worte. In mir ist nur noch Verlangen.

Ich bewege mich auf Gabes Schoß und positioniere mich so, dass ich mich nur noch niedersinken lassen muss, damit er in mich eindringen kann. Ich nehme ihn ganz langsam in mir auf und keuche, als ich spüre, wie er mich zur Gänze ausfüllt, mich ganz macht und weit aufbricht.

»Oh Gott«, stöhne ich und bewege mich auf ihm.

Er hält meine Hüften und begegnet jeder meiner gleitenden Bewegungen mit einem festen Stoß. Ich hatte gewusst, dass es sich gut anfühlen würde, ihn in mir zu haben, aber ich habe mich geirrt. Es ist himmlisch. Es bereitet mir mehr Lust, als ich ertragen kann.

Wir bewegen uns immer schneller. Gabe umklammert mich mit seiner Hitze und Kraft, während er immer tiefer in mich eindringt. Mein Höhepunkt kommt mit rasenden Schritten näher. Eine Woge, die ich nicht beherrschen, der ich auch nicht entkommen kann. Ich schließe die Augen angesichts der überwältigenden Lust und beiße mir mit einem erstickten Stöhnen auf die Lippen.

»Schau mir in die Augen, Baby«, befiehlt Gabe mir in rauem Flüsterton. »Schau mir in die Augen, damit ich sehe, wie du kommst.«

Sein Tempo ist meisterlich und erbarmungslos und trägt mich direkt zur Erlösung. Ein Schrei entringt sich mir, als Empfindungen in gleißendem Licht meinen Körper erschüttern.

»So schön«, knurrt er an meinen offenen, keuchenden Lippen. »Allmächtiger, du fühlst dich so gut an, wenn du mich so fest umschließt.«

Sein Stöhnen wird immer lauter, während er aus seiner sitzenden Position heraus in mich stößt. Meine Beine sind jetzt völlig nutzlos, mein Kopf ruht in seiner Halsbeuge, und mein Körper zittert noch unter den Nachwirkungen des Orgasmus. Gabe macht die ganze Arbeit, seine Hände halten meinen Hintern, und seine Hüften schnellen unermüdlich und hart immer wieder vor.

Ich kann den Moment spüren, als er es nicht mehr aushält. Seine Muskeln spannen sich unter meinen Händen an, sodass sich jeder Zentimeter seines Körpers wie Granit unter mir anfühlt, während er mich von Innen gänzlich ausfüllt und mit seinen tiefen, harten Stößen eine Stelle in mir berührt, die so empfindsam ist, dass ich fast anfange zu schluchzen. Im nächsten Moment unterdrückt er einen scharfen Fluch, und ich spüre, wie er in mir explodiert.

Und trotzdem stößt er weiter tief in mich hinein.

Es ist ein herrliches Gefühl. Unwillkürlich bewege ich mich mit, weil ich unbedingt an der Lust festhalten will … an der Lust und dem Mann, der sie mir schenkt.

»Wie viele Kondome hast du dabei, Pfadfinder?«

Er lacht und klingt dabei ein wenig atemlos. »Genug.«

»Bist du dir sicher?« Ich verändere den Winkel, in dem ich ihn in mir aufnehme, sodass er bei jedem Stoß noch tiefer in mich eindringt. Jedes Mal, wenn er sich zurückzieht, spannt sich mein Schoß an, um ihn in mir zu halten.

Er stöhnt und zuckt in mir und ist noch genauso hart wie am Anfang. »Du willst also nicht, dass ich es einfach habe, hm?«

Ich hebe den Kopf und begegne seinem verhangenen, dunklen Blick. »Nichts an mir ist einfach. Hast du das nicht letztens zu mir gesagt?«

»Das hab ich«, gesteht er, und ein verschmitztes Grinsen zuckt um seine Lippen. »Und nur damit wir uns nicht missverstehen … ich drücke mich nie vor einer Herausforderung.«

19

Evelyn

Ich wache im Dunkeln irgendwann kurz vor Tagesanbruch auf. Befriedigt und schläfrig schmerzt mein Körper an all den richtigen Stellen.

Gabe liegt nicht bei mir im Bett, doch als ich mich aufsetze, sehe ich, dass sein Jackett und sein Hemd ordentlich zusammengefaltet – mit militärischer Präzision – zusammen mit seinem Holster und der Waffe auf der Bank am Fußende des Bettes liegen. Ich sehe weder seine Hose noch die Prothese, die er irgendwann letzte Nacht abgelegt hatte, ehe wir seinen Kondom-Vorrat aufgebraucht hatten.

Ich lächle bei der Erinnerung daran, wie stürmisch und ausgiebig wir einander Lust bereitet haben.

Und mehr braucht es nicht, um wieder Erregung in mir aufsteigen zu lassen. Ich stöhne und presse die Schenkel zusammen, um die schmerzhafte Sehnsucht nach ihm zu unterdrücken, die mich immer noch erfüllt.

So viel also zu meiner sexuellen Dürreperiode. Gabriel Noble hat letzte Nacht nicht nur den Damm geöffnet, sondern ihn gleich vollständig eingerissen.

Ich schlüpfe aus dem Bett und folge dem Streifen Licht, der aus dem angrenzenden großen Badezimmer kommt. Auf dem Weg dahin gehe ich nur kurz in mein Ankleidezimmer, um mir einen knielangen Kimono zu holen.

Gabe hat frisch geduscht und sitzt mit einem Badelaken, das

er sich um die Hüften gewickelt hat, auf dem Marmorrand der großen Badewanne. Sein breiter, muskulöser Rücken ist nach vorn gebeugt, während er sich mit einer Hand das feuchte, zerzauste Haar rubbelt.

»Guten Morgen«, sage ich leise und lehne mich gegen den Türrahmen.

»Hallo«, sagt er und schaut auf. Er klingt heiser und rau, genau wie letzte Nacht, als er mir so viele köstlich schmutzige Sachen zuraunte. »Ich hoffe, es macht dir nichts aus, dass ich deine Dusche benutzt habe.«

»Natürlich macht es mir nichts aus.« Ich schwelge in seinem Anblick, und es fällt mir schwer, das Flattern in meinem Magen zu beruhigen, während ich den Blick von seinem gut aussehenden Gesicht über die breiten Schultern und die muskulöse Brust hin zu seinem flachen Bauch gleiten lasse. Seine Prothese hat er neben sich an die Wand gelehnt. Ich will sein Bein nicht anstarren, aber abwenden will ich den Blick auch nicht.

Nach letzter Nacht kann ich mich gar nicht mehr sattsehen an ihm. Ich habe jeden Zentimeter seines atemberaubenden Körpers erforscht, und am liebsten würde ich damit heute gleich weitermachen.

Ich trete ins Badezimmer und setze mich neben ihn. »Wie spät ist es?«

»Fast fünf. Ich wollte dich nicht aufwecken.«

»Das macht nichts.« Himmel, riecht er gut. Und die Wassertropfen, die auf seiner goldenen Haut schimmern, wecken in mir den Wunsch, sie aufzulecken. »Du gehst früh.«

Ich klinge enttäuscht, denn ich bin es. Er war so zärtlich gewesen und hat mir im Bett so viel gegeben, dass ich mich schon darauf gefreut hatte, in seinen Armen aufzuwachen.

»Wir haben Montagmorgen«, sagt er. »Mein Tag beginnt früh, deshalb muss ich mich auf den Weg machen.«

Ich beuge mich vor und drücke einen Kuss auf seine nackte Schulter. »Und du bist sicher, dass du nichts willst, ehe du gehst?«

Es zuckt um seine Mundwinkel. »Ich kann mir mehrere Sachen vorstellen. Leider bin ich aber schon spät dran. Außerdem muss ich noch bei mir vorbeifahren und die Kleidung wechseln. Ich hatte nicht vorgehabt, über Nacht zu bleiben.«

»Ich bin froh, dass du es getan hast.«

Er nickt und streicht mir über die Wange. Als ich mein Gesicht in seine offene Hand schmiege und seinen Handteller küsse, stöhnt er auf. »Wenn du so anfängst, werde ich es zu Ende bringen wollen.«

»Ich sehe da kein Problem.«

»Mein Team schon. Wir haben heute Morgen ein Treffen im Hauptquartier anberaumt.«

»Melde dich krank. Ich werde es auch tun. Wir könnten frühstücken gehen und noch mehr Kondome besorgen.«

Er lacht leise. »Ein verführerischer Gedanke, aber ich kann nicht. Nach dem Treffen werde ich mit Nick und Beck die neuen Sicherungsmaßnahmen, die in dieser Woche in deiner Boutique verbaut werden sollen, besprechen.«

»Sag ihnen, dass du mit mir zusammen schwänzt. Oder ich erzähle es ihnen. Mein Bruder wird das verstehen.«

Der Blick, den er mir zuwirft, ist so starr, dass mir der Atem stockt. »Nein. Er wird es nicht verstehen, Evelyn.« Er wendet den Blick ab und stößt einen leisen Fluch aus. »Dein Bruder wird mich umbringen, wenn er erfährt, was ich mit dir gemacht habe. Und er hat verdammt noch mal Grund dazu.«

»Was hast du denn mit mir gemacht?« Ich lache, doch seine Miene wird nur noch ernster. Distanziert. Ich habe eindeutig das Gefühl, dass er zusammenzuckt, als ich meine Hand auf seinen Rücken lege. »He, das war nur ein Scherz, dass ich

Andrew etwas erzählen würde. Das werde ich nicht tun. Mein Sexleben geht ihn nichts an, genau wie seins mich nichts angeht. Nicht dass er überhaupt eins hätte. Ich bin mir ziemlich sicher, dass mein großer Bruder wie ein Mönch lebt.«

Auch dieser Versuch, es mit Humor zu nehmen, zündet nicht. Gabe stößt wieder einen leisen Fluch aus. »Ich muss los.«

Er greift nach seiner Prothese und der Hose, die auf dem Badewannenrand auf der anderen Seite liegt. Aus Angst, irgendetwas zu sagen, was die Kluft noch vergrößern könnte, die sich so schnell aufgetan hat, stehe ich auf und putze mir an einem der Waschbecken die Zähne, während er hastig seine Boxershorts anzieht und dann nach dem flexiblen Schaft aus Silikon greift, um ihn über den Stumpf seines linken Beines zu streifen.

Er müht sich damit ab und wird hektisch. Er zieht ihn wieder ab und versucht es aufs Neue. Als es ein drittes Mal nicht klappt, stößt er einen Fluch aus, der mich zusammenzucken lässt.

»Kann ich dir helfen?«

»Nein.« Er stößt noch einen, noch saftigeren Fluch aus. Dann atmet er tief durch. »Hast du Alkohol?«

»Äh …«

»Reinigungsalkohol oder Franzbranntwein«, erklärt er. »Das würde den Schaft schmieren.«

»Bestimmt. Ich glaub, ich hab welchen.« Ich sehe ins Badezimmerschränkchen und finde ganz hinten eine Flasche. »Was brauchst du sonst noch?«

»Nur das.«

Ich bringe sie ihm und schaue zu, wie er sich ein bisschen in die Hand gießt, die Flasche abstellt und den Schaft mit dem Franzbranntwein einreibt. Dann setzt er den Schaft am unteren Ende seines Stumpfes an. Ich sehe, dass er sich wieder verfängt und hängen bleibt, statt weich über sein Knie den Schenkel hochzugleiten.

»Brauchst du noch mehr?«

Er nickt einmal kurz. »Nur ein bisschen … hier.«

Ich knie mich vor ihm hin, gieße den Alkohol in meine Hand, und nachdem ich die Flasche abgestellt habe, gebe ich ihn an der Stelle, die er mir gezeigt hat, auf das Silikon. Seine Haut ist warm unter dem Schaft, die kräftigen Muskeln straff und stark. Die Silikonhülle gleitet jetzt leicht über den Stumpf, und er rückt sie nur noch leicht zurecht.

Er wirft mir einen kläglichen Blick zu. »Jetzt hältst du mich bestimmt für ganz schön sexy, hm?«

»Nein, für echt«, sage ich zu ihm. »Und das ist in Ordnung. Mehr als das.«

Er stößt ein leises Schnauben aus. Seine Lippen sind zu einem schmalen Strich zusammengepresst, als er nach der Prothese greift. »Ich hasse es, dass du mich so siehst. Darum mache ich bei so einem Mist nicht mit.«

»Bei einer Frau zu übernachten, meinst du?«

»Bei Beziehungen«, erwidert er. Ich höre die Wut in seiner Stimme, aber es sind die tiefer liegenden Wunden, die mich schmerzlich berühren. Es ist die Angst, die ich in seinem Blick sehe, die mich bewegt. »Ich mach da nicht mit. Ich bin mit keiner so – wie mit dir – zusammen gewesen, seit ich aus dem Krankenhaus raus bin. Himmel noch mal, ich war schon, bevor ich verwundet wurde, nicht sonderlich gut in Beziehungen.«

»Ich führe auch keine Beziehungen, Gabe. Ich habe sehr lange niemanden in mein Leben lassen wollen.« Ich reibe mit der Hand über seinen mit Silikon bedeckten Schenkel, streichle ihn und schöpfe aus seiner Kraft. »Nachdem ich mit dem Modeln aufgehört hatte, habe ich auch viel Zeit in Hospitälern zugebracht. Notfallaufnahmen. Entzugsprogramme. Ich ließ mich sogar für ein paar Monate in die Psychiatrie einweisen.«

»Allmächtiger«, raunt er und nimmt meine Hand in seine.

Ich zwinge mich zu einem Lachen. »Ganz schön sexy, hm?«

»Nein, echt«, sagt er und gibt mir meine Antwort mit einer Stimme zurück, die so zärtlich klingt, dass es mich fast zerbricht. »Was ist passiert? Du hattest mal Essstörungen und Drogenabhängigkeit, die körperliche Erschöpfung erwähnt. Aber ich merke, da ist noch mehr.«

Ich nicke. »Ja, da ist mehr.«

»Die U-Bahn?«

Ich schlucke und bin mir nicht sicher, ob ich schon bereit bin, jemand anderem gegenüber zu gestehen, wie schwach ich mal gewesen bin. Keiner kennt das Ausmaß meiner selbstzerstörerischen Impulse, weil ich nicht gewagt habe, sie laut auszusprechen. Damals nicht und danach auch nicht. Doch in Gabes haselnussbraunen Augen sehe ich die sanfte Hand, die er mir mental reicht … ein Halt, nach dem ich trotz meiner Furcht und Scham greife.

»Es war ungefähr ein Jahr, bevor das *L'Opale* eröffnet wurde. Ich hatte endlich alles hinter mich gebracht. Es ging mir besser … dachte ich zumindest. Ich war clean und bei klarem Verstand. Mein Gewicht hatte sich wieder normalisiert. Jeder, der mich anschaute, musste denken, dass ich völlig gesund wäre.« Ich schüttele den Kopf und senke den Blick, als die Erinnerungen mich überfluten. »Ich hatte mich wieder hochgekämpft. Ich hatte etwas überlebt, was mich hätte umbringen müssen.« Die Worte schnüren mir den Hals zu. »Ich hätte glücklich sein müssen. Warum konnte ich nicht einfach glücklich sein?«

»Baby.« Gabe stößt einen bitteren, scharfen Fluch aus. Er nimmt mich hoch, setzt mich neben sich auf den Rand der

Badewanne und legt meine nackten Beine über seine, sodass ich halb auf seinem Schoß sitze. Er dreht sich zu mir und streichelt mein Gesicht mit gerunzelten Brauen. »Alles gut. Ich halt dich fest.«

»Ich hätte einfach dankbar sein sollen, dass ich lebe, aber stattdessen …«

»Wolltest du nur sterben.«

»Ja.« Ich bin erstaunt, dass er weiß, was ich gefühlt habe, dass er es versteht. Und doch sollte es mich nicht überraschen, denn ich kann einen ähnlichen Schmerz in seinem schönen Gesicht sehen, im gehetzten Blick seiner Augen, die von der ersten Begegnung an tief in mich hineinzuschauen schienen.

»Ich hatte an dem Morgen Lebensmittel eingekauft«, erzähle ich. »Es gibt da diesen großen Bauernmarkt in Inwood, ganz im Norden von Manhattan.«

»Ich kenne ihn«, sagt er. »Ich wohne nicht weit davon entfernt.«

»Ich war mit der U-Bahn zum Markt gefahren«, rede ich weiter, denn seine beruhigende Berührung und der geduldige, besorgte Blick ermutigen mich dazu. »Bis zu jenem Tag hatte ich immer die U-Bahn genommen, wenn ich in der Stadt unterwegs war, und ich weiß nicht, was an jenem Morgen anders war, doch als ich mich auf den Rückweg machte, fühlte ich mich einfach verloren. Ich war so leer und verängstigt. Ich erinnere mich, dass ich auf dem Bahnsteig stand und auf die Bahn wartete. Meine Füße schoben sich zentimeterweise nach vorn, auf die gelbe Linie zu … und dann darüber hinweg. Ich fühlte das Beben der sich nähernden Bahn, als sie in die Station einfuhr. Ich erinnere mich, dass ich die Augen schloss, als ich noch weiter nach vorn rückte.«

»Allmächtiger.«

Ich kann Gabe nicht weiter ins betroffene Gesicht sehen, als der Rest der Geschichte aus mir heraussprudelt, denn ich habe Angst, was er jetzt wohl von mir denken wird. »Ich erinnere mich, dass unter meinem rechten Fuß nichts mehr war, und dann spürte ich einen plötzlichen Schwall heißer Luft. Den Bruchteil einer Sekunde später wurde ich zurückgerissen. Ich geriet ins Taumeln, stolperte und landete mit dem Hintern auf dem Beton des Bahnsteigs. Ich weiß nicht, wer mich gerettet hat. Die Masse der Menschen, die aus dem Waggon stürmten, und die, die sich hineindrängten, war einfach zu groß. Ich sah nur noch Beine und sich bewegende Leiber. Ich ließ meine Lebensmittel, die sich überall auf dem ganzen Bahnsteig verteilt hatten, liegen und rannte zurück auf die Straße. Ich rannte mehrere Hundert Meter, ehe ich mich endlich genug gesammelt hatte, um mir ein Taxi zu nehmen und nach Hause zu fahren.«

»Und danach hast du nie wieder einen Fuß in eine U-Bahn-Station gesetzt.«

Ich schüttele den Kopf und schlucke. »Ich kann es nicht. Ich habe Angst, dass es wieder passieren könnte.«

»Nicht, wenn du es nicht zulässt.« Er streichelt meine Wange, dann beugt er sich vor und küsst mich sanft auf die Lippen. »Und es wird niemals passieren, solange ich ein Wörtchen mitzureden habe. Pfadfinderehrenwort.«

Ich lächle trotz der Kälte, die sich in mir ausgebreitet hat. Aber sie wird weniger … immer weniger, je länger ich in Gabes Augen schaue.

Ich will ihm glauben. Ich will darauf vertrauen, dass das, was ich fühle, real ist.

Er küsst mich wieder, und seine starken Hände umfassen dabei mein Gesicht. Als er mich loslässt und sich wieder aufsetzt, atmet er tief durch. Mehrere Sekunden lang sagt er nichts. Ich bin mir noch nicht einmal sicher, ob er atmet. Doch dann legt er seine Hand auf meine und streicht mit dem Daumen über meine Finger.

»An dem Tag, als ich verletzt wurde, kam mein Trupp von einem Routineeinsatz zum Aufspüren von Tretminen. Wir hatten acht Stunden damit verbracht, einen gottverlassenen, heißen Schotterweg in der Wüste zu durchkämmen. Es war ein guter Tag gewesen … so gut, wie ein Tag in Kandahar halt sein konnte. Wir waren auf der Rückfahrt zu unserem Stützpunkt und befanden uns auf einer Straße, die wir schon hundertmal benutzt hatten, als die Bombe hochging. Unser Fahrzeug flog in die Luft. Es landete auf der Seite, und überall war Rauch und flogen Granatsplitter durch die Luft. Das Fahrzeug brannte von innen und außen. Meine Ohren dröhnten von der Explosion, aber ich konnte trotzdem hören, wie mein Freund Norris neben mir an seinem eigenen Blut erstickte. Seine Brust war weggesprengt worden. Da war nur noch ein widerliches Loch. Die anderen waren auf der Stelle tot. Irgendwie gelang es mir, aus dem Fahrzeug zu krabbeln. Ich versuchte hochzukommen und zu gehen, aber …« Er stößt ein grimmiges Lachen aus. »Ich brauchte eine Minute, um zu erkennen, was ich da sah, als ich auf das schaute, was von meinem Bein übrig geblieben war. Ich kroch immer noch durch Blut, verbogene Metallteile und Leichenteile, als ein anderer Trupp dazukam und mich da rausholte.«

»Gabriel.« Zu mehr als einem Flüstern bin ich nicht in der Lage. Ich will nicht vor ihm zusammenbrechen, doch der Schmerz, den ich seinetwegen spüre, bringt mich ins Wanken. Als mir klar wird, dass jedes Wort, das ich sage, unzureichend sein wird und vielleicht sogar Schaden anrichtet, strecke ich die Arme aus und ziehe ihn an mich.

»Ich wollte auch sterben«, sagt er, und sein Atem streicht warm über mein Haar. »Ich weiß, wie es ist, zu überleben und an manchen Tagen aufzuwachen und sich zu wünschen, dass es anders gelaufen wäre. Aber man kommt durch. Was es einen auch kostet … man kommt durch.«

Ich weiß nicht, ob er mir einen Befehl erteilt oder selbst die Bestätigung braucht. Aber was es auch sein mag … ich ziehe ihn noch fester an mich. Seine Arme umschließen mich und drücken mich an seinen starken Körper. Ich habe das Gefühl, dass ich für immer dortbleiben könnte.

Aber uns werden nur ein paar Augenblicke gewährt.

Sein Handy klingelt, und ich lasse ihn widerwillig los, als er sich nach vorn beugt, um es aus seiner zusammengefalteten Hose zu nehmen, die auf dem Badewannenrand liegt.

»Sag jetzt nicht, dass es mein Bruder oder Nick ist, die dich um diese Zeit anrufen.«

»Nein«, sagt er und runzelt die Stirn. »Das ist mein Bruder, Jake. Da muss ich ran.«

Er nimmt den Anruf an, und während er zuhört, erhasche ich am anderen Ende der Leitung Wortfetzen; die tiefe Stimme klingt eindringlich. Gabes Gesicht erstarrt. Er stößt einen Fluch aus.

»Okay. Ja. Ich bin unterwegs.«

Das Herz war mir schon vorher schwer, doch jetzt ist es von kalter Furcht erfüllt, als ich den betroffenen Ausdruck auf seinem Gesicht sehe. »Was ist passiert?«

»Mein Vater hatte einen Schlaganfall. Der Krankenwagen hat ihn gerade abgeholt und auch meine Mutter mitgenommen. Ich muss sofort zum Krankenhaus.«

20

Gabriel

Die Türen zur Intensivstation schwingen zu dem kurzen Gang außerhalb des großen Wartezimmers auf. Eine trauernde Familie kommt heraus, und das erstickte Schluchzen wird lauter, als die Gruppe langsam Richtung Fahrstuhl geht.

Den ganzen Tag ist es ein steter Strom von Menschen, die auf der Station ein und aus gehen. Manche sind in Tränen aufgelöst, andere sind vor Schock erstarrt und einige so verstört, dass sie noch nicht einmal in der Lage sind zu entscheiden, was sie als Nächstes tun sollen. Ich hatte fast vergessen, welche Geräusche in diesem sensiblen Bereich eines Krankenhauses zu hören sind, doch in den sechzehn Stunden seit meiner Ankunft ist die Erinnerung an dieses Umfeld auf einen Schlag wieder da.

Wohl zum hundertsten Mal sehe ich auf mein Handy. Doch die Nummer, die ich wirklich sehen will, ist nicht da. Ich bin von Evelyn weggegangen, ohne sie zu fragen, wie ich sie erreichen kann, und ihren Bruder werde ich wohl kaum anrufen, um ihn zu fragen. Stattdessen schlage ich ein paar Minuten lang die Zeit mit dem Lesen von O'Connors Textnachrichten und einiger anderer Leute aus meinem Sicherheitsteam tot. Von Dominic Baine ist auch eine SMS dabei, in der er noch einmal bekräftigt, was er mir heute Morgen schon am Telefon gesagt hatte … dass die Arbeit warten könnte und ich mir so viel Zeit nehmen sollte, wie ich brauchte, um bei meiner Familie zu sein.

Meine Familie gehört heute zu den Glücklichen. Laut der Angaben der Ärzte meines Vaters hat sich das Gerinnsel, welches zum Schlaganfall geführt hat, fast vollständig aufgelöst, und sollte sich sein Zustand so schnell verbessern, wie sie erwarten, sollte er eigentlich innerhalb kürzester Zeit wieder vollständig genesen sein. Die guten Nachrichten hatten meine Mutter trotzdem nicht davon abgehalten, sich Sorgen zu machen. Sie hat fast den ganzen Tag in seinem Zimmer verbracht. Als die Türen zur Station wieder aufgehen, höre ich ihre Stimme auf dem Gang. Sie klingt angespannt und erschöpft, auch wenn sie meinen Brüdern, die bei ihr sind, beharrlich erklärt, dass sie morgen früh sofort wieder hier sein will.

Ich erhebe mich von dem unbequemen Stuhl des Wartezimmers, als sie mit Jake und unserem ältesten Bruder, Ethan, hereinkommt.

»Ach, mein Schatz. Du bist immer noch hier?« Sie greift nach meiner Hand. Ihre schmalen Finger fühlen sich kalt und schmal an, als ich sie halte. »Ich dachte, du wärst schon vor Stunden mit Shane gegangen.«

Ich schüttele den Kopf. »Ich wollte bleiben.«

Sie drückt meine Hand, und ich kann fast spüren, dass sie sich an mir festhält, um nicht das Gleichgewicht zu verlieren. Meine Mutter ist klein und zart und ihr dunkles Haar von weißen Strähnen durchzogen; trotzdem käme ich nie auf die Idee, sie für schwach zu halten.

Doch heute Abend werde ich daran erinnert, dass auch sie sterblich ist … genau wie mein alter Herr.

»Wie geht es ihm?«

»Die letzten paar Stunden hat er geschlafen«, antwortet Ethan auf meine Frage. »Sie haben ihm ein Blutverdünnungsmittel verabreicht und führen jetzt eine ganze Reihe von Tests durch, aber es sieht gut aus. Die Ärzte glauben, dass er schon in ungefähr einer Woche wieder nach Hause kann.«

Wahrhaft erleichtert atme ich einmal tief durch. »Das sind großartige Neuigkeiten.«

Ethan nickt zustimmend. Er wirft einen kurzen Blick auf unsere Mutter und streicht sich mit einer Hand über das kurze, leicht wellige hellbraune Haar. »Dad ist fast über den Berg. Jetzt müssen wir nur dafür sorgen, dass sie hier nicht aus der Reihe tanzt.«

Sie schnaubt leise. »Mein Herz ist in dem Krankenhauszimmer da hinten. Ich kann an einer Hand abzählen, wie häufig euer Vater und ich in unseren dreiundvierzig Jahren Ehe getrennt voneinander geschlafen haben. Ich hasse den Gedanken, ihn hier zurückzulassen.«

Jake legt seine Hand auf ihren Rücken. »Ehe du dich versiehst, wird er wieder zu Hause sein.«

»Jake hat recht«, sagt Ethan, und seine tiefe Stimme klingt grimmig, als er fortfährt: »Und wir alle müssen dir danken, dass du ihn gerettet hast, Mom. Wenn du nicht sofort den Notruf gewählt hättest, wäre alles ganz anders gelaufen.«

Sie schließt einen Moment lang die Augen und nickt. »Er wollte nicht, dass ich anrufe. Es war ihm alles so peinlich. Dieser sture Kerl beharrte darauf, dass es ihm gut ginge.«

»Was ist passiert?«, frage ich. Bis jetzt hatte ich sie wegen der Einzelheiten nicht bedrängen wollen.

»Er wachte heute Morgen früh auf und wollte ins Badezimmer. Ich merkte, dass er etwas unsicher ging, und er sagte, sein Bein wäre eingeschlafen. Tja, kaum war er auf der Toilette, hörte ich, wie er stürzte. Ich rannte zu ihm und fand ihn auf dem Boden vor, wo er zusammengebrochen war. Er war verwirrt und hatte Schwierigkeiten, sich zu artikulieren.«

»Die klassischen Anzeichen«, wirft Ethan ein.

Als Polizist, der auch in den Grundlagen der medizinischen Notfallversorgung ausgebildet worden ist, muss er so etwas wissen. Ich persönlich weiß von drei Fällen, in denen Ethans Kenntnisse Leben gerettet haben.

Und als Witwer und Vater eines acht Jahre alten Sohnes weiß er von uns allen am besten um die Vergänglichkeit des Lebens.

»Ich habe euren Vater noch nie so aufgeregt gesehen«, fährt unsere Mutter fort. »Er war kaum in der Lage, einen verständlichen Satz von sich zu geben, aber er machte mir unmissverständlich klar, dass ich keinen Krankenwagen rufen sollte, weil er nicht wollte, dass man ihn nackt vor der Toilette vorfand.«

Jake schenkt ihr ein beruhigendes Lächeln. »Ich bin mir sicher, das ist nichts, was Sanitäter nicht schon mal gesehen haben. Lieber den alten Herrn kurz in Verlegenheit stürzen als die Alternative.«

»Das weiß ich«, stimmt sie ihm leise zu. »Ich hoffe nur, dass er das auch so sieht.«

»Falls nicht«, sagt Jake, »muss er es mit all seinen vier Söhnen aufnehmen.«

Ich begegne dem Blick meines Bruders und nicke. Es mag zwar nicht zum Besten zwischen mir und dem alten Herrn stehen, aber ich bin verdammt froh, dass er wieder in Ordnung kommen wird. Unsere Mutter würde ohne ihn nicht mehr weiterwissen, und meinen Brüdern würde es bestimmt ähnlich gehen.

Ethan atmet tief durch, ehe er spricht. »Ich werde Mom heute Nacht mit zu mir nehmen. Liam ist bei der Nachbarin, während ich hier bin, und wird mittlerweile schlafen. Aber ich will, dass er in seinem eigenen Bett aufwacht. Davon abgesehen wird er begeistert sein, mit seiner Großmutter zu frühstücken.«

Unsere Mutter lächelt. »Das wird mir auch gefallen, mein Schatz.«

Sie dreht sich zu Jake um, verabschiedet sich mit einer Umarmung von ihm und gibt ihm einen Kuss auf die Wange. Das Gleiche macht sie bei mir … allerdings hält sie mich ein bisschen länger im Arm. »Du hast den ganzen Tag im Wartesaal verbracht. Du solltest zu deinem Vater reingehen, ehe du gehst.«

Ich zucke mit den Achseln. »Dad braucht seine Ruhe. Ich werde das nächste Mal, wenn ich hier bin, bei ihm reinschauen.«

»Versprochen?«

»Ja, Mom. Ich verspreche es.«

Sie tätschelt mir die Wange, wie damals, als ich im Alter ihres Enkels heute war. »Es tut mir leid wegen all des Stresses, den ihr heute hattet. Besonders für dich muss es sehr anstrengend gewesen sein, Gabriel. Ein Krankenhaus ist wahrscheinlich der letzte Ort, an dem du dich gern aufhältst. Und ich weiß, wie beschäftigt du seit deiner Beförderung sein musst.«

Ich schüttele den Kopf. »Alles gut. Ruf immer sofort an, wenn bei dir oder Dad was sein sollte.«

Wir verabschieden uns, und Ethan geht mit unserer Mutter zum Fahrstuhl.

Während sie gehen, kehren meine Gedanken nicht zum ersten Mal dahin zurück, wo ich heute Morgen war, als mich Jakes Anruf erreichte. Ich mag es mir gar nicht eingestehen, aber Evelyn ist mir kaum aus dem Sinn gegangen. Die Erinnerung an ihren weichen Körper, als sie sich unter mir bewegt hat. Ihre köstliche, süchtig machende Sinnlichkeit. Ihre beruhigende, zärtliche Art, nachdem ich aus Wut über mich selbst, weil ich die Selbstbeherrschung verloren hatte, in mich gekehrt gewesen war.

Ich bin in vielerlei Hinsicht nicht besser als mein alter Herr. Trotzdem hat sie mich mit Geduld behandelt, mit Zuneigung. Mit einem Vertrauen, das ich nicht verdient habe und auch jetzt nicht verdiene.

Ich kann die Angst nicht leugnen, die in mir hochkam, als sie darüber scherzte, allen zu erzählen, dass wir zusammen gewesen wären. Ich hatte mich wie ein Idiot aufgeführt, sie weggestoßen und war dann auch noch ausgerastet, als ich die Prothese anlegen wollte.

Gäbe es nicht den Job und ihren Bruder, wäre alles anders.

Ja, alles … nur ich nicht. Ich wäre immer noch derselbe verkorkste Typ, der ich schon immer gewesen bin, und sie verdient mehr.

Das bedeutet aber nicht, dass ich mich weniger nach ihr sehnen würde.

Hätte ich ihre Telefonnummer, hätte ich sie längst angerufen. Nicht weil ich wieder zwischen ihre Beine will, obwohl ich das natürlich auch will. Unbedingt. Aber mehr als alles andere möchte ich ihre Stimme hören.

Zwar sollte mich diese Vorstellung zu Tode erschrecken, aber komischerweise tut es das nicht.

Nachdem Mom und Ethan fort sind, sieht Jake mich einen Moment lang an. »Schrecklich nett von Kelsey, dass sie heute Abend vorbeigeschaut hat.«

»O'Connor? Ja, stimmt.« Ich nicke. Auf dem Weg nach Hause von der Arbeit war sie für ein paar Minuten reingekommen. Sie hatte Burger und Pommes frites dabeigehabt, die von meinem Bruder und mir auf der Stelle verschlungen worden waren. »Ich hatte ihr gesagt, nachdem sie mir heute Morgen eine SMS geschickt hatte, dass sie sich nicht die Mühe zu machen brauchte, aber du siehst, wie weit ich damit bei ihr gekommen bin.«

Jake lächelt, mustert mich aber weiterhin. »Sie mag dich, Kumpel.«

»Sie ist eine gute Freundin.«

Er räuspert sich. »Mehr nicht?«

Ich sehe ihn mit leicht gerunzelter Stirn an. »Mehr nicht.«

»Dann habt ihr … du und sie … nie …«

»Miteinander geschlafen? Himmel, nein!« Meine Miene verfinstert sich noch mehr. »Und du wirst auch nicht darüber nachdenken. Wie ich schon sagte … sie ist meine Freundin. Ich würde dich wirklich ungern umbringen müssen, wenn du sie anfasst, Bruder.«

Er weicht mit erhobenen Händen zurück. »Okay, okay. Hab's begriffen. Es wird aus einem bestimmten Grund Bro-Kodex genannt.«

Der *Bro-Kodex*, verdammt. Was für ein Heuchler bin ich eigentlich, von Jake zu verlangen, dass er irgendwelche moralischen Verhaltensmaßregeln einhält, wenn ich sie gegenüber Beck breche?

Ich glaube nicht, dass es noch irgendeine Drohung gibt, die mich jetzt noch von Evelyn fernhalten würde. Zwar ist der Schutz von Leib und Leben Evelyns Teil meiner gegenwärtigen Arbeitsplatzbeschreibung, aber ich bin mir ziemlich sicher, dass es mich meinen Job und eine weitere Gliedmaße … oder drei … kosten würde, wenn ich diesen Teil meines Jobs erledige, während dieser Leib nackt ist.

»Weißt du was? Vergiss es«, sage ich zu Jake. »Vergiss alles, was ich gerade gesagt habe. Sie mag dich, falls du es noch nicht gemerkt haben solltest.«

Jakes eben noch betrübte Miene fängt an zu strahlen. »Ja? Meinst du wirklich?«

Ich nicke widerwillig. »Ja, tut sie.«

Obwohl Jake ein eingefleischter Junggeselle ist und sich dafür noch nicht einmal rechtfertigt, weiß ich, dass er da, wo es wirklich zählt, ein guter Mensch ist. Ein besserer als ich, das ist mal klar. Und so sehr ich meine Freundin O'Connor vor Kummer bewahren möchte, steht auf der anderen Seite fest, dass sie eine erwachsene Frau ist, die ihre eigenen Entscheidungen fällen kann.

Ich sehe meinem Bruder finster ins grinsende Gesicht. »Damit eins klar ist … wenn du ihr wehtust, hast du dich mir gegenüber zu verantworten.«

»Ist gebongt.« Jake knufft mich in die Seite. »Was hältst du davon, wenn wir von hier verschwinden? Magst du noch ein Bier trinken?«

Ich schüttele den Kopf, bevor ich überhaupt mein Gehirn einschalte. »War ein langer Tag. Ich werd einfach nur in die Stadt zurückfahren.«

Ich lasse mir kaum je die Gelegenheit entgehen, mit meinem Bruder etwas zu trinken, aber im Moment steht mir nicht der Sinn nach Alkohol. Und harter, anonymer Sex in einem von Jared Rushs Clubs, in die man nur mit Einladung reinkommt, ist auch nicht das, was ich will. Diese Erkenntnis erstaunt mich. Denn normalerweise nutze ich nach einem anstrengenden Tag wie diesem eines davon als Ventil – häufig auch beides.

Doch im Moment fällt mir nur eine Sache ein, die ich brauche.

Jake und ich gehen runter zu unseren Autos, und er fährt Richtung Bayside davon. Ich schlage den Weg zur Queensboro Bridge ein, denn das ist die schnellste Route nach Manhattan. Ich hab zwar nichts in der Upper East Side zu tun, aber ich scheine auch nicht vorbeifahren zu können.

Mit Evelyns Code vom letzten Abend fahre ich in die Tiefgarage, parke neben ihrem Wagen und nehme den Fahrstuhl in den zehnten Stock. Meine Hände sind feucht, und das Herz schlägt mir bis zum Hals. Eine ganze Minute lang stehe ich vor ihrer Tür, ehe ich die Hand hebe und klopfe.

Drinnen sind Schritte zu hören, und dann bleibt jemand stehen. Ich richte den Blick auf den Spion in der Tür.

»Gabe?« Ihre Stimme klingt durch die Tür hindurch gedämpft, aber die Riegel werden bereits zurückgeschoben, und dann zieht sie die Tür auf und starrt mich an. Sie trägt ein weinfarbenes Hemdchen und eine locker sitzende schwarze Pyjamahose. Sie hat kein Make-up aufgelegt, und das Haar ist zu einem lockeren Knoten hochgesteckt.

Gütiger Himmel! Sie hat nie schöner ausgesehen.

Ich kann die Fragen in ihrem Blick sehen … die Sorge. Aber es ist die sanfte Zuneigung, die mir entgegenschlägt und mich überwältigt.

Es gibt Dinge, die ich ihr sagen möchte … eine Entschuldigung für heute Morgen und dass ich einfach so spät am Abend ohne Erlaubnis oder Erklärung vor ihrer Tür stehe.

Hundert verschiedene Dinge will ich ihr sagen, doch nichts davon kommt über meine Lippen. Aber sie lassen sich sowieso auf eine einzige Wahrheit reduzieren.

»Ich kann mir keinen anderen Ort vorstellen, wo ich jetzt sein möchte.«

Sie breitet die Arme aus, und ich gehe auf sie zu.

21

Evelyn

Nach fast einer Woche unglaublicher Nächte, die ich in Gabes Armen verbracht habe, hätte der Freitagmorgen im *L'Opale* nicht schlimmer anfangen können.

Katrina kommt mit einer unserer charakteristischen passgenauen Schachteln in mein Büro gestürmt und knallt sie auf meinen Schreibtisch. »Mir reicht's, Eve. Ich hab die Nase voll von diesem Mann!«

Schockiert von ihrem Ausbruch schaue ich von einem von Averys Teilen auf, an dem ich gerade arbeite. Kat ist auf hundertachtzig, und damit ist schon schwer auszukommen, wenn man unter vier Augen ist, aber noch unangenehmer wird es, wenn man weiß, dass der Verkaufsraum und die Ankleidezimmer am Ende des Flurs voller Kunden sind.

Mit gerunzelter Stirn bedeute ich ihr, die Tür zu schließen. Der Aufforderung kommt sie mit demselben Mangel an Takt nach. Sie knallt sie zu, und ich stehe verwirrt und ungehalten auf. »Was ist los, Kat?«

Sie greift in die offene, mit Tüll ausgekleidete Schachtel. »Zu viel Spitze«, erklärt sie mit scharfer Stimme und hält einen entzückenden, maßgeschneiderten BH hoch. Sie wirft das Teil in den Papierkorb und greift nach dem nächsten Teil – einem blassgrünen Negligé. »Das falsche Grün.«

Auch das Negligé landet im Papierkorb. Als Nächstes hält sie ein wunderschönes Bustier aus schwarzer Seide mit handgefertigter Spitze hoch. Es ist eine von Kats atemberaubendsten Kreationen, die ich Anfang der Woche persönlich angepasst hatte, damit Jane sie fertigstellen konnte.

»Zu nuttig«, verkündet Kat höhnisch grinsend.

Als sie auch dieses Teil in den Papierkorb werfen will, strecke ich die Hand aus und nehme es ihr ab. »Es reicht.«

»Hennings hat alle Teile abgelehnt, Eve. Jedes einzelne Teil. Er hat gerade den Laden verlassen, nachdem er die gesamte Bestellung storniert hat.«

Es ist kein Geheimnis, dass Katrina einen holprigen Auftakt mit Mr Hennings hatte. Sie war nicht gerade begeistert gewesen, als ich sie gebeten hatte, ihn zu übernehmen, nachdem ich den Auftrag von Avery Ross bekommen hatte. Und wie es scheint, hat sich die Zusammenarbeit noch mehr verschlechtert. Es hat viele Spannungen und Missverständnisse auf beiden Seiten gegeben; angefangen bei vergessenen Terminen – was Kat nicht nur bestreitet, sondern wofür sie sich auch nicht entschuldigen will – bis hin zum ständigen Hin und Her bezüglich der Entwürfe. Das sind alles ungewöhnliche Probleme für Kat, deren Arbeitsmoral bei anderen Kunden immer einwandfrei ist. Aber sie und Walter Hennings sind vom ersten Tag an nicht miteinander ausgekommen. Und jetzt dies.

Ich gehe um den Tisch herum, um die anderen beiden Teile aus dem Papierkorb zu holen, und atme tief durch. »Möchtest du, dass ich mit ihm rede?«

»Nein«, fährt sie mich an. »Ich möchte, dass du ihn als Kunden zurücknimmst. Es ist völlig offensichtlich, dass es das ist, was er wirklich will. Und ich kann so nicht weiterarbeiten, Eve. Und ich werde es auch nicht.«

»Was sagst du da?«

Sie schiebt das Kinn vor. »Entweder du ziehst mich von diesem Kunden ab oder ich bin hier fertig.«

Ihr Ultimatum trifft mich wie ein Schlag. »Fertig?«

Sie stemmt die Fäuste in die Hüften, als würde sie sich für einen Kampf wappnen. »Ich habe andere Kunden hier im *L'Opale*, für die ich entwerfe, und da hat es nie Probleme gegeben. Dieser Mann hat mich bei jeder Gelegenheit sabotiert – «

»Sabotiert?« Ich schüttele den Kopf und fasse es nicht, wie theatralisch sie sich aufführt. »Kat, hörst du eigentlich, was du da sagst? Du klingst völlig paranoid, und das ist gar nicht deine Art.«

»Ich bin nicht paranoid. Ich bin sauer. Ich habe mir genaue Notizen zu all seinen Änderungswünschen gemacht, nur um mir beim nächsten Termin anhören zu müssen, wie er alles bestreitet. Auf dem Papier segnet er alles ab, aber am fertigen Teil entdeckt er dann vermeintliche Fehler«, schnaubt sie. »Also ehrlich … ich weiß nicht, wie du die ganze Zeit mit ihm fertiggeworden bist, aber ich kann es nicht. Und um es noch einmal zu betonen … ich habe diesen Termin an dem Tag, an dem ich frei hatte, nie mit ihm vereinbart.«

»Aber er stand in deinem Kalender«, rufe ich ihr in Erinnerung. Mein Ton ist ganz sanft, denn ich sehe, wie bestürzt sie tatsächlich ist. »Megan hat mir den Kalender mit den Kundenterminen gezeigt. Er stand im Computer, und Mr Hennings war offensichtlich fest überzeugt, dass er sich an dem Tag mit dir treffen sollte.«

Sie schüttelt vehement den Kopf. »Ich habe den Termin nie vereinbart.«

Ich drücke mit zwei Fingern meine Nasenwurzel zusammen, denn ich spüre, dass sich Kopfschmerzen ankündigen. »Das ist jetzt egal. Ich bin mir sicher, wir können alles regeln. Vielleicht sollten wir zusammen, du und ich, mit Mr Hennings – «

»Nein, Eve. Zieh mich von ihm ab, sonst bin ich weg.«

Sie meint es ernst. Aber sie drängt mich wie ein schmollendes Kind oder ein verschmähter Geliebter in die Ecke, und ich mag dieses Gefühl nicht. »Verdammt, ich verstehe ja, dass du frustriert bist. Aber wir sprechen hier von einem treuen Kunden, der in den letzten paar Monaten mehr Geld bei uns ausgegeben hat als andere über Jahre. Wir können es uns nicht leisten, ihn zu verlieren. Der Tag hat nicht genug Stunden, als dass ich mich sowohl ihm als auch Avery Ross widmen könnte … vor allem nachdem sie uns jetzt auch noch den Auftrag für ihre Hochzeits- und Flitterwochenkollektion erteilt hat.«

Kat sieht mich an. Ihr Blick ist kalt, fast schon eisig. »Da hab ich wohl meine Antwort.«

Sie macht auf dem Absatz kehrt und geht zur Tür. Aber gerade, als sie rausgehen will, bleibt sie stehen und bedenkt mich noch mit einem spröden Blick über die Schulter. »Weißt du was … ich hätte damals, als du mir nach meinem Vorstellungsgespräch den Job angeboten hast, beinahe Nein gesagt. Ich hätte eine eigene Boutique aufmachen und Kreationen unter meinem eigenen Namen entwerfen können. Stattdessen habe ich mich in die Arbeit im *L'Opale* gestürzt, weil ich an dieses Geschäft glaubte … und an dich. Weil ich dachte, dass ich vielleicht – endlich – den Ort gefunden hätte, an den ich gehörte. Ich dachte, ich würde Teil von etwas Besonderem werden. Aber egal. Mein Fehler.«

Diese für sie ungewöhnliche Zurschaustellung von Gefühlen verblüfft mich. Sie ist wütend auf Hennings. Das ist eindeutig. Aber jetzt wird klar, dass sie von mir genauso enttäuscht ist. Sie marschiert aus meinem Büro, ehe ich ihr sagen kann, dass sie doch dazugehört – dass wir als Team etwas Besonderes geschaffen haben.

Mit Handtasche und Schlüsseln bewaffnet rennt sie fast in Gabe und einen anderen Mann, der ihn begleitet, hinein, als sie die Boutique schnaubend durch die Hintertür verlässt.

»Ist alles in Ordnung?«, fragt Gabe und legt seine Hand kurz schützend auf meine Schulter, ehe er den Schnitzer bemerkt und den Arm schnell fallen lässt.

Ich sehe ihn erschöpft an. »Nein, es ist das totale Chaos. Kat hat gerade gekündigt.«

Er runzelt die Stirn. »Es tut mir leid, das zu hören. Wenn es gerade nicht passt, können wir auch später noch mal kommen.«

Erst da erinnere ich mich, dass er erwähnt hatte, er würde heute mit einem Elektriker vorbeikommen, um den Versorgungsraum für ein Sicherheits-Update vorzubereiten. Ich schüttele den Kopf und lächele den Mann an, der einen Werkzeuggürtel umgeschnallt hat und aufgerollte Drähte und Kabel über der Schulter trägt.

»Nein, es passt. Jetzt ist so gut wie jeder andere Zeitpunkt.«

Gabe nickt ihm zu. »Gehen Sie schon mal vor und fangen Sie an, Don. Ich muss noch ein paar Dinge mit Miss Beckham besprechen, aber dann komme ich zu Ihnen, damit wir alles durchgehen können.«

Der Elektriker macht sich davon, und Gabe folgt mir in mein Büro. Er schließt die Tür hinter uns und dreht leise den Schlüssel. Meine Jalousien sind bereits geschlossen, deshalb kann keiner sehen, wie er mich in den Arm nimmt und mir einen innigen, liebevollen Kuss gibt, der mich tief im Innern berührt. Ein Kuss, der – wenn es nach mir ginge – gar nicht mehr aufhören sollte.

»Ich habe dich letzte Nacht vermisst«, raunt er an meinen geöffneten Lippen.

»Ich weiß. Ich habe dich auch vermisst.« Er war gestern

mit seiner Familie im Krankenhaus gewesen und hatte dann bei seinen Eltern in Bayside übernachtet, um beim Aufstellen eines Krankenbettes und anderen räumlichen Veränderungen zu helfen, die wegen der kurz bevorstehenden Rückkehr seines Vaters nach Hause erforderlich sein würden. »Wie geht es deinem Vater?«

»Er ist heute Morgen entlassen worden. Die Ärzte sagen, dass er sich hervorragend macht.«

»Das sind gute Nachrichten.« Und weil ich die Reserviertheit in seinem Ausdruck bemerke, muss ich die eigentliche Frage stellen. »Habt ihr schon Zeit miteinander verbracht?«

Er zuckt mit den Achseln. »Das werden wir … irgendwann. Im Moment versucht er, sich zu Hause wieder einzufinden. Meine Mutter sagt, dass meine Brüder ihn im Auge behalten, deshalb bin ich mir sicher, dass er mich nicht braucht. Und das ist auch gut so.«

»Ach, Gabe«, seufze ich und wünsche mir, es gäbe eine Möglichkeit, die Kluft zwischen ihm und seinem Vater zu überbrücken. Der Tod mag mir einen Elternteil genommen haben, aber Gabes Verlust ist, glaube ich, schlimmer. Denn er hat unerklärlich lange all die Jahre mit dem Liebesentzug seines Vaters leben müssen.

Und ob er es sich nun eingestehen will oder nicht … ich sehe den Schmerz, den das bei ihm ausgelöst hat. In der vergangenen Woche, als sein Vater im Krankenhaus war, habe ich diesen Kummer bei ihm gespürt.

Gabe löst sich mit gerunzelter Stirn von mir. »Ich bin nicht hergekommen, um über meinen alten Herrn zu reden. Erzähl mir, was gerade zwischen dir und Katrina vorgefallen ist. Ihr saht aus, als hättet ihr euch beide fürchterlich aufgeregt.«

»Sie hat kürzlich einen Kunden von mir übernommen, und sagen wir es mal so: Es hat auf beiden Seiten nicht gepasst.

Heute hat er die gesamte Bestellung mit mehreren Teilen zurückgehen lassen, und Katrina hat daraufhin beschlossen, dass es ihr reicht.«

Gabes Blick wird durchdringend, als er mich aus schmalen Augen ansieht. »Er?«

»Walter Hennings. Er ist Witwer mit einem dicken Bankkonto und einer Freundin in Übersee, die er gern mit teuren, maßgeschneiderten Dessous verwöhnt.« Ich verdrehe die Augen, als er mich zweifelnd anschaut. »Ich weiß. Aber er ist einer unserer besten Kunden, und Kat verlangte von mir, dass ich sie von ihm abziehe, sonst würde sie gehen.«

»Nicht besonders schlau, das zu seiner Chefin zu sagen.«

Ich reibe mir die Schläfen und schüttele langsam den Kopf. »Ich arbeite schon lange mit Katrina zusammen. Wir sind uns zwar nicht immer bei allem einig gewesen, aber ich schätze sie sehr. Sie ist eine hervorragende Designerin mit einer tollen Arbeitsmoral. Heute habe ich eine andere Seite an ihr entdeckt.«

Gabe zieht fragend die Augenbrauen zusammen. »Wie meinst du das?«

»Sie war sauer, Gabe. Schlimmer noch … ich glaube, ich habe sie wirklich verletzt. Das war nicht meine Absicht, aber sie ließ mir auch nicht viel Spielraum für einen Kompromiss. Ich muss sie wirklich sehr verletzt haben, wenn sie sauer genug war, um in dieser Art und Weise ihren Job hinzuwerfen.«

»Glaubst du, sie könnte ein Problem darstellen?« Seine Frage klingt so vorsichtig, so überfürsorglich, dass es mich bestürzt.

»Was meinst du damit? Ob sie gefährlich sein könnte?« Ich klinge fassungslos, weil ich genau das bin. Und Gabe schaut mich viel zu ernst an, als dass er scherzen würde. »Sie ist aufgebracht und traurig. Das ist alles. Es ist zwar richtig, dass ich sie noch nie so erlebt habe, aber trotzdem, nein, in dieser Richtung mache ich mir keine Sorgen. Warum auch? Oder meinst du, ich sollte mir welche machen?«

»Ich musste die Frage stellen.« Eine seltsame Regung huscht über sein Gesicht, ist aber im nächsten Moment schon wieder verschwunden. Seine Miene entspannt sich, als er mich wieder an sich zieht. »Ich bin in der Sicherheitsbranche. Schon vergessen?«

Ich lächle und sehe ihm tief in die haselnussbraunen Augen. »Und du bist stets im Dienst, richtig?«

»Richtig«, brummt er, und sein Mund bildet eine schmale Linie.

Ich schiebe meinen Schenkel zwischen seine Beine und reibe mit meiner Hüfte seine Erektion. Ich fahre mir mit der Zunge über die Lippen und kann nicht widerstehen, meine Hand nach unten gleiten zu lassen und die harte Wölbung durch den Stoff seiner dunklen Anzughose zu streicheln. »Ja, eindeutig bewaffnet und einsatzbereit.«

Seine Nasenflügel flattern, und er schließt die Augen mit einem leisen Stöhnen. »Du spielst mit dem Feuer. Ich habe dich jetzt schon eine ganze Nacht nicht gehabt. Glaub ja nicht, dass das einfach für mich war.«

»Für mich ist es auch nicht einfach gewesen.« Ich lege den Kopf leicht schief und küsse ihn. Dabei schiebe ich meine Zunge zwischen seinen Lippen hindurch, ziehe seinen Reißverschluss runter und greife in seine Boxershorts. Samtig heiß füllt er meine ganze Hand und zuckt, als ich ihn berühre.

»Allmächtiger«, stöhnt er an meiner Wange. Seine Hüfte schnellt nach vorn, während ich ihn streichele, und die Luft entweicht seiner Lunge zischend. Seine Hände machen sich am Saum meines Kleides zu schaffen und ziehen es an meinen Schenkeln hoch. Seine Finger schieben den Schritt meines

Höschens zur Seite und dringen in mich ein. Er stöhnt. »Ich hab kein Kondom dabei.«

»Das ist mir egal.« Ich küsse ihn weiter und schnalle dabei seinen Gürtel auf, damit ich ihn ganz befreien kann. »Im Moment will ich dich einfach nur in mir haben. Genau hier.«

Mit einem verzweifelten Ausdruck in seinem leidenschaftlichen Blick legt er den Kopf in den Nacken. »Ich benutze immer ein Kondom. Ich verspreche dir, dass ich gesund bin.«

»Ich auch. Außerdem nehme ich die Pille.«

»Verdammt.«

Mit einem Grinsen schaue ich zu ihm auf und nicke. »Endlich begreifst du, worauf ich hinauswill.«

Seine Hände gleiten um mich herum und packen meinen Hintern. Er drückt fest und besitzergreifend zu. Dann wirbelt er mich herum und beugt mich über meinen Schreibtisch, wobei er die Dessousschachtel und die Rose beiseiteschiebt. Mit der einen Hand knetet er meine Brust, während die andere einen Moment lang meinen Rücken streichelt, ehe sie zu meinem Hintern gleitet, der sich ihm entgegenreckt. Er stößt einen erstickten Fluch aus, reißt mir das Höschen herunter und spreizt mit grobem Griff meine Beine.

»Du bist so unglaublich schön in dieser Position«, raunt er mit rauer Stimme, während er meine Schenkel noch weiter auseinanderdrückt und seine Hand dazwischenschiebt. »Irgendwann will ich dich mal mit den hübschen Sachen, die du anfertigst, fesseln.«

Oh Gott. Allein bei der Vorstellung fängt mein Schoß an zu pochen.

»Ja«, keuche ich.

Und dann muss ich all meine Kraft aufbieten, um den Lustschrei zu unterdrücken, als er meine Hüfte mit der einen Hand hält und seine Männlichkeit mit der anderen, um im nächsten

Moment mit einem so kräftigen Stoß in mich einzutauchen, dass ich Sternchen sehe.

Es besteht keine Notwendigkeit, es langsam anzugehen und sanft bei dem zu sein, was wir beide gerade am meisten wollen. Mein Schoß ist nass und schmerzt vor Sehnsucht nach ihm, während er mir alles gibt, was ich brauche und dann noch mehr.

Er stößt schnell und hart zu, fast schon brutal; seine Wildheit erregt mich, aber auch die Erkenntnis, dass ich es bin, die ihn so weit treibt. Ich spüre sein heftiges Verlangen auch in mir. Und so gern ich die Woge, die immer höher steigt, aufhalten möchte, schaffe ich es doch nicht. Mein Höhepunkt bricht mit einer Urgewalt über mich herein, die mich auf einer Woge der Glückseligkeit und einer donnernden, köstlichen Erlösung mitreißt.

Gabe beugt sich noch weiter über mich, sodass unsere Kleidung raschelt, während seine Hüften in einem unaufhaltsamen Tempo gegen mich schlagen. Sein Atem geht schnell und flach, er dringt immer tiefer und fester in mich ein, und dann stößt er ein leises Knurren aus, als er kommt und sein großer Körper dabei unter der Gewalt seines Höhepunkts bebt.

Er hält mich einen Moment lang fest und streicht mit den Lippen über meine Wange, während wir uns von den Nachwirkungen unserer Lust erholen und die Erde allmählich anfängt, sich wieder normal zu drehen.

Er liegt auf dem Schreibtisch auf mir und küsst meinen Mundwinkel. »Geht's dir gut?«

»Besser«, stöhne ich.

»Mir auch … nur dass ich jetzt nicht mehr aufhören will.«

Von draußen dringen aus dem Rest des Ladens Stimmen gedämpft in mein Büro. Ich habe keine Angst, dass jemand uns gehört oder bemerkt hat, was gerade passiert ist, aber in diesem Moment wäre es mir sowieso egal. Gabe, der auf mir liegt – und sich weiter langsam in mir bewegt –, reduziert alles andere zu völliger Bedeutungslosigkeit.

Doch dann stöhnt er, und ich spüre, wie er sich vorsichtig zurückzieht, obwohl er immer noch hart ist. Er knabbert an meiner Schulter, ehe er meinen Körper ganz verlässt.

Ich lächle, als er mir aufhilft und mich zu sich umdreht. »Das war unglaublich.«

»Du bist unglaublich«, sagt er, während ich meinen Rock herunterziehe, und er seine steife Männlichkeit wieder in der maßgeschneiderten Anzughose verstaut.

»Lassen Sie uns das bald mal wieder machen, Miss Beckham.«

»Das würde mir sehr gefallen, Mr Noble«, erwidere ich und gehe auf sein Spiel ein. »Was gibt's bei dir zum Mittagessen?«

»Hoffentlich dich.« Sein Grinsen ist die Sünde pur. Er streckt die Hand aus und greift nach der schwarzen Seidenkorsage, die ich vor Kats Zorn hatte retten können. »Wie stehen die Chancen, dass ich dich dazu überreden kann, das hier später für mich anzuziehen?«

Ich ziehe eine Augenbraue hoch. »Mit oder ohne Höschen?«

»Definitiv ohne«, knurrt er, macht einen großen Schritt auf mich zu und zieht mich zu einem leidenschaftlichen Kuss an sich. Dann gibt er mir einen Klaps auf den Po. »Ich muss hier raus, ehe du mich auf noch mehr böse Ideen bringst.«

Wir atmen beide tief durch und richten unsere Kleidung. Dann geht Gabe zur Tür und schließt sie leise auf. Er wirft mir einen letzten glühenden Blick zu, ehe er den Raum verlässt. Kaum ist er im Flur, ruft der Elektriker auch schon aus dem hinteren Teil der Boutique.

»He, Gabe? Da ist etwas, das Sie sich, glaube ich, anschauen sollten.«

»Klar, Don.«

Ich komme eine Sekunde, nachdem Gabe gegangen ist, aus meinem Büro und erhasche noch einen Blick auf ihn, wie er jetzt wieder ganz der seriöse Sicherheitsberater und verführerisch wie der Teufel den Flur entlanggeht.

Es ist mir praktisch unmöglich, mein befriedigtes Lächeln zu unterdrücken – oder mein Verlangen nach dem Mann zu zügeln, der nicht nur meinen Körper, sondern auch mein Herz verführt hat. Mit meiner Handtasche und immer noch pochendem Körper begebe ich mich zur Mitarbeitertoilette, um mich frisch zu machen und ungeduldig auf die Verabredung zum Lunch zu warten, die er mir versprochen hat.

22

Gabriel

Dominic Baine und Andrew Beckham sitzen zusammen am Konferenztisch der Vorstandsetage und sehen einen ganzen Stapel von Entwürfen durch, als Lily, Nicks Assistentin, mich hereinführt.

»Tut mir leid, dass ich störe«, sage ich zu den beiden Männern. »Ich wollte die Sache nicht am Telefon besprechen, hatte aber auch nicht das Gefühl, dass es warten kann.«

Tatsächlich hatte ich das *L'Opale* sogar umgehend verlassen, nachdem mir der Elektriker gezeigt hatte, was er gerade im Versorgungsraum entdeckt hatte. Unter einem Vorwand hatte ich die Verabredung zum Lunch mit Evelyn verschoben und war dann direkt zum Hauptsitz von Baine International gefahren. Es war mir zuwider gewesen, sie über den Grund meines übereilten Fortgangs zu belügen. Und angesichts der Erkenntnis, dass sie mir bedingungslos vertraut und meinen Vorwand ohne Fragen zu stellen akzeptiert hatte, fühle ich mich auch nicht besser.

Ich bin ihr die Wahrheit schuldig … nicht nur was meine Rolle als ihr Beschützer und meinen Verdacht, dass sie in Gefahr ist, betrifft, sondern überhaupt. Insbesondere, wie viel sie mir bedeutet.

Doch als ich in Nicks Büro trete, liegt mir die Sorge um sie viel schwerer auf der Seele als das Schuldgefühl, weil man mich gebeten hat, alles vor Evelyn geheim zu halten.

Nick schaut fragend auf. »Was ist los, Gabe?«

Sobald Lily gegangen ist und die Tür hinter sich geschlossen hat, greife ich in meine Anzugtasche und hole ein kleines schwarzes Stück Plastik heraus, an dem versengte Drähte hängen. Die Männer stehen auf, um sich das Teil anzuschauen, das ich auf den Konferenztisch gelegt habe.

»Was zum Teufel ist das?«, fragt Beck und runzelt die dunklen Brauen.

»Eine Art digitales Abhörgerät. Der Elektriker hat es im Versorgungsraum der Boutique entdeckt.«

Nick runzelt die Stirn. »Jemand hat den Laden verwanzt?«

»Sieht fast so aus.«

»Allmächtiger!« Beck holt leise zischend tief Luft. »Aus welchem Grund das denn?«

»Konkret? Das ist mir noch nicht klar. Aber diese Art von Gerät – zusammen mit einer speziellen Software – ermöglicht es einem, sich in fast alles einzuhacken ... Computer, Bluetooth-Verbindungen, Handys, Kameras. Es kann sich sogar in Sicherheitssysteme einklinken, wenn derjenige weiß, was er tut.«

»Verdammt.« Beck schluckt, und ich bemerke bei ihm die gleiche kalte Furcht, die mich gepackt hat, seit ich über das Problem informiert bin. »Willst du damit sagen, dass jemand in den Laden eingedrungen ist, um dieses verdammte Ding zu installieren?«

Ich nicke. »Ich werde mir die Mitarbeiter des *L'Opale* genauer ansehen – frühere und jetzige – und dann noch die Liste der Service- und Wartungstechniker durchgehen. Jeden, der in den letzten Wochen oder Monaten Zugang zum Laden gehabt haben könnte.«

Beck stößt einen unterdrückten Fluch aus. »Du glaubst, dass es schon lange da war?«

»Ich weiß es nicht. Aber es könnte sein.« Ich beiße die Zähne zusammen, um zumindest ein gewisses Maß an Ruhe zu bewahren, wenn ich bedenke, dass jemand seit unbestimmter Zeit digitalen Zugang zu Evelyn und ihrem Arbeitsplatz hatte. »Laut dem Elektriker verbrauchen diese Geräte manchmal viel Strom, wenn sie benutzt werden. Das kann zu einer Überspannung geführt haben, welche der Grund für den Stromausfall in der letzten Woche war. Das einzig Gute daran ist, dass dadurch auch das Gerät selbst durchgeschmort ist.«

»Evie hat an dem Abend lange gearbeitet. Sie sagte, sie hätte gedacht, jemand würde versuchen, durch die Hintertür hereinzukommen.«

»Ja. Ein Grund mehr, den Einbau der neuen Sicherungskomponenten und der Überwachungskameras zu beschleunigen. Ich habe auf dem Weg hierher ein paar Anrufe getätigt und Leute zusammengetrommelt, die bereit sind, die Arbeit auch am Wochenende zu erledigen, damit alles so schnell wie möglich fertig ist.«

»Okay, das ist gut.« Beck stößt einen erschöpften Seufzer aus. »Ich weiß es sehr zu schätzen, was du alles tust, Gabe.«

Nick pflichtet ihm bei. »Nimm dir alles, was du brauchst.«

»Danke.«

Becks ernster Blick geht von Nick zu mir. »Weiß Evie irgendetwas von alldem?«

»Nein. Noch nicht. Ich wollte es zuerst euch mitteilen.«

»Gut. Belassen wir es vorerst dabei.«

»Hm, was das angeht …« Ich räuspere mich und bereite mich darauf vor, das zu sagen, was ich schon seit mehreren Tagen vorschlagen will. »Eigentlich wäre es ein guter Zeitpunkt, um sie über alles in Kenntnis zu setzen. Ich glaube, wir sollten sie nicht im Unklaren lassen. Ich befürworte sogar, dass wir das nicht tun. Als derjenige, der mit ihrem Schutz beauftragt ist, lässt sich das meiner Meinung nach einfacher umsetzen, wenn man sie über alles informiert.«

»Du willst ihr Angst machen, ehe wir Antworten haben?«

»Soweit ich das sehe, ist sie eine besonnene und starke Frau. Sie kann damit umgehen.«

Becks Bedenken stehen ihm ins Gesicht geschrieben. »Du kennst meine Schwester seit wann? Kaum ein paar Wochen? Du hast sie nur aus der Ferne beobachtet, Gabe, aber ich kenne Evie schon ihr ganzes Leben lang. Ich bin mir ziemlich sicher, dass ich weiß, womit sie umgehen kann und womit nicht. Ich habe hautnah miterlebt, was Stress und Angst mit ihr machen.«

Ich kann mich in ihn hineinversetzen, vor allem nachdem Evelyn mir ein bisschen von den Problemen in ihrer Vergangenheit erzählt hat. Ich weiß auch, dass es damals ihr Bruder war, der sie beschützt hat. Er versucht, diese Rolle immer noch auszufüllen, denn er sieht in ihr nach wie vor die zerbrechliche, junge Frau von früher, als ihr Leben so gefährlich außer Kontrolle geraten war.

Das Letzte, was ich will, ist eine Wiederholung dieser Probleme bei ihr. Die Frau, die ich kenne, ist stärker. Das habe ich mit eigenen Augen gesehen. Ich traue ihr zu, dass sie mit allen Widrigkeiten des Lebens klarkommt, aber letztendlich ist das nicht meine Entscheidung. Mich hat man nur angeheuert, um zu helfen, auch wenn meine Gefühle diese Linie längst überschritten haben.

»Jemand hat neulich ihren Reifen aufgeschlitzt«, rufe ich beiden Männern in Erinnerung. »Und jetzt haben wir eindeutige Beweise dafür, dass jemand in die Boutique eingedrungen ist. Ganz abgesehen von ihren persönlichen Dingen. Ich glaube nicht, dass ihre Handtasche zufällig verschwunden war.«

»Du meinst, eine von den Angestellten hat sie genommen?«, fragt Beck.

Ich zucke mit den Achseln. »Ich meine, dass irgendjemand es getan hat. Und ich meine, dass wir wissen, wer für alles verantwortlich ist, was sonst noch so passiert, wenn wir herausfinden, wer sie genommen hatte.«

»Dann geh und finde die Antworten, Gabe. Wenn du allem auf den Grund gegangen bist, werde ich meine Schwester über alles in Kenntnis setzen. Aber erwarte nicht von mir, dass ich sie bis dahin unnötigem Schmerz aussetze. Ich liebe sie zu sehr, um mir mit anzusehen, wie sie aus irgendeinem Grunde verletzt wird.«

Dem kann ich nichts entgegensetzen. Genauso wenig, wie ich bereit bin zu gestehen, wie intim ich Evelyn mittlerweile kenne. Und ich kann ihm auch nicht sagen, dass jeder Augenblick, in dem ich ihr die Wahrheit vorenthalte – über die potenziellen Gefahren, um die ich weiß, und dass ich heimlich zu ihrem Schutz abgestellt worden bin – die schlimmste Folter ist, die ich je erlitten habe.

Beck scheint mein Schweigen als Zustimmung zu betrachten.

»Glaubst du, dass sie im Moment in Gefahr ist?«, fragt er mich. In seiner leisen Stimme schwingt seine ganze Sorge mit.

»Nicht, wenn ich da ein Wörtchen mitzureden habe.«

»Darauf zähle ich«, erwidert er. »Ich zähle auf dich, Gabe. Ich weiß, dass du mich nicht im Stich lassen wirst. Ich weiß außerdem, dass ich dir nicht zu sagen brauche, wie dankbar ich dir für alles bin, was du für uns tust. Ich kann dir gar nicht genug dafür danken, dass du alles andere beiseitegeschoben hast, um auf sie aufzupassen.«

Ich nicke und versuche, die Schuldgefühle zu ignorieren, die an mir nagen. Mein Freund würde mir nicht danken, wenn er wüsste, wie ich seine Schwester heute Morgen begrüßt habe … oder all die anderen Tage – und Nächte –, die ich diese Woche in Evelyns Bett verbracht habe.

Ich wende den Blick ab und schaue Nick an, der die durchgeschmorte Wanze untersucht. »Was meinst du, worum es hier geht, Gabe? Wirtschaftsspionage oder was Persönliches?«

»Ich glaube nicht, dass wir irgendetwas ausschließen können.« Ich sehe Beck an. »Was weißt du über ihre Mitarbeiterin Kat?«

Er zuckt mit den Achseln. »Nur die Eckdaten und Sachen, die mir meine Schwester erzählt hat. Ich weiß, dass Katrina Davis, bevor sie zu *L'Opale* kam, für ein anderes Dessous-Unternehmen gearbeitet hat. Sie und Eve waren die ganze Zeit für die Entwürfe zuständig … das müssten jetzt also fünf Jahre sein. Warum fragst du?«

»Sie hat heute ihren Job hingeschmissen.«

»Du machst wohl Witze.«

Ernst schüttele ich den Kopf. »Als der Elektriker und ich heute Morgen in den Laden kamen, stürmte Kat aus Evelyns Büro, nachdem sie wohl eine hitzige Auseinandersetzung wegen eines schwierigen Kunden gehabt hatten.«

»Mist.« Beck reibt sich das Kinn. »Das klingt gar nicht nach Kat. Laut meiner Schwester war sie immer ganz und gar professionell.«

Ich nicke. »So habe ich das auch verstanden. Trotzdem hätte ich gern die Erlaubnis, ihren Background zu checken. Einfach nur um zu sehen, ob es irgendwelche Warnsignale gibt, auf die wir achten sollten.«

»Willst du damit sagen, dass sie vielleicht mit alldem etwas zu tun hat?«

»Wie ich schon sagte … wir sollten nichts ausschließen.« Ich sehe die beiden Männer an. »Ich möchte den Background von allen Angestellten des *L'Opale* und von allen, die Zugang zur Boutique haben, überprüfen.«

»Das ist mir recht«, sagt Beck.

Nick stimmt meinem Vorschlag ebenfalls zu. »Angesichts der heutigen Entwicklung würde ich mich persönlich viel besser fühlen, wenn ich wüsste, dass Evelyn rund um die Uhr unter Beobachtung steht.«

»Gabe, hast du dafür Leute an der Hand?«

Ich ersticke förmlich bei der Vorstellung, einen von meinen Leuten dafür abzustellen, auf Evelyn aufzupassen. Vor allem, wenn die Person, mit der sie in letzter Zeit am meisten zusammen ist, ich bin.

»Ich werde dafür sorgen, dass jemand auf sie aufpasst«, erwidere ich und vergebe den Job im Geiste bereits an mich.

Ihren Schutz würde ich keinem anderen überlassen, egal wie viel Vertrauen ich zu den Mitgliedern meines Teams habe.

Evelyns Wohlergehen und ihr erlesener Körper unterstehen meinem Schutz.

Und während ich zustimme, weiterhin heimlich über sie zu wachen, kann ich nur hoffen, dass mich die Entscheidung, für ihre Sicherheit zu sorgen, ohne dass sie es weiß, nicht eines Tages ihr Herz kosten wird.

23

Evelyn

Gabes Wiedergutmachung für unseren ausgefallenen Lunch gestern war ein frühes Abendessen mit chinesischem Essen und eine Übernachtung bei mir zu Hause.

Nicht dass einer von uns viel Schlaf bekommen hätte.

Ich bin mir ziemlich sicher, dass mein befriedigtes Lächeln nicht ein einziges Mal verblasst ist, seit ich am heutigen Samstagmorgen in der Boutique angekommen bin. Natürlich war es auch nicht sonderlich hilfreich, dass er fast den ganzen Tag mit mir im Laden verbrachte … er und ein kleines Team von Technikern, die als Erstes auftauchten, um die neuen Überwachungskameras und das drahtlose Alarmsystem zu installieren, von dem ich dachte, dass es erst in der nächsten Woche kommen würde.

Megan und ich hatten die Boutique früher als sonst geschlossen, um den Handwerkern genügend Platz zum Arbeiten zu verschaffen, und ich hatte sie und die anderen Wochenendkräfte nach Hause geschickt, um ausnahmsweise mal einen freien Tag zu genießen.

Ich muss gestehen, dass es ohne Kat nicht mehr das Gleiche ist. Ich bedaure immer noch, wie alles gestern geendet hat. Ich habe ein paarmal versucht, sie zu erreichen, aber sie geht nicht ran. In der Zwischenzeit ringe ich mit mir, ob ich jemand Neues suchen soll, der sie ersetzt, oder ob ich es schaffe, mich allein um alle Kunden des *L'Opale* zu kümmern.

Es ist nach fünf, und ich habe noch mehrere Projekte auf meinem Schreibtisch liegen, die erledigt werden müssen, als Gabe in der offenen Tür erscheint. Sein weißes Hemd steht am Kragen offen, und die hochgekrempelten Ärmel erlauben den Blick auf seine verführerischen Unterarme. Er hat heute im Laden Jeans getragen, und ich bin mir nicht sicher, welchen Gabe ich heißer finde – lässig in Jeans oder als Mr Gnadenlos in seinem üblichen dunklen Anzug mit Krawatte.

Glücklicherweise muss ich mich nicht entscheiden. Mir gehören beide. Und ich muss irgendetwas richtig gemacht haben in meinem Leben, denn es ist ein Geschenk des Schicksals, dass ich auch den atemberaubend nackten Gabe habe, nach dem ich mich jetzt gerade sehne.

»Die Jungs packen gerade ihre Sachen zusammen und machen dann die Fliege«, sagt er. Seine Stimme ist so leise, dass kein anderer außer mir ihn hören kann, zumal im hinteren Teil des Ladens laute Gespräche geführt werden und das Werkzeug scheppernd zusammengepackt wird. »Wie lange dauert es, bis du so weit bist, für heute Schluss zu machen?«

Ich schaue auf meinen Schreibtisch, auf dem sich die Arbeit türmt. »Ungefähr drei Monate. Aber wie klingen fünf Minuten?«

»Etwa vier Minuten zu lang«, erwidert er und wirft mir einen so verlangenden Blick zu, dass ich fast auf meinem Stuhl dahinschmelze. »Ich möchte Sie heute Abend ausführen, Miss Beckham. Nicht hier, sondern da, wo ich herkomme. Ich möchte dir zeigen, wo ich wohne.«

Überrascht und erfreut von der Einladung ziehe ich die Augenbrauen hoch. »Sehr gern, Mr Noble. Was wollen Sie mit mir unternehmen?«

»Alles.« Er mustert mich einen Moment lang. Sein Blick ist ernst und nachdenklich und verspricht mehr als nur ein Date.

»Fünf Minuten, Miss Beckham. Dann bist du das ganze Wochenende über meiner Gnade ausgeliefert.«

Ich fahre mit der Zunge über meine Lippen und zittere vor Aufregung. »Ich kann es kaum erwarten.«

Als wir bei meiner Wohnung sind, trägt Gabe mir auf, Freizeitklamotten anzuziehen und eine Tasche für die Nacht zu packen. Ich ziehe T-Shirt, Jeans und Turnschuhe an und habe keine Ahnung, wo es hingeht oder was mich erwartet, wenn wir dort ankommen.

Zwanzig Minuten später bin ich noch verwirrter, als wir vor einer Turnhalle in der Nähe von Harlem parken. Auf dem Parkplatz stehen nur ein paar Dutzend Fahrzeuge; vor allem unterschiedliche Pick-ups und ein paar bullige SUVs. Obwohl im Gebäude Licht brennt, ist hier für einen Samstagabend in New York nicht viel los.

Gabe schaltet den Motor von seinem Wagen aus und lächelt mich an. »Schaust du gern Basketball?«

Verwirrt sehe ich ihn an. »Klar.«

»Ich hatte gehofft, dass du das sagst. Na los. Komm.«

Wir steigen aus, und er nimmt eine schwarze Nylonsporttasche aus dem Kofferraum. Mit der Tasche in der einen Hand greift er mit der anderen nach meinen Fingern und führt mich zu dem großen, quadratischen Gebäude. Im Vorraum befinden sich jede Menge Anschlagbretter mit Hallennutzungsplänen und Kursangeboten sowie Broschüren und Flyer zu den verschiedensten Serviceeinrichtungen und Beratungszentren für Veteranen.

Wir gehen weiter, und Gabe führt mich einen breiten Flur entlang auf die offenen Türen der Turnhalle zu. Die rhythmischen dumpfen Schläge von Basketbällen, die vom Hartholzboden abprallen, und der fröhliche Klang von Männern und Frauen, die lachen und sich unterhalten, dringen in den Flur.

Als wir uns dem Eingang nähern, fährt ein blonder Mann im Rollstuhl in den Gang. Er ist ungefähr Mitte dreißig und sieht gut aus, und obwohl er alle Gliedmaßen hat, schauen seine Beine dünn und regungslos unter dem Saum seiner knielangen, roten Basketballshorts hervor.

Er hält an, als er Gabe sieht, und ein strahlendes Lächeln breitet sich auf seinem Gesicht aus. »Hi, Noble. Schön dich zu sehen, Mann.«

Gabe lässt meine Hand los, um seinen Freund zu begrüßen. »Wie läuft's, Webber?«

»Ach, weißt du … jeden Tag dieselbe Scheiße«, sagt er mit einem freundlichen Grinsen, wobei sein Blick alle paar Sekunden zu mir geht. »Hallo.«

Ich lächle. »Hi.«

Gabe räuspert sich. »Tschuldigung. Webber, das ist Evelyn. Evelyn, das ist Chris Webber.«

»Schön, dich kennenzulernen.« Er sieht mich noch einen Moment länger mit auf die Seite gelegtem Kopf und nachdenklich zusammengekniffenen Augen an. »Sagt dir eigentlich ab und zu mal jemand, dass du irgendwie wie dieses berühmte Model von vor ein paar Jahren aussiehst?«

»Das hat man mir schon ein-, zweimal gesagt.« Ein schiefes Lächeln breitet sich auf meinem Gesicht aus, als ich antworte: »Höchstwahrscheinlich, weil ich dieses Model bin … oder war, besser gesagt.«

Seine Augenbrauen schießen nach oben, und ich kann wirklich nicht sagen, wer überraschter von meinem beiläufigen Geständnis ist – Gabe oder sein Freund. Um ehrlich zu sein, bin ich selbst nicht minder erstaunt.

Noch vor ein paar Wochen wäre ich versucht gewesen, auf

die Frage mit einer höflichen ausweichenden Antwort zu reagieren. Vielleicht hätte ich es sogar rundheraus geleugnet. Aber jetzt, wo ich neben Gabe stehe, habe ich nicht mehr das Gefühl, eine Gefangene meiner Vergangenheit zu sein oder der Person, die ich früher einmal gewesen bin. Ich fühle mich nicht bloßgestellt oder ängstlich.

Stattdessen fühle ich mich seltsam befreit, als Gabes zärtlicher Blick auf mir ruht und seine Hand meine nimmt. Ich fühle mich wohl, unbelastet.

Ich fühle mich in einer Weise sicher, wie ich es schon lange nicht mehr erlebt habe. Gabe lächelt mich an. Es ist ein inniger Blick, der nur mir gilt und in dem sowohl Trost als auch ein verheißungsvolles Versprechen mitschwingen.

»Ey, shit.« Webber lacht leise und verpasst Gabe einen leichten Boxhieb in die Seite. »Kein Wunder, dass wir dich hier in letzter Zeit nicht gesehen haben. O'Connor hat versucht, dich in Schutz zu nehmen, und erzählt, dass dein protziger Job in der Security dir im Moment viel abverlangt.« Gabe gibt ein Brummen von sich und scheint sich beim Thema Arbeit ein bisschen unwohl zu fühlen. »Ist O'Connor da?«

»Ja, drinnen bei den anderen. Jetzt warten wir nur noch auf Nicholson, und dann können wir mit dem Spiel anfangen.« Webber nickt mir kurz zu. »Nett, dich kennengelernt zu haben. Entschuldigt mich für eine Minute. Ich muss Nicholson anrufen und ihm Dampf machen, damit er herkommt.«

Webber fährt davon, und Gabe führt mich in die Turnhalle. Drinnen befindet sich ein Basketballspielfeld, wo sich sieben Männer und Frauen an der Seitenlinie versammelt haben, von denen einige wie Webber im Rollstuhl sitzen und andere auf Prothesen stehen.

Zehn Spezialrollstühle mit niedrigen Rückenlehnen, schräg stehenden Rädern und einem runden Metallrahmen knapp über dem Boden, der mit zusätzlichen kleinen Rädern versehen ist, stehen am Rand des Spielfelds. »Gabe!« Die Freundin von Gabe, O'Connor, hebt grüßend die rechte Hand, als sie uns erspäht.

Sie löst sich aus der Gruppe, und als sie auf uns zukommt, erkenne ich, dass sie nicht nur einen künstlichen Arm hat, sondern auch am rechten Bein eine Prothese trägt. Das schimmernde Metall mit dem Kunststoffgelenk geht von ihrem Fuß, der in einem Sportschuh steckt, bis übers Knie und verschwindet dort unter den abgeschnittenen Shorts, die sie anhat.

»Ich freue mich, dass du es geschafft hast, heute Abend zu kommen«, sagt sie, als sie sich uns nähert, und lächelt dabei erst ihn an, ehe sie mich in die herzliche Begrüßung einbezieht. »Hi, Evelyn. Wir sind uns noch nicht formell vorgestellt worden. Ich bin Kelsey. Aber die meisten Leute, die ich kenne, nennen mich O'Connor. Du kannst dich also frei entscheiden. Aber auf jeden Fall finde ich es schön, dass du hier bist.«

Ich nicke. »Danke. Ich freue mich auch sehr, dich endlich mal kennenzulernen.«

Sie richtet den Blick wieder auf Gabe und wedelt ungeduldig mit der Hand. »Willst du da nur rumstehen oder ziehst du dich endlich um und schnallst dich an einen Stuhl, damit mein Team und ich deinem Team zeigen, wer hier der Meister ist?«

»Ihr könnt es ja versuchen«, gibt Gabe schlagfertig zurück.

»Moment mal …« Ich kann meine Überraschung nicht verbergen. »Du spielst Rollstuhlbasketball?«

»Fast jeden Samstag seit ungefähr einem Jahr«, sagt er mit einem Achselzucken. »O'Connor hat mich dazu überredet mitzumachen. Komm. Ich stell dich allen vor.«

Wir gehen mit Kelsey zu den anderen Spielern, und ich werde den vier Männern – Rob Sanchez, Denny Adams, John Tuttle und Bruce Goldberg – sowie zwei Frauen, Tameka Jenkins und Lori Murphy, vorgestellt. Alle nehmen mich freundlich auf, sodass ich, als Gabe sich entschuldigt, um in der Umkleidekabine seine Bürokleidung gegen Sportsachen auszutauschen, gleich in ein entspanntes Gespräch gezogen werde, so als würde ich dazugehören.

Kaum ist er ein paar Minuten später zurück, muss ich einen weiteren heißen Gabe zu meiner Liste hinzufügen, denn er sieht in seinem Basketballdress fantastisch aus. Das Shirt betont seine kräftigen Arme und die breiten Schultern, und das Bündchen der locker sitzenden Shorts klebt unter dem flachen Bauch an seinen schmalen Hüften.

Mit lockerem, selbstbewusstem Schritt kommt er näher. Das Lächeln, das von Grübchen begleitet wird, lässt mir das Wasser im Munde zusammenlaufen, und mir wird innerlich sofort warm, als ich ihn mit den Augen ausziehe.

Er beugt sich über mich und raunt mir ins Ohr. »Wenn ich gewusst hätte, dass du mich so anschaust, hätte ich dich schon viel eher zu so einem Spiel mitgenommen.«

Ich muss mich sehr zusammenreißen, nicht die Arme um ihn zu schlingen; und zwar nicht, um der Erregung nachzugeben, die in mir erwacht, sondern aus purer Freude und Zuneigung.

Lieber Gott, ich bin dabei, mich Hals über Kopf in diesen Mann zu verlieben.

Aber es ist mehr als das. Wenn ich ehrlich mit mir bin, muss ich gestehen, dass ich mich bereits verliebt habe.

Das Geständnis liegt mir auf der Zunge, als er sich wieder aufrichtet und seine Augen vor Erheiterung und etwas anderem, schwer Fassbarem funkeln, dem etwas Ernstes und Intensives innewohnt. Ich halte den Atem an, denn einen Moment lang frage ich mich, ob er vielleicht mir gegenüber das Gleiche empfindet.

»Eve …« Mein Name kommt als raues Flüstern über seine Lippen, als er eine Hand zärtlich an meine Wange legt.

Ich weiß nicht, was er vielleicht sonst noch hat sagen wollen, denn im nächsten Moment kommt Webber in die Turnhalle zurück und verkündet, dass Nicholson heute Abend doch nicht mehr kommen wird.

Mehrere Spieler stöhnen auf.

»Mist.« Sanchez, ein Dreifachamputierter, flucht laut und schleudert den Ball, der auf seinem Schoß gelegen hat, weg. Der Basketball landet mitten im Korb. Drei Punkte verschwendet.

Eine der Frauen, Tameka Jenkins, hebt die Hand. »Ich setze aus. Wir können heute Abend auch mit Viererteams spielen.«

Webber schüttelt den Kopf und sieht die große, dunkelhäutige Schönheit an, die statt des linken Arms nur einen kurzen Stumpf hat. »Auf keinen Fall, Jenkins. Du bist unser bester Center, und ich will dich in meinem Team haben.«

»Wisst ihr was, Leute«, sagt O'Connor, »wir haben doch einen zehnten Spieler hier.«

Alle Köpfe drehen sich in meine Richtung. Mein panischer Blick geht von Gabe zu seinen Freunden, die mich erwartungsvoll anschauen.

»W… was? Ich?«, stammele ich und schüttele den Kopf. »Äh … nein … ich …«

»Ich halte es für eine großartige Idee«, erklärt Gabe mit seiner tiefen, ruhigen Stimme, die mir wenig Möglichkeit lässt zu widersprechen. Seine Hand geht zu meiner und streichelt meine Finger, sodass die Angst, die in mir aufsteigen will, ein bisschen gedämpft wird. »Weißt du, wie man spielt?«

»Ja, aber ich habe –«

»Du hast noch alle Arme und Beine?«, fragt Jenkins mit einem provozierenden Unterton.

»Ich wollte sagen, dass ich nichts anzuziehen habe«, stelle ich klar und werfe einen Blick auf meine Jeans und mein T-Shirt. »Aber einen Rollstuhl habe ich auch noch nie benutzt.«

»Gut«, erwidert Jenkins. »Dann kann man leichter gegen dich gewinnen.«

Sie grinst, und ich entspanne mich sofort, weil ich erkenne, dass sie mich nur ein bisschen ärgern wollte.

Ehe ich mich versehe, teilen wir uns in zwei Mannschaften mit jeweils fünf Spielern auf, die alle in den Spezialrollstühlen festgeschnallt werden. Nachdem man mir die Unterschiede dieser Spielart im Gegensatz zu der, die ich in der Schule gelernt habe, erklärt hat, weist Gabe mich im Schnellverfahren in die Benutzung des Rollstuhls ein. Er führt mir die schnellen Drehungen vor und demonstriert mir die Kippsicherheit von Rahmen und Rollen.

»Ich kann froh sein, wenn ich es schaffe, mich zu bewegen und gleichzeitig den Ball zu dribbeln«, erkläre ich ihm. »Wenn ich dabei mit niemandem zusammenstoße, grenzt das an ein Wunder.«

»Ich werde direkt neben dir sein«, sagt er. »Ich fange dich auf, wenn du fällst. Das verspreche ich dir. Aber eigentlich brauchst du mich dafür gar nicht, denn du schaffst alles, was du dir in den Kopf setzt, Evelyn.«

Er meint das wirklich ernst. Das sehe ich in seinen Augen. Er ahnt nicht, wie viel mir diese schlichte Bemerkung bedeutet, wie viel Kraft mir das Wissen gibt, dass er an meiner Seite ist. Heute Abend sind wir auf dem Spielfeld in derselben Mannschaft. Aber für mich ist es viel mehr als das.

In der kurzen Zeit, die wir uns nun kennen, ist er zu meinem Freund geworden, meinem Vertrauten.

Wie ein Liebhaber.

Ich vertraue ihm wie dem Partner, den zu finden ich mir niemals erträumt hätte.

»Bereit loszulegen, meine Schöne?«, fragt er mich.

»Ja«, sage ich und nicke. »Ich glaube, ich bin zu allem mit dir bereit, Gabe.«

Er sieht mich so lange an, dass ich die Intensität irgendwann kaum noch ertragen kann. Dann nimmt er mein Gesicht in beide Hände, zieht mich zu sich rüber und gibt mir einen kurzen, aber schmerzhaft innigen Kuss, der wie ein Stromschlag durch jede einzelne Zelle meines Körpers jagt.

»Dann lass uns ihnen mal zeigen, wo der Hammer hängt«, sagt er, und zusammen rollen wir in die Mitte des Spielfeldes.

24

Gabriel

Wir verloren durch einen glücklichen Freiwurf Webbers in den letzten Sekunden des Spiels.

Eigentlich ging es mir nicht um die Punktzahl oder darum, wer gewonnen hat. Das Schönste am Spiel war es für mich, Evelyn dabei zu beobachten … nicht nur zu sehen, wie sie sich einer Herausforderung stellt, sondern sie auch furchtlos meistert. Wie sie mit meinen Freunden lacht, wie es ist, mit ihr zusammen als Partner in einer Mannschaft zu spielen.

So etwas habe ich sehr lange nicht gehabt … und vor allem nie so.

Das ist nichts, wonach ich je gesucht hätte, aber zumindest erkenne ich es, wenn ich etwas Besonderes vor mir habe. Und Evelyn Beckham ist etwas Besonderes. Sie ist all das und noch viel mehr, und ich kann nicht so tun, als wäre das, was ich für sie empfinde, etwas Beiläufiges.

Was ich fühle, ist mächtig. Es ist kompliziert.

Und es ist real.

So real es eben sein kann, solange ihr Wohlergehen mit zu meinen Aufgaben gehört.

Sie an diesem Wochenende in meine Welt mitzunehmen, war das Ergebnis praktischer Erwägungen – und echter Sorge. Jetzt, wo klar ist, dass jemand nicht nur etwas an ihrem Auto gemacht hat, sondern auch in die Boutique eingedrungen ist, wollen Nick und Beck, dass sie rund um die Uhr unter Schutz steht.

Diesem Plan kann ich gar nicht genug zustimmen. Der Rund-um-die-Uhr-Schutz von Evelyn ist ein Plan, den ich voll unterstütze und für dessen Durchführung ich persönlich sorgen will. Ich kann mir keinen Ort vorstellen, an dem sie an diesem Wochenende sicherer wäre als mit mir zusammen in Inwood.

Was mir jedoch Sorgen macht, sind die nächsten Tage. Denn ich bin mir zwar sicher, sie vor allem schützen zu können, solange wir zusammen sind, aber dieses Arrangement kann natürlich nicht endlos so weitergehen. Ich weiß nicht, wie lange ich meine Verpflichtung gegenüber ihrem Bruder und Nick aufrechterhalten kann, wenn es gleichzeitig bedeutet, Evelyn die Wahrheit vorzuenthalten. Und damit meine ich nicht nur die potenzielle Gefahr, in der sie schwebt, sondern auch meine gegenwärtige Rolle in ihrem Leben, die ich vor ihr geheim halten soll.

Andererseits bin ich nicht bereit, meinen Job an jemand anderen zu übertragen, solange der potenziellen Bedrohung nicht auf den Grund gegangen und diese eliminiert ist.

Das werde ich durchziehen, auch auf die Gefahr hin, dass Evelyn mich dafür eines Tages hasst.

Diese Gedanken belasten mich, während Evelyn bereitwillig darauf eingeht, mit meinen Freunden nach dem Spiel essen zu gehen. Nachdem wir alle geduscht und uns umgezogen haben, begeben wir uns zu zehnt in eine der Kneipen am Broadway in Harlem, die nicht weit von der Turnhalle des Veteranenzentrums entfernt liegt.

Evelyn versteht sich weiter prächtig mit allen, aber vor allem mit den drei Frauen in der Gruppe, und das hält auch während einer Runde Burger und Bier an. Während Evelyn Fragen von O'Connor, Jenkins und Murphy über die Welt der Mode und ihre Arbeit bei *L'Opale* beantwortet, bemerke ich, dass Webber und die anderen Jungs kaum den Blick von ihr lösen können.

Andererseits kann ich das auch nicht.

Sie sitzt neben mir an dem langen Tisch, und ihre Hand liegt auf meinem linken Schenkel. Ihre Wärme dringt durch das Silikon und die Polsterung, die mein Bein bedeckt. Die leichte Berührung ist angenehm und gleichzeitig eine Versuchung, die dafür sorgt, dass ich hart wie Stein bin. Jedes Mal, wenn sie den Kopf dreht, um mich anzuschauen, muss ich all meine Selbstbeherrschung aufbieten, um mich nicht auf ihren Mund zu stürzen und sie bis zur Besinnungslosigkeit zu küssen.

Es war nicht meine Absicht gewesen, sie so lange mit meinen Freunden zu teilen, aber es fällt mir auch schwer, dies zu bedauern, wenn ich sehe, wie gut sie sich amüsiert. Das hält mich jedoch nicht davon ab, die Kellnerin herbeizuwinken, sobald alle aufgegessen haben. Ich reiche ihr meine Karte, und unter lautem Protest der anderen sage ich der Frau, dass die ganze Rechnung auf mich geht.

Ich tue es nicht, um anzugeben oder allen meinen tollen Job unter die Nase zu reiben. Aber als uneigennützig kann man meine Gründe auch nicht bezeichnen. Denn ich bin so ungeduldig, Evelyn wieder ganz für mich allein zu haben, dass ich nicht abwarten will, bis jeder von meinen Kumpels einzeln sein Essen bezahlt hat.

Während die anderen noch wegen der Rechnung grummeln und stöhnen, stößt Evelyn mich mit der Schulter an. Ihre hellgrünen Augen schimmern in der schwachen Beleuchtung. »Dann ist das jetzt also unser erstes offizielles Date?«

Ich starre sie an. Da wir sonst die gemeinsam verbrachte Zeit meist stundenlang schlaflos und nackt in ihrem Bett oder leidenschaftlich-heiß minutenlang auf anderen Oberflächen verbracht haben, stelle ich jetzt fest, dass sie, verdammt noch eins, recht hat. Es ist das erste Mal, dass ich mit ihr irgendwo hingegangen bin. Allerdings hätte ich das auch nicht auf der Upper East Side tun können oder irgendwo anders, wo wir zufällig auf ihren Bruder oder jemand von Baine International hätten stoßen können.

Ich runzle die Stirn und wünsche mir, ich hätte ihr heute einen schöneren Abend bereitet. »Ich bin mir sicher, das ist nicht die Art von Date, die du gewöhnt bist. Deswegen tut es mir leid.«

Sie zieht die zarten, dunklen Augenbrauen hoch. »An was für Dates meinst du denn, sei ich gewöhnt?«

Ich versuche, sie mir mit anderen Männern vorzustellen – unversehrten Männern mit Bankkonten, die so gut gefüllt sind, dass man sich damit Wohnungen kaufen kann, die Millionen wert sind, und elegante Designerkleidung, die in ihrem riesigen begehbaren Kleiderschrank hängt. Ich will sie nicht mit einem anderen Mann sehen – weder real noch in meiner Fantasie, weder in der Vergangenheit noch in der Gegenwart. Und wenn ich versuche, sie mir mit jemand anderem vorzustellen, habe ich nur noch mehr das Gefühl, sie nicht zu verdienen.

Sie ist definitiv mehrere Nummern zu groß für mich, aber das habe ich vom ersten Tag an gewusst. Allerdings lässt sie einen das vergessen, wenn sie mich so ansieht, als wäre ich der einzige Mann im Raum.

Ich wende mich von ihrem forschenden Blick ab, greife nach meinem Bierglas und nehme den letzten Schluck, der mittlerweile warm geworden ist.

»Ich wünschte mir einfach, ich hätte dich heute Abend zu etwas Besonderem mitgenommen und nicht zum Sport. Das ist alles.«

Sie gibt einen leisen Laut von sich, der in all dem Klirren von Gläsern und der Geräuschkulisse aus Musik und Gesprächen kaum zu hören ist, aber ich kann den zweifelnden Unterton darin erkennen.

»Bin ich die einzige Frau, bei der du je das Gefühl hattest, dich entschuldigen zu müssen, nachdem du sie zu einem deiner Basketballspiele mitgenommen hast?«

»Ja. Das bist du.« Sie wirft mir einen so waidwunden Blick zu, dass es mir ins Herz schneidet. Ich strecke die Hand aus und streiche mit meinem Daumen über die samtweiche Haut ihrer Wange. »Du bist die einzige Frau, die ich je zu einem Spiel mitgenommen habe. Ich habe dir schon vorher gesagt, dass ich nicht … Beziehungen habe. Ich habe auch keine Dates. Und scheine es ja offensichtlich auch nicht zu können.«

Sie lächelt und dreht ihr Gesicht in meiner Hand, um einen kurzen Kuss hineinzudrücken. »Ich habe Neuigkeiten für dich, Gabriel Noble. Was Dates betrifft, ist dieses bis jetzt ziemlich perfekt.«

»Ja?« Meine Stimme ist ganz rau, und meine Erregung tritt in einen Wettstreit mit der Erleichterung, die mich bei ihrer Antwort durchfährt. Sie nickt, und ihr Blick huscht kurz von meinen Augen zu meinem Mund. Sie fährt sich mit der Zunge über die Lippen, und mein Herzschlag beschleunigt sich, während sich mein Inneres vor Verlangen zusammenzieht. Ich beuge mich zu ihr und raune in ihr Ohr. »Schatz, das Date hat gerade erst angefangen.«

Nachdem das Bezahlen der Rechnung erledigt ist und eine ganze Horde von Gästen darauf wartet, dass wir unseren Tisch zur Verfügung stellen, verlassen wir die Kneipe und verabschieden uns voneinander draußen auf dem Bürgersteig. Während ich meinen Kumpels die Hand schüttele und wir miteinander witzeln, wird Evelyn von den Frauen zum Abschied herzlich umarmt. Als wir uns von den anderen trennen, höre ich noch, wie die Frauen Pläne machen, sich in zwei Wochen zum Lunch zu treffen und dem *L'Opale* einen Besuch abzustatten.

Ich nehme Evelyns Hand, als wir das kurze Stück um den Block herum zu der Stelle gehen, wo mein Wagen geparkt ist. Sobald wir im Auto sitzen und ich den Motor anlassen will, kann ich mein Verlangen, sie zu berühren, ihre Lippen an meinen zu spüren, nicht mehr beherrschen. Ich drehe mich zu ihr um und ziehe sie zu einem langen, innigen Kuss an mich.

»Ich habe mich den ganzen Abend danach gesehnt.«

Es braucht nur einen Kuss, und die Erregung, die mich schon in der Kneipe gepackt hatte, steigert sich zu leidenschaftlichem Verlangen. Ich drücke meinen Mund wieder auf ihre Lippen, schiebe meine Zunge durch ihre geöffneten Lippen in die süße Hitze ihres Mundes.

Unter dem Reißverschluss meiner Jeans bin ich hart wie Stahl, und jede Zelle meines Körpers brennt nach ihr.

Mit einem erstickten Keuchen löst sie sich von mir. »Wie weit ist deine Wohnung von hier entfernt?«

Mein in Lust ertrinkendes Hirn braucht einen Moment, um die Entfernung zu schätzen. »Ungefähr zehn Minuten.«

Ihre Lippen schimmern von meinem Kuss, als sie sich zu einem verführerischen Lächeln verziehen. »Das sind neun Minuten zu viel.«

Sie rückt näher und greift in meinen Schoß, um den Knopf am Bund meiner Jeans zu öffnen. Der Reißverschluss knirscht leise, als sie ihn über die große Wölbung nach unten zieht. Dann schiebt sie ihre Finger in meine Boxershorts, um mich zu befreien.

»Allmächtiger«, stöhne ich, als sie anfängt, mich zu streicheln. Im nächsten Moment stoße ich einen erstickten Fluch aus, als sie die Spitze meiner Männlichkeit in ihren heißen, nassen Mund nimmt und anfängt zu saugen. *»Himmel!«*

Ich lege den Kopf in den Nacken. Eine Hand ist in ihrem langen Haar vergraben, die andere umklammert das Lenkrad, als wäre es eine Rettungsleine, während sie mich mit ihrer Zunge von unten massiert und mich noch tiefer in sich aufnimmt. Gleichzeitig streichelt sie mich zwischen den Beinen, während die andere Hand sich immer wieder vom Ansatz bis zur Spitze bewegt und das im gleichen Tempo, wie sie mich mit ihrem Mund verwöhnt.

Ich schaue nach unten, sehe, wie ihr Kopf sich auf und ab bewegt, und höre die nassen Geräusche und das verlangende Stöhnen, das ich auch spüre und das mich ganz schnell an den Rand meiner Selbstbeherrschung führt. »Das fühlt sich so gut an, Baby. Ich halte nicht lange durch, wenn du so weitermachst.«

Mit feuchten Lippen schaut sie zu mir auf. Ihr Lächeln ist die pure Sünde. »Dann solltest du lieber Gas geben, Pfadfinder.«

»Ja, die Dame«, krächze ich.

Ich lege den Gang ein und drücke aufs Gaspedal. Ich bin mir ziemlich sicher, dass ich einen neuen Geschwindigkeitsrekord aufstelle, was schon eine Leistung ist, wenn man bedenkt, dass es auch ein Wunder an Selbstbeherrschung und Konzentration ist, dem sinnlichen Angriff von Eves perfektem Mund und ihrer erbarmungslosen Zunge zu widerstehen. Aber selbst meinem eisernen Willen sind Grenzen gesetzt.

Sobald ich den Wagen auf dem kleinen Parkplatz hinter dem alten gemauerten Mehrfamilienhaus abgestellt habe, schalte ich den Motor aus, bringe meine Kleidung in Ordnung und schnappe mir unsere Taschen. Ich zerre Evelyn förmlich die kurze Treppe zu meiner Wohnung im ersten Stock hoch. Sie hält meine freie Hand und kichert vor Erheiterung, als ich die Taschen fallen lasse und vor der Tür anfange, nach meinen Schlüsseln zu suchen.

Ich kann nichts gegen das Zittern meiner Finger tun. Ich habe Bomben entschärft und unter schwerem Beschuss Waffen nachgeladen, ohne dabei in Schweiß auszubrechen, aber zu wissen, dass Evelyn in nur wenigen Momenten nackt unter mir liegen wird, würde es mir wahrscheinlich sogar unmöglich machen, mir die Schuhe zuzubinden, selbst wenn mein Leben davon abhinge.

Endlich drücke ich fluchend die Tür auf und werfe die Taschen hinein. Dann ziehe ich sie mit mir mit in die Wohnung. Unbeholfen und voller Verlangen fallen wir übereinander her. Wir küssen uns und zerren uns gegenseitig die Kleidung vom Leib, während ich sie durch das Wohn-Ess-Zimmer in den Flur dränge, durch den man das Badezimmer passiert, bevor man an dessen Ende zum Schlafzimmer gelangt.

Unter dem dunklen T-Shirt und der ausgeblichenen Jeans hat Evelyn einen roten Seiden-BH und das dazu passende Höschen an. Dieses Mal gehe ich behutsam mit den schönen Dessous um, öffne den Verschluss des BHs und ziehe ihn von ihren schönen Brüsten. Ich stecke mir den BH in die Tasche meiner Jeans, weil ich noch etwas mit dem hübschen Stück aus Seide und Spitze vorhabe.

Als Evelyn nur noch ihr Höschen anhat und ich meine Jeans, nehme ich ihre Hand und gehe mit ihr schnell durch den Flur.

Sie knabbert an meiner Schulter, als ich sie in mein Schlafzimmer führe. »Willst du mir nicht deine Wohnung zeigen?«

Ich lache leise, doch es ist ein dunkler, verlangender Laut. »Das habe ich gerade. Ich glaube, du wirst mir zustimmen, dass dies der schönste Raum in der ganzen Wohnung ist.«

Ich gehe mit ihr zu dem großen, breiten Bett und setze sie auf die Kante. Ihre Hände streicheln mich, fahren über meinen nackten Oberkörper und nach hinten auf meinen Rücken. Ihre

Berührung entflammt mich, aber ich will mich nicht davon vereinnahmen lassen. Dieses Mal nicht.

Jetzt befindet sie sich in meinem Revier. Zu meinen Bedingungen, und ich will, dass sie das weiß.

Himmel, mir selbst muss ich das auch beweisen.

Denn diese Frau wird zu einer Sucht, bei der ich nicht weiß, ob ich mich ihr entziehen kann. Aber schlimmer noch ist, dass ich mir gar nicht vorstellen kann, es überhaupt zu wollen – auch wenn es bedeutet, dass ich alles verliere, was ich mir erarbeitet habe.

Sie gehört mir.

Auch wenn ich weiß, dass ich kein Recht habe, Ansprüche auf sie zu erheben, ist dieses Gefühl doch in mir.

»Leg dich zurück«, befehle ich mit leiser, schroffer Stimme.

Als sie gehorcht, beuge ich mich über sie und nehme ihren Mund mit einem langen, innigen Kuss in Besitz. Sie bebt, als meine Lippen zu ihrer Kehle gleiten, meine Zunge ihrer Schulterlinie folgt, um mich dann den hübschen Wölbungen ihrer Brüste zuzuwenden.

»Gabriel«, wispert sie, als ich mit den Zähnen an einer der dunklen Spitzen ziehe. »Oh Gott.«

Sie windet sich und keucht unter meinem forschenden Mund. Der Duft ihres Verlangens erfüllt meine Sinne und entfacht Feuer in meinen Adern. Ich streiche mit den Händen an den Seiten ihres Körpers nach unten bis zu der Stelle, wo sich ihre Hüften wölben. Ich hake die Daumen in ihr Höschen ein und streife ihr das kleine Stückchen Seide ab, um es neben ihren nackten Füßen auf den Boden fallen zu lassen.

Ich umfasse ihre zarten Knöchel und drücke ihre feste und gleichzeitig weiche Wade an meine Lippen, als ich küssend an ihrem langen Bein wieder nach oben strebe. Sie atmet flach und schnell, ihre Schenkel zittern, als ich sie mit beiden Händen umfasse und spreize, damit meinem verlangenden Blick nichts verborgen bleibt.

»So wunderschön.« Ich streichle ihren zarten Schoß erst mit den Fingern, dann mit meiner Zunge. Sie seufzt, und ein leises Beben geht durch ihren Körper, das auf mich übergeht, als meine Lippen ihre Knospe umschließen und ich sie in meinen Mund sauge.

Stöhnend löse ich mich von ihr und wünschte, ich hätte die ganze Nacht, um in ihr zu schwelgen. Ich habe gerade erst angefangen und sehe doch, dass sie kurz vor der Erlösung steht.

»Komm nicht«, befehle ich ihr. »Komm erst, wenn ich es dir sage, Baby. Schaffst du das?«

Sie antwortet mit einem Stöhnen und Nicken, wobei sie sich mit ihren geraden, weißen Zähnen auf die Unterlippe beißt.

Ich lächle sie an. »Das ist mein Mädchen. Keine Angst vor einer Herausforderung. Und jetzt rutsch in die Mitte des Bettes.«

Sie tut wie ihr geheißen. Ich stehe auf und sehe sie an, während ich meine Jeans öffne. Mit schweren Lidern verfolgt sie jede Bewegung meiner Hände, als ich den Reißverschluss nach unten ziehe und mir dann die Hose zusammen mit den schwarzen Boxershorts über die Hüften und meine steife Männlichkeit schiebe.

Der kehlige Laut, den sie von sich gibt, als meine Erektion befreit nach oben springt, ist so sinnlich, dass es mich fast umbringt. Ihr Blick ist fest auf mich gerichtet, als ich meine Männlichkeit packe und ein paarmal daran auf und ab streiche. »Schau dir an, wie hart du mich gemacht hast. Ich kann es kaum erwarten, in dich einzudringen, Baby. Aber erst will ich spüren, wie du an meinem Mund kommst.«

Sie fährt sich mit der Zunge über die Lippen, und ich spüre es bis in meine Eingeweide.

»Berühr dich«, sage ich, und meine Stimme klingt ganz erstickt. Ich lasse von mir ab, drehe mich und setze mich auf die Bettkante, um meine Hose ganz abzustreifen. »Zeig mir, wie ich dich berühren soll, Liebste. Lass mich deine Lust sehen – aber geh nicht zu weit. Dein Höhepunkt gehört mir.«

Ich beobachte sie dabei, wie sie ihre Brüste streichelt und sich ihre jetzt dunkelgrünen Augen mit einem leisen Seufzen schließen. »Ich will deine Hände spüren«, klagt sie leise. »Gabe, bitte … ich brauche dich.«

Ich lächle und freue mich viel zu sehr über dieses unverhohlene Geständnis. Meine Erregung hat schmerzhafte Ausmaße angenommen, mein Fleisch ragt heiß und steif nach oben und drückt gegen meinen Bauch, während ich beobachte, wie ihre Hand weiter nach unten gleitet. »Du bist so verdammt sexy, Baby. Ich hab den Geschmack deines süßen Taus immer noch auf der Zunge. Vielleicht werde ich mich die ganze Nacht an dir laben.«

Sie stößt einen Schrei aus, und ihre Finger streichen über die nackte Haut. Sie umkreist die Knospe und schiebt dann zwei Finger in ihren Schoß. Es ist ein Wunder, dass meine Backenzähne nicht knacken, obwohl ich sie fest zusammenbeiße, um mich nicht auf der Stelle auf sie zu stürzen.

Ich schiebe meine Jeans bis über den Schaft der Prothese und drücke das Saugventil, um mein Bein zu befreien. Sie öffnet die Augen und beobachtet mich, während sie sich weiterstreichelt und dabei die Schenkel um ihre Hand schließt, während sie sich auf dem Bett wiegt. Ihre schlanken Muskeln spannen sich an, ihre hellbraune Haut bekommt einen dunkleren, rosigen Ton. Ich habe noch nie etwas so Heißes, so unwiderstehlich Sinnliches gesehen.

»Verdammt«, stoße ich heiser voller Ehrfurcht hervor. »Komm noch nicht, Eve.«

Widerwillig wirft sie den Kopf nach hinten, aber ich kann sehen, dass sie versucht sich zurückzuhalten. Ich rolle die Hülle von meinem Stumpf herunter und lege sie zusammen mit der Prothese zur Seite. Dann streife ich den Turnschuh von meinem rechten Fuß und ziehe die Jeans ganz aus, wobei ich nur einmal kurz innehalte, um den roten BH aus der Tasche zu ziehen.

Ich komme zu ihr aufs Bett und lege mich zwischen ihre gespreizten Beine. Sanft halte ich ihre Hand fest und ziehe ihre Fingerspitzen an meinen Mund. Ihr Tau ist süß und heiß … berauschender als der stärkste Alkohol.

Als ich ein Ende des BHs um ihr Handgelenk binde, gehen ihre Augen mit einem Ruck auf. Sie hört auf sich zu bewegen, aber sie atmet immer noch keuchend, und ich kann sehen, wie wild der Puls in ihrer Halsbeuge pocht.

»Irgendwann vorhin hattest du gesagt, du seist bereit, mir überallhin zu folgen, wohin ich dich auch mitnehmen will.« Nachdem der Knoten fest, aber ohne zu drücken um ihr Handgelenk liegt, drücke ich einen Kuss in ihre offene Handfläche. »Ist das in Ordnung?«

Sie schluckt und lässt mich nicht aus den Augen. Dann nickt sie.

Ich knurre und spüre, wie mich alles, was ich für sie empfinde, zu überwältigen droht. »Gib mir deine andere Hand, Liebste.«

Sie gehorcht, und ich binde beide Handgelenke mit dem roten Strang aus Seide und Spitze zusammen. Ich bedeute ihr, beide Arme hoch über den Kopf zu nehmen und sie darüber auf das Kissen zu legen. »Lass sie da liegen, sonst werde ich dir keine Erlösung schenken. Hast du verstanden?«

»Ja.« Ihre Antwort ist kaum mehr als ein Keuchen.

Ich belohne sie mit einem langen, innigen Kuss, ehe ich

mich auf ihrem Körper bewege. Sie keucht und zittert unter mir, als ich tausend kleine Küsse von ihrem Mund bis zum Hals verteile. Ich rutsche weiter nach unten und koste dabei jeden Zentimeter ihres Körpers, angefangen bei den festen Spitzen ihrer Brüste bis zur süßen Mulde ihres Nabels.

Während ich in der Zartheit ihrer Haut an der Hüfte schwelge, schiebe ich meine Finger in ihr nasses, seidiges Fleisch. Ich will es langsam angehen und versuche, meine sich allmählich verabschiedende Selbstbeherrschung aufrechtzuerhalten, aber mein Verlangen nach ihr ist zu übermächtig.

Ich lege meine Hände an ihre Oberschenkel und spreize sie für meinen glühenden Blick. Dann senke ich den Kopf und nehme sie mit meinem Mund in Besitz. Sie stöhnt und bäumt sich gegen den sinnlichen Ansturm meiner Zunge und Lippen auf.

»Bitte«, keucht sie. »Oh Gott … Gabe, bitte.«

»Bitte was?«, murmele ich an ihrer zarten Mitte.

»Ich will … ich will dich jetzt in mir spüren.« Sie bebt, als ich weiter an ihrem Schoß lecke und sauge. Ihre Schultern kommen vom Kissen hoch, und einen Moment lang glaube ich, dass sie ihr Versprechen, die Hände dazulassen, wo ich sie hingelegt habe, brechen wird, doch dann fällt sie stöhnend wieder zurück. »Oh Gott. Ich muss unbedingt kommen, Gabe.«

Ihre sehnsüchtige Verzweiflung wird ganz schnell zu meiner. Ich fahre weiter mit der Zunge über ihren geschwollenen Schoß, und wir haben mittlerweile beide unsere Erregung kaum mehr unter Kontrolle. Mein Gesicht ist von ihrem Tau benetzt, meine Sinne lodern vor Verlangen nach ihr. Alle Nervenenden in meinem Körper haben sich entzündet und knistern, jede Sehne ist bis zum Zerreißen gespannt. Und meine Männlichkeit ist nie härter gewesen, hat nie kürzer davorgestanden zu explodieren.

»Komm jetzt für mich, Baby.«

Mehr braucht es nicht. Während sie meinen Namen mit einem erstickten Schrei ausstößt, zerbricht sie an meiner Zunge und wird von einer Woge nach der anderen überspült. Ich will jedes bebende Zucken, jedes leise Zittern genießen, aber mein eigenes Verlangen ist mittlerweile zu drängend geworden.

Ich drehe sie auf den Bauch und ziehe ihre Hüften nach hinten, bis sie auf den Knien vor mir kauert. Ihr Kopf liegt mit wallendem Haar auf dem Kissen, und die gefesselten Hände sind nach vorn ausgestreckt.

»Allmächtiger, du bist wunderschön so. Sag mir, dass es dir gefällt. Sag mir, dass es das ist, was du willst.«

»Ja«, keucht sie, und ihr Körper bebt immer noch unter meinen Fingern. »Ich will es. Ich will dich, Gabe … jetzt sofort.«

Ich streiche mit der Hand über ihr Rückgrat … vom Nacken bis zum Ansatz ihres wundervollen, runden Hinterns mit dem durchnässten, schmelzenden Hafen darunter. Ich rücke dichter an sie heran und nähere mich ihrem Schoß. Mit einem langen, harten Stoß dringe ich in sie ein. Längst bin ich jenseits der Fähigkeit oder Macht, es jetzt langsamer angehen zu lassen.

Ein besitzergreifendes Knurren steigt in mir auf, während ich in ihren engen, heißen Schoß stoße. »Verdammt, Eve.« Meine Stimme ist erstickt und rau, und mein Höhepunkt kündigt sich wie eine riesige Flutwelle an. »Du gehörst mir. Nur mir.«

»Ja. Oh Gott, Gabriel … ja.«

»Du gehörst mir. Ohne Kompromisse«, knurre ich. »Sag es.«

»Ich gehöre dir.« Der Schwur kommt mit einem lauten Zischen aus ihrem Mund.

»Ohne Kompromisse, Gabe. Ich gehöre nur dir.«

Ihre Antwort reicht, um die Kontrolle über meine Selbstbeherrschung zu verlieren, doch es ist das Gefühl, wie sich ihr Schoß um mich herum zusammenzieht, das mich der Erlösung entgegenkatapultiert. Sie schreit auf, als sie kommt, und ich stoße voller Leidenschaft wild in sie hinein, während sich mein Körper bei jedem schnellen Schlag meiner Hüften gegen ihren Hintern mehr anspannt. Sengend heiß bricht es aus mir heraus.

Ich bin gerade erst gekommen, als ich sie auf den Rücken drehe und ihre Handgelenke löse. Ich sinke wieder zwischen ihre Schenkel und nehme ein Tempo auf, das noch erbarmungsloser, noch leidenschaftlicher ist. Sie schlingt die Arme um mich. Ihre Beine hat sie um meine Hüften gelegt.

»Hör nicht auf«, wispert sie. »Bitte, Gabe … hör nicht auf.«

Ich könnte es noch nicht einmal dann, wenn ich es versuchen würde. Die grellweiße Entladung der Lust lässt immer noch jede Zelle in meinem Körper beben, aber ich will mehr. Ich brauche mehr.

Ich weiß, dass ich bei dieser Frau erst zufrieden bin, wenn ich alles von ihr bekommen habe.

25

Evelyn

Nachdem ich am nächsten Morgen geduscht und mir im einzigen Badezimmer der Wohnung die Zähne geputzt habe, tappe ich barfuß mit Hemdchen und Yogahose bekleidet auf die kleine Küche zu, aus der der Duft von frisch gebrühtem Kaffee und gebratenem Speck kommt, was meinen Magen voller Interesse knurren lässt.

Aber das ist nicht das Einzige, was meinen Hunger weckt.

Gabe muss schon eine ganze Weile auf sein, denn er hat bereits geduscht, und das Frühstück ist auch schon fast fertig. Er steht am Herd und dreht sich um, als ich näher komme, obwohl er meine Schritte wegen des dicken, beigefarbenen Teppichs im Flur eigentlich gar nicht gehört haben kann.

Er hält einen schwarzen Pfannenwender in der Hand und ist nackt bis auf eine graue, tief auf den Hüften sitzende Jogginghose, sodass ich seinen geriffelten, flachen Bauch ausgiebig bewundern kann. Die große Wölbung zwischen seinen Beinen kann auch der locker fallende Stoff kaum verbergen, und das weite Bündchen betont nur die verlockend schmalen Hüften.

Ich kann mir gar nicht vorstellen, je genug von diesem Anblick zu bekommen, und dafür, dass er ein Frühstück für mich zubereitet und auch noch ein Kaffeebecher auf mich wartet, bete ich ihn nur noch mehr an.

Sein Mund verzieht sich zu einem trägen, sinnlichen Lächeln. »Guten Morgen.«

»Mmh, guten Morgen.« Wenn ich ihn heute anschaue, spüre ich unwillkürlich die leichten Hautabschürfungen dort, wo er letzte Nacht meine Hände gefesselt hat. Es ist ein ganz leichter Schmerz, den ich kaum wahrnehme, der aber mit einem sehnsüchtigen Kribbeln einhergeht, das auch jetzt noch in mir vibriert, obwohl ich irgendwann in einen tiefen, erschöpften Schlaf gefallen war.

Er legt den Pfannenwender auf ein Tellerchen neben dem Herd, wo schon eine Schüssel mit Pfannkuchenteig steht, den er gleich verarbeiten will. Er tritt vor mich, hebt mein Kinn mit seinen Fingern und senkt seinen Mund auf meine Lippen. Der Kuss ist viel zu zart und entschieden zu kurz. Ich stöhne und beiße mir auf die Unterlippe, als er sich von mir löst.

»Unersättlich«, murmelt er, und durch sein Grinsen erwachen die beiden Grübchen zum Leben, bei deren Anblick mir immer unweigerlich die Knie weich werden und jedweder Widerstand schmilzt. »Kaffee?«

»Liebend gern. Schwarz, bitte.«

»Kommt sofort. Setz dich.« Er zeigt auf einen der beiden Hocker, die auf der anderen Seite des kurzen L-förmigen Tresens stehen. In Bezug auf sein Küchenfenster hat er die Wahrheit gesagt. Man blickt tatsächlich in eine Wohnung im gegenüberliegenden Backsteingebäude.

Ich lächle in mich hinein, während ich mein Handy aus der Hosentasche nehme und es neben mich auf die Granitplatte lege. Ich bemerke Gabes Blick und den fragenden Ausdruck in seiner Miene.

»Ich habe heute Morgen mit Andrew telefoniert«, erzähle ich bereitwillig, während Gabe mir Kaffee in einen Becher einschenkt und ihn mir bringt. »Er hat angerufen, ehe ich unter die Dusche gegangen bin. Er sagte, er hätte sich nur mal melden wollen, aber ich glaube, es war ihm unangenehm zu gestehen, dass er mich kontrolliert. Wir hatten seit unserem Streit in der Boutique nicht mehr miteinander geredet.«

»Was hast du ihm erzählt?« Gabes Stimme ist genauso verhalten wie sein Blick.

»Dass ich das Wochenende mit Freunden unterwegs bin.« Ich streiche mit dem Finger über den Rand meines Handys. »Es ist zwar keine Lüge, aber es fühlt sich so an.«

»Ich weiß.« Er runzelt die Stirn und gibt einen unbestimmten Laut von sich. »Es tut mir leid.«

»Ich hab nicht gern Geheimnisse, Gabe.«

Er nickt, und die Furchen auf seiner Stirn werden noch tiefer. »Ich muss das in Ordnung bringen. Ich werde es in Ordnung bringen. Aber im Moment musst du mir einfach vertrauen.«

»Das tue ich.« Ich schlucke und lege meine Hand an seine Wange. »Ich vertraue dir vollkommen. Die letzte Nacht sollte dir das bewiesen haben.«

»Die letzte Nacht war unglaublich«, knurrt er, und die Gedanken, die er sich eben noch deutlich erkennbar gemacht hat, werden durch einen Ausdruck puren, männlichen Verlangens ersetzt. Er umfasst mein Gesicht mit beiden Händen und hebt es zu einem weiteren Kuss. Er ist tief und innig, heiß und besitzergreifend. »Wenn du nicht aufpasst, landest du unter Umständen das ganze Wochenende gefesselt in meinem Bett. Vielleicht auch noch länger.«

Ich lächle an seinem sinnlichen Mund. »Das hört sich gar nicht mal schlecht an.«

Er lacht leise. »Vielleicht wäre es der bessere Plan, dich in deiner Wohnung gefangen zu halten. Ich glaube, ich hatte dich gewarnt … meine Wohnung hat nicht viel zu bieten.«

»Doch. Dich. Und davon abgesehen, gefällt es mir hier.« Ich löse mich aus seinem lockeren Griff und schaue mich um.

Die Räume sind gut aufgeteilt, aufgeräumt und sehr ordentlich. »Klar, sehr viel Platz gibt es hier nicht, aber wir sind hier schließlich in New York. Und ich muss sagen, dass ich persönlich beeindruckt bin, wie ordentlich alles ist. Sogar die Möbel sind exakt positioniert.«

Er grinst. »Schulung in Innendekoration mit freundlicher Unterstützung von *Uncle Sam*.«

»Hast du auf diesem Wege auch deine Backkünste erworben?« Ich deute auf das Körbchen mit selbst gemachten Blaubeermuffins, das auf dem Tresen neben dem Toaster steht.

»Die? Die sind ein Geschenk von meiner Nachbarin aus Apartment Nummer fünf.«

»Du hast eine Nachbarin, die für dich backt?«

»Jede Woche.« Er zuckt mit den Achseln und lässt charmant die Grübchen aufblitzen. »Ich habe Mrs Bernstein schon mehrfach erklärt, dass sie mich verwöhnt, aber ich glaube allmählich, darum geht es ihr bei dem Ganzen. Jeden Samstagmorgen bekomme ich von ihr eine frische Ladung an die Tür geliefert.«

»Klar geht es ihr darum«, erwidere ich und bedenke ihn mit einem ausdruckslosen Blick. »Und erwartet dieses Sahneschnittchen etwas dafür, dass sie dich jede Woche mit frischen Muffins versorgt?«

Mein schnippischer Ton lässt Gabe grinsen. »Angesichts der Tatsache, dass sie weit über achtzig ist, möchte sie vielleicht tatsächlich, dass ich ab und zu nett zu ihr bin.«

»Gut.« Ich lache und bin froh, nicht mehr das Bild einer verheirateten Schlampe vor Augen zu haben, die auf der Pirsch ist, sondern dass ich es mit einer grauhaarigen, zarten alten Dame zu tun habe, die in Gabe wahrscheinlich eher einen Enkel sieht als ein saftiges Stück Männerfleisch.

Er holt das Körbchen und hält es mir einladend hin. Und,

Himmel, die Muffins duften köstlich und sehen auch noch lecker aus. Ich nehme mir einen und schäle vorsichtig das Papier ab. Ich breche den Muffin durch und reiche Gabe eine Hälfte. Als ich einen Bissen davon nehme, stoße ich unwillkürlich einen seligen Seufzer aus.

»Oh mein Gott«, stöhne ich mit dem köstlichen Muffin im Mund. »Der schmeckt ja fantastisch.«

Er nickt und beobachtet, wie ich in kulinarischer Ekstase schwelge. »Vielleicht sollte ich mal richtig nett zu ihr sein und mit ihr ins Bett gehen, was meinst du?«

Ich verschlucke mich fast vor Lachen. »Vielleicht sollten wir das beide tun.«

»Nein«, sagt er, und es klingt beinahe wie ein Befehl. »Ich habe nicht vor, Sie mit jemandem zu teilen, Miss Beckham.«

Ich beiße mir auf die Lippen, um nicht zu grinsen. »Nicht einmal mit achtzigjährigen Damen, die Muffinkörbchen verteilen?«

Ich sehe, dass seine Mundwinkel zucken, doch alles andere an ihm vibriert vor sexueller Energie. »Mit niemandem.«

Auf einen Schlag liegt eine ganz andere Stimmung in der Luft, wie es so häufig passiert ist, seit wir uns kennengelernt haben. Innerhalb eines Atemzugs kann er sich ändern, und aus dem verspielt-charmanten Mann wird ein sinnlich forderndes Raubtier. Und alles Weibliche in mir reagiert sogar noch schneller auf das, was sich in ihm zusammenbraut.

Er greift nach meiner Hand und zieht sie an seinen Mund. Er leckt die Krümel weg, ehe er meinen Zeigefinger in den Mund nimmt und ihn dann langsam wieder herauszieht, während sein Blick voll sinnlicher Versprechen ist. »Erinnerst du dich daran, was du letzte Nacht zu mir gesagt hast?«

Mir schwirrt der Kopf von all den sehnsüchtigen Versprechungen und atemlosen Schwüren, die er mir im Sperrfeuer der Lust, die er mir schenkte, entlockt hat. Ich habe jedes einzelne Wort ernst gemeint … vor allem das, was mir jetzt auf der Zunge liegt.

»Ich gehöre dir.«

Er nickt kurz, und sein Blick versengt mich überall, wo er mich berührt. Er beugt sich über den Tresen, gibt mir einen lodernden Kuss und zieht mich dabei vom Hocker und halb über die Granitplatte. Den Rest des Wegs komme ich ihm selbst entgegen und krabbele voller Ungeduld, ihn zu berühren, weiter. Wie im Rausch küsse ich ihn, schiebe meine Finger in sein Haar, streiche über seinen Rücken und klammere mich voller Verlangen, hart von ihm genommen zu werden, an ihn.

»Ich gehöre nur dir, Gabriel.«

Er sieht mich unverwandt an. Sein Blick verschlingt mich förmlich.

Mit einem Arm schiebt er mein Handy, den Kaffeebecher und alles andere, was auf dem Tresen steht, zur Seite. Dann packte er meine Hüften und zieht mich quer über die Granitplatte auf die Seite, wo er steht. Yogahose und Höschen fallen seinen ungeduldigen Händen als Erstes zum Opfer, sodass kühle Luft über meinen feuchten Schoß streicht, als er meine Beine spreizt.

Der Laut, den er von sich gibt, als er mich mit gespreizten Beinen und bereit vor sich sieht, ist voll verlangender Besitzgier.

Seine Hand geht zu seiner Hose, und ich beobachte fasziniert, wie er nach seiner Männlichkeit greift und sie zwischen meine Beine führt. Er ist voll erregt und streicht wie heißer Stahl unnachgiebig fordernd über meinen nassen Schoß. Als er den Einlass findet, wimmere ich vor Verlangen, von ihm ausgefüllt, von ihm in Besitz genommen zu werden.

Mein Verlangen verändert den Klang meiner Stimme und durchdringt jede Faser meines Seins. Mit einem sehnsüchtig verzweifelten Schrei werfe ich den Kopf nach hinten. »Bitte …«

Mit einem harten Kuss nimmt er meinen Mund in Besitz und stößt in mich. Hart, groß und erbarmungslos … fast mehr, als ich ertragen kann. Er hebt den Kopf, um mich zu beobachten, während er immer wieder leidenschaftlich wild, tief in mich eindringt. Ein gequälter Ausdruck liegt in diesem Moment auf seinem Gesicht; er scheint erfüllt von tausend Dingen, die er nicht sagen kann oder will.

Deshalb sage ich es für ihn.

»Du gehörst mir, Gabriel.« Mit der einen Hand stütze ich mich ab, während ich die andere um seinen starken Hals schlinge und wir einander tief in die Augen schauen.

»Egal, was passiert … du gehörst mir.«

Der Anspruch, den ich auf ihn erhebe, lässt ihn auch den letzten Rest seiner Selbstbeherrschung verlieren.

Er zieht mich noch enger an sich und stößt jetzt völlig zügellos in mich. Er lässt nicht locker, treibt mich in einen Zustand, in dem ich meine, von meinen Empfindungen in den Wahnsinn getrieben zu werden. Die Erlösung auf dem Höhepunkt explosiver Lust und Emotionen lässt mir Tränen in die Augen steigen. Er kommt im selben Moment wie ich und brüllt dabei meinen Namen in einer Mischung aus Fluch und Gebet.

26

Gabriel

So sehr mir die Vorstellung auch gefällt, Evelyn das ganze Wochenende an mein Bett zu fesseln, machen unsere Mägen uns dann doch schließlich einen Strich durch die Rechnung.

Nachdem ich die letzte Woche meine freie Zeit fast ausschließlich auf der Upper East Side in ihrer Wohnung verbracht habe, sind meine Lebensmittelvorräte auf ein paar Frühstücksutensilien, tiefgefrorene Speisen und den Korb mit Blaubeermuffins beschränkt. Deshalb hat Evelyn mich zu einem Ausflug auf den Bauernmarkt und einem Mittagessen in einem Café in meiner Gegend überredet.

Wir sitzen an einem Tisch in einem Garten im Hinterhof und nehmen liebevoll zubereitete Sandwiches und Eistee zu uns. Ein Stoffbeutel voller frischer Lebensmittel – unter anderem eine Schachtel mit winzigen Wildblaubeeren – steht auf den grauen Fliesen zu meinen Füßen.

»Dir ist doch hoffentlich klar, dass du die Maßstäbe bei Mrs Bernstein jetzt höher setzt«, erkläre ich Eve. Mein Arm liegt auf der Rückenlehne ihres Gartenstuhles aus Holz, der neben meinem steht. Evelyn trägt ein luftiges Sommerkleid und flache Schuhe; sie schaut mich jetzt mit einem strahlenden Lächeln an, und ihre hellgrünen Augen funkeln im Sonnenschein. »Gelegentlich habe ich ihr was von der Apotheke mitgebracht oder ihr Sachen hochgetragen, aber du zwingst mich jetzt, mich noch mehr ins Zeug zu legen.«

Sie lacht und beugt sich vor, um mir einen Kuss zu geben. »Ich konnte an den Blaubeeren einfach nicht vorbeigehen, und sie findet es bestimmt auch gut, ein paar Tage frisches Obst und Gemüse zu haben.«

Ich grunze skeptisch, aber es gefällt mir, dass Evelyn daran gedacht hat. Allmächtiger, mir gefällt alles, was wir heute zusammen draußen unternehmen … Dinge, die ich normale Paare jedes Wochenende tun sehe. Es ist mir fremd, meinen Tag mit jemandem in meinem Viertel zu verbringen. Eigentlich hätte ich angenommen, dass es sich seltsam oder unangenehm anfühlt, aber mit Evelyn ist beides nicht der Fall.

Wenn überhaupt, ist es das Gefühl der Zufriedenheit, welches mir am meisten Sorge bereitet.

Es ist so leicht, sie mit in mein Leben einzubeziehen, wenn ich sie anschaue. Und es führt dazu, dass ich in meiner Wachsamkeit nachlasse und vergesse, dass jemand sie beobachtet – jemand, der sich immer noch im Schatten versteckt und außerhalb meines Zugriffs lauert.

Bis ich sie nicht in Sicherheit weiß und mich davon überzeugt habe, jede Bedrohung eliminiert zu haben, bin ich einzig und allein der Mann, der sich ihrem Schutz verschrieben hat. Nicht ein Mann, der durch sein Verlangen nach ihr abgelenkt ist – durch sein Verlangen und die immer tiefer gehende Zuneigung, die ich nicht mehr leugnen kann.

Es ist nicht das erste Mal heute, dass sie in ihre Handtasche greift und einen kleinen Spiralblock hervorholt, um an einem Dessous-Entwurf, an dem sie arbeitet, Ergänzungen vorzunehmen. Verlegen schaut sie auf, als sie merkt, dass ich sie beim Zeichnen beobachte.

»Entschuldige«, sagt sie und klappt den Block zu. »Manchmal werde ich ein bisschen besessen, wenn es um neue Entwürfe geht.«

»Du brauchst dich nicht zu entschuldigen. Darf ich mal schauen?«

Sie zögert einen Moment und wirkt ein wenig unsicher, ehe sie den kleinen Skizzenblock öffnet und ihn mir reicht. Es ist eine Detailzeichnung eines entzückenden BHs mit schmalen Trägern, die mit Perlen verziert sind, und Körbchen aus Spitze. Unter der Zeichnung, die ihn von vorne zeigt, ist eine Ansicht von der Seite, bei der man den ungewöhnlichen Verschluss erkennen kann.

»Es gibt keine Haken oder Ösen«, erklärt sie und deutet auf die Skizze. »Stattdessen wird ein Klettverschluss verwendet. Siehst du, hier? Den kann man mit einer Hand öffnen und schließen. Die Trägerin braucht nur die beiden Enden des BHs zusammenzudrücken, und schon ist er geschlossen. Öffnen lässt er sich genauso leicht. Und man kann diese Form des Verschlusses individuell für links oder rechts anpassen, je nachdem, was die Trägerin bevorzugt oder braucht.«

Ich hebe den Kopf und sehe in ihr aufgeregtes Gesicht. »Das ist eine Spezialanfertigung für jemanden, dem ein Glied fehlt.«

Sie nickt. »Ich habe gestern Abend mit Kelsey, Tameka und Lori im Umkleideraum der Turnhalle angefangen, darüber nachzudenken. Ich habe auch schon ein paar Ideen für Höschen und Bustiers.« Sie zuckt mit den Achseln und nimmt den Block wieder an sich. »Aber egal, es sind schließlich nur Ideen. Ich werde wohl nicht die erste Designerin sein, die Spezialanfertigungen anbietet, aber ich will, dass die Teile von *L'Opale* so schön und einzigartig sind wie alles andere, was wir entwerfen.«

Ich starre sie an und kann einfach nichts dagegen tun. Ich bin mehr als nur ein bisschen beeindruckt. Ich bin stolz auf sie. Und es rührt mich, dass sie sich so viel Gedanken um meine

Freunde macht. Ich habe das Gefühl, als wäre meine Brust zu klein, um all die Emotionen zu fassen, die sie in mir auslöst.

Sie schiebt den Block zurück in ihre Tasche. Als sie sich wieder zu mir umdreht, lege ich meine Hand an ihren Hinterkopf und drücke einen Kuss auf ihre Lippen.

»Wofür war der denn?«, fragt sie lächelnd und berührt mit ihrer Stirn meine.

»Für dich, Evelyn. Weil du so bist, wie du bist.«

Ihr Blick wird ganz weich, aber ich sehe auch das leise Begehren, das immer noch unter der Oberfläche glimmt. Ich sehe die Frage in ihrem Blick und bin nur allzu gern bereit, mich ihren Wünschen zu fügen. »Sollen wir gehen?«

»Ja.«

Ich lege Geld neben die Rechnung, die neben meinem Ellbogen auf dem Tisch liegt. Gerade als ich nach dem Beutel mit den Einkäufen greifen will, fängt mein Handy an zu klingeln. Ich erkenne den gespeicherten Klingelton, obwohl ich ihn nicht sehr häufig höre.

»Da muss ich rangehen.« Evelyn nickt, und ich entsperre den Bildschirm und nehme den Anruf an. »Hi Mom. Alles in Ordnung?«

»Ach, mein Schatz.« Die Stimme meiner Mutter klingt atemlos und angespannt. »Tut mir leid, dass ich dich störe, aber deine Brüder sind alle bei der Arbeit, sonst hätte ich die zuerst angerufen.«

Ich sehe Evelyn an, die meinen Blick mit leiser Sorge erwidert. »Was ist los, Mom?«

»Es geht um deinen Vater. Er ist gerade im Schlafzimmer gestürzt.« Sie atmet tief durch und schluchzt dabei. »Ich habe versucht, ihm aufzuhelfen, aber ich bin nicht stark genug. Und du weißt, was er davon hält, wenn man den Krankenwagen ruft …«

»Schon gut. Ich komme.« Evelyn steht zusammen mit mir

auf, während ich noch rede. Wir sammeln unsere Sachen zusammen und gehen eiligen Schritts auf den Ausgang des Restaurants zu. »Ich fahre jetzt los, Mom. Ich bin so schnell da, wie ich kann.«

Die eigentlich dreißigminütige Fahrt nach Bayside bewältige ich in weniger als zwanzig Minuten.

Vielleicht hätte ich darauf bestehen sollen, dass Evelyn in meiner Wohnung bleibt, aber mit ihr an meiner Seite fühle ich mich besser. Nicht nur, weil ihr Wohlergehen für mich an erster Stelle steht und meine Hauptsorge ist, sondern auch aufgrund der einfachen Tatsache, dass ich sie bei mir haben will. Ich brauche sie.

Wir steigen aus meinem Wagen und nähern uns der Haustür des schönen Holzhauses meiner Eltern, das noch aus der Mitte des vorigen Jahrhunderts stammt. Meine Mutter wartet hinter der Fliegenschutztür auf uns. Sie ist sowieso eine zierliche Frau, aber heute wirkt sie noch kleiner. Der Stress durch den Schlaganfall meines Vaters hat sie sehr mitgenommen. Und seine aufbrausende Art war in der Situation wahrscheinlich auch nicht gerade hilfreich.

»Geht es dir gut?«, frage ich meine Mutter, nachdem ich die beiden Frauen, die mir das Wichtigste in meinem Leben sind, einander schnell vorgestellt habe. Es wäre mir lieber gewesen, wenn sie sich unter anderen Umständen kennengelernt hätten, doch wann wäre es meinem Vater je in den Sinn gekommen, mir irgendetwas leicht zu machen? »Wo ist er?«

»Im Schlafzimmer«, antwortet sie. Ihre Rehaugen sind rot umrandet, mit leicht verquollenen Schatten darunter. »Ich glaube, es geht ihm nicht schlecht, aber er kann nicht aufstehen. Dieser sture Kerl. Er will einfach nicht hören, wenn ich ihm sage, er soll es langsam angehen.«

Ich drücke ihre Schulter. »Alles gut, Mom. Ich kümmere mich um ihn.«

Evelyn nickt mir beruhigend zu. Ich lasse sie bei meiner Mutter, damit sie sich um sie kümmert, und gehe dann durch den großen Flur, um nach meinem Vater zu sehen.

In sich zusammengesunken liegt er nur ein paar Schritte entfernt von seiner Seite des großen, alten Betts im Schlafzimmer. Er ist immer ein großer Mann gewesen, muskulös und stämmig. Jetzt ist alles nur totes Gewicht, das auf dem Boden liegt. Kein Wunder, dass meine Mutter es nicht geschafft hat, ihn hochzuheben.

Der alte Mann weiß, dass ich im Raum bin, versucht aber noch nicht einmal, hochzuschauen, als ich hereinkomme. »Was zum Teufel machst du hier?«

»Ich bin gekommen, um zu helfen.«

Als ich mich ihm nähere, steigt mir der scharfe Geruch von Ammoniak in die Nase. Sein ausgeblichener, blauer Baumwollpyjama ist vorn durchnässt.

Sein lichtes, rot-weiß meliertes Haar ist verfilzt und feucht. Sein silberner Bart ist seit seiner Einlieferung ins Krankenhaus noch länger geworden, sieht aber ungepflegt und ungleichmäßig gewachsen aus. Seine schlaffen Wangen hängen herunter, und ich meine zu erkennen, dass es auf der linken Seite noch ausgeprägter ist.

Mein Herz zieht sich bei diesem Anblick zusammen. Ich habe in ihm immer einen sehr stolzen Mann gesehen, doch dass er jetzt auf diesen – wenn auch vielleicht nur vorübergehenden – Zustand reduziert ist, schwächt den Zorn etwas ab, der in mir ist, weil er mich all die Jahre ignoriert und verachtet hat.

Ich hocke mich neben ihn und lege eine Hand auf seine Schulter. Er schüttelt sie ab, als litte ich an einer ansteckenden Krankheit.

»Sehe ich so aus, als würde ich deine Hilfe wollen?« Er klingt heiser, und einige Wörter bringt er nur undeutlich heraus.

»Nein, Pop. Ich bilde mir nicht ein, dass du meine Hilfe willst, aber es sieht so aus, als würdest du sie brauchen.«

»Linda!« Er brüllt nach meiner Mutter, als wäre ich gar nicht da. »Verdammt noch mal! Hast du ihn etwa angerufen?«

Mit panischer Miene tritt sie in die Tür. »Alles in Ordnung?«

Ich nicke und sage mir, dass ich mich in dieser Situation am besten so verhalte, als ginge es um einen verletzten Kameraden – sich nicht von Gefühlen leiten lassen und nichts, was gesagt oder getan wird, persönlich nehmen. »Alles in Ordnung bei uns«, beruhige ich meine Mutter. »Ich hab's unter Kontrolle. Versprochen.«

Sobald sie wieder mit Evelyn ins Wohnzimmer zurückgegangen ist, sehe ich meinen Vater mit ausdruckslosem Blick an. »Du machst Mom Angst. Du musst es erst mal langsam angehen. Tu es zumindest für sie.«

»Erzähl mir nicht, was ich zu tun habe.«

»Einer muss es ja, denn offensichtlich hörst du nicht auf das, was dir die Ärzte oder Mom sagen.«

Wütend schaut er aus schmalen, hellbraunen Augen, die reines Gift sprühen, zu mir auf. »Ich will, dass du gehst.«

»Das werde ich«, erkläre ich ihm tonlos. »Aber zuerst muss ich dich säubern und wieder ins Bett schaffen.«

Er murrt zwar, fängt aber an sich zu bewegen. Ich lege meine Hand unter seinen Arm und versuche, ihn zu stützen, aber es wird schnell klar, dass mein einst so kräftiger Vater jetzt noch nicht einmal aufstehen kann.

Ächzend sinkt er wieder zu Boden. Am anderen Ende des Flurs ist die Stimme von Evelyn zu hören, die sich leise mit meiner Mutter unterhält.

Mein Vater hört sie auch. »Wer ist das?«

»Sie heißt Evelyn. Sie ist mit mir hier.«

Ich weiß nicht, wie ich sie meinen Eltern vorstellen soll. Sie nach nur zwei Wochen als meine Freundin zu bezeichnen, kommt mir übereilt vor, doch trotz der Zuneigung, die ich für sie empfinde, scheint mir diese Bezeichnung sogar unangemessen zu sein.

Mir fällt kein Wort ein, das aussagekräftig genug wäre, um zu beschreiben, was sie mir bedeutet.

Meinem Vater ist das im Moment allerdings herzlich egal. Er flucht. »Himmel, du hast auch noch Zuschauer mitgebracht? Hältst du mich etwa für eine gottverdammte Sondervorstellung?«

Ich beachte sein Grollen nicht. Gott weiß, dass ich so viel Erfahrung damit gemacht habe, dass er mir damit keine Angst mehr einjagen kann. Das ist ihm nur gelungen, als ich noch ein Kind war.

»Na los, alter Mann. Vergiss deinen Stolz mal für einen Moment und lass uns das hier erledigen.«

Ich ziehe ihn hoch und schiebe dann schnell meine Schulter unter seinen Arm. Dann führe ich ihn ins Badezimmer und setze ihn auf den geschlossenen Toilettendeckel. Etwa in Hüfthöhe verläuft eine Metallstange an der Wand. Das ist eine Neuerung, die nach seinem Schlaganfall angebracht worden ist.

»Halt dich an der Stange fest«, weise ich ihn an und bin fast schockiert, als er es tatsächlich tut. Er sackt in sich zusammen, wirkt ausgezehrt und völlig erschöpft. »In welchem Schrank finde ich frische Unterwäsche und einen Pyjama?«

Ruckartig zeigt er auf eine Kommode im Schlafzimmer. Ich gehe hin und nehme mir, was ich brauche. Als ich wieder ins Badezimmer komme, kämpft er mit den Knöpfen seines Pyjamaoberteils.

»Ich mach das.«

Er lässt die Arme fallen, und ich öffne das Hemd und schiebe es über seine runden Schultern und die schwabbeligen Muskeln seines einst kräftigen Bizepses. Er sieht mir dabei zu, und seine Augen funkeln vor Wut, obwohl ich merke, dass er nicht mehr ganz so schäumt.

»Ich wette, es gefällt dir, mich so zu sehen«, brummt er schwach. Er stößt ein bitteres Lachen aus. »Ich wette, du konntest es gar nicht erwarten, mich so hilflos auf dem Boden liegen zu sehen – wie so ein erbärmlicher …«

Er redet nicht weiter, aber ich höre die Wörter trotzdem, die er hat sagen wollen. »Wie ein Krüppel, so wie ich?«

Schnell wendet er den Blick ab. Er presst die Lippen fest aufeinander, aber sein Kinn zittert. »Das meinte ich nicht.«

»Aber klar doch.« Ich habe mich geirrt, als ich mir einredete, seine Verachtung würde nicht wehtun. Ich sehe die Scham in seinem Gesicht, und ich finde es ätzend, dass meine Verletzung ihm den Vorwand geliefert hat, noch weniger von mir zu halten als vorher. »Willst du die Wahrheit wissen? Mein Leben hat sich unendlich verbessert, seitdem ich das Bein verloren habe.«

Er dreht den Kopf langsam wieder zu mir. In seinen glasigen Augen steht Fassungslosigkeit. Ich sehe ihn mit einem kalten Lächeln an.

»Es wurde besser, weil ich aus Bayside wegkam, weg von diesem Haus. Weg von deiner Verachtung. Ich habe mir ein besseres Leben aufgebaut.«

Er schluckt, seine Miene wird noch finsterer, und hektische, rote Flecken treten auf seine fahlen Wangen.

Einen Moment lang kommt mir ein abartiger Gedanke … ich wünsche mir, dass seine motorischen Fähigkeiten besser wären, denn dann würde er mich schlagen. Gott weiß, ich habe ihn auch schon immer mal verletzen wollen.

Und jetzt, da ich den Verband von dieser Wunde gerissen habe, muss ich es ausbluten lassen.

»Weißt du was … eigentlich hätte es mich nicht überraschen sollen, dass du mich nie – nicht ein einziges Mal – besucht hast, während ich im Walter Reed war. Manchmal glaube ich sogar, dass es geholfen hat … deine Abwesenheit während meiner monatelangen Genesung, deine totale Missachtung nicht nur meiner Person, sondern auch meiner Verletzung gegenüber. Ich habe mich erholt, nur um dich zu ärgern, denn ich wusste, dass es dir scheißegal ist, ob ich lebe oder sterbe.«

Er starrt mich an. »Zumindest traust du mir irgendwas zu. All die Jahre nahm ich an, du würdest mir die Schuld geben, dein Leben zerstört zu haben.«

Ich weiche einen Schritt vor ihm zurück und atme zischend aus. Ich fahre mir mit der Hand durchs Haar und stoße zwischen zusammengebissenen Zähnen einen leisen, bitteren Fluch aus. »Du weißt rein gar nichts über mich. Du hast es noch nicht einmal versucht, je etwas über mich zu erfahren. Warum zum Teufel sollte es mich überhaupt kümmern, wenn du in deiner eigenen Pisse auf dem Boden liegst? Warum sollte ich überhaupt einen Finger rühren, um dir zu helfen? Es sollte mir völlig egal sein, was mit dir passiert, alter Mann.«

Er zittert jetzt – ob aufgrund der Erniedrigung oder sinnloser Wut, weiß ich nicht. »Du glaubst, ich will Mitleid von dir? Du meinst, dass ich ausgerechnet von dir Mitleid will?«

Er versucht aufzustehen, schafft es aber nicht und fällt wieder zurück. Sein Hintern plumpst auf den Toilettendeckel, und der Geruch von Urin und Schweiß steigt mir in die Nase, als ich nach seiner Pyjamahose greife und sie ihm rücksichtslos ausziehe. Ich werfe alles in die Wanne neben uns.

Ich befeuchte einen Waschlappen mit warmem Wasser, verteile Seife darauf und reiche ihn ihm, damit er sich säubert. Er braucht dringend eine Dusche oder ein Bad, aber meine Mutter hatte mir bei unserer Ankunft gesagt, dass morgens eine Krankenschwester kommt, um sich um ihn zu kümmern. Die paar Stunden bis dahin wird er überleben.

Denn so wie mein Blut kocht, kann ich gar nicht schnell genug aus diesem Haus raus.

Als ich sehe, dass er mit dem Waschlappen fertig ist, nehme ich ihm diesen ab und spüle ihn aus. Dann mache ich ganz schnell und ziehe ihm frische Unterwäsche und einen neuen Pyjama an. Ich weiß, dass er wütend ist. Ich kann spüren, dass sein ausgelaugter Körper vor nutzloser Wut zittert, aber er ist zu schwach, um sich zu wehren.

Ich ziehe ihn hoch und schiebe ihn ins Schlafzimmer zurück, wo ich ihn aufs Bett sinken lasse. Tränen fließen aus seinen Augenwinkeln, während er daliegt und zornig zu mir aufsieht.

»Geh in die Stadt zurück«, befiehlt er mir mit leiser, rauer Stimme. »Tu uns beiden den Gefallen und komm nicht wieder her.«

Ich nicke, als wäre es ein völlig vernünftiges Ansinnen … als wäre es genau das, was ich hören will. Ich setze mich in Bewegung, bin aber auch wütend. Ich bin verletzt, was meinen Zorn nur verschlimmert.

Ich bleibe auf der Schwelle stehen und senke fluchend den Kopf. Ich drehe mich noch einmal zu ihm um, und die Wut, die in mir tobt, straft die äußere Ruhe Lügen.

»Ich weiß, dass ich eine schreckliche Enttäuschung für dich sein muss. Aus deiner Meinung von mir hast du wirklich nie ein Geheimnis gemacht. Aber du sollst wissen, dass mein Leben auf der anderen Seite der Brücke verdammt gut ist. Trotz deiner geringen Meinung von mir, läuft's bei mir fantastisch. Besser als du dir überhaupt vorstellen kannst.«

Als er keine Reaktion zeigt, spüre ich Trotz in mir aufsteigen. Ich will ihn verletzen, so wie er mich verletzt hat, und ich kenne die Schwachstelle meines Vaters: seinen Stolz, als Ernährer, als Kopf der Familie Noble und als Mann.

»Willst du wissen, warum ich nie ein Cop werden wollte wie meine Brüder und du? Weil ich mehr erreichen wollte. Ich wollte nicht in deinem Schatten und dem der anderen Nobles stehen.«

»Und wie ist es für dich gelaufen, Sohn?« Seine tonlose Erwiderung trifft mich wie ein Fausthieb.

Ich spüre den Schlag, aber verdammt … das reicht nicht. Ich wünschte, er und ich hätten diesen Kampf vor Jahren ausgefochten. Das hätte uns beiden viel Zeit und Kummer erspart.

»Sag du es mir. Durch meine Beförderung vor ein paar Wochen wird es nicht mehr lange dauern, bis ich im Jahr mehr verdiene als du in zwanzig Jahren, in denen du den Buckel hinter der Polizeimarke krumm gemacht hast.«

Mein Vater sieht mich einen Moment lang an und scheint mir jetzt die Befriedigung verweigern zu wollen, ihn wütend gemacht zu haben. Er nickt nur. »Herzlichen Glückwunsch. Ich denke mal, ich habe dich immer richtig eingeschätzt, Gabriel. Du warst immer zu gut für diese Familie.«

»Alle außer dir, hm, Pop?«, frage ich höhnisch.

Ich warte seine Antwort nicht ab, denn er wird mir sowieso keine geben.

Sobald ich in den Flur trete, werde ich von den entsetzten und traurigen Blicken meiner Mutter und Evelyns empfangen.

Verdammt. Es ist eine Sache, so einen demütigenden Mangel an Selbstbeherrschung bei meinem Vater zu zeigen, aber dass meine Mutter es mitbekommen hat – wahrscheinlich alles gehört hat, was wir uns gegenseitig an den Kopf geworfen haben –, beschämt mich viel mehr als alles, was mein Vater je sagen oder tun könnte.

»Es tut mir leid«, erkläre ich kurz angebunden mit leiser Stimme. »Ich gehe jetzt.«

Ich hasse die Vorstellung, dass ich ihr heute Abend wehgetan habe, obwohl ich doch hergekommen war, um zu helfen. Ich möchte die Hand nach ihr ausstrecken, aber in mir ist jetzt noch nicht einmal ein Jota Sanftmut.

Evelyn habe ich auch wehgetan, aber sie leidet meinetwegen.

Und das steigert die Verachtung, die sich gegen mich selbst richtet, nur noch mehr.

Ich will auf etwas einschlagen.

Ich muss unbedingt den Druck der Wut, die in mir tobt, loswerden.

Ich weiß, wo ich hingehen würde, wäre Evelyn nicht bei mir. Aber ich habe keinen Fuß mehr in eins von Jared Rushs Etablissements gesetzt, seitdem ich sie kennengelernt habe.

Ich kann es nicht tun, obwohl es das einfachste, sicherste Ventil für die Unberechenbarkeit ist, die in mir aufkommt. Ich weiß nur, dass Evelyn heute Nacht nicht sicher bei mir sein wird.

Vielleicht sogar nie, wenn ich ehrlich zu mir bin … und zu ihr.

Ich greife nach ihrer Hand. »Ich muss dich hier rausholen.«

27

Evelyn

Ich habe Gabe noch nie so erlebt.

Die schreckliche Stille während der Rückfahrt in die Stadt hat sich zu einer schwarzen, überbordenden Leere entwickelt, als wir aus seinem Wagen steigen und zu seiner Wohnung hochgehen. Ich kann die Wut spüren, die ihn seit dem Streit mit seinem Vater erfüllt.

Ich kann auch seinen Schmerz spüren.

Während wir im Auto saßen, war ich unsicher gewesen und hatte mich nicht getraut, ihn anzusprechen oder mich ihm sonst wie zu nähern, denn ich hatte viel zu viel Angst gehabt, dass er mein Mitgefühl zurückweisen würde. Jetzt, da wir seine Wohnung betreten, möchte ich einfach nur die Kluft überbrücken, die sich heute Abend zwischen uns auftun könnte, wie ich befürchte.

Er tritt vor mir in die dunkle Wohnung und bleibt nur lang genug stehen, um den Lichtschalter zu betätigen. Ich schließe die Tür hinter mir, gehe auf ihn zu und lege meine Hand ganz zart auf seine Schulter. Seine Muskeln sind angespannt unter dem dunklen T-Shirt. Die straffen Sehnen zucken bei meiner Berührung, und er erstarrt.

»Alles in Ordnung mit dir?«, frage ich ganz leise und drücke einen Kuss auf seinen Rücken. Er stößt den angehaltenen Atem aus und klingt total angespannt, was bestätigt, dass nicht alles in Ordnung ist bei ihm. Nicht einmal ansatzweise.

Ich schlinge die Arme von hinten um ihn. »Es tut mir leid, was heute Abend mit deinem Vater passiert ist.«

Ich spüre, dass er tief Luft holt, aber ansonsten nicht weiter reagiert. Seine starken Hände liegen auf meinen Unterarmen, die seine Taille locker umschließen. Aber statt sich an mich zu schmiegen, zieht er meine Arme auseinander und löst sich von mir.

»Du musst dich jetzt von mir fernhalten«, sagt er, ohne sich zu mir umzudrehen. Seine tiefe Stimme klingt hölzern, und es schwingt eine seltsame Anspannung darin mit, die ich nicht verstehe. »Ich brauche keinen Trost. Ich brauche nur Raum für mich.«

Da er es nicht duldet, dass ich ihn berühre, schlinge ich die Arme um mich selbst. Die Wärme hilft, denn während ich seinen Rücken anstarre, wird mir plötzlich ganz kalt.

Genauso wenig wie ich ihn berühren soll, scheint er auch nicht mit mir reden zu wollen, aber ich kann ihn nicht seinem Schmerz und seiner Wut überlassen, ohne dass er weiß, dass ich für ihn da bin. Himmel, das muss er einfach wissen. Er soll wissen, dass ich immer da sein werde.

»Ich glaube, allein zu sein ist jetzt das Letzte, was du wirklich brauchst, Gabe.«

Er reagiert mit einem höhnischen Schnauben, das aber kaum hörbar ist. Er sagt nichts, sondern lässt mich einfach stehen und geht zum Schlafzimmer am Ende des Flurs. Bei jedem Schritt, den er tut, habe ich das Gefühl, dass er sich eine Meile von mir entfernt. Ich fühle mich leer, verwirrt … abgelehnt.

Aber trotzdem gehe ich ihm hinterher.

Ich betrete das Schlafzimmer und sehe, dass er meine Reisetasche in der Hand hält. Er fängt an, meine Sachen zusammenzusuchen und sie hineinzulegen. Die Turnschuhe, die ich beim Basketballspiel getragen habe. Das Hemdchen, das zusammengefaltet auf dem Nachttisch liegt, nachdem wir heute Morgen unser Liebesspiel vom Küchentresen ins Bett verlegt hatten.

»Was machst du da?«

»Du kannst heute Nacht nicht hierbleiben. Ich bringe dich nach Hause, wo du hingehörst.« Er geht an mir vorbei ins Badezimmer und fährt fort, alle meine Sachen zusammenzusammeln … meinen Fön, das Kosmetiktäschlein, den Behälter mit meiner Zahnbürste.

»Ich dachte, du hättest mich fürs ganze Wochenende eingeladen. Das ist aber erst morgen zu Ende.«

Er wirft mir einen bedauernden Blick zu. »Dieses Wochenende war eine hübsche, kleine Fantasievorstellung. Mehr aber auch nicht.«

»Was redest du denn da?« Ich stehe in der offenen Tür des Badezimmers, sodass er nicht herauskommen kann. Ich weiß zwar, dass er mir nie etwas tun würde, aber ich kann das Gefühl nicht abschütteln, dass ich es gerade mit einer in die Enge getriebenen Raubkatze zu tun habe … mit etwas Wildem, Gefährlichem. »Gabe, ich will nirgendwo anders sein. Ich will doch nur, dass du mit mir redest. Bitte.«

»Begreifst du es denn nicht?« Seine Nasenflügel flattern, das Gesicht ist zu einer wütenden Grimasse verzerrt. »Es ist nicht Reden, was ich jetzt brauche. Nicht, wenn ich in diesem Zustand bin.«

Obwohl mich sein scharfer Ton zusammenzucken lässt, rücke ich einen Schritt näher und verkürze den Abstand zwischen uns, weil ich ihn unbedingt erreichen will. »Dann sag mir, was du brauchst. Zeig es mir.«

Ich kann das Verlangen in seinen wütend blitzenden Augen sehen, das Bedürfnis, das ihn innerlich zerreißt. Nicht einmal seine Wut kann verbergen, dass er mich trotz allem, was er sagt, will.

Ich schaue nach unten und sehe seine steife Erregung hinter dem Reißverschluss seiner dunklen Jeans. An den Seiten seines Halses treten die Sehnen hervor, und an einer Stelle pocht eine Ader so dicht unter der Haut, dass ich fast meine, seinen Herzschlag in der aufgeladenen Atmosphäre zwischen uns zu hören.

Er steht unter höchster Anspannung, und die negative Energie braucht ein Ventil.

Vielleicht sollte ich Angst haben vor dem, was ich heute Abend sehe.

Er nimmt meinen Seidenkimono von dem Haken neben dem Handtuchhalter. Er will ihn in die Tasche stopfen, aber ich greife nach seiner Hand und nehme ihm das Kleidungsstück ab.

»Verdammt, Gabriel. Schließ mich nicht aus.«

Er durchbohrt mich mit seinem Blick, seine haselnussbraunen Augen sind jetzt stürmisch-grau unter den wütend zusammengezogenen Augenbrauen. »Ich kann dir nicht geben, was du willst, Eve. Und du kannst mir nicht geben, was ich brauche.«

»Blödsinn.« Ich schüttele den Kopf. »Das ist Blödsinn, und du weißt es auch.«

»Du willst, dass ich dich benutze?« Sein Gesichtsausdruck wird noch wütender. In seiner Stimme schwingt seine ganze Qual mit, aber auch seine Erregung. Ich kenne ihn gut genug, um die Intensität seiner Lust zu erkennen. »Du hast mehr als das verdient. Allmächtiger, du verdienst viel mehr als mich.«

Ich rücke noch einen Schritt näher. »Warum lässt du mich das nicht selbst entscheiden?«

Er stößt einen unterdrückten Fluch aus, dann drängt er sich an mir vorbei und marschiert mit meiner Tasche in der Hand ins Wohnzimmer.

Ich sollte gehen. Wenn es wirklich das ist, was er will, wenn er mich immer wieder wegstößt, sollte ich ihn sich selbst überlassen und mir den Schmerz ersparen, jemanden zu lieben, der meine Liebe nicht erwidern kann – oder will.

Denn genau das ist es, dieses aufkeimende Gefühl der Sehnsucht, das ich für ihn empfinde – Liebe.

Oh Gott. Ich liebe Gabriel Noble so sehr, dass es schmerzt.

Mit dem Kimono in den tauben Fingern trete ich wieder in den Flur. Ich sehe Gabe neben der Tür stehen und darauf warten, dass ich seiner Bitte nachkomme und gehe. Dabei ist es ihm egal, was wir beide wollen.

Er braucht diese Kontrolle.

So geht er mit Schmerzen um … seien sie nun emotionaler oder körperlicher Art. Er übt Kontrolle aus.

Das braucht er sogar mehr als das Alleinsein. Vielleicht sogar mehr, als er mich braucht.

Ich verstehe nicht, warum es so lange gedauert hat, bis ich das erkenne, aber jetzt ist alles so klar. Ich denke an das Fesselspiel von letzter Nacht … wie sehr es ihn erregte, die Kontrolle über meinen Körper zu haben, die Kontrolle über meine Lust und seine eigene.

Es hat mich auch erregt.

Während ich langsam auf ihn zugehe, ziehe ich den seidenen Gürtel des Kimonos heraus und lasse das Kleidungsstück auf den Boden fallen. Gabe sieht mich an, während ich mich nähere, und sein Blick huscht zu meinen Fingern, die ein Ende des Gürtels um mein linkes Handgelenk legen.

Sein Gesicht ist zu einer Maske aus Wut und Verlangen erstarrt. »Was zum Teufel machst du da?«

Ich antworte erst, als ich nur einen Schritt entfernt vor ihm stehen bleibe. »Erinnerst du denn nicht, was ich zu dir gesagt habe? Ich gehöre dir, Gabriel. Alles andere hängt jetzt von dir ab. Gehörst du mir?« Ich halte ihm das andere Ende des Kimonogürtels hin. »Wenn ja, dann nimm mich. Nimm mich so, wie du es brauchst, was immer das heute Nacht auch für dich sein mag. Lass mich das sein, was du brauchst.«

»Das bist du.« Mit belegter Stimme sprudeln die Wörter aus ihm heraus.

Er reißt mir das Seidenband aus der Hand und zieht mich mit einem Ruck an sich. Ich krache gegen seinen großen Körper, und meine von dem Gürtel umschlungene Hand ist zwischen uns. Dann liegt sein Mund auf meinem. Sein Kuss ist gnadenlos. Eine gewaltsame Inbesitznahme, die mir den Atem raubt und flüssige Glut durch jede Faser meines Seins schießen lässt.

Ich schmelze dahin, und sein Name kommt als ein ersticktes Schluchzen über meine Lippen, als unsere Zungen sich treffen und unsere Leiber sich aneinanderreiben. Erleichterung durchströmt mich angesichts der verzehrenden Leidenschaft, mit der sein Mund mich in Besitz nimmt. Ich habe ihn heute Abend doch nicht verloren. Weit gefehlt.

Ich glaube, es ist wohl sogar das erste Mal, seit wir uns kennengelernt haben, dass wir uns wahrlich entdecken.

Er reißt sich von meinem Mund los. Seine Augen glühen vor Verlangen. Mein Sommerkleid hat eine Knopfleiste vom Mieder bis zum Saum. Gabe schafft es, nur die ersten paar Knöpfe zu öffnen, ehe er das Kleid mit einem wüsten Fluch aufreißt. Er senkt den Kopf und presst den Mund in meine entblößte Halsbeuge.

»Ich kaufe dir ein neues«, knurrt er an meiner nackten Schulter. »Ich kaufe dir hundert neue Kleider.«

»Das ist mir egal.« Ich stöhne, das zerrissene Kleid ist bereits vergessen, als er meinen BH öffnet und eine meiner Brüste an seinen Mund hebt. Er fährt mit der Zunge über die Spitze, ehe er sie zwischen die Zähne nimmt. Der lustvolle Schmerz, der wie ein Blitz durch meinen Körper zuckt, lässt mich aufschreien.

Er nimmt erneut meinen Mund mit einem Kuss in Besitz, streichelt und massiert mich, befreit mich sanft von meinem Höschen und schiebt seine Hand zwischen meine Beine. Sein Daumen streicht über die feste Perle zwischen meinen Schenkeln, und seine Finger tauchen in die glühende Hitze meines Schoßes ein.

»Bitte«, stöhne ich und winde mich unter seinen Berührungen.

Der Wunsch, ihn ebenfalls anzufassen, wird übermächtig. Ich suche den Saum seines T-Shirts und will meine Hand unter den Stoff schieben, doch dann spüre ich einen Ruck an meinem Handgelenk und merke, dass er immer noch den seidenen Gürtel festhält. Er spannt die Seide und tritt im gleichen Moment zurück, um jetzt auch nach meiner anderen Hand zu greifen.

Er bindet meine Handgelenke zusammen und zwar so fest, dass ich mich nicht mehr davon befreien kann. Allerdings kommt mir dieser Gedanke gar nicht. Ich habe keine Angst, da ist nur höchste Erregung … und absolutes Vertrauen.

Nackt und gefesselt stehe ich vor ihm und zittere vor freudiger Erwartung.

Gabes leidenschaftlicher Blick gleitet über mich … eine gemächliche Musterung, die die Wölbung in seiner Jeans noch mehr anschwellen lässt, sodass der Eindruck entsteht, seine Hose würde gleich platzen.

Er hebt meine Arme hoch über meinen Kopf. Es ist der schweigende Befehl, sie dort zu lassen.

Seine Berührungen versengen mich. Beide Hände gleiten über jeden Zentimeter meines Körpers. Dann dreht er mich mit einem Ruck um und drängt mich nach vorn, bis meine Wange an der Wand liegt. Sein in Jeansstoff gehüllter Oberschenkel spreizt meine Beine … dann weiter und noch weiter.

Ich zucke zusammen, als er mir plötzlich einen Kuss mitten auf die Wirbelsäule drückt. Ich winde mich, als seine Zunge weiter nach unten gleitet und sich einen feurigen Weg leckend bis zu meiner Poritze bahnt. Ein Finger dringt in meinen Schoß ein, dann noch einer, tief taucht er ein, verteilt meinen Tau und streichelt mich von innen, bis ich vor Erregung keuche und meine zitternden Beine mich kaum mehr halten.

»Ich kann nicht sanft sein«, warnt er mich. »Dieses Mal nicht.«

Ich schüttele den Kopf. »Das will ich auch gar nicht.«

Ich höre, wie er hinter mir den Reißverschluss aufzieht, ehe er an seiner Kleidung zerrt. Kurz darauf spüre ich ihn an meinem nassen Schoß. Er zieht sich nicht aus. Er scheint dafür nicht die Geduld aufbringen zu können.

Er stößt mit voller Wucht in mich und nimmt mich mit brutaler Gewalt. Ungezügelt und wild dringt er immer wieder in mich ein, wobei er mit einer Hand meine Hüfte hält und die andere sich in mein Haar krallt. Es ist ein primitiver Akt … erbarmungslos und animalisch.

Und ich bin in meinem ganzen Leben noch nie so erregt gewesen.

Die Worte, die er hervorstößt, sind dreckig und gleichzeitig voller Verehrung … seine Stimme leise und rau, wie Reibeisen und Samt. Ich kann seiner überwältigenden Kraft nichts mehr entgegensetzen. Lust entzündet alle Nervenbahnen, sodass sie strahlend hell und heiß lodern.

Wenn Kontrolle das war, was er heute brauchte, bin ich nur zu froh, ihm meine zu überlassen. Alles gäbe ich ihm, wenn es nur bedeutet, dass er weiter in mich eindringt, als könnte er mir nicht nah genug kommen, als käme er nicht tief genug hinein. Er braucht es, und ich schwelge in dem Bewusstsein, dass ich es bin, die es ihm gibt.

»Fuck«, knurrt er neben meinem Ohr. »Ich komme gleich.« Er gibt weiter alles, ohne auch nur einen Moment langsamer zu werden. Er ist so grob, dass es fast schon an Gewalt grenzt. »Ich muss kommen.«

Er bittet nicht um Erlaubnis. Heute Nacht ist er nur Verlangen … Verlangen nach Dominanz, nach leidenschaftlicher Erlösung.

Und, ja, Verlangen nach mir.

Ich brauche es auch – diese Verbindung zu ihm, die sowohl primitiv als auch voller Erhabenheit ist. Ich möchte, dass er bis in alle Ewigkeit so weitermacht, doch seine Erlösung ergreift bereits Besitz von ihm. Sein mächtiger Körper erstarrt hinter mir. Er taucht noch einmal tief in mich ein … so tief, dass mir ein leiser Schrei entfährt. Er brüllt auf, als es aus ihm herausbricht. Er zieht mich eng an sich, sodass ich spüre, wie sein ganzer Körper bebt und die sengende Glut seiner Erlösung mich füllt.

Er stößt weiter zu. Sein Arm umschließt jetzt meine Taille, während die Nachwirkungen des Höhepunkts ihn immer noch zucken lassen. Er ist immer noch steinhart, und jede Bewegung entflammt mein unverbrauchtes Verlangen weiter. Er flucht, und sein heißer Atem streicht über meinen Nacken.

»Ich habe nicht auf dich gewartet.«

Ich kann sein Gesicht nicht sehen, aber ich höre den Tadel heraus, den er sich selbst erteilt. Ich höre die Bitte um Verzeihung in seiner rauen Stimme. Ich schüttele den Kopf. »Alles gut. Halte dich bei mir nie zurück. Ich liebe es, dass ich dir das geben kann. Ich liebe …«

Meine Worte verklingen, als ich spüre, dass er nach oben greift und die Fessel löst. Sanft zieht er sich aus mir zurück, und der Verlust lässt mich unwillkürlich stöhnen. Doch dann dreht er mich um, wobei seine starken Arme mich immer noch an der Wand gefangen halten. Sein Gesicht ist ein Spiegelbild seiner Emotionen. Ich sehe so viel zärtliche Sorge darin, so eine tiefe Zuneigung, dass es mir die Kehle zuschnürt.

Er senkt den Kopf und küsst mich. Es ist ein inniger, beherrschter Kuss, doch ich kann immer noch die Wildheit spüren, die in ihm pocht.

»Das sollte nicht passieren, Eve. Du solltest nicht passieren.« Mit zitternden Fingern streichelt er meine Wange. »Ich brauche dich. Allmächtiger … ich habe dich gerade wie ein Tier genommen, und trotzdem brauche ich dich immer noch.«

»Dann nimm mich, Gabriel.«

Der seidene Gürtel hängt nach wie vor an meinem Handgelenk, als ich nach unten greife, um seine Männlichkeit zu streicheln, die immer noch groß und steif aus seiner offenen Jeans nach oben ragt und nass und heiß von seiner Erlösung ist. Er sieht mir tief in die Augen, und sein schönes Gesicht zeigt eine Mischung aus Lust und Qual, als ich mit den Fingern über ihn streiche.

Einen Moment lang schließt er die Augen und lässt mit einem leisen Stöhnen den Kopf nach hinten sinken. Er nimmt mich in den Arm, hebt mich hoch und legt meine Beine um seinen Körper.

Dann geht er mit mir ins Schlafzimmer, wo wir die ganze Nacht damit verbringen, uns immer wieder die unendliche, sinnliche Tiefe unseres gegenseitigen Verlangens zu zeigen.

28

Gabriel

Evelyn gähnt, als ich sie in der Dusche, nachdem wir uns gegenseitig gewaschen haben, an mich ziehe. »Ich will nicht, dass heute Montag ist.«

Ich küsse sie auf den Scheitel und lächle, als sie sich fest an mich schmiegt. »Leider habe ich einiges im Hauptquartier zu erledigen, deshalb müssen wir in ungefähr einer Stunde von hier weg.«

Sie stöhnt. »Du bist ein Spielverderber.«

»Das ist nicht das, was du letzte Nacht gesagt hast«, brumme ich und zwicke in ihre Brustspitze.

Ich glaube, keiner von uns hat mehr als ein paar Stunden Schlaf bekommen, als wir ins Bett gegangen sind. Der Morgen ist viel zu früh gekommen, aber ich kann mich wohl kaum beschweren, denn Evelyn weckte mich mit fordernden Küssen und forschenden Händen.

Wir haben uns, während der Tag anbrach und es allmählich hell wurde, ganz langsam geliebt. Nach einer Nacht scheinbar unstillbarer Bedürfnisse hat sich mein Verlangen nach ihr heute zu einem langsam brennenden, tiefen Schmerz entwickelt, den ich in meiner Brust genauso intensiv spüre wie in meinem Blut.

Vielleicht sogar mehr noch.

Sie hebt den Kopf und sieht mich verwirrt an. »Ich dachte, du würdest heute Morgen mit mir zusammen zum *L'Opale* fahren, damit wir mit den Mitarbeitern das neue Sicherheitssystem durchgehen?«

Das beruhigende Lächeln, das ich eigentlich zeigen will, fühlt sich gekünstelt an. »Ich werde dich dort absetzen und dann später vorbeischauen, sobald ich die Sache mit deinem Bruder und Nick geregelt habe.«

Die Vorstellung, sie in der Boutique zurückzulassen, ohne dass ich ein Auge auf sie habe, behagt mir nicht sonderlich, deshalb werde ich, sobald ich eine Minute allein bin, O'Connor oder jemand anderen aus meinem Team anweisen, in der Nähe zu parken und den Laden zu beobachten.

Ein schelmisches Leuchten blitzt in Evelyns Augen auf, als sie mich aufs Kinn küsst. »Eine kleine Auszeit heute ist wahrscheinlich eine gute Idee. Ich bin mir nicht sicher, ob ich dich heute um mich haben kann, ohne die ganze Zeit wie eine Katze zu grinsen, die in den Sahnetopf gefallen ist, oder dir die Klamotten vom Leib reißen zu wollen.«

»Glauben Sie mir, Miss Beckham … dieses Gefühl beruht auf Gegenseitigkeit.«

Ihre totale Hingabe in der letzten Nacht ist ein Geschenk, das ich immer in Ehren halten werde. Sie war der Balsam, den ich nach der Auseinandersetzung mit meinem Vater brauchte. Dass sie mich akzeptiert, wie ich bin – selbst in meinen schwächsten Momenten und als ich versuchte, sie wegzustoßen –, ist der Klebstoff, der mich jetzt zusammenhält, wo ich weiß, dass es vielleicht nur noch ein paar Stunden sind, bis ich alles verliere.

Denn ich kann nicht einen Tag so weitermachen, ohne ihr die Wahrheit zu sagen.

Egal, was es mich bei Andrew Beckham und Dominic Baine kostet, werde ich ihnen heute mitteilen, dass ich mit ihr zusammen bin.

Und dann muss ich Evelyn über die Gefahr in Kenntnis setzen, in der sie meiner Meinung nach schwebt, und dass man mich beauftragt hatte, über sie zu wachen.

Es gibt aber noch so viel mehr, was ich ihr sagen muss. Worte, die ich letzte Nacht beinahe ausgesprochen hätte.

Worte, die ich am liebsten jetzt sagen würde, wo ich Evelyn unter der warmen Dusche im Arm halte und spüre, wie ihr Herz an meiner Brust schlägt.

Dass ich mir nicht vorstellen könnte, je wieder mit einer anderen Frau zusammen zu sein, nachdem ich sie gefunden habe.

Dass ich mit ihr zusammen eine Zukunft aufbauen möchte.

Und vor allem … dass ich sie liebe.

Aber ich behalte all die Worte für mich, denn es wäre nicht fair, sie auszusprechen, ehe Evelyn nicht alles andere weiß. Also hebe ich nur ihr Kinn an und küsse sie, während ich mir wünsche, ich müsste diesen Tag nicht beginnen, den ich bereits jetzt fürchte.

»Gabe«, murmelt sie. »Ich will nicht los.«

Ich schlucke und streiche mit dem Daumen über ihre Wange. »Ich weiß, Baby.«

Hat sie die gleiche böse Vorahnung wie ich? Hat sie auch die Sorge, dass dieses Wochenende vielleicht doch nur eine Fantasie ist, wie ich ihr gestern Abend klarzumachen versuchte? Da hatte sie sich noch geweigert, es zu akzeptieren. Doch jetzt scheint es so, als hätten wir beide Angst, es wahrzuhaben.

Während das Wasser weiter über meinen Rücken läuft, gebe ich ihr einen innigen Kuss und bewege meinen Mund über ihren. Es ist eine Vereinigung unserer Lippen, Zungen und flachen Atemzüge.

Sie streicht mit ihren Händen über meine Brust und meine Schultern. Eine fließende, zärtliche Berührung, die mir ein Stöhnen entlockt. Wenn sie mich anfasst, ist das beruhigend und entflammend gleichermaßen. Ihre Finger gleiten weiter nach unten, und selbst die kleinste Aufmerksamkeit, die sie meiner Männlichkeit zollt, lässt diese sofort wieder zum Leben erwachen.

Ich berühre sie auch, streichle ihren wunderbar weichen Hals, lege meine Hand unter ihre vollkommen geformte Brust. Ich senke den Kopf und sauge an jeder festen Spitze. Diesmal lasse ich mir Zeit, schwelge in ihrem Geschmack, jedem leisen Keuchen, jedem Seufzer.

Ihr seidig heißer Schoß schmilzt in meiner Hand, und ihr Mund liegt auf meinem, während ich sie sanft zu einem zittrigen, atemlosen Höhepunkt führe.

Mir genügt das, doch ehe mir klar ist, was sie vorhat, sinkt sie vor mir in die Knie. Ihre Hände streichen über meine Schenkel, und sie schreckt auch nicht vor meinem Stumpf zurück, sondern bezieht alles in ihre Zärtlichkeit ein. Ihr Blick folgt ihren Berührungen mit einer Ehrfurcht, die mich erschüttert.

Ich fühle mich in diesem Moment dieses Ausmaßes an Aufmerksamkeit nicht würdig, atme tief ein, und als ich die Luft wieder herauslasse, geht es mit einem dunklen Lachen einher. »Weißt du was … ich habe meinen Stumpf nie als erogene Zone betrachtet, aber durch dich muss ich meine Meinung revidieren.«

Eigentlich hatte ich mit meinen Worten die Stimmung lockern wollen, doch sie scheinen die gegenteilige Wirkung zu haben. Ihr Mund verzieht sich zu einem Ausdruck verruchter Erheiterung, und ihre Hände gleiten langsam wieder nach oben zu meiner harten Männlichkeit. »Und was ist mit dieser erogenen Zone?«

Während sie vor mir in der Dusche kniet, schließen sich ihre Lippen um mich und nehmen mich tief in ihren Mund. Allmächtiger. Meine Hüften zucken nach vorn, als ihre nassen

Lippen mich umschließen und ihre Zunge sich an mir auf und ab bewegt.

»Eve.« Ich greife nach unten und schiebe meine Finger in die nassen Strähnen ihres dunklen Haars.

Sie ist mein Anker, der mich nicht nur aufrecht hält, sondern mir auch Kraft gibt.

Ich sehe zu ihr nach unten, während sie mich in ihren himmlischen Mund einlässt. Die Lust ist zu intensiv … genau wie meine Liebe zu dieser Frau. Beides zusammen lässt mich jetzt wie ein Buschfeuer lodern.

Ich beiße die Zähne zusammen und brülle auf, als der Druck zu groß wird. Ich sollte mich nach der letzten Nacht und dem heutigen Morgen eigentlich völlig verausgabt haben, doch die schlichte Wahrheit ist, dass es keine Grenzen gibt, wenn es um diese Frau geht.

»Baby.« Es ist eine Warnung, der sie kein Gehör schenkt. Und sie ignoriert auch meinen Griff in ihrem Haar, der immer fester wird. Sie nimmt mich noch tiefer in sich auf, und ihre Wangen halten mich fest, während meine Erlösung in meinen Lenden zu kochen beginnt. Ich bin schon zu weit, um dieser Einladung widerstehen zu können.

Ich komme mit einem lauten Brüllen. Sie reagiert mit einem leisen Stöhnen, als ich in ihr explodiere.

»Himmel.« Ein heftiges Beben geht durch meinen Körper. Als mein Bein unter mir zu zittern beginnt, leckt Evelyn noch ein letztes Mal, dann steht sie auf und stützt mich, als ich zu der Holzbank am Ende der Kabine hüpfe. Ich lasse mich fallen und sinke schwer atmend nach hinten gegen die kalten Fliesen.

Sie sieht viel zu zufrieden aus, als sie sich zwischen meinen Schenkeln hinkniet, mein Gesicht in beide Hände nimmt und mir einen festen Kuss gibt. »Geht's dir gut?«

Ich bringe ein schwaches Grinsen zustande. »Ging mir nie besser. Und jetzt verschwinde aus dieser Dusche, ehe du mich noch umbringst, Frau.«

Sie lacht. »Ich gehe mich jetzt anziehen und mache dann Kaffee. Brauchst du was?«

»Mir geht's gut.« Himmel, es geht mir fantastisch, denke ich bei mir, als ich beobachte, wie sie die Dusche verlässt und sich in ein Handtuch wickelt.

Nach ein paar Minuten bringe ich genug Energie auf, um aufzustehen und mich noch einmal abzuseifen. Dann drehe ich den Wasserhahn zu und trockne mich ab, während ich sie in der Küche rumoren und die Kaffeemaschine in Gang setzen höre.

Kurz darauf kommt sie ins Badezimmer. Sie sieht frisch und wunderschön in einem der Sommerkleider aus, die sie fürs Wochenende eingepackt hatte. Das feuchte, dunkle Haar hat sie zu einem lockeren Knoten geschlungen. »Den Kaffee habe ich aufgesetzt. Ich gehe jetzt schnell zu Mrs Bernstein und stelle den Beutel mit den Sachen vom Markt vor ihre Tür. Dann mache ich uns ein paar von ihren Blaubeermuffins zum Frühstück warm.«

»In Ordnung.«

Ich will ihr eigentlich noch zurufen, dass sie sich nicht um die Sachen vom Markt kümmern soll, aber sie ist schon wieder in der Küche, um sie zu holen. Ich schlinge mir ein Handtuch um die Hüften und hüpfe ins Schlafzimmer zurück, um mich anzuziehen und die Prothese anzulegen.

»Bin gleich wieder da«, ruft sie mir aus der Küche zu.

Ich höre, wie sie die Riegel von der Wohnungstür zurückschiebt und diese dann öffnet.

Einen schrecklichen Moment lang – in dem die Zeit scheinbar stehen bleibt – ist nichts mehr zu hören.

Dann fängt Evelyn an zu schreien.

29

Gabriel

Ich stürze aus dem Schlafzimmer und stolpere mehr, als dass ich renne.

Ich habe meine Prothese nie mehr gehasst als in diesen Sekunden, die ich bis in den Flur vor meiner Wohnung brauche. Der Reißverschluss meiner Anzughose ist nur halb geschlossen, das weiße Oberhemd flattert wie ein Segel hinter mir her.

Das Herz schlägt mir bis zum Hals. »Evelyn!«

Ich renne zu der Stelle, wo sie, gleich nachdem sie die Wohnung verlassen hat, auf die Knie gefallen ist. Der Beutel, den sie zu Mrs Bernstein hatte bringen wollen, liegt auf dem Boden. Das Gemüse und die winzigen Blaubeeren liegen überall verteilt im Flur.

Ihr entsetzter Schrei ist jetzt nur noch ein leises, animalisches Jaulen, wie verletzte Tiere es von sich geben. Sie wiegt sich hin und her und starrt fassungslos auf die verstörenden Bilder und die obszönen Schmierereien, die die meiner Wohnungstür gegenüberliegende Wand bedecken.

Bilder von Evelyn.

Bilder von Modeschauen, Schnappschüsse und Selfies. Eine zufällige und bunte Mischung von Bildern, die alle die fast zum Skelett abgemagerte, sehr kranke junge Frau zeigen, die sie vor Jahren gewesen ist. Es sind Dutzende von Bildern, von denen jedes einzelne ihren rasanten Niedergang dokumentiert.

Und dann ist da noch ein Foto, das nicht einmal annähernd so alt ist wie die anderen.

Es ist erst vor ein paar Tagen aufgenommen worden. Eigentlich kein richtiges Foto, sondern ein voyeuristischer Schnappschuss – eine Nahaufnahme. Man sieht uns darauf beide am Freitag im *L'Opale*, als ich spontan mit Evelyn auf ihrem Schreibtisch Liebe gemacht habe.

»Allmächtiger.«

Als würden die Bilder nicht ausreichend zeigen, wie gestört der Täter ist, sind da noch zwei wütende Botschaften mit irgendeiner roten Farbe an die Wand gekritzelt.

SCHLAMPE

HURE

Mit einem erstickten Schrei rappelt Evelyn sich auf, rast zur Wand und reißt panisch die ausgedruckten Fotos herunter, während sie gleichzeitig versucht, die schrecklichen Wörter mit den bloßen Händen wegzuwischen.

Ein paar Nachbarn kommen aus ihren Wohnungen, um zu sehen, was los ist. Ich schnauze sie an, wieder nach drinnen zu gehen, es würde sich um ein privates Problem handeln und ich hätte es unter Kontrolle.

Aber diese Situation ist nichts von beidem.

Wer auch immer dafür verantwortlich ist, hat es an die Öffentlichkeit gebracht, und dass es keine drei Meter von meiner Wohnung passiert ist, zeigt mir, wie kurz davor ich stehe, in Bezug auf Evelyn zu versagen.

Einen Scheiß hab ich im Moment unter Kontrolle – und meine Wut schon mal gar nicht.

Oder meine tiefsitzende Angst um ihre Sicherheit.

Mit langen Schritten gehe ich zur Wand und reiße die restlichen Bilder herunter. Dabei fange ich mit dem an, das offensichtlich mit einer in ihrem Büro versteckten Kamera aufgenommen worden ist, die sich in irgendetwas auf ihrem Tisch befinden muss, so wie es aussieht. Evelyn ist so außer sich, dass ihr das ganze Ausmaß dessen, was sie sieht, bestimmt nicht klar ist.

Ich stopfe ein paar der Bilder in meine Taschen – unter anderem dieses abscheulich voyeuristische Foto vom Freitag. Den Rest zerknülle ich. Wegen der roten Wörter, die an die Wand geschmiert sind, schaue ich nach unten und sehe einen offenen Designer-Lippenstift dicht an der Fußleiste liegen. Ich nehme ihn vorsichtig hoch und verwende dafür einen Papierfetzen von den Bildern, um keine Fingerabdrücke zu zerstören, die sich vielleicht darauf befinden.

Eine Woge schwarzen Zorns walzt bei der Vorstellung über mich hinweg, dass jemand erst vor ein paar Stunden diesen feigen, bösartigen Akt direkt vor meiner Tür begangen hat … während ich mich auf der anderen Seite der Lust von Evelyns Körper hingab und mir einbildete, sie wäre bei mir in Sicherheit.

»Alles gut«, sage ich zu ihr und muss mit mir kämpfen, um einigermaßen ruhig zu klingen. »Liebste, ich kümmere mich darum. Ich sorge dafür, dass das nicht wieder passiert.«

Sie kann mich nicht hören. Sie hyperventiliert, und ein schwaches, nicht enden wollendes Stöhnen kommt aus ihrem Mund, während sie die Wörter mit zusammengeknülltem Papier bearbeitet.

»Mein Handy«, wimmert sie. »Jemand hat die von meinem Handy heruntergeladen. Oh mein Gott. Wie sind die da rangekommen?« Ihre Stimme wird immer lauter. Sie ist verwirrt und steht kurz vor einem hysterischen Anfall. »Wer sollte mir so etwas antun? Warum?«

Ich kann ihr keine Antworten auf ihre Fragen geben, aber ich werde verdammt noch mal nicht eher ruhen, bis ich es weiß.

Wenn ich weiß, wer dafür verantwortlich ist, werde ich gnadenlos sein.

Ich werde denjenigen, der dafür verantwortlich ist, fertigmachen.

»Komm, Baby.« Ich lege den Arm um ihre bebenden Schultern und ziehe sie von der Wand weg. »Du musst hier weg.«

Ich muss sie an den einzigen Ort bringen, von dem ich weiß, dass sie dort jetzt sicher sein wird.

Sie leistet keinen Widerstand, und von ihrem Kampfgeist ist kaum noch etwas übrig. Sie ist in sich gekehrt, ihr Blick leer, und das zusammen mit ihrem Schweigen nimmt mich mehr mit als Schreie und Tränen.

Sobald wir in meiner Wohnung sind, nehme ich ihr die Bilder ab und stopfe sie in den Müll. Dann hole ich meine restliche Kleidung und meine Dienstwaffe, werfe alles schnell über, ehe ich nach meinen Schlüsseln greife und sie dann aus der Wohnung dränge.

Sie fragt nicht, wohin wir wollen.

Während der ganzen Fahrt zu Baine International gibt sie keinen Ton von sich. Sie sitzt einfach nur auf dem Beifahrersitz und starrt blicklos und traumatisiert durch die Windschutzscheibe. Die getrockneten Tränen haben helle Streifen auf Wangen und Kinn hinterlassen. Ihre Hände, die auf ihrem Schoß liegen, tragen rote Lippenstiftspuren, und ihre Finger zittern.

Verdammt. Ich werfe ihr einen Blick zu und weiß, dass ich genau wie jeder andere für ihren Zustand verantwortlich bin – und dazu gehört natürlich auch das sadistische Arschloch, das die Fotos aufgehängt hat.

Als wir bei Baine International ankommen, mache ich mir nicht die Mühe, in die Tiefgarage zu fahren. Es würde einfach zu lange dauern, und im Moment ist es am wichtigsten, Evelyn nach drinnen zu schaffen und es ihr irgendwo bequem zu machen. Ich lasse meinen Wagen an der Bordsteinkante stehen, lege meinen Arm um Eve und führe sie in die Lobby.

Es ist noch früh, aber O'Connor hat ihre Arbeit bereits angetreten. Sie sitzt mit einem Kollegen vom Sicherheitsteam am Empfangstresen, kommt aber sofort auf mich zugeeilt, als sie mich mit Evelyn hereinkommen sieht.

»Was ist passiert?«

»Lange Geschichte, und ich habe jetzt keine Zeit für Erklärungen. Ich muss sofort zu Beck. Kannst du einen ruhigen Platz für Evelyn suchen?«

»Im Ruhebereich des Fitnessraumes ist keiner. Ich war gerade oben und habe trainiert, ehe ich vor ein paar Minuten angefangen habe zu arbeiten.«

Ich nicke. »Bring sie hin und bleib bei ihr.«

Evelyn blinzelt wie in Trance. »Mir geht's gut«, sagt sie leise, klingt aber gar nicht so, zumindest kommt sie allmählich wieder zu sich. Sie sieht an sich hinunter und zuckt zusammen. »Himmel, wie sehe ich bloß aus. Ich bin ja die totale Katastrophe.«

Ich streiche kurz über ihre Wange. »Es kommt alles wieder in Ordnung. Kelsey wird dir helfen, dich wieder herzurichten.«

»Natürlich tu ich das«, sagt O'Connor. Sie legt einen Arm um Evelyn und wirft mir einen besorgten Blick zu. »Was ist mit dir, Gabe? Geht's dir gut?«

Ich weiß nicht, was ich darauf antworten soll, deshalb sage ich erst einmal gar nichts. »Ich muss Beck darüber in Kenntnis setzen, dass sie hier ist.«

Sie zieht die Augenbrauen zusammen, nickt aber. »Soweit ich weiß, ist er in seinem Büro.«

Ich nehme den Fahrstuhl, um in die Vorstandsetage zu kommen, und gehe ohne anzuhalten an Becks Assistentin vorbei. Seine Tür steht offen. Ich muss fürchterlich aussehen, denn als er von seinem Laptop aufschaut, entweicht die Farbe aus seinem Gesicht. »Was ist passiert?«

Ich reiße mich mühsam zusammen, um ihm einen Abriss der Ereignisse zu geben. »Als Erstes sollst du wissen, dass es Evelyn gut geht. Sie ist hier im Gebäude, und O'Connor kümmert sich um sie.«

Er runzelt die Stirn und steht auf. Mit langen Schritten kommt er um seinen großen Schreibtisch herum. »Was ist los?«

»Wer auch immer sie beobachtet, ist ihr geradezu verdammt nah gekommen.«

»Wovon redest du überhaupt?«

Ich hole die zerknüllten Fotos aus meinen Hosentaschen und werfe sie auf den Tisch – allesamt, bis auf das von Eve und mir, das ich mir ins Jackett gesteckt habe, nachdem wir bei Baine International angekommen sind. »Jemand hat diese Fotos von ihrem Handy gestohlen und sie an einer Stelle aufgehängt, wo derjenige wusste, dass sie sie heute Morgen sehen würde.«

Er starrt die Bilder von seiner Schwester an, auf denen sie so zerbrechlich und krank aussieht, dass man sie kaum erkennt. Er ist verwirrt, und man sieht ihm die Fassungslosigkeit an. Aber da sind auch Entsetzen … und höchste Qual.

Als er spricht, schwingt in seiner Stimme die gleiche, kaum zu beherrschende Wut mit, die auch in mir brennt. »Wer hat das getan?«

»Ich weiß es nicht. Aber wir müssen ihr alles erzählen, was wir bis jetzt wissen.« Ich zwinge mich, den Blick von den Fotos abzuwenden. »Wir haben sie im Unklaren gelassen, um sie nicht unnötig zu verängstigen, Beck, aber durch diesen kranken Mistkerl, der diese Fotos in die Finger bekommen hat, ist uns diese Option genommen worden. Sie hat Angst. Ich mag mir gar nicht vorstellen, wie missbraucht, wie schrecklich sie sich jetzt wohl fühlt.«

»Oh Gott.« Becks Hände zittern ein bisschen, als er nach einem der zerrissenen und zerknüllten Fotos greift.

Es ist ein Bild von Evelyn in einem Laufsteg-Outfit, das sehr viel Haut zeigt und die schrecklichen Folgen ihrer Essstörung aufs Deutlichste offenbart. Ihre langen Beine sind kaum mehr als Knochen, die Rippen und Schultern treten so stark hervor, dass sie als Kriegsgefangene durchgehen könnte.

Doch es ist ihr Gesicht, das noch tragischer wirkt, wenn man das Bild anschaut. Unter dem Bühnen-Make-up sind ihre Wangen eingefallen und hohl. Ihre herrlichen grünen Augen wirken viel zu groß in dem hageren Gesicht, und auch die dichten schwarzen Wimpern, die sie umrahmen, können die dumpfe Resignation in ihrem Blick nicht ganz verbergen. Trotz des sinnlichen Lächelns vermittelt sie auf dem Foto den Eindruck, als würde sie kurz vor einem Zusammenbruch stehen. Und doch ist sie wunderschön. Atemberaubend – auch wenn man schon blind sein müsste, um ihre Krankheit nicht zu erkennen.

»Ich erinnere mich an dieses Foto«, murmelt Beck. »Es wurde während einer Modenschau in Paris aufgenommen … ihre letzte Modenschau, wie sich später herausstellte. Am gleichen Abend erlitt sie einen Herzschlag. Die Ärzte haben ihr nur mit Mühe das Leben gerettet.«

Ich nicke bestätigend, denn Evelyn hat mir von diesem Teil ihres Lebens ja bereits erzählt. »Du bist hingeflogen und hast sie nach Hause geholt.«

»Ich dachte, ich würde sie verlieren. Es war die Hölle, mit anzusehen, was meine Schwester damals durchgemacht hat.« Er schluckt und scheint sich erst wieder fassen zu müssen, ehe er das Foto fallen lässt und mich anschaut. »Wo, sagtest du, hast du die Fotos gefunden? In der Boutique?«

»Nein.« Ich spüre, dass ein Nerv in meiner Wange zuckt. »Jemand hatte sie an die Wand vor meiner Wohnung geklebt.«

Mir entgeht nicht der verwirrte Ausdruck, der über sein Gesicht huscht. Er legt den Kopf schief, zieht die dunklen Augenbrauen zusammen und sieht mich argwöhnisch an. »Du sagtest, Eve hätte sie gesehen.«

»Ja, das hat sie. Sie war heute Morgen mit mir zusammen.«

»Mit dir.« Ein gefährlicher Unterton schwingt in seiner Stimme mit. Er braucht einen Moment, ehe er den richtigen Zusammenhang herstellt. »Aber nicht, um sie zu bewachen.«

»Nein, Beck. Sie hat das Wochenende mit mir in meiner Wohnung verbracht.« Sein Blick verhärtet sich, während ich spreche. Ich weiß nicht, ob die Wahrheit zwischen uns alles besser oder schlechter machen wird, aber auf jeden Fall muss er es wissen. »Wir sind … zusammen. Ich liebe sie.«

»Was zum Teufel meinst du damit, dass du sie liebst?«, schnaubt er fassungslos.

»Ich will, dass sie ein Teil meines Lebens ist. Und ich glaube, sie will das auch.«

»Erzählst du mir gerade, dass du mit meiner Schwester ins Bett gestiegen bist?«

Es ist ein wütender Vorwurf von seiner Seite. Ich kann nicht bestreiten, dass er das Recht hat, von mir angewidert zu sein. Himmel, ich bin ja selbst von mir angewidert, weil ich das Vertrauen meines Freundes missbraucht habe. Aber ich kann mich nicht für das entschuldigen, was ich für Evelyn empfinde.

»Mir ist klar, dass das nicht das ist, was du hören willst … vor allem jetzt nicht. Aber ich frage dich nicht um Erlaubnis, Beck. Ich liebe sie –«

Ich rechne nicht mit seinem Schlag. Er kommt von links und

trifft mich mit voller Wucht am Kinn. Ich taumele auf meiner Prothese nach hinten und habe den Geschmack von Blut im Mund.

»Du Mistkerl«, zischt Beck. »Sie ist keine von Jared Rushs schillernden, hirnlosen Gespielinnen aus einem seiner Clubs. Sie ist meine Schwester.«

»Meinst du etwa, ich weiß das nicht?«

Er sieht mich wütend an. Er kocht vor Zorn. »Deine Aufgabe war es, sie zu beschützen, nicht mit ihr ins Bett zu steigen und sie in Gefahr zu bringen. Du solltest auf sie aufpassen. Du solltest um jeden Preis für ihre Sicherheit sorgen. Das war das Versprechen, das du mir gegeben hast, Gabe. Himmel, verdammt noch mal! Das ist es, wofür du bezahlt wirst.«

In der aufgeladenen Atmosphäre, die uns umgibt, spüre ich plötzlich eine Veränderung. Ich höre, wie jemand hinter mir laut einatmet.

Ich drehe den Kopf und sehe Evelyn in der offenen Tür stehen.

Mir wird ganz anders, als ich ihre betroffene Miene erkenne.

»Gabe … ist das wahr?«

30

Evelyn

Ich weiß nicht, was mir mehr wehtut – Gabes aufgeplatzte Lippe und den schuldbewussten Ausdruck auf seinem Gesicht zu sehen oder zu hören, wie Andrew sagt, dass Gabe dafür bezahlt worden ist, auf mich aufzupassen.

»Stimmt es?«

»Evelyn.« Gabe macht einen Schritt auf mich zu, und ich weiche einen zurück.

So gern ich auch seine Arme um mich spüren möchte, sosehr ich auch seinen Trost brauche nach allem, was heute Morgen passiert ist, muss ich doch als Erstes die Wahrheit erfahren.

»Bin ich ein Teil deines Aufgabenbereichs?«

Er senkt den Blick, und ich habe das Gefühl, als würde der Boden unter meinen Füßen nachgeben. »Ich wollte es dir sagen. Ich hätte es tun sollen.«

Ich hole tief Luft, aber es scheint nicht genug zu sein, um mich aufrecht zu halten. Ich war bereits völlig ausgelaugt und erschüttert, nachdem ich die abscheulichen Fotos und hässlichen Wörter gesehen hatte, die wie Waffen in den Händen eines unsichtbaren Feindes gegen mich geschwungen worden sind.

Jetzt habe ich das Gefühl, einem ganz anderen Feind ins Gesicht zu sehen.

Zweien.

Andrews Stimme ist vor Sorge ganz ernst. »Evie, das Wichtigste hierbei ist, dass es dir gut geht.«

Stumm schüttele ich den Kopf. Meinen Bruder sehe ich nicht an. Ich sehe Gabriel Noble an. Den Mann, dessen Schweigen mir das Herz bricht.

Andrew atmet tief durch und kommt auf mich zu. »Hör mal. Du siehst aus, als würdest du gleich zusammenbrechen. Aber das ist ja kein Wunder, nach dem, was du heute Morgen durchgemacht hast. Es tut mir leid, wie bestürzend das für dich sein muss, Evie.«

»Ich breche nicht zusammen.« Ich sehe ihn an. »Ja, ich bin bestürzt. Ich bin verwirrt und wütend, aber ich bin nicht am Zusammenbrechen.«

Selbst ich höre den stählernen Unterton in meiner Stimme. Andrew sieht mich einen Moment lang an, als versuche er, den Grad meiner Entschlossenheit einzuschätzen. »Evelyn, ich glaube –«

»Geh, Andrew, bitte. Ich will mit Gabe reden.«

»In Ordnung.« Langsam lässt er die Hand sinken, dann durchquert er das große Büro und bleibt neben mir stehen. »Ich bin im Konferenzraum den Gang runter, falls du mich brauchst.«

Ich antworte nicht. Ich kann nichts gegen meine Zuneigung für meinen Bruder tun … genauso wenig, wie es mich überraschen sollte, zu erfahren, dass er tatsächlich ohne mein Wissen einen Leibwächter für mich eingestellt hat.

Ich bin wütend auf ihn, weil er das getan hat, aber dass Gabe da mitgemacht hat, trifft mich viel mehr.

Wir sind allein in dem großen Raum, doch keiner von uns macht einen Schritt, um den Abstand zwischen uns zu verringern. Die Kluft scheint sogar noch größer zu werden, während ich ihn in stoischem Schweigen mustere.

»Wie lange, Gabe?«

Seine Miene wirkt angespannt, sein Blick ist ernst und weicht meinem nicht aus. »Seit dem Tag im Zoo. Nachdem ich entdeckt hatte, dass jemand deinen Reifen aufgeschlitzt hatte.«

»Aufgeschlitzt?« Ich zucke zusammen, so sehr erschrecken mich die Worte. »Ich dachte, ich hätte nur einen Platten gehabt.«

»Ich weiß«, sagt er. »Weil wir uns entschieden hatten, dir nichts zu sagen.«

»Wir«, wiederhole ich. »Du und mein Bruder ... ihr arbeitet zusammen. Ihr fällt Entscheidungen über mein Leben, ohne auch nur in Erwägung zu ziehen, mich dabei einzubinden.«

»Andrew war der Meinung, du würdest mit dem, was sich meiner Ansicht nach abspielte, nicht klarkommen.«

»Und was spielte sich deiner Meinung nach ab?«

»Dass jemand dich bewusst ins Visier genommen hat, und zwar nicht erst am Tag dieser Veranstaltung, sondern schon vorher. Ich konnte es nicht beweisen. Es war nur mein Instinkt, der mir sagte, dass irgendetwas nicht in Ordnung ist.« Jetzt macht er einen Schritt auf mich zu. Nur einen. Er fährt sich mit der Zunge über die aufgeplatzte Lippe und wischt das Blut weg, das sich dort gesammelt hat. Ich nehme an, die Platzwunde hat er meinem Bruder zu verdanken. »Ich wusste nicht, dass Beck und Nick mich damit beauftragen würden, auf dich aufzupassen. Ich hätte mich weigern sollen, aber –«

Ich schnaube wenig damenhaft und beginne zu verstehen. »Aber da hatte ich mich längst an dich geworfen – in dieser ersten Nacht, als du nach dem Stromausfall in den Laden gekommen warst, und dann noch einmal, als du mich nach dem Zoo nach Hause gefahren hast. Vor allem da.«

Er sieht mich finster an und schüttelt den Kopf. »Das ist genau der Grund, weshalb ich zu deinem Bruder hätte Nein sagen sollen. Aber es ist nun einmal so, dass ich niemand anderen mit deiner Sicherheit betrauen wollte.«

»Aber es ging dir gar nicht nur um meine Sicherheit, nicht wahr, Pfadfinder?«

Ich will nicht so bitter klingen. Ich kann gar nicht glauben, dass dieses Gefühl jetzt in mir ist, wo ich noch vor einer Stunde wie betäubt und unter Schock vor Gabes Wohnung im Flur gehockt habe.

»Aber ich kann nicht behaupten, du hättest mich nicht gewarnt, oder? Du hast mir gesagt, dass du immer im Dienst wärst. Mir war einfach nur nicht klar, wie wortwörtlich du das meintest.«

Er stößt einen unterdrückten Fluch aus. »Die Sorge um dein Wohlergehen war die ganze Zeit über gerechtfertigt. Die Fotos von heute Morgen beweisen das ganz eindeutig.«

»Weißt du, wer sie da aufgehängt hat?«

»Nein. Aber ich werde es herausfinden.« Er räuspert sich. »Evelyn, es gibt noch etwas anderes, das du wissen musst. Jemand hat dich im Laden beobachtet. Im Versorgungsraum war eine Wanze installiert. Ich spreche von einem Gerät zum digitalen Ausspionieren, das sich Zugang zum Computersystem des Ladens und den Daten, zu deinem Telefon und wahrscheinlich sogar dem ursprünglichen Sicherheitssystem verschafft hat. Wir nehmen an, dass in jener Nacht ein Kurzschluss in diesem Gerät für den Stromausfall in der Boutique gesorgt hat. Das Gute daran ist, dass dadurch das Gerät nicht mehr funktioniert hat.«

»Ein Gerät, um mich auszuspionieren.« Ich schlucke und versuche, den Knoten, den ich plötzlich im Hals habe, loszuwerden. »Du meinst, so ist jemand an die Fotos auf meinem Handy gekommen?«

»Möglicherweise. Ja. Oder jemand hat sie sich vorher genommen. Wahrscheinlich an dem Tag, als du mit Avery Ross verabredet warst und deine Handtasche nicht finden konntest.«

Auf einmal wird mir ein kleines Detail bewusst … etwas, das ich im Flur vor Gabes Wohnung gesehen hatte. »Mein roter Dior-Lippenstift. Der war an dem Tag in meiner Handtasche gewesen. Erst hatte ich gedacht, ich hätte ihn verloren, aber jetzt erinnere ich mich, dass er an dem Morgen in meiner Handtasche gewesen war. Aber nachdem die Handtasche wieder aufgetaucht war, fehlte der Lippenstift. Derjenige, der die Fotos von meinem Handy heruntergeladen hat, muss auch derjenige sein, der den Lippenstift an sich genommen hat. Damit hat man die Wörter an die Wand geschrieben.« Mir wird ganz schlecht, als mir der nächste Gedanke kommt, aber angesichts von Katrinas Verhalten in letzter Zeit … »Glaubst du, jemand vom *L'Opale* steckt hinter alldem?«

»Auch diese Möglichkeit ziehe ich in Betracht«, gibt er grimmig zu. »Ich lasse zurzeit alle Angestellten der Boutique überprüfen – frühere und die aktuell für dich arbeiten. Wenn dabei irgendetwas Interessantes herauskommt, wird Jake mich informieren. Aber … da gibt es noch etwas, Eve.«

Er zieht ein zerknülltes Foto aus seiner Jacketttasche und hält es mir hin. Ich brauche gar nicht näher ranzugehen, um zu erkennen, was es zeigt. Gabe und ich in einer eindeutigen Stellung auf meinem Schreibtisch.

»Das hing mit den anderen zusammen an der Wand«, sage ich leise, und mir wird erst jetzt bewusst, dass ich es schon gesehen habe. In dem Schockmoment war es unter all den anderen schrecklichen Bildern untergegangen.

Ich bin angewidert, als ich es jetzt sehe. Nicht von dem, was Gabe und ich gemacht haben, sondern von der Vorstellung, dass jemand in unsere Zweisamkeit eingedrungen ist und unsere Privatsphäre verletzt hat.

Das Foto muss am Freitag aufgenommen worden sein. Das ist also erst ein paar Tage her.

Verwirrt sehe ich ihn an. »Du hast gesagt, die Wanze wäre an dem Abend des Stromausfalls kaputtgegangen.«

»Das ist etwas anderes. Es handelt sich um eine versteckte Kamera, die in irgendetwas aus deinem Büro verborgen sein muss.«

»Oh mein Gott.« Mein Magen zieht sich vor Übelkeit zusammen. Mir wird kalt, und alles dreht sich.

Aufgeschlitzte Reifen.

Die Überprüfung meiner Angestellten.

Wanzen und versteckte Kameras.

All das zu hören, ist ein Schock für mich und macht mich fertig. Aber als viel schlimmer empfinde ich die Tatsache, dass weder mein Bruder noch Gabe es für notwendig erachtet haben, mit mir darüber zu reden.

Insbesondere Gabe.

»Wie lange hättet ihr das eigentlich vor mir verheimlicht? Wenn das heute Morgen nicht passiert wäre … wie lange wärt du und mein Bruder bereit gewesen, mich anzulügen und zu hintergehen? Du hast zugelassen, dass ich mich bei dir wie eine Närrin aufgeführt habe.«

»Nein. Verdammt noch mal.« Er presst die Lippen aufeinander. »So war das nicht, Eve.«

Ich stoße ein höhnisches Schnauben aus. »Ich habe Dinge zu dir gesagt, die ich noch nie jemandem erzählt habe … nicht einmal Andrew oder meinen Freundinnen. Niemandem. Und die ganze Zeit über warst du nicht ehrlich zu mir.«

»Doch, das war ich«, beharrt er. »Nur in dieser einen Sache nicht. Ich wollte es dir sagen. Ich habe deinem Bruder gesagt, dass es nicht richtig wäre, dich im Unklaren zu lassen …«

»Aber du hast es getan. Du hattest die Wahl und hast dich entschieden.«

»Beck ist mein Freund, Evelyn. Er und Nick. Beide.«

»Und nicht zu vergessen, dass Baine International dein Arbeitgeber ist«, erwidere ich spröde. »Diese tolle Beförderung und die fette Lohnerhöhung, die du gerade bekommen hast. Mehr Geld in einem Jahr, als dein Vater in zwanzig Jahren verdient hat, richtig? Das konntest du nicht gefährden.«

Sein Blick wird hart. »Ist es das, was du denkst?«

»Ich weiß nicht, was ich denken soll.«

»Macht es einen Unterschied, wenn ich dir sage, dass ich dich liebe? Denn das tue ich, Evelyn. Ich liebe dich.«

Himmel, wie gern ich ihm glauben möchte. Ich will mich in seine Arme stürzen und ihn nie wieder loslassen.

Aber ich bleibe wie angenagelt stehen. Mein Herz schlägt weiter schwer und kalt in meiner Brust. Denn heute ist mein Vertrauen in ihn erschüttert worden.

Ich weiß nicht, wie ich es wiedererlangen soll, egal, wie verzweifelt ich mir wünsche, dass ich es könnte.

Außerdem mag er zwar Gefühle für mich haben, aber sie sind nicht stark genug, mir zu vertrauen.

Denn in dem Fall würde er nicht dastehen und mir das Herz brechen.

Vor Kummer schnürt sich mir die Kehle zu. Es ist ein widersprüchliches Gemisch aus Bedauern und Schmerz und hinterlässt einen bitteren Geschmack in meinem Mund, während er mich mit ausdrucksloser Miene anstarrt, als ich nichts erwidere.

Seine Stimme ist ruhig und tonlos, als er wieder spricht. »Willst du denn gar nichts sagen?«

»Doch, Gabe. Ich glaube, ich muss Auf Wiedersehen sagen.«

Er erstarrt in Regungslosigkeit.

Ich will, dass er um mich kämpft. So unfair und selbstsüchtig das auch sein mag, verdammt noch mal, warte ich doch darauf, dass er kämpft. Doch er sieht mich nur ganz lange mit resigniertem Blick an.

Gemessenen, kontrollierten Schritts und mit militärisch straffer Haltung setzt er sich in Bewegung. Ungefähr einen Meter von mir entfernt bleibt er kurz stehen. »Es tut mir leid, Evelyn. Es tut mir leid, wie alles gelaufen ist.«

Ich stehe nur da und bekomme kaum noch Luft, als er an mir vorbei zur Tür hinausgeht.

Als ich mir sicher bin, dass er weg ist, weil das leise Klingeln des Fahrstuhls anzeigt, dass er gleich einsteigen und nach unten fahren wird, lasse ich die angehaltene Luft heraus. Sie strömt mit einem erstickten Schluchzen über meine Lippen.

31

Gabriel

O'Connor kommt einen Augenblick nach mir in mein Büro. »Evelyn hat sich vor ein paar Minuten auf die Suche nach dir gemacht. Ich weiß, dass du mir gesagt hattest, ich soll mit ihr im Ruheraum bleiben, aber sie beharrte darauf, dass sie keinen Babysitter brauchen würde, und ich … oh, shit.«

Sie bleibt abrupt stehen, als sie mein Holster und die Dienstwaffe, die ich gerade auf den Schreibtisch gelegt habe, sieht. Die Baine-International-Anstecknadel klickt leise, als ich sie neben die anderen Sachen lege, mit denen ich für meinen Job ausgestattet worden bin. Bei meinem früheren Job.

Ich muss wohl so erbärmlich aussehen, wie ich mich fühle, denn auf ihr Gesicht legt sich der Ausdruck liebevollen Mitgefühls, was dazu führt, dass ich unwillkürlich anfange, mit den Zähnen zu knirschen. »Was machst du da, Gabe?«

»Das, was ich sofort hätte tun sollen, als mir klar wurde, was ich für Evelyn empfinde.«

»Du kündigst?«

Ich nicke kurz. »Meine E-Mail mit der Kündigung sollte bereits in Dominic Baines Postfach sein.«

»Himmel, du meinst es ernst.« Sie sieht mich mit großen Augen an. »Was zum Teufel ist da oben gerade passiert?«

»Ich hab's vermasselt.« Ich zucke mit den Achseln, als wäre es keine große Sache … als würde mein Herz sich nicht so anfühlen, als wäre es gerade in einen Reißwolf geraten.

Ich hätte mich von Evelyn nicht wegstoßen lassen sollen. Ich hätte mit jeder mir zur Verfügung stehenden Waffe kämpfen müssen, um sie davon zu überzeugen, wie ich fühle … dass ich nach den letzten Wochen mit ihr mir nicht mehr vorstellen kann, auch nur einen Tag – oder eine Nacht – ohne sie zu verbringen. Und ich will es mir auch nicht mehr vorstellen.

Verdammt. Ich hätte ihr sagen sollen, dass es ihr Bruder war, der darauf bestanden hatte, sie abzuschirmen, als ich ihn gedrängt hatte, ihr alles zu erzählen, ihr die Wahrheit zu sagen – alles, und zwar auch, dass man mich mit ihrem persönlichen Schutz beauftragt hatte; dass sie tatsächlich Teil meiner Stellenbeschreibung war.

Aber sie war nie nur das gewesen. Verflucht noch mal, nicht einmal annähernd.

Ich weiß, dass ich Beck den Großteil der Schuld zuschieben könnte. Die Heimlichtuerei war seine Idee gewesen; er hatte darauf bestanden. Ich weiß, dass er es nicht leugnen würde. Aber dadurch würde sich der Konflikt zwischen Evelyn und ihrem Bruder nur noch verschärfen. Ich weiß aus eigener Erfahrung, wie es ist, wenn man sich von der Familie entfremdet, wenn man miteinander so uneins ist, dass man es nicht einmal erträgt, sich im selben Raum aufzuhalten. So weit soll es zwischen Evelyn und Beck nie kommen. Ich werde so ein schädliches Druckmittel nicht verwenden, nur um meine Wünsche und Bedürfnisse durchzusetzen.

Selbst wenn ich bereit wäre, ihre Beziehung zu zerstören, um meine zu Evelyn zu stärken, würde es nichts daran ändern, dass ich der Pflicht den Vorzug gegeben und es vorgezogen habe, ihr nicht die Wahrheit zu sagen. Sie hat recht. Ich hatte die Wahl und habe meine Entscheidung gefällt.

Ich hatte Angst gehabt, meinen Job aufs Spiel zu setzen oder meine Freundschaft mit Beck und Nick zu gefährden. Ich hatte das Gefühl gehabt, beiden etwas zu schulden, weil sie mir eine Chance, einen Vertrauensvorschuss gegeben hatten, zu dem sonst niemand bereit gewesen war.

Und jetzt habe ich alles kaputtgemacht.

Der schlimmste Verlust – der einzige, der jetzt überhaupt von Bedeutung ist – ist der Verlust von Evelyns Glaube an mich. Der Verlust ihrer Freundschaft und ihres Vertrauens.

Der Verlust ihrer Liebe.

Ich fahre mir mit einer Hand durchs Haar und stöhne leise. »Ich habe bei Evelyn eine Grenze überschritten, und ich glaube nicht, dass es da noch ein Zurück gibt.«

O'Connor mustert mich durchdringend. »Du bist verliebt in sie.«

»Wahnsinnig.«

»Du liebst sie, gehst aber trotzdem.«

»Das ist es, was sie will.«

»Shit, Gabe. Es tut mir leid.«

»Ja. Mir auch.« Ich will weg, ehe ich vielleicht nicht mehr die Kraft habe, mich nach Evelyns Wünschen zu richten. Ich ziehe mein Jackett von der Rückenlehne meines Stuhls und greife nach meinen Schlüsseln, die auf der Schreibtischkante liegen.

»Ich muss los.«

»Wohin?«

Ich zucke mit den Achseln. »Ich weiß es nicht. Ich weiß nur, dass ich hier nicht bleiben kann.«

Das stimmt zwar, aber trotz des Umstandes, dass ich nicht mehr zum Sicherheitsteam von Baine International gehöre, werde ich auf jeden Fall der Boutique noch einen Besuch abstatten, um Evelyns Büro auf den Kopf zu stellen. Ich will die Kamera finden und zerstören, die jemand dort versteckt hat. In der Zwischenzeit werde ich einen meiner Brüder mit der Untersuchung des Lippenstifts auf Fingerabdrücke beauftragen und einen Computerspezialisten auf alle anderen im Laden gefundenen Beweisstücke hetzen.

Einfach ausgedrückt … ich werde nicht eher ruhen, bis ich Evelyns Stalker dingfest gemacht habe. Nach dem heutigen Morgen ist klar, dass die Situation weiter eskalieren wird, wenn man dem nicht einen Riegel vorschiebt.

Ich habe vor, die Person zu sein, die das erledigt, ob ich nun die Befugnis oder das Recht dazu habe oder nicht.

»Bis später, O'Connor. Jetzt muss ich erst einmal mit meinem Bruder reden. Jake überprüft gerade die Angestellten des *L'Opale*. Ich will sichergehen, dass er das bis zum Ende des Tages erledigt hat.«

Sie sieht mich mit großen Augen an. »Aber Jake ist im Krankenhaus, Gabe.«

»Woher weißt du das?«

»Äh.« Ihre Wangen laufen rot an. »Weil er es mir gesagt hat, als wir heute Morgen telefoniert haben.«

Ich ziehe die Augenbrauen hoch bei ihrem Geständnis, habe aber keine Zeit, mich mit der Neuigkeit zu befassen oder mit dem, was daraus folgt. Im Moment bin ich mehr daran interessiert, meinen Bruder zu erreichen. »Was macht er im Krankenhaus?«

»Er ist mit deinen Eltern hingefahren. Dein Vater ist in der Nacht wieder eingeliefert worden.«

»Oh nein. Noch ein Schlaganfall?«

Sie schüttelt den Kopf. »Nein. Wegen Schmerzen in der Brust. Aber es geht ihm gut. Es tut mir leid, dass ich dir das nicht schon früher erzählt habe. Ich dachte, du wüsstest davon …«

»Nein. Ich wusste es nicht.«

Und warum sollte mir auch irgendjemand etwas erzählen, angesichts dessen, wie ich mich das letzte Mal im Hause meiner Eltern aufgeführt habe? Offensichtlich habe ich dafür gesorgt, dass jeder Winkel meines Lebens nur noch aus verbrannter Erde besteht.

Ich gehe an meiner Freundin vorbei und versuche, ihre mitleidige Miene zu übersehen. »Danke, dass du es mir gesagt hast, Kelsey. Ich muss jetzt zu Jake.«

Mein Bruder sitzt bei meinem Vater im Aufwachraum, als ich zwanzig Minuten später im Krankenhaus eintreffe.

Es sieht so aus, als ob er schon eine Weile hier wäre. Sein Gesicht hat einen dunklen Bartschatten, und er hat keine Uniform an, sondern Jeans und ein schwarzes T-Shirt. Er hängt in einem der drei Gästestühle, die entlang der Wand am Fußende von Dads Bett aufgereiht sind. Er setzt sich auf, als er mich draußen kommen sieht, und winkt mich herein.

Die Augen meines Vaters sind geschlossen, seine Brust hebt und senkt sich in einem gleichmäßigen, ruhigen Rhythmus, während er schläft. Neben ihm zischen und piepen leise die Maschinen. Kabel und Schläuche an Brust und Armen sind mit einem Überwachungsmonitor und einem Infusionsständer verbunden.

»Du hast gerade alle verpasst«, sagt Jake zu mir. »Shane und Ethan sind eben mit Mom nach unten in die Cafeteria gegangen, um zu frühstücken. Willst du dich ihnen nicht anschließen?«

»Nein. Ich muss mit dir reden.«

Ich deute auf den Flur draußen, aber Jake schüttelt nur ganz leicht den Kopf und zeigt dann in Dads Richtung. »Wir stören ihn nicht. Es geht ihm gut. Er schläft jetzt schon seit ein paar Stunden. Davon abgesehen glaube ich, dass er ruhiger schläft, wenn man sich in seiner Nähe unterhält, als dass er all diese Krankenhausgeräusche im Ohr hat. Worum geht's, Bruder?«

Da ich nicht vorhabe, lange zu bleiben, lehne ich mich nur mit der Schulter an die Wand und komme gleich zum Punkt. »Hast du die Leute in der Boutique überprüft?«

Er nickt. »Ich hatte dich heute Morgen, sobald ich im Büro bin, anrufen wollen, doch dann bin ich hier gelandet. Aber egal. Ja. Sie sind alle durchleuchtet worden. Alle sauber. Jeder Einzelne.«

»Selbst Katrina Davis?«

»Jap. Außer du zählst ein paar Tickets für Falschparken mit.«

»Shit.« Ich verschränke die Arme vor der Brust. Man sieht mir meine Enttäuschung deutlich an. »Und bei der Überprüfung ehemaliger Arbeitnehmer ist auch nichts herausgekommen? Keine Warnhinweise, die auf mögliche größere Probleme hindeuten?«

Jetzt runzelt er die Stirn. »Nein, Gabe. Wie ich schon sagte … es gibt nichts zu berichten. Willst du mir nicht sagen, worum es hier geht? Denn offensichtlich sind das keine Routinechecks, wie du mich glauben machen wolltest, als du mich um den Gefallen gebeten hast.«

»Nein. Es geht um Evelyn Beckham.«

Jake legt den Kopf auf die Seite. »Die Frau, die du am Samstag mit nach Hause gebracht hast? Mom sagte, es sähe so aus, als ob du es ernst mit ihr meinen würdest.« Er schnaubt leise. »Mir gegenüber hast du ja nichts erwähnt.«

Na toll. Jetzt bin ich auch noch dabei, es mir mit dem Bruder zu verderben, der mir am nächsten steht. »Es ist kompliziert zwischen Evelyn und mir. Es war kompliziert. Ich hab's total vermasselt, und jetzt will sie nichts mehr mit mir zu tun haben.«

»Evelyn Beckham, sagtest du?« Er starrt mich an, nachdem er ihren Nachnamen betont hat. »Wie die rechte Hand von Dominic Baine? Der Anwalt Andrew Beckham? Ich dachte, du und der Typ … ihr wärt ganz dicke miteinander?«

»Bis vor fünfzehn Minuten war ich das auch noch. Eve ist seine Schwester.«

Jake zieht eine Augenbraue hoch und stößt dann einen leisen Pfiff aus. »Du verdammter Idiot, Bro. Du und seine Schwester? Ich schätze mal, das erklärt den aufgeplatzten Zustand deiner Lippe.«

»Vergiss das jetzt alles. Sie ist in Gefahr.« Ich gebe ihm einen Überblick über alles, was bisher passiert ist, und schließe den Bericht mit der Entdeckung der Fotos vor meiner Wohnung und meiner gerade erfolgten Kündigung bei Baine International. »Evelyn ist ins Visier von irgend so einem kranken Mistkerl geraten, und ich muss herausfinden, wer das ist.«

»Willst du, dass ich sie beschatten lasse? Ich brauche nur einen Anruf zu machen, und in fünf Minuten ist jemand da. In Zivil oder Uniform … ich kann beides für dich arrangieren.«

So verführerisch das Angebot auch ist, schüttele ich doch den Kopf. »Sie müsste dem als Erstes zustimmen. Und nach heute rechne ich nicht damit, dass sie bei irgendetwas zustimmen wird, was ich sage. Sie hat mir sehr deutlich gemacht, dass ich mich aus ihrem Leben fernhalten soll.«

»Und was bedeutet das jetzt für dich?«

»Wenn die Überprüfung der Angestellten nichts erbracht hat, stehe ich wieder am Anfang. Nein, schlimmer noch, denn wenn ihr jetzt etwas passiert, werde ich mir das nie verzeihen. Wenn sie verletzt wird oder Schlimmeres …«

Ich atme tief durch, trotzdem kann ich nicht verbergen, wie erstickt meine Stimme klingt. Wenn mich das vor meinem hartgesottenen Bruder wie eine Pussy erscheinen lässt, ist mir das scheißegal.

»Sie bedeutet mir alles«, stoße ich mit belegter Stimme hervor. »Ich liebe sie, Jake. *Verdammt!* Ich liebe sie. Sie ist das Beste, was mir je passiert ist, und ich habe sie verloren.«

»*Gabe.*«

Die eingerostete Stimme meines Vaters lenkt meinen Blick zum Bett. Seine Augen sind offen, und sein unverwandter Blick ruht auf mir. Mir ist die Vorstellung zuwider, dass er einen Teil der Unterhaltung mitbekommen hat oder vielleicht sogar alles. Wenn er meinen Schmerz sieht, insbesondere die Wunde, die ich mir heute aus eigenem Verschulden zugefügt habe, weiß ich nicht, was ich tun werde, wenn er auch nur den Hauch von Genugtuung über mein Leiden zeigt.

Ich antworte ihm nicht. Schweigend wechsle ich einen Blick mit Jake, ehe ich mich umdrehe und Richtung Tür gehe.

»Gabriel«, sagt er wieder. Und dann: »Sohn, bitte … warte.«

Ich bleibe stehen, obwohl es das Letzte ist, was ich will.

Jake geht an mir vorbei. »Ich werd mal nachgucken, wo Mom und die Jungs bleiben.«

Und so bin ich auf einmal mit dem alten Herrn allein im Zimmer. Es herrscht eine drückende Stimmung, als würde sich ein Unwetter anbahnen … oder vielleicht sind es auch nur die Nachbeben, wenn man bedenkt, wie wir gestern Abend auseinandergegangen sind.

Es kommt mir so vor, als wäre seitdem eine Woche vergangen. Noch länger, wenn man bedenkt, wie mein Leben sich innerhalb nur eines Wochenendes von fast perfekt zu alles für den Arsch entwickelt hat.

»Hilfst du mir mal mit dem Bett, ja?«

Er spricht zwar undeutlich, aber es besteht kein Zweifel daran, dass er bei völlig klarem Verstand ist. Das erkennt man auch an seinen Augen. Der kluge, häufig herablassende Blick ist fest auf mich gerichtet, als ich hingehe und ihm die Fernbedienung mit den vielen Knöpfen für das Bett aus der schlaffen Hand nehme.

»Wie willst du's haben?«

»So, dass ich sitzen kann«, sagt er. »Ich muss mit dir reden.«

Die mit Plastik überzogene Matratze ächzt, als ich den Knopf drücke, um das Kopfteil hochfahren zu lassen. Er nickt, als er die von ihm gewünschte Position erreicht hat. Ich lege die Fernbedienung weg, setze mich aber nicht auf den Stuhl, der neben dem Bett steht.

Mit Gewalt reiße ich meine fest aufeinandergebissenen Zähne auseinander, während ich auf ihn herabschaue. »Was willst du?«

Er scheint ziemlich lange über die Frage nachzudenken. Während er mich weiter anschaut, atmet er endlich einmal lang und tief durch.

»Du warst ein Unfall«, stellt er unverblümt und ohne weitere Vorrede fest. »Ein Jahr vor deiner Geburt hatten deine Mutter und ich uns getrennt. Ich dachte, das Ganze würde in eine Scheidung münden. Da wären wir wahrscheinlich auch geendet, obwohl wir uns bemühten, dass es wieder funktionierte. Dann erfuhren wir, dass du unterwegs bist.«

»Ja, Pop«, schnaube ich spöttisch, »die Geschichte kenne ich bereits.«

»Nein, tust du nicht«, erwidert er kurz angebunden. »Zumindest nicht die ganze Geschichte.« Er muss kurz keuchen und fährt dann aber fort. »Ich war kein guter Ehemann. Und wahrscheinlich damals noch nicht einmal ein guter Vater. Ich hatte was mit anderen Frauen. Ich trank zu viel. Ich liebte deine Mutter – ich betete sie an –, aber ich schien mit den egoistischen Dingen, die sie verletzten, nicht aufhören zu können. Am Ende verließ sie mich. Sie nahm deine Brüder mit zu ihren Eltern und hatte nicht vor zurückzukommen.«

Er hat recht. Den Teil der Geschichte kenne ich nicht. Es ist nicht die Unterhaltung, die ich jetzt führen möchte, wenn ich doch nichts lieber täte, als jeden Stein in der Stadt umzudrehen, bis ich Evelyns Stalker aufgespürt habe. Aber der alte Herr spricht weiter, als müsste er es sich von der Seele reden.

»Sie vergab mir. Gott sei Dank. Dass sie das getan hat, war das größte Wunder, das mir in meinem Leben widerfahren ist. Und ich bin ihr nie wieder untreu geworden. Trotzdem denke ich manchmal, sie hätte nicht zurückkommen sollen. Sie hätte einen Mann verdient, der sie niemals verletzt, der sie niemals im Stich lässt. Deine Brüder wären traurig gewesen, wäre ich gegangen, aber sie hätten es überlebt. Aber du, Gabe? Du hättest einen besseren Vater als mich verdient.«

»Wovon redest du überhaupt?«

»Ich bin ein schwacher Mann. Als Ehemann ein Versager. Ein erbärmlicher Vater. Und jedes Mal, wenn ich dich anschaute, sah ich wie in einem Spiegel all meine Verfehlungen. Du hattest ein Neuanfang für deine Mutter und mich sein sollen. Unser kleiner Engel, wie sie dich immer nannte. Aber ich sah in dir immer nur die tägliche Erinnerung an den Tiefpunkt in meinem Leben. Wenn ich dich anschaute, sah ich keinen Neuanfang … ich sah eine weitere Möglichkeit, wie ich etwas Gutes zerstörte.«

Verwirrt runzle ich die Stirn und versuche zu verstehen. »Deshalb hast du mich mein ganzes Leben lang gehasst?«

»Dich gehasst?« Er runzelt die mit Altersflecken bedeckte Stirn. »Ich habe dich nie gehasst, Gabriel.«

»So hat sich das gestern Abend aber nicht angehört.« Ich formuliere die Worte vorsichtig, denn er soll nicht sehen, wie sehr er mich damit verletzt hat. Vielleicht haben wir uns gegenseitig verletzt. »Du hast dich über mich lustig gemacht … sagtest, du hättest mich immer richtig eingeschätzt, dass ich meinte, ich wäre besser als du.«

»Du warst besser, Gabe. Du bist besser in jeder Hinsicht,

die zählt. Auch damals schon.« Er schaut auf seine Hände. Ein Nerv zuckt in seiner hängenden Wange. »Ich wusste nicht, wie ich dir ein Vater sein sollte. Du warst immer so aufgeweckt und neugierig, so unabhängig. Himmel, du warst von dem Moment an, als wir dich nach Hause brachten, ein trotziger kleiner Scheißer.«

Er lacht – er lacht tatsächlich. Es ist das erste Mal, an das ich mich erinnern kann, dass ein Ausdruck der Freude auf seinem Gesicht liegt, als er über mich spricht. Etwas zieht sich in meiner Brust zusammen, aber ich bleibe wachsam. Schlussendlich bin ich bei ihm in eine gute Lehre gegangen.

Jetzt wieder ernst schaut er zu mir auf. »Die einzige Art von Kindern, die ich zu erziehen wusste, waren gehorsame kleine Soldaten. So hat mein Vater es gemacht und sein Vater vor ihm. Aber ihre Methoden funktionierten bei dir nicht. Statt zu gehorchen, hast du dich gewehrt. Ständig hast du mich herausgefordert, immer wieder hast du dich mit mir angelegt. Im Gegensatz zu deinen Brüdern brauchtest du nie mein Lob.«

»Das stimmt nicht.« Ich schüttele den Kopf und bin fassungslos, dass er so denkt. »Ich habe es gebraucht, aber du hast es mir nie gegeben.«

Als er mich anschaut, gibt er einen Laut von sich, so als würde ihm der Atem stocken. Er wendet den Blick ab und bleibt so für eine ganze Weile regungslos sitzen. Als er mir endlich doch wieder das Gesicht zuwendet, glänzen seine Augen feucht. »Gibst du mir die Schuld, Sohn?« Er schluckt und setzt noch einmal an. »Gibst du mir die Schuld an dem, was dir im Krieg passiert ist?«

Sein Schuldgefühl hängt fast greifbar in der feuchten Luft des Raumes. Seine Reue verblüfft mich. Dieses Gefühl habe ich noch nie in seiner Stimme mitschwingen hören.

»Eine Granate hat mir das Bein abgerissen, nicht du. Es war ein unseliges Stück Straße an einem noch unseligeren Tag. Also nein. Ich gebe dir nicht die Schuld daran, Pop.«

Er scheint mit meiner Antwort nicht zufrieden zu sein. Sein Blick hängt weiter an mir, sein Mund zittert. »Ich wollte nicht, dass du in die Armee eintrittst. Das habe ich dir gesagt.« Er lächelt reumütig. »Ich habe von dir verlangt, nicht einzutreten, erinnere ich mich. Ich dachte, du hättest dich nur gemeldet, um mich zu ärgern.«

Ich zucke mit den Achseln und kann ein Grinsen nicht unterdrücken. »Hab ich auch.«

Seine breite Brust bebt vor Lachen, aber es sickern auch Tränen aus seinen Augen. Als er sich wieder beruhigt, greift er nach meiner Hand. Erst jetzt merke ich, dass ich das Seitengitter des Bettes wie ein Schraubstock umklammere. »Ich hätte dich im Krankenhaus besuchen sollen. Ich wollte ja, aber ich wusste nicht, wie ich mit der Situation umgehen sollte. Ich wusste nicht, wie ich dir gegenübertreten und erkennen sollte, was mein Versagen als Vater dich gekostet hatte.«

Ich atme aus und habe das Gefühl, als würde auch das letzte Sauerstoffmolekül aus meiner Lunge entweichen. »Deshalb also hast du dich nie blicken lassen?«

»Es tut mir leid, Gabe.« Seine Finger legen sich um meine. »Es tut mir so unendlich leid. Als du dann nach Hause kamst, schämte ich mich, weil ich dem Krankenhaus ferngeblieben war. Ich wollte dich nicht sagen hören, dass du mich hasst, auch wenn ich wusste, dass du es bestimmt tust. Warum solltest du es auch nicht tun?«

»Hab ich aber nicht.« Es schnürt mir die Kehle zu, und meine Stimme klingt erstickt. »Ach, verdammt, Dad. Ich habe dich nie gehasst. Nicht einmal gestern Abend. Es tut mir auch leid.«

Er tätschelt meine Hand und dreht den Kopf wieder weg, um die Wand anzustarren. Ich höre, dass er leise schluchzt, weil auch seine Kehle eng ist.

Als ich das Gefühl habe, meine Stimme wieder unter Kontrolle zu haben, frage ich: »Warum erzählst du mir das jetzt alles?«

»Weil ich dein Gespräch mit Jacob mit angehört habe.« Er sieht mich forschend an und erkennt wahrscheinlich, wie elend ich mich fühle. Der Himmel weiß, dass ich viel zu aufgewühlt bin, um es verbergen zu können. Nicht einmal vor ihm gelingt es mir. »Ich habe mitbekommen, wie du über die Frau geredet hast, die du magst. Evelyn. Und weil deine Mutter mir gestern Abend gesagt hat, dass es offensichtlich wäre, dass ihr beiden verliebt seid.«

Ich schüttele den Kopf. »Ich hab's mit ihr vermasselt. Ich habe ihr Vertrauen enttäuscht. Sie fühlt sich hintergangen, und ich konnte sie nicht davon überzeugen, dass es nicht wieder passieren wird.«

»Wird es das?«

»Nein. Nie wieder. Aber ich weiß nicht, ob sie mir das je glauben wird. Im Moment bin ich mir noch nicht einmal sicher, ob sie mir überhaupt verzeihen kann.«

»Aber wenn sie es kann, Sohn? Wenn sie dich wirklich liebt, dann hast du sie noch nicht verloren.«

Ich sehe ihn an und wäge seinen Rat ab. Noch ein Geschenk, das er mir bis zu diesem Moment noch nie hat zukommen lassen. Aber ich halte mich daran fest – auch wenn er mich nie wieder ermutigen sollte –, wegen der Hoffnung, die er mir damit macht.

»Geh zu ihr, Gabriel. Vielleicht ist bei dir auch mal ein Wunder fällig.«

32

Evelyn

Mein Bruder wartet im Gang auf mich, als ich aus der Damentoilette der Vorstandsetage komme.

Er steht in seinem mitternachtsblauen maßgeschneiderten Anzug und dem schneeweißen Hemd sehr ernst da. Die Krawatte hat er gelockert, und der Kragenknopf steht offen. Den dunklen Kopf hat er gesenkt, mit dem breiten Rücken lehnt er an der mit Mahagoni verkleideten Wand. Die Hände hat er in die Hosentaschen gesteckt.

Er sieht aus, als wäre er einmal in die Hölle und zurück gereist.

Das Gleiche trifft auf mich bestimmt auch zu.

Ich habe die letzten fünfundvierzig Minuten am Waschbecken verbracht und versucht, die blutroten Lippenstiftspuren von meinem Kleid und den Fingern zu entfernen. In Wirklichkeit aber nutzte ich die Einsamkeit der luxuriösen Toilette, um mich zu verstecken und mir die Möglichkeit zu geben, den Verlust von Gabriel Noble zu betrauern.

Denn so fühlt es sich an. Tod. Trauer.

Eine völlige innere Leere.

Er ist aus meinem Leben verschwunden, und während der Grund, aus dem wir nicht mehr zusammen sind, immer noch wehtut, macht es den Schmerz nur noch größer, ohne ihn zu sein.

»Ich bin in mein Büro zurückgekommen, und du warst nicht

mehr da«, sagt Andrew. Seine tiefe Stimme klingt vorsichtig und mitfühlend. Seine hellgrünen Augen sehen mich mit Bedauern an, als ich mich ihm nähere. »Lily sagte mir, wo ich dich finden würde.«

»Wie lange stehst du hier schon?«

Er zuckt ganz leicht mit den Achseln. »Eine Weile. Geht's dir gut?«

»Nein.«

Er sieht weg und stößt einen leisen Fluch aus. »Evie. Es tut mir leid. Alles tut mir leid. Ich wollte nicht, dass dir wehgetan wird. Nur darum ging es bei der ganzen Sache.«

Ich schüttele den Kopf. »Nein, Andrew. Darum ging es nicht. Es ging darum, mich wie ein kleines Kind zu behandeln. Du hattest nicht genügend Respekt vor mir, um mir die Wahrheit zu sagen.«

Er runzelt die Stirn. »Natürlich habe ich Respekt vor dir. Mehr als du ahnst.«

»Wie kannst du das behaupten, wenn du hinter meinem Rücken jemanden anstellst, der mich wie einen Gegenstand bewachen soll, statt ehrlich zu sein? Du willst mich immer noch wie das kranke, gebrochene Mädchen behandeln, das du aus Paris nach Hause gebracht hast.«

Er sieht mich völlig bestürzt an. »Ich bekomme dieses Bild von dir damals einfach nicht aus meinem Kopf. Als ich den Anruf erhielt, dass du in dreitausend Meilen Entfernung im Krankenhaus liegst, ist meine Welt fast stehen geblieben. Und dann, als ich dort ankam und sah, wie krank du geworden warst … Allmächtiger, Evelyn. Ich hätte es wissen müssen. Ich bin dein Bruder. Ich hätte mehr für dich da sein müssen, um dich aus einer Situation herauszuholen, die dich fast umgebracht hätte.«

»Du hast mich da rausgeholt«, rufe ich ihm sanft in Erinnerung, denn ich höre die Qual, die immer noch ganz frisch in seiner tiefen Stimme mitschwingt. Eine Qual, mit der er meinetwegen all die Jahre gelebt hat. »Du hast versucht, mir unzählige Male zu helfen. Am Ende warst du der Einzige, der mir geholfen hat, Andrew.«

Er atmet tief durch, als unsere Blicke sich wieder begegnen. »Jeden einzelnen Tag, nachdem ich dich nach Hause geholt hatte, all die Monate, die du in Therapie warst, fürchtete ich, einen Anruf zu bekommen, in dem man mir mitteilte, dass du nicht mehr bist. Ich habe dir dabei zugesehen, wie du dich ins Leben zurückgekämpft hast. Du warst so tapfer, Evie, so verdammt stark. Stärker, als ich es gewesen wäre. Himmel, du bist sogar jetzt stärker als ich. Ich weiß nicht, warum ich so lange gebraucht habe, das zu erkennen.«

Ich möchte weiter wütend auf meinen Bruder sein, aber es fällt schwer, jetzt etwas anderes als Bedauern zu spüren.

Ich habe verstanden, wie aufopfernd er sich während all der Jahre, in denen es mir schlecht ging, um mich gekümmert hat, aber jetzt kann ich auch erkennen, dass – obwohl es mir irgendwann besser ging – er immer noch mit den Wunden lebt, die ihm zugefügt wurden, als er mich leiden sah.

Er schüttelt den Kopf. »Es tut mir leid, dass ich dir die Wahrheit vorenthalten habe. Ich hätte es dir sagen sollen. Himmel, ich hätte mit der ganzen Sache sofort zur Polizei gehen müssen. Stattdessen habe ich Gabe auch noch mit hineingezogen. Jetzt habt ihr beide das Recht, mich zu verachten.«

Ich strecke den Arm aus und lege meine Hand kurz an seine Wange. »Ich verachte dich nicht, Andrew. Das könnte ich nie. Und was Gabe angeht, da bin ich mir sicher, dass er darüber hinwegkommen wird. Schließlich hat er nur seinen Job getan.«

»Nein, das war nicht alles, Evelyn. Er hat dich gern. Das habe ich heute deutlich erkannt. Ich kenne ihn jetzt länger als ein Jahr, und ich habe ihn noch nie so erlebt. Wegen nichts und niemandem. Er hat mir gesagt, dass er dich liebt.«

Ich verschließe die Augen vor den Worten, die ich so verzweifelt glauben möchte … Worten, denen zu trauen ich mich fürchtete, als Gabe sie zu mir sagte, denn sein Verrat hat mir das Herz gebrochen. Es könnte sein, dass diese Wunde niemals heilen wird.

»Er hat mich angelogen. Er hat mich glauben machen wollen, ich würde ihm etwas bedeuten, obwohl er die ganze Zeit dafür bezahlt wurde, auf mich aufzupassen.«

Andrew schüttelt langsam den Kopf. »Er wollte dir alles erzählen. Ich war es, der darauf bestand, es nicht zu tun.«

»Du hast darauf bestanden?«

Er sieht mich zerknirscht an. »Ich habe als Freund und Kollege von Gabe verlangt, dass er schweigt. Ich dachte, es wäre besser, wenn du nichts von allem wusstest … dass jemand dich im Visier hat, dass Gabe dich schützen sollte. Du solltest es erst erfahren, wenn alles unter Kontrolle ist. Er hat mir da mehr als einmal widersprochen. Aber ich sagte ihm, dass ich es besser wüsste. Das habe ich wirklich geglaubt. Jetzt weiß ich, dass ich falschlag. Gabe wusste das, aber er hat trotzdem alles vor dir verheimlicht, weil ich ihm das Versprechen abgenommen hatte, es zu tun. Er ist ein guter Mann, Evie. Er war auch ein guter Freund. Es tut mir leid, was ihn diese Freundschaft in Bezug auf dich gekostet hat.«

Ein Teil meiner Empörung weicht vor dem größeren Schmerz, der mich immer noch erfüllt. Gabe hat kein einziges Mal auch nur angedeutet, dass es Andrew gewesen war, der darauf bestanden hatte, alles vor mir zu verheimlichen. Deshalb war ich einfach davon ausgegangen, dass er bedenkenlos mitgemacht hatte.

Wie hätte ich wohl reagiert, wenn er heute meinem Bruder

die Schuld zugeschoben hätte? Ich bin mir nicht sicher, denn auch wenn es eine kleine Hoffnung in mir weckt zu hören, dass es ihm nicht leichtgefallen ist, mich zu hintergehen, ändert das doch nichts am Endergebnis.

»Nein. Er hat sich entschieden«, rufe ich meinem Bruder und auch mir selbst in Erinnerung. »Du hast ihm eine Aufgabe gegeben, und er hat sie erledigt. Er hat seine Arbeit über alles andere gestellt … auch über mich. So sehr liebt er mich.«

Ein resignierter Ausdruck huscht über Andrews Gesicht. »Evelyn, Gabe hat gekündigt.«

Ich bin schockiert und sehe meinen Bruder erstaunt an. »Das hat er? Wann?«

»Nachdem ihr beiden miteinander gesprochen habt. Er hat eine E-Mail an Dominic geschickt, und danach hat er das Gebäude verlassen. So ist es mir zumindest mitgeteilt worden.«

Ich werde von einer Woge von Gefühlen überrollt. Ich kann nicht glauben, dass er den Job aufgegeben hat, der ihm so viel bedeutet. Der Job, den er um den Preis unserer Beziehung behalten wollte, wie ich ihm vorgeworfen habe. Stattdessen war es die Freundschaft mit Andrew, die Gabe hat schweigen lassen.

Und dann hat Gabe heute nach all den schrecklichen Dingen, die ich zu ihm gesagt habe, alles hingeworfen.

»Wo ist er hin?«

Andrew schüttelt den Kopf. »Ich hab keine Ahnung. Kelsey O'Connor hat seine Dienstwaffe bei Nick abgegeben, deshalb nehme ich an, dass sie die Letzte war, mit der Gabe gesprochen hat, ehe er gegangen ist.«

Ich habe mich schon in Bewegung gesetzt, ehe mein Bruder seinen Satz beendet hat. Ich renne zum Fahrstuhl und drücke auf den Knopf mit dem Pfeil nach unten.

»Evie, warte.« Andrew taucht hinter mir auf, als ich gerade in den sich öffnenden Fahrstuhl steigen will.

Er bleibt davor stehen, sagt mir aber nicht, was ich tun soll. Dieses Mal nicht. Wir haben das jetzt hinter uns gelassen, obwohl ich sehe, dass er mit sich ringt, mir die Freiheit zu lassen, meine eigenen Entscheidungen zu fällen und dabei vielleicht auch Fehler zu machen.

Er wird mich nicht davon abhalten, dem Mann zu folgen, den ich liebe, auch wenn man ihm seine Vorbehalte ansieht.

»Ich muss ihn finden, Andrew. Ich … brauche ihn einfach.«

Ich sehe noch sein Nicken, kurz bevor sich die Tür zwischen uns schließt.

Unten in der Lobby sagt Luis mir, wo Kelsey ist. Ich renne zum Besprechungsraum, wo sie mit mehreren Mitgliedern des Sicherheitsteams spricht. Ich weiß, dass ich anklopfen sollte, aber ich kenne keine Zurückhaltung mehr. Ich bekomme noch das Ende ihrer Ansprache mit, dass Gabe gekündigt hätte, aber als ich die Tür öffne, verstummen alle.

»Wo ist er, Kelsey?«

Sie reißt die Augen auf, als sei sie sich nicht sicher, was sie antworten soll. Sie tritt zu mir nach draußen auf den Gang und schließt die Tür hinter sich, um unter vier Augen mit mir zu sprechen.

»Bitte«, flehe ich sie an. »Ich muss zu Gabe. Ich muss ihm sagen, dass ich ihn liebe.«

Ein strahlendes Lächeln breitet sich auf ihrem Gesicht aus. »Er ist im New York Hospital im Bell Boulevard in Queens. Sein Vater ist heute Morgen wegen Schmerzen in der Brust dort eingeliefert worden, aber es geht ihm gut. Gabe ist hingefahren, um mit seinem Bruder Jake zu reden.«

Mist. Das Krankenhaus liegt auf der anderen Seite der Brücke, und ich habe kein Auto, um hinzukommen. Und dann muss ich auch noch kläglich feststellen, dass ich meine Handtasche, mein Portemonnaie und mein Handy in Gabes Wohnung liegen gelassen habe. Wir sind in so großer Eile aufgebrochen, und ich war so verzweifelt, dass ich nicht daran gedacht habe, alles mitzunehmen.

»Ich habe mein Portemonnaie nicht dabei.« Ich lächle sie verlegen an. »Äh, könntest du mir wohl Geld für ein Taxi leihen?«

»Ich habe eine Monatskarte für die U-Bahn, falls das hilft.«

Oh Gott. Die U-Bahn. Angst kommt bei dem Gedanken in mir hoch.

Kelsey bemerkt mein Zögern. »Oder du könntest mein Handy benutzen, um ihn anzurufen?«

Nein, das kann ich nicht machen, so gern ich mich auch von der U-Bahn fernhalten würde. Aber was ich Gabe zu sagen habe, kann nicht am Telefon erledigt werden.

Ich muss sein Gesicht sehen. Ich muss ihn berühren, ihn küssen können.

Ich muss in seine wunderschönen Augen schauen können, wenn ich ihm sage, dass ich ihn liebe. Ich werde auf die Knie fallen und ihn anflehen, mir zu vergeben, dass ich ihn weggestoßen habe, wenn es das ist, was ich tun muss, um ihn zurückzugewinnen.

Selbst wenn ich die U-Bahn nehmen muss, um zu ihm zu kommen.

Ich bin nicht mehr die verängstigte, selbstzerstörerische junge Frau, die am Tiefpunkt ihres Lebens an der Bahnsteigkante gestanden hat. Ich habe keine Angst mehr vor dem Leben. Ich will es mehr denn je, aber vor allem, wenn ich ein wenig davon mit Gabe teilen kann.

Und nicht einmal eine Feuersbrunst könnte mich jetzt noch davon abhalten, zu ihm zu gelangen.

»Es wäre toll, wenn du mir deine Bahnkarte geben würdest, Kelsey. Danke.«

Sie läuft los, um sie zu holen. Sie kommt mit der Karte zurück und drückt sie mir in die Hand.

»Wünschst du mir Glück?«, frage ich sie mit einem etwas zittrigen Lächeln auf den Lippen.

Sie umarmt mich fest. »Ach, Mädchen. Das wirst du nicht brauchen.«

33

Gabriel

Ich rase mit immer wieder aufheulendem Motor durch den morgendlichen Verkehr in die Stadt zurück, während die ermutigenden Worte meines Vaters wie eine Kriegstrommel in meinem Kopf dröhnen.

Er sagte, dass bei mir heute vielleicht auch ein Wunder fällig wäre. Doch die Wahrheit ist, dass mir bereits eins zuteilwurde. Es geschah, als ich Evelyn Beckham das erste Mal in der Tiefgarage von Baine International begegnet bin.

Ich muss sie sehen.

Auch wenn sie sich weigert, mir zu glauben, muss ich ihr sagen, was sie mir bedeutet … dass sie die einzige Frau ist, die ich will … die einzige Frau, die ich je brauche.

Dass ich nicht weniger als den Rest meines Lebens darauf verwenden werde, sie zu lieben.

Jetzt brauche ich nur noch die Chance, ihr das zu zeigen. Ich muss versuchen, ihr Vertrauen zurückzugewinnen, auch wenn es mich Wochen, Monate oder gar Jahre kostet, mich zu beweisen.

Ich weiß, dass ich sie nicht verdiene. Und auch wenn sie mich am Ende abweist, muss ich sie jetzt davon überzeugen, dass sie es mich zumindest versuchen lässt, sie zurückzugewinnen.

Denn um es mit einem Wort zu sagen, was sie mir bedeutet … *alles*.

Dieser Gedanke treibt mich an, als ich in die 57. West abbiege. Ich sehe vor mir das schimmernde hohe Baine Building mit der dunklen Glasfront. Ich drücke aufs Gaspedal und schlängle mich um eine langsam fahrende Limousine herum.

Vor weniger als zwei Stunden hatte ich das Gebäude verlassen und hoffe jetzt inständig, dass sie noch da ist. Ich bin mir nicht sicher, ob ich sie angerufen hätte, wäre ihre Handtasche nicht sowieso in meiner Wohnung liegen geblieben. Ich will verhindern, dass sie mir von vornherein die Chance nimmt, meine Sache zu vertreten.

Ich muss sie sehen.

Ich muss sie in den Arm nehmen können und hoffe inständig, dass ich nicht ihre ganze Zuneigung verspielt habe.

Ich schalte herunter, um noch schneller beschleunigen zu können, damit ich die nächste Ampel schaffe. Beinahe fahre ich einem Laster hintendrauf, als ich Evelyn in ungefähr hundert Metern Entfernung sich schnellen Schritts vom Firmensitz von Baine International entfernen sehe.

Allmächtiger.

Wo will sie hin?

Ich schaue in den Rückspiegel und versuche sie im Auge zu behalten, während ich mich im dichten Verkehr weiterbewege. Doch bald verschwindet sie in einem ganzen Pulk von Fußgängern, die alle in eine Richtung streben.

Zur U-Bahn-Station.

Was zum Teufel hat das zu bedeuten?

Das ist der letzte Ort, von dem ich erwarten würde, dass sie ihn aufsucht. Verwirrt lenke ich den Wagen Richtung Bordsteinkante und wähle O'Connors Nummer über das On-Board-Soundsystem, während ich weiterfahre.

»Hi, Gabe.« Sie klingt aufgekratzt und ein bisschen neckisch, was mich völlig verwirrt.

»Weißt du, wo Evelyn hinwill?«

»Sie ist gerade los, um dich aufzusuchen.«

»Aufzusuchen? Woher weiß sie, wo ich bin?«

»Äh, weil ich es ihr gesagt habe. Ich hab sie vor ein paar Minuten gesehen. Sie hat sich meine MetroCard ausgeliehen und ist jetzt auf dem Weg ins Krankenhaus in Queens.«

»Verdammt.«

»Was ist los?«

»Ich bin in der Stadt«, erkläre ich schroff. »Ich nähere mich gerade der Firma. Shit, ich muss sie einholen.«

»Dann lauf«, sagt O'Connor zu mir. »Ich sehe dich auf der anderen Straßenseite. Lass dein Auto stehen. Ich kümmere mich darum. Hol sie dir, Soldat.«

Ich lache leise, trotz all der Emotionen, die in mir hochkommen. »Ich schulde dir was, O'Connor.«

Ich beende das Gespräch und springe aus dem Wagen.

Dann fange ich an zu laufen und ignoriere meinen protestierenden Stumpf, während meine Füße gar nicht schnell genug rennen können, um zu dem Wunder zu gelangen, von dem ich hoffe, dass es mich erwartet.

34

Evelyn

Ich bin nervös.

Nicht wegen der nasskalten muffigen Luft in der U-Bahn-Station oder wegen des Gedränges auf dem Bahnsteig. Und nicht einmal wegen der scharfen Kante auf der einen Seite des Betons, wo die dunklen Gleise verlaufen und die gähnenden Schlunde der Tunnel an beiden Enden zu sehen sind.

Ich bin nervös, weil ich jetzt hier bin. Ich habe Angst vor dem, was mich am Ende dieser Reise erwartet.

Wenn Gabe nun viel zu wütend ist, um mir zuzuhören?

Wenn ich ihn zu sehr vor den Kopf gestoßen habe und er jetzt nichts mehr mit mir zu tun haben möchte?

Ich habe ihn den Job gekostet. Er hat ihn zwar freiwillig aufgegeben … das schon, aber gekündigt hat er nur meinetwegen.

Nach meinem Gespräch mit Andrew bin ich zuversichtlich, dass Gabe immer noch einen Platz bei Baine International hat … wenn er ihn will. Ich weiß, dass mein Bruder ihn außerdem immer noch als Freund betrachtet.

Vielleicht finden wir eine Möglichkeit, den Schaden zu beheben, den wir einander zugefügt haben.

Ich schlinge die Arme um meinen Leib, denn das beruhigt mich etwas, während ich in der immer größer werdenden Menge von Pendlern stehe, die auf die nächste Bahn warten. Eine kleine alte Dame, die auf einer der robusten Holzbänke in der

Mitte des Bahnsteigs sitzt, sieht mich mit unverhohlener Neugier an.

Ich sehe an mir runter, als ich mich plötzlich daran erinnere, in welchem Zustand mein Kleid ist. Die roten Lippenstiftspuren sind zu einem hellen Pink verblasst, aber immer noch deutlich sichtbar. Sie sind eine hässliche Erinnerung an den heutigen Morgen, seit dem von meinem Gefühl her Tage vergangen sind.

»Eve.«

Ich drehe mich beim Klang der vertrauten Stimme um. Es überrascht mich, meinen Namen an diesem Ort zu hören, und vor allem, dass er so vertraulich von dem Mann benutzt wird, der ihn gerade ausgesprochen hat.

Er ist nur ein paar Meter von mir entfernt, und es stehen ein paar Leute zwischen uns. Auf seinem runden Gesicht liegt kein Lächeln, und seine Schädeldecke, die kaum Haare aufweist, glänzt schweißnass im fahlen Schein der Leuchtstoffröhren.

»Mr Hennings.«

Er tritt aus der ihn umgebenden Menge hervor. Sein Blick ist seltsam missbilligend, und er sieht mich unverwandt an, während er näher kommt.

Instinktiv erkenne ich die Bedrohung, die von ihm ausgeht, noch ehe ich nach unten schaue und den stumpfen Lauf einer Waffe sehen, die er tief hält und die teilweise von seinem Jackett verdeckt wird.

Oh Gott. »Sie waren das.«

Er steht jetzt vor mir, und obwohl wir von Hunderten von Pendlern umgeben sind, sehe ich nur noch ihn und mich.

Und die Pistole, die er direkt auf mich gerichtet hat.

Ich mache einen kleinen Schritt nach hinten … ein reflexartiges, winziges Zurückweichen. Doch er braucht nur die

Augenbrauen hochzuziehen, was mich genauso wirkungsvoll zum Stehen bringt wie ein gebrüllter Befehl.

»Sei kein Narr, Eve. Ich habe versucht, geduldig mit dir zu sein. Ich hatte gehofft, dass du dich irgendwann besinnen und anfangen würdest, wie ich zu denken. Aber jetzt sehe ich, dass ich direkter werden muss.«

»Wovon reden Sie überhaupt?«

»Von dir und mir natürlich.« Er schlägt einen, wenn auch bedächtigen, Plauderton an.

Er tritt näher, bis wir nur noch Zentimeter voneinander entfernt sind. Von außen betrachtet wirken wir wie zwei Menschen, die sich freundlich austauschen. Nur dass das hier kein bisschen freundlich ist.

Das Kreischen des einfahrenden Zuges geht mir durch Mark und Bein. Mir ist kalt, und ich zittere. Panik beginnt sich in mir auszubreiten. Ich sehe mich um und hoffe, dass irgendjemand merkt, in welcher Gefahr ich schwebe.

Hennings bleckt die Zähne zu einem drohenden Lächeln. Seine Lippen bewegen sich kaum, als er ganz leise spricht. »Wenn du auch nur ansatzweise versuchst, auf dich aufmerksam zu machen, werde ich anfangen, in die Menge zu schießen. Hast du verstanden, Eve? Nicke, wenn ja.«

Zitternd wackle ich mit dem Kopf. Kurz darauf fährt der Zug ein, und die Menschen beginnen, darauf zuzuströmen. Die kleine alte Dame, die eben noch auf der Bank gesessen hat, schlurft an mir vorbei und würdigt mich noch nicht einmal eines Blickes, als wäre ich völlig unsichtbar. In der Stadt ist das an sich nichts Ungewöhnliches. Aber im Moment habe ich das Gefühl, kaum mehr als ein Gespenst zu sein.

Ich habe das Gefühl, in einem Albtraum gefangen zu sein.

Hennings Blick huscht zu meinem fleckigen Kleid. »Wie ich sehe, hast du meine Botschaft heute Morgen erhalten.«

Mir dreht sich der Magen um bei der Vorstellung, dass er vor Gabes Wohnung steht, hasserfüllte Wörter kritzelt und Fotos von mir zur Schau stellt, die mich auf dem Tiefpunkt meines Lebens zeigen – meine persönlichen Fotos. Ich schäme mich, dass Gabe sie gesehen hat. Und ich bin mir sicher, dass es genau darum ging.

»Sie haben damals meine Handtasche in der Boutique gestohlen.«

Er lacht leise. »Ich habe mich ungeschickt angestellt. Ich wäre beinahe von dieser Schlampe Katrina erwischt worden. Ich musste das verdammte Ding im nächstbesten Versteck unterbringen, nachdem ich die Fotos auf mein Handy übertragen und die anderen Sachen an mich genommen hatte, die ich brauchte.«

»Die Fotos, die Sie dann vor Gabes Wohnung an die Wand geklebt haben. Der Lippenstift, mit dem Sie diesen Dreck gekritzelt haben. Den hatten Sie auch aus meiner Handtasche gestohlen.«

Er zuckt mit den Achseln. »Eine persönliche Schwäche, denn ich genieße die Dinge, die du berührt hast. Dinge, die du für deinen Körper benutzt hast oder für deine provozierenden Lippen. Ich habe im Laufe der Jahre eine ziemlich beeindruckende Sammlung von Erinnerungsstücken, die dir mal gehört haben, zusammengetragen, Eve. Ich schäme mich nicht zu sagen, dass ich gleich vom ersten Mal an, als ich dich halb nackt über den Laufsteg gleiten sah, dein größter Fan wurde. Ich habe mir gesagt, dass wir eines Tages zusammen sein würden. Und hier sind wir jetzt endlich.«

Ich zittere innerlich und spüre, wie kalte Furcht in mir aufsteigt. Er ist krank … völlig geistesgestört.

Und die ganze Zeit über war er von mir besessen.

»Es gibt gar keine Freundin, die in Übersee auf Sie wartet,

nicht wahr? All die Dessous, die Sie in der Boutique gekauft haben, waren gar nicht für jemanden bestimmt.«

»Das stimmt nicht. Ich habe sie für dich gekauft.« Er grinst höhnisch und schiebt die dünnen Lippen vor. »Ich dachte, du würdest die Zeit, die wir in der Boutique zusammen verbringen, genießen. Dann hast du mich einfach weggeschubst. Dachtest du wirklich, ich würde mich darauf einlassen, mit jemand anders zu arbeiten? Da musste ich Schritte unternehmen, Eve.«

Dann hatte Kat also doch recht gehabt. Hennings hatte sie sabotiert. Ich zweifle auch nicht mehr daran, dass er eine Möglichkeit gefunden hatte, das Terminprogramm des Ladens zu manipulieren, um sie nachlässig erscheinen zu lassen. Die ganze Zeit war er schuld an allem gewesen, und ich hatte ihr nicht glauben wollen. »Sie haben dafür gesorgt, dass sie gescheitert ist. Sie haben mich dazu gebracht, an ihr zu zweifeln. Sie hat Ihretwegen gekündigt.«

Himmel, ich komme mir wie ein Dummkopf vor, dass ich das alles erst jetzt erkenne.

»Sie haben sich in meinen Computer und mein Handy gehackt. Sie haben mir nachspioniert. Sie haben eine Wanze in der Boutique installiert und eine Kamera in meinem Büro versteckt.« Übelkeit steigt in mir auf, wenn ich daran denke, was er alles gesehen und getan hat. »Sie waren das an der Hintertür an dem Abend des Stromausfalls, nicht wahr? Ich hörte, wie sich jemand am Riegel zu schaffen machte. Das waren Sie, der versuchte reinzukommen.«

Er zeigt noch nicht einmal einen Ansatz von Reue, als er mich ansieht. »Das Gerät, das von mir eingebaut worden war, hat über Monate völlig zufriedenstellend gearbeitet. Ich weiß nicht, warum es einen Kurzschluss hatte. Technische Geräte können manchmal so unzuverlässig sein«, sagt er, als würde er sich über das Wetter unterhalten. »Ich musste es reparieren oder ersetzen, ehe jemand anfing, da drin herumzustochern. Deshalb habe ich deine Handtasche für ein paar Minuten an mich gebracht, als ich in der Woche den Laden aufsuchte, und einen Abdruck vom Schlüssel gemacht. Auf die Art und Weise konnte ich in der nächsten Nacht zurückkommen und ungestört arbeiten.«

Er hält inne und wartet, dass auch die Letzten, die sich noch auf dem Bahnsteig befinden, in den Zug einsteigen. Die Tür schließen mit einem dumpfen Knall, und plötzlich stehen nur noch er und ich auf dem Bahnsteig.

»Wie ich schon sagte … ich wollte am nächsten Abend zurückkommen und die Fehlfunktion des Gerätes untersuchen, aber du hast lange gearbeitet. Ich habe dich eine Weile über die Kamera auf deinem Schreibtisch beobachtet …«

»Der Rosenbusch.« Ich würge das Wort förmlich hervor. »Deshalb haben Sie mir also dieses sogenannte Geschenk mitgebracht.«

»Ich beschloss, meinen Plan trotzdem durchzuziehen«, erzählt er und legt eine Kunstpause ein, damit man seine kranken Taten wohl noch mehr bewundert. »Ich beschloss, zum Laden zu kommen und dich mit zu mir nach Hause mitzunehmen, falls du noch da sein solltest.«

Ich kann meinen Abscheu nicht verbergen. »Sie meinen wohl entführen.«

Etwas Dunkles flackert in seinem Blick auf. Er sieht nach unten auf die Waffe, die immer noch auf mich gerichtet ist und nicht mehr vom Jackett verdeckt wird. »Wäre ich an dem Abend so gut vorbereitet gewesen wie heute, wären wir bereits zusammen, Eve. Aber der Schlüssel war eine schlechte Kopie. Er blieb stecken und machte zu viel Lärm. Ich wusste, dass du mich gehört hattest, und ich machte mir Sorgen, dass du die Polizei anrufen könntest.«

Das ist genau das, was ich hätte tun sollen. Stattdessen hatte ich das Geräusch als etwas Harmloses abgetan und vor der Überreaktion meines überfürsorglichen Bruders Angst gehabt, sollte er erfahren, dass ich in Panik geraten war und Hilfe gerufen hatte. Abwehrend und stur hatte ich immer auf seine Sorge reagiert – und jetzt zahle ich den höchsten Preis für diesen Fehler.

Hennings kommt näher und zwingt mich, entweder einen Schritt zurückzuweichen oder zuzulassen, dass er dichter an mich rankommt. Ich weiß, dass die Bahnsteigkante irgendwo hinter mir ist. Ich kann nur hoffen, dass es nicht darauf hinausläuft, mich zwischen einer Kugel oder dem anderen Gleis der Bahn zu entscheiden.

Absurderweise hoffe ich inständig, dass Gabe von alldem nichts erfährt und sich dann die Schuld gibt.

Gegen seinen Schutz habe ich mich auch gewehrt. Jetzt würde ich alles für die Geborgenheit in seinen Armen geben.

»Mein Glück nahm ein paar Minuten später eine Wende«, erzählt Hennings. »Ich hielt es für Schicksal, als das Gerät in deinem Versorgungsraum einen Kurzschluss hatte und der Strom ausfiel. Ich wartete eine Weile draußen vor der Hintertür und hoffte, die Dunkelheit würde dich zu mir nach draußen treiben. Doch dann fuhr ein Wagen vor, und mir blieb nichts anderes übrig, als zu meinem Auto zu laufen, das ich ein paar Straßen weiter abgestellt hatte.«

Ein Glück, dass Gabe an jenem Abend gekommen war. Nur er hatte dafür gesorgt, dass Hennings kranke Pläne durchkreuzt worden waren.

Kalte Angst schnürt mir die Kehle zu, wenn ich ihn alles so leichthin erzählen höre. Und dabei hatte er es ja noch nicht einmal belassen. »Sie sind mir in den Zoo gefolgt und haben meinen Reifen aufgeschlitzt.«

»Ja, hab ich«, sagt er, und ein eisiger Ausdruck tritt in seine Augen. »Du hast mich enttäuscht, Eve. Ich habe dich nie für eine Schlampe gehalten, aber dann hast du angefangen, Zeit mit diesem Mann zu verbringen … diesem Krüppel.«

Ich zucke bei diesem schrecklichen Wort zusammen, auch angesichts der Gehässigkeit, mit der er es ausspricht. Beunruhigend ist auch das Gefühl, dass er so über Gabe spricht, als wäre er ein Rivale.

Er richtet sich auf und mustert mich im grellen Licht des Bahnsteigs. »Ich sehe mit Freude, dass die Botschaft, die ich heute geschickt habe, ihren Zweck erfüllt hat. Ich wollte, dass dieser Eindringling dein wahres Ich sieht, Eve, und nicht die Maske, die du für ihn aufgesetzt hast. Ich wusste, dass er nicht bliebe, würde er dein wahres Gesicht sehen. Und, ja, ich wollte dich auch bestrafen.«

Während er redet, sind plötzlich eilige Schritte auf der Treppe zu hören, die auf den Bahnsteig führt. Ich erkenne den Gang am Klang der Schritte. Ich drehe den Kopf, als Gabe bereits in Sicht kommt.

»Gabe, halt!«

Er bleibt kurz stehen. Auf seinem Gesicht liegt die finsterste Miene, die ich je bei ihm gesehen habe. »Evelyn. Oh Gott.«

Im selben Moment packt Hennings mich mit der freien Hand und reißt mich an sich. Der Lauf der Pistole drückt sich kalt in meine Schläfe.

35

Gabriel

Ich habe das Gefühl, als würde mein ganzer Körper auf einmal erstarren.

Es ist wie dieser Moment zwischen dem leisen Klicken einer Granate, wenn sie ausgelöst wird, und der Detonation, bei der verbogenes Metall und Körperteile in alle Richtungen fliegen, als ich einen Augenblick lang verblüfft und fassungslos dastehe, während mein Verstand versucht, die Situation zu verarbeiten, in der Evelyn von einem Verrückten eine Pistole an den Kopf gedrückt wird.

Mein Herz bleibt stehen und gibt meinem Kopf die Gelegenheit, einen Plan zu entwickeln.

Ohne eigene Waffe bleiben mir nicht viele Möglichkeiten.

»Lassen Sie sie los.«

Ich nehme die nächste Stufe und bewege mich dabei zentimeterweise, während ich nach einer Möglichkeit suche, ihren Angreifer zu entwaffnen. Der Mann ist kleiner als sie und stämmig. Er ist nicht jung, ich schätze ihn auf Mitte sechzig. Der gut gekleidete Mann mit dem maßgeschneiderten Anzug und den polierten Schuhen ist offensichtlich nicht mittellos.

Aber er ist verrückt. Ich sehe den Wahnsinn in seinen Augen blitzen.

»Nehmen Sie die Waffe runter. Das wollen Sie doch gar nicht.«

Er grinst mich höhnisch an. »Sie gehört mir. Sag ihm das, Eve.«

Sie stößt einen erstickten Schrei aus. Ihre Augen sind ganz groß, der Atem kommt in flachen Stößen über ihre zitternden Lippen. »Mr Hennings … Walter, bitte, tun Sie das nicht.«

Ich werfe Evelyn einen kurzen Blick zu und lobe sie schweigend für ihren Mut, mir den Namen des Mistkerls zu nennen. Allerdings werde ich ihn nicht brauchen. Denn sobald ich sie hier rausgeholt habe, wird Walter Hennings tot sein – oder sich wünschen, dass er es wäre.

»Nicht von der Stelle rühren«, knurrt er mich an. »Ich werde jetzt mit Eve hier rausgehen.«

An beiden Enden der Station befindet sich eine Treppe. Ich höre Stimmen und sich nähernde Schritte. Jeden Moment wird sich der Bahnsteig wieder mit Pendlern füllen.

Hennings beginnt, sich langsam in meine Richtung zu bewegen, und schiebt sich dabei an den robusten Holzbänken in der Mitte des Bahnsteigs vorbei.

»Okay, Mann. Sie sind der Boss.« Ich hebe die Hände, als würde ich mich ergeben, damit er sich entspannt, während ich über meine Möglichkeiten nachdenke. So, wie ich das sehe, habe ich nur zwei: ihn dazu zu bringen, nicht mehr auf Evelyn zu zielen, oder den Mistkerl direkt anzugreifen.

Ich mache einen kleinen Schritt auf ihn zu.

Er merkt es, und sein rundes Gesicht läuft vor Wut rot an. »Arschgesicht! Ich sagte, du sollst dich nicht von der Stelle rühren!«

Die Waffe schwingt nach vorn, und sein Finger legt sich um den Abzug. Sobald die Waffe nicht mehr an Evelyns Schläfe klebt, zieht sie ihren Arm unter seinem hoch, sodass er auf nichts mehr zielt.

Der Schuss, den er daraufhin abgibt, trifft eine der Leuchtstoffröhren an der Decke. Die Lampe platzt, und das Geräusch des Schusses treibt die paar Leute, die vom anderen Ende auf den Bahnsteig gekommen sind, auseinander.

Im gleichen Moment brüllt Hennings los und lässt den Kolben der Pistole seitlich gegen Evelyns Kopf knallen. Sie stürzt zu Boden und liegt auf der Seite zu seinen Füßen.

Ich stürze mich auf ihn und schiebe ihn von Evelyn weg, während ich den Arm mit der Waffe packe und in einem Neunzig-Grad-Winkel nach oben drücke. Er wehrt sich, und seine Kraft überrascht mich. Zweifellos ist er jetzt voll auf Adrenalin, und das ergibt zusammen mit seiner psychopathischen Wut eine gefährliche Mischung.

Es gelingt ihm, mich mit der Linken seitlich am Kopf zu treffen. Doch ich schüttele den Hieb ab und verpasse ihm mit meinem Kopf einen Schlag. Der Mistkerl rächt sich mit einem harten Tritt gegen mein linkes Knie.

Meine Prothese verdreht sich, und wir gehen beide auf dem harten Beton zu Boden. Er schlägt mit dem Hinterkopf auf und lässt die Pistole los. Durch die Wucht unseres uneleganten Sturzes schliddert die Waffe unter eine der Bänke.

Hennings liegt betäubt, regungslos da, während ich der Waffe hinterherkrabbele. Mein Stumpf schreit in dem verdrehten Schaft. Der Schmerz ist unwichtig, aber durch meine Unbeholfenheit verliere ich kostbare Sekunden, ehe ich unter die Bank rutschen und mir die Waffe holen kann.

Ich höre Evelyn im selben Moment schreien, als ich mit den Schultern vom Boden hochkomme. Ich umklammere die Pistole mit beiden Händen und richte sie auf Hennings.

Er steht in der Nähe der Bahnsteigkante und hält Evelyn wie einen Schild vor sich. Ich kann nicht durch sie hindurchschießen, und eine falsche Bewegung ihres Angreifers könnte dazu führen, dass sie auf den Gleisen zu Tode stürzt.

Hennings schaut sich hektisch um. Er atmet schwer, und Speichel sammelt sich in seinen Mundwinkeln. »Sie haben alles kaputtgemacht«, sagt er zu mir und kocht vor Wut. »An erster Stelle, indem Sie ihren Körper beschmutzt haben. Und jetzt das hier.«

Er schüttelt den Kopf und richtet den Blick zur Decke der Station, wo das Stapfen eiliger Schritte zu hören ist. Der Schuss und die Schreie haben wohl die Polizei alarmiert. Die Station ist wahrscheinlich längst abgeriegelt, da sich ein Polizeirevier in der Nähe befindet. Hennings weiß das so gut wie ich.

»Es gibt jetzt nur noch einen Weg nach draußen«, sagt er und reibt seine Wange an Evelyns langem, offenem Haar. »Man wird mich nicht mit ihr gehen lassen. Also muss ich einen anderen Weg mit ihr nehmen.«

Allmächtiger.

Die Gleise.

Evelyns Angst hängt fast greifbar in der Luft, als sie mich mit schreckensstarrem Blick anschaut. Ich sehe in ihr liebreizendes Gesicht und verspreche ihr stumm, dass ich alles in Ordnung bringen werde. Ich brauche nur eine winzige Gelegenheit.

Ihre Atmung wird langsamer, als unsere Blicke tief ineinander eintauchen. Ich sehe, dass sich eine innere Ruhe über sie legt, die mich beeindruckt, während mein ganzer Körper vor kalter Furcht zum Zerreißen gespannt ist.

»Walter«, sagt sie ruhig. Er kann ihr Gesicht nicht sehen, aber ich schon. Ich kann die Kraft sehen, die es sie kostet, die Hand zu heben und zärtlich den Arm zu streicheln, den er um sie gelegt hat. »Walter, du hast recht, mein Liebling. In dieser Welt werden wir nicht zusammenkommen. Aber, bitte … ehe wir in die andere gehen, möchte ich deine Lippen auf meinen spüren. Nur einmal, mein Liebling.«

Ich verharre völlig regungslos und beobachte, wie der Wahnsinn in Walter Hennings auf die engelsgleiche Süße in Evelyns Stimme reagiert. Er lockert seinen eisernen Griff gerade so weit, dass sie sich langsam in seiner schrecklichen Umarmung drehen kann.

»Oh meine Liebste«, raunt er leise und wendet den Blick von mir ab, um ihr in die Augen zu schauen.

Sein Mund kommt ihrem entgegen. Doch statt ihn zu küssen, reißt Evelyn die Hand hoch und kratzt ihm mit den Nägeln so fest quer durchs Gesicht, dass Blut fließt.

Der Angriff kommt so überraschend für ihn, dass er brüllend nach hinten taumelt.

In diesem Bruchteil einer Sekunde, wo er abgelenkt ist und Evelyn sich wegduckt, richte ich die Waffe auf ihn und drücke ab.

Der Kopfschuss fällt ihn.

Ich lege die Waffe weg, als sein Körper über die Bahnsteigkante auf die Gleise fällt.

»Gabe!« Evelyn springt auf und rennt zu der Stelle, an der ich immer noch liege.

Sie wirft sich in meine Arme, und ich ziehe sie an meine Brust.

Sie schluchzt an meiner Wange. »Oh Gott. Ich hatte solch eine Angst.«

»Ich weiß, Baby. Ich auch.« Ich umarme sie fester, und meine Gefühle schnüren mir die Kehle zu. »Aber jetzt hab ich dich ja.«

Sie hebt den Kopf und sieht mich forschend an. »Ich liebe dich, Gabriel. Ich hätte es dir sagen sollen. Ich hätte dich nicht einfach so gehen lassen dürfen …«

»Ich bin da«, sage ich und küsse sie auf die zitternden Lippen. »Ich bin da, und ich halte dich fest, und ich liebe dich.

Ich liebe dich so sehr, Evelyn. Ich werde dich niemals gehen lassen.«

»Versprochen?«

Ich nicke. »Das ist mehr als nur ein Versprechen. Es ist ein Schwur.«

Sie küsst mich, und ich löse mich widerstrebend von ihren Lippen, als ich die Polizisten mit Pistole im Anschlag die Treppen herunterkommen höre. In einem erkenne ich einen Cousin von mir, nicke ihm zu und begrüße ihn mit einem schiefen Grinsen.

Sie werden natürlich Fragen haben. Wir werden Aussagen machen müssen; Beweismittel müssen in der Boutique und meiner Wohnung sichergestellt werden.

Aber all das kann warten.

Die ganze Welt wird warten müssen, denn jetzt halte ich Evelyn sicher und wohlbehalten in den Armen und habe nicht vor, sie loszulassen.

Um keinen Preis der Welt.

Epilog

Evelyn

Einen Monat später …

»Kat, was hältst du von der Spitze bei diesem Halbschalen-BH? Ich habe Leavers-Spitze genommen, aber jetzt glaube ich doch, dass Chantilly-Spitze besser zu dem Teil passen könnte.«

Sie kommt um den gemeinsamen Arbeitstisch herum auf meine Seite und sieht sich die Materialproben an. »Chantilly, keine Frage. Und ich finde auch die Seidenpaspeln über den Rosetten wunderschön. Ein sehr schöner Entwurf, Eve.«

Ich begegne ihrem beifälligen Blick und lächle. »Danke.«

Es ist ein gutes Gefühl, wieder mit Katrina zusammenzuarbeiten. Ich war mir nicht sicher, ob sie nach der Art und Weise, wie ich sie mit meiner Skepsis verletzt hatte, zurückkommen würde.

Wie sich herausgestellt hatte, war Walter Hennings Besessenheit weit über Nachstellungen und digitales Ausspionieren hinausgegangen. Die Polizei hatte bei ihm zu Hause riesige Mengen an Bilddateien und Dokumenten gefunden, die noch an den Anfang meiner Modelkarriere zurückreichten. Außerdem hatte er Tagebuch über meine Auftritte geführt und besaß Abschriften von jedem Artikel, der je über mich geschrieben worden war.

Und als wäre das noch nicht beunruhigend genug, fand man auch eine lebensgroße Silikonpuppe, die mir ähnlich sah. Sie war mit den Dessous bekleidet, die ich entworfen hatte, und ihr Mund war mit dem roten Lippenstift geschminkt, den Hennings aus meiner Handtasche gestohlen hatte. Und dann hatte er im Laufe der Jahre auch noch eine Sammlung zufälliger Gegenstände von mir zusammengetragen, mit der er ja auf dem Bahnsteig mir gegenüber angegeben hatte. Neben Handschellen und allen möglichen Fesseln gab es bei ihm auch noch einen Schrank voll mit Seilen und Waffen.

Ich zittere immer noch bei dem Gedanken, was er wohl mit mir gemacht hätte, wäre es ihm wie geplant gelungen, mich zu entführen. Aber Walter Hennings lebt nicht mehr. Ich denke nur selten an ihn, nachdem Gabe mich vor ihm gerettet hat. Aber sich in Arbeit zu vergraben, hilft natürlich auch.

Sobald die Medien von Walter Hennings Tod und seiner krankhaften Obsession erfahren hatten, war ich von Katrina angerufen worden, die wissen wollte, wie es mir ginge. Glücklicherweise akzeptierte sie meine Entschuldigung, dass ich ihr nicht geglaubt hatte, als ich ihr eigentlich hätte vertrauen sollen. Sie hat mir vergeben.

Seit sie zum *L'Opale* zurückgekommen ist, hat unsere schöpferische Zusammenarbeit noch einmal einen Schub erlebt. Und unsere Freundschaft ist auch enger geworden. Ich könnte mir keine bessere Kreativpartnerin für die neueste Kollektion der Boutique wünschen.

Durch Avery Ross' Hochzeits- und Flitterwochenkollektion, die Schlagzeilen machte, wird der Laden jetzt von neuen Kunden förmlich überschwemmt. Wir haben mehr Designer und Schneiderinnen eingestellt, aber Kat und ich kümmern uns allein um die Konzepte für das Dessous-Projekt, das mir jetzt am meisten bedeutet.

Kelsey O'Connor tritt aus der Ankleidekammer. Sie trägt unseren neuesten Prototypen. »Na, wie seh ich aus?«

Ich lächle und bewundere den Anblick meiner Freundin. Sie trägt eine Korsage aus durchsichtiger schwarzer Spitze mit Halbschalenkörbchen und Klettverschluss auf der rechten Seite sowie ein dazu passendes Höschen. Sie sieht unglaublich sexy aus, aber vor allem wunderschön.

»Atemberaubend«, sagt Kat und strahlt sie an.

Ich nicke zustimmend. »Gefällt es dir?«

»Ich liebe es.« Sie streicht mit den Händen über die Vorderseite des Teils – die eine Hand aus Fleisch und Blut und die andere, die sie heute aufgesetzt hat, welche aus schlankem Titanium und Carbon besteht und bei der die Finger wie poliertes Silber schimmern. Grinsend schaut sie mich an. »Ich glaube, Jake wird es auch lieben.«

»Oh, da bin ich mir ganz sicher.«

»Apropos«, sagt sie, »die beiden müssten jetzt jeden Moment hier sein, um uns abzuholen.«

Als hätte sie die Noble-Brüder heraufbeschworen, indem sie sie erwähnt hat, höre ich im nächsten Moment den Summer am Haupteingang der Boutique klingeln. Ich tippe auf mein Handy und das Bild der Überwachungskamera erscheint. Es handelt sich um eine der neuen Funktionen des supermodernen Sicherheitssystems, das Gabe und sein Team von Baine International installiert haben.

»Zieh dich lieber wieder an, sonst verdirbst du die Überraschung. Er soll dich doch erst dann darin sehen, wenn es ganz fertig ist«, sage ich zu Kelsey.

Mit einem aufgeregten Quietschen huscht sie in die Umkleidekabine zurück, während ich nach draußen gehe, um Gabe und seinen Bruder zu begrüßen.

Er unterhält sich gerade mit Megan, aber sobald er aufschaut und mich sieht, lächelt er und kommt auf mich zu. Ich bekomme kaum die Gelegenheit, Hallo zu sagen, als er mich auch schon liebevoll an sich zieht und mir einen Kuss gibt, bei dem eine Million Schmetterlinge in meinem Bauch anfangen zu flattern.

»Aufbruchbereit?«, fragt er an meinen Lippen.

»Fast. Kelsey zieht sich noch um.« Ich gebe ihm einen leichten Klaps auf die Brust. »Du hast mir immer noch nicht gesagt, wo es heute Abend hingeht.«

Er lächelt, wobei etwas seltsam Unsicheres in seinem liebevollen Blick zu erkennen ist. »Du wirst es schon noch früh genug sehen.«

Kelsey kommt heraus und gesellt sich zu uns. Ganz entspannt schiebt sie ihre Hand in Jakes. Er grinst sie an und enthüllt dabei die gleichen Grübchen, die mich bei seinem Bruder öfter bezaubert haben, als ich zugeben mag. »Lasst uns gehen.«

Ich sitze neugierig in Gabes Wagen auf dem Beifahrersitz, als wir die Brücke nach Queens überqueren und dann Richtung Bayside, seine alte Gegend, weiterfahren. Er fährt auf einen Parkplatz hinter einer kleinen Kneipe, die den Namen *McGilly's* trägt. Es ist voll drinnen, und als wir hineinschlendern, bemerke ich eine Menge bekannter Gesichter. Einige habe ich seit Monaten nicht gesehen.

»Daddy?« Ich bin bass erstaunt, meinen Vater zusammen mit meinem Bruder auf mich zukommen zu sehen. Mein Vater schließt mich in seine kräftigen Arme und zerquetscht mich fast, während er mir einen Kuss auf die Wange drückt. »Seit wann bist du in der Stadt?«

»Ich bin gestern Abend gekommen und hab bei Andrew übernachtet. Es ist schön, dich zu sehen, Evie.«

Ich nicke und bin überwältigt vor Glück – und nicht wenig verwirrt. Ich sehe meinen Bruder an. »Warum hast du mir nichts gesagt?«

»Gabe wollte, dass es eine Überraschung ist.«

Die beiden Männer lächeln sich stumm an, ehe mein Bruder Gabe freundlich in die Seite boxt. Sie sind wieder Freunde und Kollegen, was eine der schönsten Entwicklungen des letzten Monats ist. Die drei Männer, die mir am meisten bedeuten jetzt zusammen in einem Raum zu sehen, ist einfach umwerfend.

In den nächsten Minuten werden Gabe und ich von Freunden und auch Verwandten begrüßt. Seinen Eltern. Seinen älteren Brüdern, Ethan und Shane. Und auch Avery und Nick sind da. Alle unsere Verwandten und die engsten Freunde haben sich in der Bar zusammengefunden.

»Jetzt komm«, sagt Gabe, nachdem wir alle begrüßt haben. Er nimmt meine Hand und führt mich zu der kleinen, leeren Tanzfläche. »Tanz mit mir.«

»Tanzen?« Ich ziehe eine Augenbraue hoch, als er mich zärtlich in den Arm nimmt und wir anfangen, uns zu den Klängen einer romantischen Ballade zu wiegen, die nur mühsam die Geräuschkulisse eines Ballspiels, das im Fernsehen übertragen wird, übertönt. »So romantisch heute Abend, Mr Noble.«

»Ja, das bin ich tatsächlich. All diese Gefühle habe ich Ihretwegen, Miss Beckham.« Er sieht mir ernst tief in die Augen. »Mir war gar nicht klar, wie leer und abgestumpft ich war, ehe ich dich kennenlernte. Ich wollte es so. Ich hatte es zu einem Teil meines Lebens gemacht. Schmerzmittel, Kontrolle. Unnütz verbrachte Zeit mit irgendwelchen bedeutungslosen Frauen. Bewusste Entfremdung von den Leuten, die mir eigentlich am Herzen lagen. Ich dachte, der Krieg hätte mir mehr als nur das Bein genommen. Himmel, ich hatte zugelassen, dass er mir mehr als das nahm. Dann bist du aufgetaucht.« Er hebt die Hand und streichelt liebevoll meine Wange. »Du hast meine Welt sofort ins Wanken gebracht. Du hast mich herausgefordert wieder zu fühlen, Evelyn. Nicht nur mit Körper und Sinnen … sondern mit meinem Herzen.«

»Gabe«, wispere ich und versuche, das Hochgefühl zu zügeln, das bei seinen Worten plötzlich in mir aufsteigt. Ich versuche es zwar, aber es gelingt mir nicht. Ich stoße einen leisen Schrei aus. »Genau das gleiche Gefühl löst du auch bei mir aus. Deine Liebe hat mich gerettet – nicht nur an diesem schrecklichen Tag, an dem wir uns beinahe verloren hätten, sondern von Anfang an. Ich liebe dich.«

Vor allen Leuten gibt er mir einen Kuss. »Tanz mit mir, Eve.«

Ich lächle an seinen warmen Lippen. »Falls du es noch nicht bemerkt haben solltest, Pfadfinder, das tue ich gerade.«

»Ich meine für immer.« Er lehnt sich zurück und sieht mich voller Gefühl an. Dann lässt er sich vorsichtig … langsam … auf das linke Knie sinken. »Heirate mich, Evelyn. Ich weiß nicht, warum du dich ausgerechnet für mich entschieden hast, obwohl du einen besseren Mann verdient hast. Aber ich werde nicht warten, damit du es dir anders überlegst. Ich liebe dich Evelyn Beckham. Bitte, heirate mich.«

Ich schaffe es nicht, das Lächeln, das sich auf meinem Gesicht ausbreitet, zu zügeln, als er meine Hand nimmt und in seine Tasche greift, um einen glitzernden Diamantring hervorzuholen.

Mich erfüllt eine so intensive Freude, dass ich sie nicht verbergen kann. Und das brauche ich auch nicht. Bei diesem Mann brauche ich nichts zu verbergen. Am allerwenigsten die Liebe, die ich für ihn empfinde.

»Ja, Gabriel Noble.« Ich nicke, und Tränen strömen mir über die Wangen, als er mir den wunderschönen Ring auf den Finger schiebt.

Im Gastraum bricht lauter Jubel aus, und alle applaudieren, als ich mich vor ihm auf den Boden fallen lasse und die Arme um seinen Hals schlinge. Wir küssen uns umgeben von Liebe und gehüllt in eine verheißungsvolle Zukunft, die wir gar nicht erwarten können anzutreten – gemeinsam.

Was ist heißer als ein sexy Milliardär?
Ein sexy Milliardär mit Haustieren!

Helena Hunting
STAY
Aus dem amerikanischen
Englisch von
Beate Bauer
400 Seiten
ISBN 978-3-7363-0706-3

Ruby Scott ist sauer: Nachdem ein mysteriöser Typ sie auf einer Party erst küsst (superheiß!) und ihr dann mitten ins Gesicht hustet (supereklig!), wird sie so krank, dass sie ein wichtiges Casting vermasselt. Dabei braucht sie dringend einen Job. Das Angebot, sich um die Haustiere des reichen Hotelbesitzers Bancroft Mills (supersexy!) zu kümmern, kommt ihr da gerade recht. Doch sie ahnt nicht, dass Bane kein Geringerer ist als der Typ von der Party ...

»Bezaubernd, humorvoll und so heiß!« HARLEQUINJUNKIE

LYX

Sie hatte klare Regeln. Doch Regeln sind dazu da, gebrochen zu werden.

Louise Bay
NEW YORK AFFAIR
Aus dem amerikanischen
Englisch von
Anja Mehrmann
400 Seiten
ISBN 978-3-7363-0993-7

Anna Kirby hat sich inzwischen damit abgefunden, dass sie mit Männern, die nicht länger als eine Nacht bleiben, glücklicher ist. Ein Business-Trip nach New York ist die perfekte Gelegenheit sich von ihrer letzten Trennung abzulenken. Und als sie den Geschäftsmann Ethan Scott kennenlernt, gibt es klare Regeln: Keine Vergangenheit, keine Nummern, keine echten Namen. Doch Anna hat nicht mit Ethans Regel Nummer 1 gerechnet: Keine Regeln!

»Eine wunderschön geschriebene Liebesgeschichte ...« BOOKS ARE LOVE

LYX